Für Dot und Al,
die mich so liebevoll
in ihre Familie aufgenommen haben

Bestürzt der Sperling, der Rabe entsetzt
So der Sonne Licht verlöscht;
Die Amsel verschwunden, der Falke entfloh'n
Wenn spät der Mond sich zeigt.
Die Nacht senkt sich aufs Land
So still und ohne Licht.
Doch in der dunkelsten Stunde kommt
Eine Taube zu mir um Mitternacht.

Anonym

Prolog

Oxwich Castle, England
A.D. 1201

Heute abend würde es nicht friedlich sein auf Oxwich, das spürte Joanna instinktiv. Die angestrengten Gesichtszüge ihrer Mutter, das unterdrückte Gemurmel und die düsteren Mienen der Hausmädchen, die in den Gemächern der Frauen dienten, waren untrügliche Vorboten.

Gemeinhin verlief das Leben in Oxwich Castle sehr friedlich. Aber alle paar Wochen einmal wurde ihre Mutter von einer seltsamen Spannung erfaßt, die sich über die ganze Burg ausdehnte, und Joanna, jung, wie sie war, wußte dann, was bevorstand. Am Abend würde ihre Mutter, Lady Harriet, alle aus dem großen Saal schicken, um ihren Mann allein zu empfangen. Joanna hatte keine Ahnung, worüber gesprochen wurde, aber hinterher floh ihre Mutter regelmäßig in Tränen aufgelöst auf ihr Zimmer, während der Vater sich in Rage trank, davonstürmte und verschwand. Anschließend war er tagelang schlecht gelaunt, und ihre Mutter blieb im Bett. Alle anderen huschten in dieser trostlosen Zeit auf Zehenspitzen umher, ängstlich darauf bedacht, ihren Herrn, Sir Aslin, nicht zu verärgern. Und was Joanna betraf, so vermied sie es an solchen Tagen, ihrem Vater überhaupt in die Quere zu kommen, denn er schien dann bereits ihren bloßen Anblick zu hassen.

Obwohl sie erst neun Jahre alt war wußte Joanna, daß sie ihrem Vater wegen seines unwirschen Verhaltens nicht böse sein durfte. Der Priester hatte sie sehr gescholten, als sie ihm einmal ihre kindlichen Gefühle beichtete.

Doch so sehr sie sich auch bemühte, ihren Vater zu lieben und zu respektieren, so fiel es ihr doch unendlich schwer, ein Gefühl der Zuneigung zu ihm zu entwickeln, besonders nun, da alles wieder von vorne begann.

Ein besorgter Ausdruck verdüsterte Joannas unschuldiges Gesicht, als sie ihr neues Kätzchen umklammerte und sich von ihrem Spiel erhob. »Mama«, rief sie zögernd, als ihre Mutter an ihr vorüberrauschte. »Mama«, wiederholte sie mit einem ängstlichen Zittern in der Stimme.

Aber Lady Harriet war beschäftigt und hörte die Rufe ihres einzigen Kindes nicht. Sie schritt anmutig in der Halle umher, schickte die Dienstboten fort und wedelte dabei nervös mit den Händen, ohne jedoch ihre sanfte Stimme je zu einem lauten Wort zu erheben. Sie ist wie ein wunderschöner Schwan, dachte das kleine Mädchen versonnen. Wunderschön und voller Würde und doch in gewisser Weise in sich gekehrt.

Aber Schwäne weinten nicht, und heute nacht würde ihre Mutter sicherlich wieder weinen. Es war dieses Wissen, das Joanna nicht aufgeben ließ. »Mama«, wiederholte sie beharrlich und zupfte an dem perlengrauen Leinenkleid ihrer Mutter. »Habt Ihr bitte einen Augenblick Zeit, um mit mir zu reden?«

Als sie sich schließlich zu ihrem Kind umwandte, war Lady Harriets Gesicht blaß, und die feinen Linien um ihren Mund herum stärker ausgeprägt als gewöhnlich. »Vielleicht später, Liebes«, erwiderte sie und strich ihrer Tochter geistesabwesend über den Kopf. »Vielleicht später. Jetzt muß ich alles für deinen Vater vorbereiten.« Ihre Stimme zitterte kaum merklich. »Spiel weiter.« Dann schritt sie davon, und Joannas Herz wurde von einem eiskalten Finger der Furcht durchbohrt. Das Kätzchen in ihren Armen wand sich, als das Kind unbewußt seinen Griff verstärkte. Aber Joanna schenkte ihrem geliebten

Haustier keine Aufmerksamkeit. Sie konnte nur an ihre wunderschöne, traurige Mutter denken. Warum um alles in der Welt mußte es so sein? Warum? Selbst ihr kindlicher Zorn war nicht imstande, die bedrückende Furcht, die sie verspürte, zu überwinden.

Ihre Panik wuchs. Sie wirbelte herum und rannte die schmalen Steinstufen hinauf, die zu den Gemächern der Frauen führten. Sie beabsichtigte, zum Zimmer ihrer Mutter zu laufen, um dort auf sie zu warten. Irgendwann mußte sie ja schließlich dort hinkommen. Wenn ihre Eltern mit ihrer mysteriösen Unterhaltung fertig waren, würde ihre Mutter in ihr Zimmer zurückkehren, und vielleicht wäre diesmal sogar alles in Ordnung.

Joannas wallende Locken ergossen sich über ihren Rücken, während sie die große geschwungene Treppe hinaufhastete. Ihre grünen Augen waren dunkel vor Sorge und Angst, und als sie das Zimmer ihrer Mutter erreicht hatte, gesellten sich noch Zweifel hinzu. Ich sollte eigentlich nicht hier sein, sagte sie sich und versuchte, tapfer zu sein. Es wäre besser, ihre eigene Kammer nahe der Mauer aufzusuchen, wie sie es für gewöhnlich tat. Aber bevor sie eine endgültige Entscheidung getroffen hatte, wand sich das Kätzchen endgültig aus ihrem Griff, miaute anklagend und verschwand unter Lady Harriets hohem Bett.

»Komm her, Lady Minnou«, rief Joanna erschrocken. Sie ließ sich auf ihre Knie fallen, um unter das Bett zu schauen.

»Komm her«, wiederholte sie mit bittender Stimme, die wegen ihrer unterdrückten Gefühle zu zittern begann. Als das Kätzchen sich jedoch lediglich die Pfote leckte und sie verstimmt ansah, kroch Joanna langsam unter das Bett. Erst nachdem sie vollkommen unter den aus Holz und Stricken gefertigten Bettrahmen gerutscht war, konnte sie das Tierchen erreichen. Sie packte es mit beiden Händen, kam aber nicht sofort wieder unter dem Bett hervor, sondern kuschelte sich mit angezogenen Beinen um die Katze und schuf so ein warmes, dunkles Nest, in dem sie sich beide zumindest für eine Weile verstecken konnten.

»Es ist ja alles wieder gut, meine Kleine. Schlaf nur ein«, flüsterte das kleine Mädchen mit erschöpfter Stimme, während sie ihren Kopf auf den einen Arm sinken ließ und den anderen schützend über ihre kleine Freundin hielt. Dann begann sie, mit süßer, zitternder Stimme zu singen.

»Sei nicht ›A‹ zu affektiert, ›B‹ zu brüsk, ›C‹ zu couragiert, noch ›D‹ zu dreist. Sei nicht ›E‹ zu engherzig, ›F‹ zu fad, ›G‹ zu gefühllos, noch ›H‹ zu hitzig. Sei nicht …«

Ihre Stimme wurde leise und stieg dann wieder an, um in dem beruhigenden Rhythmus des Kinderreimes fortzufahren. Aber es dauerte nicht allzu lange, bis sie erneut leiser wurde, um dann gänzlich zu verstummen. Joanna war vor der bedrückenden Wirklichkeit in einen tröstlichen Schlaf gesunken. Dann war nichts mehr zu hören außer dem leisen Schnurren des Kätzchens und dem leichten, gleichmäßigen Atem des schlafenden Kindes.

Das Licht im Zimmer war bereits sehr gedämpft, als Joanna von einem quietschenden Geräusch geweckt wurde. Das Kätzchen schlief immer noch in ihrem Arm. Aber es war ein anderes Geräusch, so als ob jemand weinte. In einem einzigen, unglücklichen Moment wurde ihr Kopf klar, und sie dachte besorgt an ihre Mutter. Sie begann, aus ihrem warmen Versteck zu kriechen, aber das laute Dröhnen schwerer Fußtritte und der Knall der Kammertür ließen sie vor Angst verharren. Über ihr stöhnte das Bett, als ihre Mutter sich setzte.

»Hier versteckt Ihr Euch also.«

Joanna zuckte zusammen, als sie den grausamen und gleichzeitig so vertrauten Ton in der Stimme ihres Vaters vernahm, und jeglicher Vorsatz, ihre Anwesenheit zu offenbaren, verschwand sofort.

»Wie passend, daß Ihr Euch in Euer Bett flüchtet, wo doch gerade *dort* Euer Versagen ruht! Beim Blute Christi! Warum bin ich mit einer unfruchtbaren Frau gestraft? Unbrauchbar seid Ihr, nichts weiter!«

»Ich bitte Euch, als mein Ehemann«, ertönte die sanfte, versagende Stimme ihrer Mutter. »Es wird einen nächsten Monat geben und dann einen weiteren. Wenn meine Blutung vorüber ist —«

»Und wieviele Monate lang erzählt Ihr mir schon dieselbe Geschichte?« schrie er wütend. »Wieviele *Jahre* sind bereits vergangen, seitdem Euer Mädchen geboren wurde, ohne daß weitere Kinder folgten? Ihr werdet schon bald zu alt sein — wenn Ihr es nicht jetzt schon seid. Soll ich ohne den Sohn bleiben, dem ich meinen Namen und meine Güter vermachen kann? Bei Gott, das werde ich nicht zulassen!«

»Joanna ist auch Euer Kind«, flüsterte Lady Harriet. »Wäre es so schrecklich, wenn . . .«

»Ist sie das wirklich?« fragte er mit beißender Stimme. »Ja, das möchtet Ihr mir gerne Glauben machen. Erst setzt Ihr mir Hörner auf und dann wollt Ihr mir Rogets Brut als die meine unterschieben. Selbst jetzt hofft Ihr wieder, daß Ihr ihn sehen werdet, wenn wir nach London gehen. Aber dieses Mal wird er nicht dort sein.« Er lachte, aber es war ein kaltes, dunkles Lachen, ohne jede Spur von echter Heiterkeit. »Er hat in Gaillard seinen Meister gefunden. Die Klinge irgendeines Franzosen hat ihn zum Teufel geschickt! Nun, meine süße, *herumhurende* Frau, werdet Ihr nur noch für mich die Hure spielen!«

Joanna vernahm den gequälten Schrei ihrer Mutter, und dann begannen die Stricke und die Matratze zu quietschen, als sich ihr Vater auf das Bett warf. Entsetzt rollte sich das Kind zu einer kleinen Kugel zusammen und preßte das Kätzchen an sich. Das überraschte Tier begann sich zu wehren, um freizukommen, aber Joanna ließ es trotz der Kratzer, die sie erlitt, nicht los. Das jämmerliche Miauen der Katze wurde noch von den unglücklichen Lauten oben überdeckt.

»Aslin! Nicht! Bitte nicht!«

»Seid still und tut, was ich Euch sage, Frau!«

»Aber ich bin nicht rein ... ich bin jetzt nicht rein«, wimmerte Lady Harriet, als das Bett rhythmisch zu zittern begann.

»Dann werde ich eben einen Teufel zeugen! Egal wie, ich *werde* einen Sohn bekommen!«

Danach wurden keine Worte mehr gewechselt, nur das unheilverkündende, dumpfe Knarren des Bettes war zu hören, das Joanna nur noch mehr ängstigte. Sie hielt das Kätzchen so eng umklammert, daß sie es beinahe erdrückte und preßte ihre Lider zusammen, um das häßliche Knarren, das endlose Knarren auszulöschen. Tränen drangen unter ihren Wimpern hervor, und ihr kleiner Körper zitterte in kindlicher Furcht. Ihre Mutter ... ihre Mutter ...

Dann hörte die Bewegung des Bettes abrupt auf, und sie vernahm nur noch den lauten Atem ihres Vaters und das herzzerreißende Weinen ihrer Mutter.

»Jede Nacht, Harriet. Jeden Tag und jede Nacht, Harriet, wenn das nötig ist, um meinen Erben zu bekommen.«

Dann verließ er den Raum und knallte heftig die Tür hinter sich zu.

Eine lange Zeit war kein Geräusch zu hören. Ihre Mutter lag still über ihr im Bett. Selbst ihr Weinen hatte aufgehört. Und dennoch konnte Joanna nicht aus ihrem dunklen Versteck entkommen. Wie sie ihren Vater in diesem Moment haßte — er war so kalt zu ihr und so grausam zu ihrer Mutter! Warum mußte er sie immer zum Weinen bringen?

Dann erhob sich die Mutter vom Bett und bewegte sich beinahe lautlos im Zimmer.

Joanna wischte sich mit der Hand über das tränenüberströmte Gesicht, und in dem Moment entkam das Kätzchen endlich ihrem festen Griff. Es lief unter dem Bett hervor, miaute kläglich und rieb sich an Lady Helens Röcken.

»Oh, mein Liebling ... Es ist zu schwer für mich«, flüsterte die Frau mit leiser Stimme, als spreche sie mit der kleinen Katze. »Ich kann es nicht mehr ertragen, wenn du fort bist ...« Sie verstummte, aber die Mutlosigkeit ihrer Stimme jagte Joanna mehr Angst ein, als die Worte selbst. Von Panik erfaßt, zog sie sich unter dem Bett hervor.

»Mutter«, rief sie, sobald sie ihr enges Versteck verlassen hatte. »Mutter!« Sie schluchzte und würgte das Wort hervor. Aber als sie sich erhob, war ihre Mutter nicht mehr da.

Die Katze saß auf dem Mauervorsprung vor dem geöffneten Fenster, starrte hinaus und verharrte so bewegungslos in dieser Pose, daß sie einer Statue glich. Joanna bemühte sich, die letzten Tränen von ihren Wangen zu wischen, aber neue drängten bereits vor Angst durch ihre Wimpern.

»Mutter, wo seid Ihr?« Eine Vorahnung erfaßte sie, als ihre Blicke suchend durchs Zimmer irrten, und sie begann zu zittern. »Wo seid ihr?«

Sie eilte zum Fenster. Die Katze sprang erschreckt davon. Draußen, vor der schmalen Öffnung, trug der Himmel ein helles Malvenblau, das von hohen, dahinfließenden Wolken eingefaßt war. Ein Schwarm von Seetauchern flog, getragen vom Wind, zum Moor hinüber. Und dennoch lag über dieser friedlichen Szenerie des Spätnachmittages etwas Morbides und Bedrohliches.

Joanna blickte aus dem Fenster nach unten und spürte, wie sie innerlich erstarb.

Dort unten im trockenen Burggraben sah sie ihre Mutter. Sie lag in einer eigenartig verrenkten Haltung auf der Erde. Sie bewegte sich nicht, nur ihr Kleid bauschte sich im leichten Wind. Aber es war kein Frieden in dieser Bewegungslosigkeit.

Joanna sprang entsetzt vom Fenster zurück. »Mutter!« Ihr verzweifelter Schrei durchschnitt die Luft. »Mutter!«

Aber sie erhielt keine Antwort. Und trotz ihrer bitteren Tränen wußte sie, daß sie niemals wieder eine erhalten würde.

1

Castle Manning, England
Sommer, A.D. 1209

Sir Rylan Kempe, Lord von Blaecston, spazierte unangemeldet in den großen Saal von Castle Manning, aber sein Eintreffen blieb nicht unbemerkt. Sir Evan Thorndyke, Lord von Manning, war ein wenig überrascht. Rylan nutzte jede Gelegenheit, sich in aller Öffentlichkeit gegen König John und die ungerechte Behandlung seiner Untergebenen auszusprechen. Insbesondere die überhöhten Steuern und sein an Besessenheit grenzendes Bemühen, seine Freiherren auf Schritt und Tritt zu kontrollieren, fand Rylans Kritik. Dennoch war er in letzter Zeit vorsichtiger geworden, wenn es um Besuche bei seinen Freunden ging, ganz besonders bei solchen, denen es gelang, eine freundschaftliche Beziehung zum König aufrechtzuerhalten.

Mehrere der Lords, die sich nun, da die Mahlzeit beendet war, dem Würfelspiel widmeten, hoben ihre Augenbrauen, als Kempe eintrat. Seine politischen Ansichten waren nur zu bekannt, und obwohl es die meisten von ihnen vorzogen, ihm am königlichen Hof mißbilligende Blicke zuzuwerfen, so bewunderten sie doch insgeheim seinen Mut und sein Ehrgefühl.

Auch die Damen bemerkten sein Eintreffen, denn Sir Rylan war ein beeindruckender Mann. Großgewachsen und von kräftiger, schlanker Statur, hatte er seine Reputation sowohl auf den Turnierplätzen wie auch in den Kämpfen um die Normandie erworben. Er war als verwegener, unerschrockener Kämpfer bekannt, und man sagte ihm nach, daß sein Unmut über den König aus Johns verabscheuungswürdigem Verhalten als Anführer resultierte, welches dafür verantwortlich war, daß England die Normandie vollkommen an König Philip von Frankreich verloren hatte. Hinter seinem Rücken flüsterte man sich außerdem zu, daß die Verletzungen, die er in Valognes erlitten hatte, und an denen er beinahe gestorben wäre, einen weiteren Grund für seine nachhaltige Ablehnung des Königs darstellten. Aber bisher hatte es niemand gewagt, Ryan Kempe gegenüber diese Vermutung offen zu erwähnen.

Doch aus welchem Grunde er sich auch gegen König John stellen mochte, allein die Tatsache, daß er seine Opposition so offen zur Schau trug, erhöhte nur noch seinen Ruf als Mann von unerschütterlichem Heldenmut. Er war jemand, den es zu fürchten und zu respektieren galt.

Sein Haar, das entgegen der herrschenden Mode sehr lang war, trug zu diesem Bild bei, denn es verlieh seiner ohnehin schon düsteren Miene einen gefährlichen Ausdruck. Mehr als einem Mann hatte es schon die Sprache verschlagen, wenn Rylan Kempe seinen durchdringenden Blick auf ihn richtete. Und die Damen am Hof und anderswo führten lange Diskussionen darüber, warum seine arrogante Mißachtung der Mode dennoch seine Anziehungskraft erhöhte. Aber wie ihre Meinung auch lautete, Sir Rylan schien sich nicht im geringsten darum zu scheren. Wenn es um Frauen ging, konnte er unglaublich galant oder aber von skrupelloser Entschlossenheit sein. Und obwohl er einen gefürchteten Ruf als Herzensbrecher hatte, schien das seine Attraktivität nicht im geringsten zu mildern. Er war unverheiratet und sehr reich. Selbst wenn er also so häßlich wie die Sünde gewesen wäre, hätte man ihn immer noch als hervorragende Partie angesehen. Allerdings machte er nicht den Eindruck, als habe er es eilig, sich eine Braut zu suchen.

Nach einer kurzen Unterbrechung erhob sich das Gesumme der Unterhaltung im Saal wieder. Sir Rylan nahm ein mit Rotwein gefülltes Kelchglas von einem der Knappen in Empfang, die die Gäste bedienten, nickte höflich dem einen oder anderen Bekannten zu und schritt auf direktem Wege zu der Stelle hinüber, wo Sir Evan an seinem erhöhten Tisch saß. Mit einem einzigen Blick veranlaßte er den Mann, der gerade das Wort an Evan richtete, sich zurückzuziehen. Dann zog er sich ohne große Umstände einen Stuhl heran und nahm Platz.

»Wenn ich gewußt hätte, daß du heute Gäste bewirtest«, sagte Rylan, »wäre ich gar nicht erst vorbeigekommen.«

»Ich muß zugeben, daß ich mehr als erstaunt bin, dich hier zu sehen. Stimmt etwas nicht? Nein, antworte nicht, ich kann sehen, daß etwas nicht in Ordnung ist. Sollen wir unsere Unterhaltung in eine privatere Umgebung verlegen?«

»Nichts wäre mir lieber, aber es gilt schließlich, deinen guten Ruf als Unterstützer unseres Lehnsherren zu erhalten«, erwiderte Rylan mit sarkastischem Unterton.

»Ja, das ist wohl richtig«, entgegnete Evan mit einem traurigen Lächeln. »Allerdings unterstützen immer weniger Freiherren den Mann, was nicht zuletzt auch dir zu verdanken ist — aber das dürfte dir ja ohne Zweifel bekannt sein. Der König wäre sicherlich nicht außergewöhnlich beunruhigt, wenn er wüßte, daß ich von einem seiner Feinde Besuch erhalten habe, schließlich hat er ja so viele. Du könntest zweifellos sogar all das, was dir derzeit auf der Seele brennt, in dieser Runde diskutieren, ohne befürchten zu müssen, daß es John Lackland jemals zu Ohren kommt.«

Rylan warf ihm einen spöttischen Blick zu. »Wir werden sehen, ob du noch zu diesen Worten stehst, wenn du die Neuigkeiten gehört hast, die ich dir bringe.«

Als sie zusammen den Saal verließen — der eine Mann dunkel und bedrohlich in seinem Auftreten, der andere rothaarig und von freundlichem Wesen — begann das Flüstern erneut, aber keiner der beiden zeigte sich darüber auch nur im geringsten besorgt. Klatsch war unter den Adligen üblich, und gerade in diesen unsicheren Zeiten unter König John mehr als verbreitet. Unsicherheit gebar Unbehagen, und in den letzten Jahren hatte man niemandem trauen können. Erst jetzt, wo Johns Politik ohne Ausnahme alle zugrunde richtete, begannen sich die Freiherren zusammenzuschließen. Der König wußte dies, und als Konsequenz war seine Politik sogar noch härter geworden. Aber es konnte nicht immer so weitergehen, wußte Rylan. Immer häufiger wurde der König abschätzig als John ›Weichschwert‹ bespöttelt, und das nicht nur wegen seiner armseligen militärischen Führung. Der Mann war in jeder Hinsicht nutzlos. England würde schon bald in Schutt und Asche liegen, wenn ihn niemand dazu zwingen konnte, sich zu ändern.

»Nun, was hast du auf dem Herzen?« erkundigte sich Evan, sobald sich die Tür hinter ihnen geschlossen hatte. »Nachdem du meine Einladung zum Fest der Sommersonnenwende ausgeschlagen hattest, erscheinst du plötzlich doch, mit gerunzelten Brauen und Donner in deinem Blick. Nur ein Dummkopf würde nicht ahnen, daß unser guter König für deine düstere Stimmung verantwortlich ist.«

»Aye, du kennst unseren Lehnsherren nur allzu gut. Diesmal hat er allerdings noch keine Unannehmlichkeiten verursacht, was man ihm nicht zu hoch anrechnen sollte, denn ich bin sicher, der Grund ist lediglich der, daß er die Neuigkeiten noch nicht vernommen hat. Oder falls sie ihm doch zu Gehör gekommen sein sollten, so hat er bisher noch keinen Weg gefunden, sie sich zu seinem eigenen Vorteil zunutze zu machen.« Er rieb sich unruhig über die Stirn. »Möglicherweise weiß er aber auch noch nichts über sie.«

»Sie?« Evan warf Rylan einen ungeduldigen Blick zu. »Nun sag schon, wer ist ›sie‹? Und was genau soll das ganze Gerede?«

»Läute nach einem Ale, und ich werde beginnen. Wir haben eine lange Nacht vor uns, Evan. Eine lange Nacht.«

Nachdem sie mit einem Ale, einem Stück Käse und einem Laib Brot versorgt waren, setzte sich Evan zurück. Rylan trank und lief dann eine Weile unruhig auf und ab, ehe auch er sich hinsetzte.

»Aslin ist tot. Ebenso wie seine Frau und sein Sohn.«

»Preston? Aslin Preston, Lord von Oxwich? Verdammt, das ist aber eine Überraschung. Wie konnte das geschehen?«

»Ein Fieber, sagt man. Mindestens ein Dutzend seiner Leute ist auch daran gestorben.«

»Nun, das tut mir leid. Nicht, daß er zu meinen Freunden zählte, aber er hat mir auch nicht geschadet. Doch nun, da er tot ist — ebenso wie sein einziger Erbe — gilt es, über Oxwich nachzudenken. Wer wird es erben? Wer ist der nächste in der Erbfolge?«

»Das ist es ja gerade, was mich so bedrückt! Kein Mann in der Familie ist nahe genug in der Linie, um einen Anspruch geltend zu machen. Das heißt, John kann nach Gutdünken irgendeinen seiner Lakaien in Oxwich plazieren, mitten im Herzen Yorkshires! Beim Blute Christi, das werde ich nicht zulassen! Es würde meine ganzen Bemühungen, die Lords dieser Gegend zu vereinen, über den Haufen werfen. Schlimm genug, daß ganz England in Aufruhr ist, aber wir in Yorkshire beginnen langsam, uns zusammenzufinden. Wir haben eine Versammlung der Lords abgehalten, um diesen ganzen unnötigen Verdächtigungen und Anschuldigungen ein Ende zu setzen. Aber John betrachtet jeglichen Versuch, der zum Ziel hat,

Frieden zu schaffen, und der ohne seine Anwesenheit vonstatten geht, als Angriff auf die Krone. Bei Gott, er wird irgendeinen Narren nach Oxwich senden und auf diese Weise die ganze Gegend zugrunde richten!«

Rylan hatte sich während seines Ausbruchs aufs neue erhoben und begann wieder, auf und ab zu laufen. Evan betrachtete ihn nachdenklich. »Du hast einen Plan, vermute ich. Du bist nicht zu mir gekommen, um meinen Rat zu erbitten, sondern um dir meine Zustimmung zu sichern. Habe ich recht?«

Diese aufmerksame Beobachtung zauberte endlich ein Lächeln auf Rylans düstere Züge. »Ich bin in den Besitz einer nützlichen Information gelangt, von der ich hoffe, daß sie der König nicht besitzt. Zumindest noch nicht. Aber in absehbarer Zeit wird er es natürlich herausfinden. Daher ist mir auch daran gelegen, schnell zu handeln.«

»Verdammt, wirst du nun endlich damit herausrücken?«

»Aslin Preston *hat* einen weiteren Erben.«

»Einen weiteren Erben? Einen Bastard, nehme ich an. Und einen Säugling.«

»Nein, eine Tochter, älter als sein Sohn. Aus seiner ersten Ehe. Seine Frau starb damals unter etwas mysteriösen Umständen. Und es handelt sich um ihre Tochter, die allerdings schon viele Jahre nicht mehr in Oxwich gewesen ist.«

»Ist sie verheiratet?«

»Nein.«

Das war eine klare Antwort und eine, auf die Evan gehofft hatte. Dennoch ließ ihn etwas in Rylans Stimme aufhorchen. »Es gibt da wohl noch mehr, was du mir bisher nicht gesagt hast.«

Ein weiteres Mal erschien ein Lächeln auf Rylans Gesicht, das seine rauhen und bedrohlich wirkenden Züge erhellte. »Das ist genau der Grund, warum ich deine Gesellschaft so schätze, Evan. Ich muß nur die Hälfte von dem aussprechen, was ich denke — den Rest erahnst du von selbst.«

»Erzähl schon weiter. Wo liegen die Schwierigkeiten bei dem Mädchen? Ist sie mißgebildet oder verblödet, so daß sie keiner haben will?«

Rylan seufzte. »Wenn es doch nur so einfach wäre. Unglücklicherweise ist sie eine Nonne. Das heißt, sie wird ihr Ewiges Gelübde ablegen, sobald sie alt genug ist. Da ihr Vater es abgelehnt hat, sie mit einer Mitgift auszustatten, hat kein Orden außer den Gilbertinerinnen Sie aufnehmen wollen.«

»Ein glücklicher Umstand, nicht wahr?«

»Vielleicht. Aber im Falle von Aslin Preston handelte es sich bestimmt eher um Knauserigkeit als um Voraussicht.«

»Wie auch immer, bist du sicher, daß sie ihr Gelübde noch nicht abgelegt hat? Einen Nonnenorden zu verlassen, wird mit harten Strafen belegt, insbesondere bei den Gilbertinerinnen.«

»Hast du das päpstliche Interdikt schon so schnell vergessen? Selbst wenn sie bereits ihr Gelübde abgelegt haben sollte, so wird es die Kirche erst dann anerkennen, wenn Papst Innozenz und John sich geeinigt haben.«

»Du hast also vor, sie ausfindig zu machen, sie zu ihrer Burg zurückzutragen und sie irgendwie zu überreden, daß deine Wahl eines Ehemannes nur zu ihrem Besten sein wird. Wen *hast* du denn eigentlich für sie vorgesehen?«

Rylan zuckte die Schultern. »Irgendein schneidiger Kerl wird sich schon finden — vorausgesetzt, sie bietet keinen allzu schrecklichen Anblick. Wie wäre es denn mit dir?« Er grinste. »Oxwich ist eine hübsche, kleine Burg, mit ertragreichen Feldern und einem ansehnlichen Dorf, das eine recht große Einwohnerzahl hat.«

»Vielleicht solltest du sie für dich selbst in Erwägung ziehen«, erwiderte Evan mit einem finsteren Blick.

»Ich habe ein anderes Weib im Auge, vielen Dank. Mit weitaus wichtigeren Besitztümern als Oxwich.« Rylan nahm einen langen Zug von seinem Ale und knallte den Zinnkrug dann auf den Tisch. »Und Lady Marylin ist zumindest eine bekannte Größe. Anders, als Aslins kleine Nonne.«

»Lady Marylin?« Evan beugte sich vor. »Egbert Crosleys Tochter?«

»Aye, dieselbe«, gab Rylan zu, während er seinen Krug erneut füllte. »Aber spar dir deine Glückwünsche noch eine Weile auf. Meine Übereinkunft mit ihrem Vater ist noch nicht offiziell, und *sie* ist im Moment auch nicht Thema dieser Unterhaltung.«

»Da hast du recht«, stimmte Evan widerstrebend zu. »Der König wird allerdings einem Schlaganfall nahe sein, wenn er davon erfährt, denn er hat sich so überaus eifrig bemüht, Egberts Besitztümer denen seiner eigenen Anhänger hinzuzufügen. Wenn er herausbekommt, daß du und Crosley euch verschworen habt, seine Autorität zu umgehen ...« Evan zuckte mit den Schultern. »Nun ja, hat Prestons Tochter denn einen Namen?«

»Joanna. Lady Joanna Preston, gegenwärtig noch Novizin im Kloster St. Theresa, aber bald schon Herrin von Oxwich. Ich habe keinerlei Zweifel, daß sie sich freuen wird, wieder eine Erbin zu sein.«

Evan schwieg einen Augenblick. »Wenn du Lady Marilyn heiratest, dann wirst du genug Güter besitzen, so daß John dich nicht länger ignorieren kann. Und wenn dein Plan gelingt, und du einen Ehemann für Lady Joanna findest, wird ganz Yorkshire eine feste Front gegen ihn bilden. Was natürlich nur dann passiert, wenn die Dame mitspielt.«

»Das wird sie schon. Ganz offensichtlich hat ihr Vater

sie ins Kloster geschickt, nachdem er seinen Sohn bekam. Nun wird sie doch alles erben. Warum sollte sie nicht mitspielen?«

»John wird nicht tatenlos zusehen, weißt du. Er wird dich um ihretwillen bekämpfen, ganz besonders, wenn er erst einmal erfährt, daß er Lady Marilyn an dich verloren hat. Er wird diese Lady Joanna mit einem Mann seiner eigenen Wahl vermählen wollen. Immerhin ist sie vor dem Gesetz ein Mündel des Hofes. Es ist Sache des Königs, eine Partie für sie auszuwählen, nicht deine.«

»Das mag sein, aber wenn die Angelegenheit erst einmal erledigt ist, wenn sie es sich mit einem Baby im Bauch in Oxwich Castle bequem gemacht hat und ihr ein Ehemann zur Seite steht, der den Besitz verteidigt, dann wird John nur noch wüten und toben können, denn für alles andere ist es zu spät. Ich werde schon morgen nach St. Theresa reiten, um das Mädchen zu holen, und ich werde sie auf Blaecston unterbringen, bis die Heirat vollzogen ist. John wird es nicht wagen, mich in meiner eigenen Burg anzugreifen. Er hat keine Verbündeten in Yorkshire, die ihn unterstützen und das weiß er.«

»Sind deine Verbündeten in deine Pläne eingeweiht?«

Rylan lachte laut heraus. Ganz offensichtlich genoß er dieses Spiel, dessen Initiator er war. »Sie stimmen alle darin überein, daß wir einen von unseren Leuten in Oxwich haben müssen. Sie werden sich wohl kaum über meine Mittel mokieren, wenn das Mädchen erst einmal in meinen Händen ist.«

Evan gab einen tiefen Seufzer von sich. »In Ordnung, Rylan. Es sieht ganz so aus, als hättest du alles sorgfältig geplant, wahrscheinlich bis auf die genaue Stunde, zu der diese Hochzeit stattfinden soll. Was willst du also von mir?«

»Nichts weiter als das Übliche, mein Freund. Hör dich um, was sich bei Hofe abspielt. Sie werden bald nach Ely ziehen, nicht einmal sieben Wegstunden von hier entfernt. Es wäre nur angemessen, wenn du dem König deine Aufwartung machen würdest. Achte auf jegliches Gerücht. Beschwichtige ihn, so gut du eben kannst. Aber wenn der Vogel erst einmal frei ist — und irgendwann *muß* er einfach von der Sache erfahren — dann laß mir umgehend eine Nachricht zukommen.«

»Du wirst also auf Blaecston sein?«

»Wenn erst einmal alles in die Wege geleitet ist, werde ich mich auf Blaecston aufhalten und mich um meine Schafe und meine Felder kümmern.«

»Und Ränke gegen John schmieden.«

Rylan hob seinen Krug. »Und Ränke gegen John schmieden.«

König John bedachte den Bischof von Ely mit einem ausgesprochenen gebieterischen Blick. »Solange sie noch nicht ihr Ewiges Gelübde abgelegt hat, wird sich die Kirche nicht einmischen? Können wir von dieser Annahme ausgehen oder nicht?«

Der Bischof nickte so überaus eifrig, daß seine fetten Hängebacken auf widerliche Art und Weise zitterten. »Natürlich, Eure Majestät. Natürlich. Die guten Schwestern von St. Theresa sind immer äußerst bestrebt, sich dem königlichen Willen zu beugen. Wenn dieses Mädchen noch nicht das Ewige Gelübde abgelegt hat ...« Er verstummte, als der Blick des Königs kälter wurde und richtete seine Augen hilfesuchend auf die Königin.

Mit einer kleinen, katzenartigen Bewegung bedachte Isabel ihn mit einem strahlenden Lächeln, wandte sich dann ihrem Ehemann zu und legte die Hand auf seinen Arm.

»Wenn sie das Ewige Gelübde bereits abgelegt hat, können wir ihre Ländereien durch einen königlichen Erlaß beanspruchen.«

König John runzelte die Stirn. »Das verkompliziert die Sache nur. Es wird viel einfacher sein, wenn wir sie mit einem Mann meiner Wahl vermählen.«

»Das ist wohl wahr.« Ihre Stimme kam einem Schnurren gleich. »Aber immerhin *haben* wir zumindest noch andere Möglichkeiten.«

»Kempe wird mich zur Rede stellen, wenn ich das Land beanspruche.«

Isabel seufzte und strich ihm beruhigend über den Arm. Obwohl der Bischof hätte schwören können, daß sie mit einem Gefühl der Ungeduld gekämpft hatte.

»Statt endlos über diese Angelegenheit zu debattieren, solltet Ihr einfach jemanden schicken, um sie zu holen. Und das auf schnellstem Wege«, fügte sie hinzu.

Der König nickte. »In Ordnung. So sei es. Sieh zu, daß es erledigt wird«, fuhr er den Mann an, der ihm überallhin folgte und bemüht war, ihm den kleinsten Wunsch von den Augen abzulesen. Nachdem der Mann davongeeilt war, erhob sich der König und begann, unruhig auf und ab zu laufen.

»Wie lange wird es wohl dauern?« erkundigte er sich mit seiner wie üblich gereizten Stimme.

»Wenn das Wetter sich hält, nicht länger als eine Woche«, erwiderte Isabel. »Kommt schon John,« fügte sie hinzu. »Durch Euer Herumgelaufe wird es auch nicht besser.«

Der König drehte sich mit schnellen Schritten um, und der wütende Ausdruck auf seinem Gesicht ließ den Bischof furchtsam zurückweichen.

Aber Isabels gelassene Haltung änderte sich in keiner Weise. Wie schon so oft bewunderte der Bischof ihr selbstbewußtes Auftreten.

»Kempe wird ebenfalls hinter ihr her sein«, fluchte John. »Er ist ein solch gerissener Kerl, daß er sie bestimmt aus dem Kloster holt und gegen meinen Willen mit irgendeinem Kerl verheiraten wird. Man kann ihm nicht trauen!«

Isabel winkte dem Bischof zum Abschied, und er verließ das königliche Paar nur allzu gern. In der Königin sah er eine großartige Verbündete, der König allerdings war unberechenbar. Ihm konnte er kein Vertrauen entgegenbringen.

Gott möge Mitleid mit Rylan Kempe haben, wenn er dem König bei dieser Angelegenheit in die Quere kam, dachte er.

Was Prestons Tochter betraf, so verschwendete der beleibte Bischof nicht einen einzigen Gedanken an sie. Sie würde tun, was ihr die Pflicht gebot. Wenn nicht die Pflicht gegenüber Gott, dann die Pflicht gegenüber ihrem König.

2

Joanna kniete auf dem kalten Granit. In ihrer Haltung spiegelte sich Demut. Ihr Kopf war unterwürfig gebeugt, und ihre Hände waren so fest ineinander verschlungen, daß die Finger beinahe schmerzten. Nach außen hatte es den Anschein, als sei sie in tiefem Gebet versunken, wie es einer Novizin des Ordens der Gilbertinerinnen entsprach. Selbst die Äbtissin nickte anerkennend, als sie die sonst so widerspenstige Joanna bei ihrem Gebet beobachtete.

Aber in Wahrheit rang Joanna tief in ihrem Inneren mit sich. Mehr als alles andere war sie wieder einmal auf der Suche nach innerem Frieden, nach einer Ruhe, aus der sie Kraft schöpfen konnte, wenn eine ihrer Stimmungen sie überfiel. Aber sie fand in ihren Gebeten keinen Trost. Ihre Seele wehrte sich, als habe sich der Teufel in ihrer Brust breitgemacht. Die Gebete, die sie auswendig kannte, verwirrten sich in ihrem Kopf, und wenn sie nach eigenen Worten suchte, wollten sie nicht kommen.

Du hast kein Recht, deine Oberen zu kritisieren, ermahnte sie sich im Stillen. Genausowenig wie die, die auf gleicher Stufe mit dir stehen.

Wie gerne hätte sie sich bewegt. In ihrem linken Bein spürte sie einen Krampf, und dennoch verharrte sie hartnäckig in derselben Haltung. Wer bist du, daß du deine Sünden als geringer erachtest, als die ihren? schalt sie sich. Du, die du so stolz bist? Und doch blieb es eine Tatsache, daß sie eine der Novizinnen dabei erwischt hatte, als sie sich im Wald in der Nähe des kleinen Teiches mit einem Mann getroffen hatte. Und daß sie sofort zu einem Urteil über die Frau gekommen war.

Joanna hat gerade an den feuchten Stellen hinter dem Teich Pfeilwurzeln gesucht, als sie Winna und den Vogelfänger entdeckte, und sie hatte ihren Blick nicht von ihnen abwenden können. Wie sie sich aneinander klammerten — ihre Körper zusammengepreßt, ihre Münder miteinander verschmolzen. Wie vertraut ihre Berührungen gewesen waren, bevor sie in die dichten Farne sanken und Joanna sie nicht mehr sehen konnte!

Sie hatte auch nichts mehr sehen *wollen*. Der ganze Vorfall hatte sie abgestoßen und erschreckt, und sie war nicht einen Augenblick länger an diesem Ort geblieben. Aber während ihrer hastigen Rückkehr zum Kloster hatte sie immer und immer wieder die Szene vor Augen gehabt. Winna war eine schamlose Dirne! Und doch war Joanna sich bewußt, daß es ihr nicht zustand, andere zu verurteilen.

Dies lag allein in den Händen des himmlischen Vaters. Er würde Winna durch die Äbtissin strafen lassen. Joanna sollte sich lieber mit einer Strafe für ihren eigenen Hochmut, andere zu verurteilen, befassen. Sie wußte doch genau, daß ihr das nicht zukam!

Allerdings beschränkte sich die Sünde nicht allein auf ihren Stolz. Etwas lastete noch viel schwerer auf ihrem Gewissen. Als sie Winna mit diesem Mann gesehen hatte, war sie unerklärlicherweise wütend geworden. Sie hatte versucht, sich einzureden, daß es eine angemessene Wut war, da Winna die Gilbertinerinnen und die Novizinnen verriet, indem sie sich mit einem Mann traf. Wie konnte sie! Aber gleichzeitig hatte Joanna das beunruhigende Verlangen verspürt, mehr zu erfahren. Was hatten sie in dem tiefen Farnenhain getan? Warum war Winna diesem Mann so willig gefolgt?

Eine längst vergessen geglaubte Erinnerung an ihre weinende Mutter und die grausame, anklagende Stimme ihres Vaters drängte an die Oberfläche ihrer Emotionen und schürte ihren rechtschaffenen Zorn. Männer taten Frauen weh. Winna wußte dies vielleicht noch nicht, aber mit der Zeit würde sie es herausfinden. Möglicherweise wäre dies Gottes Strafe für ihre Sünde.

So beschrieb Joanna mit ihrer Hand ein andächtiges Kreuzzeichen als Buße dafür, daß sie es gewagt hatte, ihr eigenes, menschliches Verlangen nach Gerechtigkeit auf eine Sache zu übertragen, die ausschließlich zwischen Winna und dem Herrn abgemacht werden mußte.

Danach verharrte sie solange in derselben Haltung auf dem alten Steinfußboden, bis die Glocken zum nachmittäglichen Gebet riefen. Aber selbst nachdem sie sich mit den anderen Novizinnen in der Kapelle versammelt und sich einen Platz in den Reihen gesucht hatte, blieb ein Gefühl der Furcht zurück, daß ihre Gebete nicht ausreichen könnten, um sie von ihren sündigen Gedanken zu reinigen.

Zwar verspürte sie keinen Zorn mehr auf Winna. Ein solches Gefühl war unangebracht. Und sie verurteilte die Frau auch nicht länger wegen ihrer Schwäche. Schließlich hatte sie selbst ihre eigenen Schwächen, die sich offenbar jedwedem Angriff widersetzten: ihr Temperament, ihre vorwitzige Zunge, ihre Neigung, andere zu verurteilen. Doch wie sehr sie sich auch bemühte, Joanna konnte sich einfach nicht von ihrer ungehörigen Neugierde befreien. Was hatten Winna und der Vogelfänger im Wald getan? Und wann würden sie es wieder tun?

Als sich alle auf das Zeichen der Äbtissin hin niederknieten, protestierten Joannas Knie angesichts des neuerlichen Mißbrauchs, und der Schmerz ließ sie leise aufstöhnen. »Schhhh« ertönte es sofort, und ausgerechnet von Winna! Joanna blickte mit gerunzelter Stirn auf ihre zum Gebet gefalteten Hände hinunter und bemühte sich sehr, ihre neuerliche Wut zu unterdrücken.

». . . und erbitten deine Vergebung für unsere Sünden

— für die uns wohlbekannten, sowie auch für die vielen unbekannten. Bemitleidenswerte Kreaturen sind wir, und es ist allein die Liebe Gottes, die uns Würde zuteil werden läßt«, sagte die Äbtissin mit ihrer vertrauten, leise murmelnden Stimme.

Wieder einmal verspürte Joanna eine tiefe Schuld und schwor sich — wie sie es nun scheinbar dauernd tat — ihre lästigen Gedanken unter Kontrolle zu halten. Sie würde nicht mehr stolz sein. Sie würde keine Widerworte mehr geben. Sie würde andere nicht verurteilen. Und dennoch, als sie ihre Gebete sprachen und die Messe zelebrierten — wenn auch unvollständig, da die Sakramente nun in England verboten waren —, fühlte Joanna eine zunehmende Verzweiflung. Sie fürchtete, daß sie selbst nach fünf Jahren im Kloster niemals eine gute Nonne sein könnte — bescheiden und demütig, zufrieden mit stillen Tagen, ausgefüllt durch Gebete und endlose Strickarbeiten. Es war zwar genau das, was sie wollte, aber ...

Ihre Gedanken wanderten unfreiwillig wieder zu der kleinen Szene im Wald zurück, und sie seufzte untröstlich. Die Mutter Oberin hatte recht, sie war in der Tat eine bemitleidenswerte Kreatur.

Im Kloster von St. Theresa waren Besucher selten. Joanna führte dies vor allem auf die einsame Lage des Klosters zurück. Es lag auf einem hohen Felsvorsprung, der in die Deutsche Bucht hineinragte. Und auch die spartanische Einrichtung, die allen Häusern der Gilbertinerinnen zu eigen war, mochte ein Grund dafür sein. Dies war kein reiches Kloster. In St. Theresa hatten sich die Ausgestoßenen der Gesellschaft versammelt: Frauen, die in Not geraten waren und nirgendwo sonst unterkommen konnten, bekehrte Prostituierte aus Durham und York und Lincoln, gelegentlich auch eine Witwe, deren Lehnsherr sich weigerte, sie erneut zu verheiraten. Und auch andere, die, wie sie selbst, Töchter von Lords niederen Standes waren. Sie alle verband eins: die Abwesenheit von Mitteln. Und dies war der Grund für die unheilvolle Lage, in der sich das Kloster befand. Aber so hatte es der Gründer, Gilbert von Semringham, festgelegt, und so kam es, daß sich bei den Gilbertinerinnen solche Frauen einfanden, die die Zisterzienser, die Cluniazenser und die Weißen Frauen nicht in ihre heiligen Orden aufgenommen hatten.

Daher arbeiteten die Novizinnen und die Schwestern von St. Theresa lang und hart, um ihr Kloster und damit sich selbst zu erhalten. Ihre Stickarbeiten bedeuteten für sie Brot und Auskommen, und zweimal wöchentlich machte sich ein Karren mit ihren Waren in Richtung York auf den Weg. Beten, sticken und die Gartenarbeit, die für die Küche notwendig war, bestimmten das Leben im Kloster, und im großen und ganzen waren die Frauen zufrieden mit ihrem Schicksal. Die Zukunft, die ihnen außerhalb der Klostermauern gedroht hätte, war grausam.

Gerade wegen ihres abgeschiedenen Lebens waren Besucher eine seltene, aber willkommene Überraschung und boten Anlaß zu großer Aufregung. Daher kam es, daß alle vor Neugierde zu platzen drohten, als die Äbtissin während eines Morgengebets von einem Boten unterbrochen wurde. Die Predigt wurde eiligst zu Ende gebracht, und anschließend verkündete Schwester Edithe der neugierigen Versammlung, daß sich eine Gruppe von Reisenden über den steinigen Pfad nähere, der zu St. Theresa führte.

Nachdem sie eine nach der anderen aus der Kapelle gehastet waren, erfaßte alle Angehörigen von St. Theresa eine ungewöhnliche Lebendigkeit. Rasch machte man sich daran, das Kloster für die Besucher vorzubereiten. Die Steinstufen wurden von den jüngeren Mädchen gefegt, Tische für ein frühes Mittagessen nach draußen geschleppt, während die Köchinnen in die Küche eilten. Vom Turm über der Kapelle aus berichtete eine der Nonnen über das Vorankommen der Gruppe auf dem schmalen Weg.

Joanna war — wie die anderen — voller Erwartung und ebenso eifrig darauf bedacht, einen Blick auf ein unbekanntes Gesicht zu werfen, eine andere Stimme zu hören, Neuigkeiten von draußen zu erfahren. Für den Augenblick vergaß sie ihre entschlossene Ablehnung der Welt vor den Mauern. Jetzt bot sich die Gelegenheit, das langweilige und eintönige Leben von St. Theresia für eine kleine Weile zu vergessen.

Die Männer, die in den unbefestigten Hof des Klosters geritten kamen, lösten Erstaunen aus. Obwohl sie weder Rüstung noch Panzer trugen und lediglich ein Wimpel über ihren Köpfen wehte — ein weißer Kreis auf schwarzem Grund, in dem ein blutroter Adler zu erkennen war — handelte es sich dennoch ohne Zweifel um eine Kriegsschar. Diese Männer waren von einer gewissen Aura umgeben, die Stärke und Mut und sogar Bedrohung — sollte es eine Situation erfordern — in sich vereinte.

Joanna, die mit den anderen neugierigen Zuschauerinnen den Aufmarsch betrachtete, ließ ihre Augen zu dem Mann wandern, der die Gruppe anführte. Ein Gefühl der Angst breitete sich in ihr aus.

Obwohl alle Männer einen imposanten Anblick boten, insbesondere für Frauen, die es nicht gewohnt waren, einer solchen Kriegsschar zu begegnen, war der Anführer der furchteinflößendste von allen. Es lag nicht an seiner Größe oder an der Breite seiner Schultern — der blonde Hüne, der an seiner rechten Seite ritt, übertraf ihn sowohl beim einen wie beim anderen —, sondern mehr an seiner Haltung, die so aufrecht und gelassen erschien, als besitze er eine Macht, eine Autorität, die niemand anzugreifen wagte.

Die typische Arroganz eines Edelmannes, dachte Joanna, allerdings zehnmal soviel davon. Und obwohl sie ihn vom ersten Augenblick an nicht leiden konnte, brachte sie es doch nicht über sich, ihren Blick von ihm zu wenden.

Er saß aufrecht und mühelos im Sattel, war eins mit dem stolzen Streitroß, das er ritt. Seine Kleidung war einfach und dunkel; eine kurze Ledertunika über dunkelgrünen Hosen und hohen, grauen Stiefeln. Sein Umhang war über eine Schulter zurückgeschlagen, gehalten von einer dunklen, glitzernden Brosche. Sein einziges Zugeständnis an den ritterlich galanten Stil war ein kostbarer Gürtel, den er um seine Taille geschlungen hatte. Er war aus Leder, Gold und Silber gearbeitet und trug Juwelen, die im blassen Sonnenlicht funkelten.

Er war durch und durch ein Lord des Königreiches, aber je länger ihn Joanna betrachtete, desto mehr erinnerte er sie an einen plündernden Dänen als an einen Ritter von König Johns Hof. Er war zu wachsam, saß zu still auf seinem Pferd. Dann war da noch sein ungewöhnlich langes Haar, das ihm weit über die Schultern reichte, wie bei einem Vandalen. Ja, genau daran erinnerte er sie, und sie begann zu zittern, von einer düsteren Vorahnung erfaßt.

Er ließ seine Augen langsam über den Hof hinwegschweifen, als sei er auf der Suche nach irgendetwas, und Joanna war sich sicher, daß seinem forschenden Blick nichts entging. Als seine Augen bei der kleinen Gruppe hängenblieben, in der sie stand, wich sie, plötzlich ängstlich geworden, zurück. Dies alles hat nichts Gutes zu bedeuten, dachte sie, und wurde von Panik ergriffen. Sie bedauerte ihr dummes Verlangen nach einer Unterbrechung des monotonen Klosterlebens. Schick ihn fort, betete sie im stillen, als er vor Schwester Edithe abstieg und sich höflich verbeugte. Oh, bitte, geliebte Jungfrau Maria, schick ihn von hier fort.

»Ich hoffe, sie bringen Neuigkeiten aus York«, hörte sie, wie eine der Frauen hinter ihr flüsterte.

»Wenn sie aus London gekommen sind, wissen sie vielleicht, wie es um Scunthorpe bestellt ist. Ich habe schon so lange nichts mehr von meiner Mutter gehört ...«

»Ganz bestimmt kommen sie nicht vom Bischof.«

Das Geplapper wurde immer lauter, während Schwester Edithe den Mann in den großen Saal führte, und die beiden Packpferde, die nur leicht beladen waren, wurden zu dem Pferch geführt, der eine schäbige Unterkunft für solch prächtige Tiere bot. Aber St. Theresa besaß nun einmal nur wenig Pferde, denn es gab außer Zugpferden für den Karren keinen weiteren Bedarf. Doch es war nicht die Unterbringung der Tiere, die Joanna Sorgen bereitete, als sich die Frauen langsam zu zerstreuen begannen. Dieser Mann war aus einem bestimmten Grund hierhergekommen. Da war sie sicher. Das Kloster lag zu abgeschieden, als daß es hätte anders sein können. Er machte nicht den Eindruck eines Boten des Ordens. Es mußte also einen anderen Grund für seine Anwesenheit geben.

»Welch eine feine Gruppe von Männern! Der bloße Anblick läßt einen die Scherereien vergessen, die ein Mann einer Frau bereiten kann«, bemerkte eine hitzige Stimme. Als Joanna Winna als Sprecherin ausfindig machte, die immer noch hinter den Männern herstarrte, während diese ihrem Lord in den Saal folgten, runzelte sie die Stirn.

»Es ist ratsam, Besucher zu meiden und dadurch die Versuchungen der Welt zu umgehen«, erwiderte Joanna schnippisch. Sie zitierte aus einer Predigt, die sie kürzlich gehört hatten.

»Hast *du* denn Angst, in Versuchung zu geraten?« erkundigte sich Winna in bewußt provozierendem Ton. »Denn dann sei gewarnt. Männer gehören zu den Versuchungen, die sich nicht so leicht ablegen lassen.«

»Und du hast dich ganz offensichtlich immer noch

nicht von dieser Versuchung trennen können«, schnappte Joanna gereizt zurück.

»Und mir will scheinen, daß du ein wenig zu neugierig bist, was das betrifft«, entgegnete Winna in einem gedehnten Tonfall. »Ich frage mich, welchen Grund es wohl dafür geben mag?«

Joannas aufbrausendes Temperament regte sich, aber sie unterdrückte schnell die scharfe Erwiderung, die ihr bereits auf der Zunge lag. Winna beurteilte alle mit dem Maßstab ihrer eigenen, losen Moralvorstellungen. Einen Augenblick lang hatte sie Bedenken, daß Winna sie möglicherweise doch dabei gesehen haben könnte, als sie sie im Wald beobachtet hatte. Aber sie tat diesen Gedanken als unwahrscheinlich ab. Ihre eigentliche Sorge sollte viel eher sein, ob sie tatsächlich zu neugierig war, was diese Männer — oder Männer im allgemeinen — anging. Sie brachte ihre Gefühle unter Kontrolle und umgab sich mit eisiger Gelassenheit.

»Du machst dich mit derart unziemlichen Bemerkungen zum Gespött — und diesen ganzen Ort dazu.«

»Ich bin hier, weil ich hier sein muß. Frömmelei überlasse ich denen, die besser dafür geeignet sind. Solchen wie du«, fügte Winna schelmisch hinzu. »Aber wenn ich es recht besehe, dann liegt dir trotz deines steifen Benehmens eine solche Frömmelei auch nicht unbedingt. Ich habe mich schon immer gefragt, Joanna, warum *du* eigentlich hier an diesem Ort bist. Welchen Grund hast du, dich zu verstecken, wo du doch ein Heim und einen Titel hast? Warum verzichtest du auf Annehmlichkeiten, die dir von Geburt aus zustehen?«

Joanna wußte darauf keine Antwort, und als sie verärgert davoneilte, Winnas spöttisches Lachen im Ohr, war sie zwischen schrecklicher Wut und plötzlicher Niedergeschlagenheit hin und her gerissen. Ihr Aufenthalt in St. Theresa ging niemand anderen etwas an, sagte sie sich, vor Wut schäumend. Niemanden! Aber Winnas grausamer Hohn hatte Erinnerungen in ihr wachgerufen, die, einmal an die Oberfläche gezerrt, sich nur schwer wieder beiseite drängen ließen.

Das Kloster von St. Theresa war ihr Zuhause, seit sie im zarten Alter von zwölf Jahren hier angekommen war. Ganz gewiß war dies eher ihr Heim als die Burg, in der sie geboren war. Drei lange Jahre — von dem Zeitpunkt an, als ihre Mutter gestorben war, bis zu dem Moment, wo die zweite Frau ihres Vaters ihm stolz einen Erben präsentierte — hatte ihr Vater sie vollkommen ignoriert, kaum einmal überhaupt ihre Gegenwart zur Kenntnis genommen. Joanna hatte immer häufiger darum gebeten, in eine Klosterschule geschickt zu werden. Alles war ihr recht, wenn es sie nur von Oxwich wegführte. Aber ihr Vater war standhaft geblieben und hatte ihr diesen Wunsch verweigert. Nur die Geburt des ersehnten Erben hatte seine Haltung geändert. Möglicherweise war es auch Lady Mertices Ungeduld mit ihrer schwierigen Stieftochter gewesen, die seine Entscheidung erleichtert hatte. Was auch immer der Grund gewesen sein mochte, Joanna war frohen Mutes nach St. Theresa gekommen, in der Hoffnung, hier Trost zu finden und den bitteren Erinnerungen an Oxwich entfliehen zu können. Aber das war ihr nicht gelungen. Nicht wirklich. Und nun brachte ihr der heutige Besucher aus irgendwelchen Gründen diese Tatsache deutlicher als je zuvor zu Bewußtsein.

Joanna hielt sich während des Essens vom großen Saal fern. Sie wollte von den Fremden, die mit ihnen aßen, nichts mitbekommen — ganz besonders nichts von dem Mann mit dem langen, dunklen Haar. Statt dessen bat sie die Köchin um eine Schüssel Kohlsuppe und ein Stück dunkles Brot und mußte ihr dafür versprechen, nach dem Mahl beim Saubermachen zu helfen.

Sie war gerade dabei, die eingesammelten Löffel und

die Holzschalen in warmem Wasser zu waschen, als sie zur Mutter Oberin zitiert wurde.

»Sch-schwester Edithe wünscht mich zu sehen?« stammelte sie erschrocken.

»Aye. Du sollst dich anständig herrichten und dann sofort zu ihr kommen«, erwiderte die ältere Nonne in dem gedämpften Tonfall, der allen Schwestern der Gilbertinerinnen eigen war.

»Anständig herrichten?« Während Joanna ihre Hände trocknete und die Ärmel hinabrollte, überschlugen sich ihre Gedanken. Die Äbtissin ließ selten eine der Novizinnen in ihre Privaträume rufen, es sei denn, es ging um eine Verletzung der Hausordnung. Eine ernsthafte Verletzung. Doch so sehr sie sich auch anstrengte, Joanna konnte sich nicht daran erinnern, in letzter Zeit ein Verhalten an den Tag gelegt zu haben, das eine solche Aufforderung gerechtfertigt hätte.

Sie hatte Winna und den Vogelfänger beobachtet, das mußte sie zugeben. Und sie hatte diese Beobachtung nicht, wie erforderlich, weitergegeben. Aber wie hatte Schwester Edithe nur davon erfahren können? Weder der Vogelfänger noch Winna hatten sie bemerkt, da war sie ganz sicher.

Äußerst beunruhigt strich sie sich mehrere der mahagonifarbenen Locken aus dem Gesicht, die sich an den Schläfen gelöst hatten, und steckte sie unter ihr weißes *couvrechef,* das den Rest ihres widerspenstigen Haares verbarg. Ihr Kleid war verknittert und abgenutzt, aber den meisten Frauen in St. Theresa ging es nicht anders. Die graue Wolle war schlicht und praktisch, und sie fühlte sich darin recht wohl. Es gab nur sehr wenig, was sie tun konnte, um sich anständig herzurichten, außer, den geflochtenen Gürtel um ihre Taille enger zu ziehen und die zahlreichen Kräusel des Stoffes etwas gleichmäßiger zu verteilen. Zum guten Schluß spritzte sie sich noch ein wenig kaltes Wasser auf die Wangen, um ihr rosiges Glühen abzukühlen. Dann machte sie sich schweigend und mit gesenktem Kopf, wie es sich für eine Novizin des Ordens der Gilbertinerinnen geziemte, auf den Weg zu Schwester Edithes Zimmer.

Sie war schon seit mehreren Monaten nicht mehr im Arbeitszimmer der Mutter Oberin gewesen — nicht mehr, seit sie dabei erwischt worden war, wie sie verloren in die Ferne gestarrt hatte, statt sich ihrer Arbeit an einer der grünen Altardecken aus Damast zu widmen, die für Bischof Milford von St. John's angefertigt wurden. Alle Schwestern und Novizinnen von St. Theresa hatten damals mit vereinten Kräften gearbeitet, um diesen Auftrag pünktlich zu erledigen. Die Mutter Oberin hatte Joanna wegen ihrer allzu häufigen Träumerei gescholten. Es sei selbstsüchtig von ihr, so gedankenverloren dazusitzen, während alle anderen hart arbeiteten, um die schwierigen Altardecken fertigzustellen, hatte sie ihr zu verstehen gegeben. Bischof Milford war ein wichtiger Mann, seine Kirche eines der schönsten Gotteshäuser überhaupt, und sie solle sich geehrt fühlen, einen kleinen Teil zu einem solch großartigen Vorhaben beitragen zu dürfen.

Joanna war gebührend bestraft worden und hatte angemessene Reue gezeigt. Und sie hatte sich dem grünen Damast mit allergrößter Sorgfalt gewidmet — bemüht, keinen allzu großen Stolz über ihre Arbeit zu empfinden. Wenn die Stickerei fein und ebenmäßig war und all das, was sie bisher angefertigt hatte, übertraf, war dies Gottes Verdienst und nicht ihr eigener.

Nun allerdings wußte Joanna nicht, was sie falsch gemacht hatte. Ihr zögerliches Klopfen wurde umgehend beantwortet, und nachdem die leise Aufforderung zum Eintreten erfolgt war, stieß sie die Tür auf. Eine Katze schlüpfte an ihr vorbei und ließ Joanna für einen Moment zusammenzucken, bevor sie auf leisen Pfoten verschwand.

Joanna konnte nicht verhindern, daß sie ein Schauer starken Widerwillens überfiel. Eine Vorliebe für Katzen war die einzige Schwäche, die Schwester Edithe besaß. Aber Joanna war außerstande, diese Vorliebe zu teilen. Das Gegenteil war der Fall. Katzen erinnerten sie an Oxwich und diese eine, schreckliche Nacht.

»Joanna«, sagte Schwester Edithe und neigte kaum merklich ihren Kopf. Ihre ernste Miene enthüllte nichts. »Du hast nicht am Essen teilgenommen.«

»Nein ... nein. Ich war in der Küche.«

»Bist du heute an der Reihe, in der Küche zu helfen?« Aber sobald sie die Frage ausgesprochen hatte, winkte die Äbtissin sie auch schon mit einer für sie ungewöhnlichen Geste der Zerstreutheit beiseite. »Nun, wie es auch sei. Das soll uns jetzt nicht beschäftigen. Es gibt Neuigkeiten für dich.«

»Neuigkeiten?« Joanna wurde von einem übermächtigen Gefühl der Angst gepackt. Die letzte Neuigkeit, die sie erhalten hatte, lag nun bereits drei Jahre zurück. Damals hatte ihr Vater auf ihr Gesuch hin rundheraus verweigert, ihr eine Mitgift zur Verfügung zu stellen, was Joanna die Möglichkeit gegeben hätte, schneller das Ewige Gelübde abzulegen. Sie hatte eine zeitlang schreckliche Angst gehabt, daß er sie verheiraten wollte, aber als die Jahre vergingen, war diese Angst abgeklungen. Seither hatte es keinen weiteren Kontakt mehr zwischen ihnen gegeben, also, was sollte ...

»Lord Blaecston hat sich ungewöhnlichen Mühen unterzogen, um mit dir zu reden«, fuhr die Äbtissin, offensichtlich ein wenig aufgeregt, fort. »Er besteht darauf, ein Gespräch unter vier Augen mit dir führen zu dürfen.«

Joanna war zu verwirrt, um zu antworten. Lord Blaecston? Er mußte der Mann sein, der die Besucher hierhergeführt hatte. Der Mann, der sie so erschreckt hatte.

»Ich würde mich freuen, wenn Ihr mich auf einen Spaziergang begleiten würdet, Lady Joanna, ich bringe Neuigkeiten aus Oxwich.«

Joanna wirbelte herum, als sie die unerwartete Stimme vernahm. Gelassen und tief war sie, mit einer dunklen Färbung. Sie paßte zu ihm, dachte sie, als sie zu der Fensternische hinüberblickte. Dort stand er, hinter ihm die letzten Strahlen der Sonne, die durch die schmale Fensteröffnung hineindrangen, und verströmte jene Selbstsicherheit, die das ansonsten geräumige Zimmer scheinbar schrumpfen ließ.

»Werdet Ihr mich begleiten?« wiederholte er und bot ihr seinen Arm an.

Joanna war wie gelähmt. Sie hatte recht gehabt! Dieser Gedanke war alles, was in ihrem Kopf widerhallte. Sie hatte recht gehabt, daß seine Anwesenheit nichts Gutes für sie bedeuten würde.

Schwester Edithe unterbrach die sich immer länger dahinziehende Stille. »Wie ich Euch bereits sagte, Milord, gibt es keine Neuigkeit auch noch so privater Natur, die unsere jungen Frauen nicht nach der Art der Gilbertinerinnen mit ihren Schwesten teilen.« Die Äbtissin erhob sich von ihrem Stuhl, aber dieses Mal hatte sich ihr Auftreten vollkommen gewandelt. »Was auch immer Ihr zu sagen habt, tragt es hier und jetzt vor. Es gibt keine Geheimnisse in St. Theresa, sondern nur unseren guten Willen unter der Führung unseres Bischofs und, natürlich, unseres himmlischen Vaters.«

Lord Blaecston ließ die milde Zurechtweisung der guten Schwester scheinbar unberührt. Sein beunruhigender Blick ruhte weiterhin auf Joanna, als versuche er *ihren* Willen allein durch seine Augen zu beeinflussen.

Was für dunkle Augen er doch hatte, bemerkte Joanna unwillkürlich, als sich ihre Blicke trafen — das Mitternachtsblau des Nachthimmels. Und unwiderstehlich. Während er sie gründlich musterte, schien er ihr förmlich seinen Willen aufzuzwingen. Sein Blick glitt ein wenig nach unten, wanderte kurz, beinahe abschätzend, über ihr Äußeres, bevor sich seine Augen wieder mit den ihren trafen, und sie ein Gefühl der Wärme in sich aufsteigen fühlte, das sich in ihrem ganzen Körper ausbreitete. Noch nie zuvor hatte ihr ein Mann einen derart abschätzenden Blick zugeworfen. Noch nie. Und dennoch erkannte sie instinktiv seine Bedeutung. Dieser Blick hatte Joanna, der Frau gegolten. Wäre sie nicht unsicher gewesen, wie seine Botschaft lautete, und hätte Blaecston nicht so aufreizend ruhig dagestanden, während er sie betrachtete, dann wäre sie angesichts seiner ungehobelten Arroganz aufgebraust. Die Mutter Oberin hatte recht, wenn sie über sein Verlangen nach einer privaten Unterhaltung mit ihr verärgert war.

Aber da lag noch etwas anderes in seinem Blick. Etwas, das sie beunruhigte. Sie spürte, ohne genau zu verstehen warum, daß sie sich zumindest für den Augenblick seinem schweigenden Befehl fügen mußte.

Sie schaute also entschuldigend zu Schwester Edithe hinüber und wandte sich dann erneut dem Mann zu. »Wir können in den Garten gehen. Dort werde ich mir anhören, was Ihr für Neuigkeiten bringt.« Aus Angst, daß sich die Äbtissin erneut einmischen könnte, verließ sie schnell das Zimmer.

»Ihr *seid* doch Lady Joanna — Joanna Preston von Oxwich?« erkundigte er sich, während er ihr die schmalen Steinstufen hinunter folgte. In dem düsteren Treppenhaus, das lediglich indirekt durch ein hoch oben liegendes Fenster erhellt wurde, klang seine Stimme wie ein kaltes Echo. Die Worte dieser geisterhaften Stimme regneten von oben auf sie herab.

»Ich *war* einmal Lady Joanna von Oxwich«, korrigierte sie ihn scharf und verbarg ihre Angst hinter einer zur Schau getragenen Wut. »Nun bin ich nur noch Joanna.«

»Nicht *Schwester* Joanna?«

Sie wandte sich zu ihm um, als sie den Hauptsaal erreicht hatten. »Hätte ich eine Mitgift als Empfehlung gehabt, wäre ich in der Tat inzwischen Schwester Joanna. Aber ich bemühe mich, die Verzögerung bis zu meinem zwanzigsten Geburtstag so gut wie eben möglich zu ertragen. Dann werde ich das Ewige Gelübde ablegen und meinen Platz im Orden der Gilbertinerinnen einnehmen.«

Obwohl er keine Antwort gab und ihr lediglich erneut seinen Arm anbot, verspürte Joanna ein unbehagliches Frösteln. Er wußte etwas, das alles verändern konnte. Sie erkannte es an der Art und Weise, wie er sie musterte. Wenn er Neuigkeiten aus Oxwich brachte, war er ein Bote ihres Vaters, und daraus folgerte sie, daß es für sie in jedem Fall unangenehm sein konnte.

Die alte Angst überfiel sie aufs Neue, und ihre grünen Augen weiteten sich. Vielleicht befahl ihr der Vater dieses Mal wirklich, nach Oxwich zurückzukehren! Möglicherweise hatte er jetzt eine Heirat für sie arrangiert — die natürlich ausschließlich ihm zum Vorteil gereichen würde. Sie ignorierte den dargebotenen Arm des Mannes abermals, beschleunigte ihre Schritte und eilte zum Garten hinaus, ihre zunehmende Panik unter Kontrolle zu bekommen. Zuerst sollte sie sich die Botschaft anhören, sagte sie sich, denn vielleicht lag sie ja mit ihren Vermutungen doch völlig falsch. Zuerst die Nachricht, dann würde sie entscheiden, was zu tun war. Aber lieber würde sie sterben, als einer Ehe mit einem Mann zuzustimmen, den ihr Vater für sie ausgesucht hatte!

Der Garten war von einigen hochgewachsenen Zedern umgeben. Ein simpler Steinbogen, aus glatten Flußsteinen gefertigt, erhob sich im tiefen Schatten, eine Steinbank stand direkt davor. In der Nische im Inneren des Bogens befand sich eine Marmorstatue, die St. Theresa darstellte. Sie starrte mit blinden Augen auf ihre Besucher hinab — eine weiße Frau mit einer weißen Robe und starren, weißen Augen. Gemeinhin stellte der Garten für Joanna einen Zufluchtsort dar, wofür er im Grunde auch gedacht war — ein Ort zum Beten oder Meditieren oder um einfach allein zu sein. Aber heute bot er ihr keine Ruhe, denn die Gegenwart des Mannes, der ihr hierher gefolgt war, überdeckte jede andere Stimmung.

Sie atmete einmal tief durch und preßte dabei eine Hand auf ihren Bauch. Dann drehte sie sich zu ihm um. »Nun seid bitte so freundlich, und teilt mir die Neuigkeiten mit. Anschließend wäre ich Euch dankbar, wenn Ihr mich in Frieden lassen würdet.«

Sein Gesichtsausdruck enthüllte nichts, und er schien auch keinesfalls in Eile zu sein, seine Botschaft zu überbringen. »Erlaubt mir zuerst, mich gebührend vorzustellen. Mein Name ist Rylan Kempe, Lord von Blaecston.« Er verbeugte sich höflich, obwohl sie ihm nicht einmal die Hand hinhielt.

»Ihr seid ein Freund meines Vaters.« Die Verachtung in ihrer Stimme war unüberhörbar, obwohl sie sich Mühe gab, höflich zu sein.

»Meine Burg liegt nicht allzu weit von Oxwich entfernt«, gab er nach einem kaum merklichen Zögern zu.

»Ihr überbringt mir eine Nachricht meines Vaters. Ich bin bereit, sie zu hören.«

Wiederum entstand eine Pause, aber diesmal lag Neugierde in seinem Blick. Als er endlich sprach, war seine Stimme sanfter.

»Bitte nehmt doch zuerst Platz, Lady Joanna.«

»Nur Joanna«, korrigierte sie ihn erneut. Seltsamerweise war sie überaus verärgert, daß er freundlich und höflich sein konnte, während sie vor Angst verging.

»Joanna«, wiederholte er mit dem Anflug eines Lächelns, das sie sofort bedauern ließ, ihn berichtigt zu haben. Trotz ihrer Furcht spürte sie in dem Ton, in dem er ihren Namen sagte, eine Form von Vertraulichkeit, die gänzlich ungehörig war.

»Bitte unterlaßt diese Verzögerung, Lord Blaecston. Sagt mir einfach, was Ihr zu sagen habt!«

»Die Nachricht, die ich Euch überbringe, Joanna, ist nicht *von* Eurem Vater, sondern *über* ihn. Er ist tot.«

Falls er diesen Worten noch weitere hinzufügte, so vernahm Joanna sie nicht. Ihr Vater war tot! Der Mann, den sie gefürchtet und gehaßt hatte — und den sie doch so verzweifelt gerne geliebt hätte! Der Mann, der nie mehr als einen flüchtigen Blick für sie übriggehabt hatte.

Sie ließ sich abrupt auf der Steinbank nieder, ohne der Statue von St. Theresa auch nur einen Blick zu gönnen und ohne den großgewachsenen Mann wahrzunehmen, der sie beobachtete. Ihr Vater war tot. Aber anstatt Erleichterung und Befriedigung zu empfinden, brachte ihr dieses Wissen lediglich die Erinnerung an den Tag zurück, als ihre Mutter gestorben war.

Wie oft hatte sie diesen Augenblick noch einmal durchlebt? Wie oft war sie des Nachts von quälenden Alpträumen aus dem Schlaf gerissen worden? Sie erinnerte sich an die geheimnisvollen Anschuldigungen ihres Vaters, die sie nie verstanden hatte. Ein Kätzchen kam ihr in den Sinn, das sie kratzte. Sie trug immer noch eine kleine, weiße Narbe am Handgelenk. Sie entsann sich an den Schatten eines Vogels, während sie aus dem engen Fenster starrte. Aber am lebendigsten war die Erinnerung, die sie innerlich erstarren ließ und die jeden schrecklichen Augenblick jenes Tages so real machte — und das war die Stille. Nach einigen gemurmelten Worten — Worte, an die sich Joanna nicht mehr deutlich erinnerte — war ihre sanfte, schöne Mutter still in den Tod gegangen. Ohne Schrei. Ohne Gebet. Ohne ein Wort für das Kind, das sie zurückgelassen hatte. Da war nur anschließend die Stille gewesen.

Später erst war Joannas Zorn gekommen, und er war nicht nur ausschließlich auf ihren Vater gerichtet gewesen. Ihre über alles geliebte Mutter hatte sie allein in den kalten, leeren Gängen von Oxwich zurückgelassen. Jahrelang hatte sie mit Gefühlen der Verzweiflung und einer hilflosen Wut gegenüber ihrer abwesenden Mutter gekämpft.

Joanna wurde plötzlich von einem Zittern erfaßt, und sie senkte mit einem erstickten Laut ihren Kopf. Sofort legte sich ein Arm um ihre Schultern und zog sie sanft gegen eine kräftige Brust. Sie hatte den Mann vollkommen vergessen, und doch war sie für einen Moment froh, daß er da war. Die Nähe eines anderen Menschen war tröstlich. Mehr als alles andere sehnte sie sich danach, beschützt zu werden, das Gefühl zu haben, bei jemandem in Sicherheit zu sein.

»Es tut mir leid, Joanna«, murmelte er und streichelte ein wenig unbeholfen ihren Arm. »Es tut mir leid, daß ich Euch diese traurige Nachricht überbringen muß.«

Sofort erstarrte ihr Körper. Der Tod ihres Vaters war *keine* traurige Nachricht für sie. Sie empfand überhaupt nichts für ihn. Es war ihre Mutter, um die sie trauerte! Obwohl sie immer noch von Schluchzen geschüttelt wurde, entzog sie sich dem Mann. Sie wischte sich mit dem Handrücken über die Augen und bemühte sich, ruhig und gleichmäßig zu atmen.

»Ihr müßt Euch nicht entschuldigen, Lord Blaecston. Ich hätte es auf die eine oder andere Weise sowieso erfahren«, brachte sie hervor. »Bitte —« Ihre Stimme versagte. »Bitte, nehmt meinen Dank, daß Ihr Euch der Mühe unterzogen habt, mir diese Botschaft zu überbringen.«

»Als Nachbar Eures Vaters — wenn auch als entfernter Nachbar — habe ich dies als meine Pflicht angesehen. Es hat mir keine Mühe bereitet.«

Joanna erhob sich. Es war ihr unangenehm, so dicht

neben ihm zu sitzen, und sie war nun verlegen, daß sie den Trost des Fremden akzeptiert hatte.

»Ihr möchtet Euch sicherlich auf den Rückweg machen. Bitte fühlt Euch durch mich nicht gedrängt, länger als nötig zu bleiben. Ich werde noch eine Weile hier verweilen, um zu beten.« Sie trat auf die blasse Marmorfigur von St. Theresa zu, fragte sich aber, wie sie mit reinem Gewissen beten sollte, wenn ihre Seele mit solch heftigen Gefühlen der Wut, der Rache und des Grolls rang.

»Es gibt noch weitere Neuigkeiten, Mylady.«

Sie verhielt ihren Schritt angesichts seiner Worte. »Bitte nennt mich nicht ›Mylady‹.« Die Antwort kam automatisch, beinahe geistesabwesend, denn sein ernster Tonfall ließ sie erneut vor Furcht erzittern. Was sonst konnte es noch für Neuigkeiten geben?

Abermals trat er auf sie zu, legte eine Hand auf jede ihrer Schultern und drehte sie zu sich herum. »Euer Vater litt an einem Fieber, das ganz Oxwich erfaßte. Leibeigene, Adlige, Dienerschaft — niemand wurde verschont. Euer Vater starb. Ebenso wie seine Frau, die ein Kind erwartete, und sein kleiner Sohn.«

»Der kleine Eldon auch?« Obwohl sie ihren Halbbruder zuletzt als Säugling in den Armen seiner Mutter gesehen hatte, war Joanna entsetzt über seinen Tod. Und Lady Mertice, die ein weiteres Kind erwartete, war auch dahingeschieden! Sie schüttelte ungläubig den Kopf.

»Eure gesamte Familie wurde ausgelöscht«, bestätigte er mit ruhiger Stimme. »Die Nachricht hat sich nur langsam verbreitet, denn der Dorfgeistliche hat dafür Sorge getragen, daß niemand die Burg verließ.«

Er senkte seinen Kopf und blickte ihr direkt in das tränenüberströmte Gesicht. »Die Toten sind begraben. Die anderen Erkrankten sind wieder genesen. Aber Oxwich ist ohne Lord oder Lady, und Ihr seid nun die rechtmäßige Erbin.«

Joanna vernahm seine Worte, aber nach den schockierenden anderen Nachrichten war diese Eröffnung zuviel für sie. Sie war nicht imstande, zu antworten und starrte in sein Gesicht. Sie? Erbin von Oxwich? Das war absurd! Einfach unglaublich!

Ohne Vorwarnung begann sie hysterisch zu lachen. Welch eine Ironie des Schicksals.

Lord Blaecston runzelte angesichts solch unangemessener Heiterkeit die Stirn, und sie spürte, daß sich seine Hände fester um ihre Arme schlossen. Und doch gelang es ihr nicht, ihre übertriebene Reaktion auf seine Worte zu unterdrücken. *Sie* würde Oxwich erben, die sie doch als Frau einer solchen Erbschaft unwürdig war? Hatte ihr Vater nicht genau diese Vorstellung so sehr gehaßt? Hatte er ihrer Mutter mit seinem verzweifelten Verlangen, ihm einen angemessenen Erben, einen Sohn, zu gebären, nicht das Leben zur Hölle gemacht? Ihre gläubige Mutter hatte sich gegen ihre Kirche und ihren Gott versündigt, als sie auf so lästerliche Art und Weise in den Tod gesprungen war. Obwohl die Priester es für einen Unfall erklärt und sie angemessen beerdigt hatten, so kannte Joanna doch die wahren Umstände. Ihr Vater hatte ihrer Mutter ständig unerklärliche Pflichtversäumnisse vorgeworfen, aber Joanna wußte, daß dies nicht die größte Unzulänglichkeit ihrer Mutter gewesen war. Ihre wahre Sünde hatte darin bestanden, sich das Leben zu nehmen, und ein Kind zurückzulassen, das ihrer Fürsorge so sehr bedurfte. Und nun war all die Grausamkeit ihres Vaters umsonst gewesen, denn die Tochter, die er als ungeeignet erachtet hatte, sollte Oxwich doch noch erhalten. Aber sie wollte es gar nicht.

Als sie vorsichtig Luft holte, stiegen ihr erneut Tränen in die Augen. Ihr Gesicht trug das verzerrte Abbild eines Lächelns. »Ich bitte um Vergebung, Sir, ich bin ... ich bin sprachlos.«

»So will es mir scheinen«, bemerkte er kühl. »Ein Lachen hätte ich wohl kaum auf solch eine traurige Nachricht erwartet.«

Joanna riß sich aus seinem Griff los, als habe er ihr einen Schlag versetzt. »Ihr versteht nicht ...« Sie verstummte, denn sie war nicht gewillt, ihren Schmerz mit diesem Fremden zu teilen und zudem unfähig, ihren Gefühlen Ausdruck zu verleihen. »Vielen Dank, daß Ihr Eure Pflicht so überaus gewissenhaft ausgeübt habt, Lord Blaecston. Wie ich bereits sagte, würde ich es nun vorziehen, allein zu sein.«

Sie warf ihm einen Blick zu, der Zurückweisung ausdrückte. »Es sei denn, Ihr habt mir noch etwas zu berichten.«

Joanna wich seinen harten, starrenden Augen nicht aus. In diesem Moment wurde sie in ihrer ursprünglichen Einschätzung seiner Person nur bestätigt. Obwohl er sie zunächst getröstet hatte, war in seinem Gesicht jetzt keine Spur von Freundlichkeit mehr auszumachen.

Er besaß eine hohe Stirn und ein schmales Gesicht mit einer geraden, stolzen Nase. Er wäre wohl ein gutaussehender Mann — welch unpassender Gedanke! — wenn er öfter lächelnd würde. Aber nun blickte er grimmig drein, und dies verlieh seinem Gesicht einen harten Ausdruck und steigerte sein ohnehin einschüchterndes Benehmen ins Bedrohliche. In den langen Schatten der Zedern wirkte er groß, dunkel und eindringlich. Kein Mann, den man einfach zurückwies.

Dann glitten seine Augen noch einmal mit dieser unverschämten Aufdringlichkeit über sie hinweg, die sie bereits in Schwester Edithes Zimmer kennengelernt hatte, und ihre Vorsicht geriet unter ihrer instinktiven Empörung ins Wanken. Bevor sie ihm jedoch eine scharfe Bemerkung ins Gesicht schleudern konnte, verzogen sich seine Lippen zu einem spöttischen Grinsen.

»Ich möchte mir nicht nachsagen lassen, daß ich eine gequälte Seele von ihren Gebeten abgehalten habe. Wenn Ihr bereit seid, nach Oxwich aufzubrechen, werde ich Euch zur Verfügung stehen. Allerdings müssen wir uns spätestens übermorgen auf den Weg machen.«

»Nach Oxwich aufbrechen?« Joanna starrte ihn an, als sei er verrückt geworden. Dann nahmen ihre Züge einen bitteren Ausdruck an. »Ich habe nicht die Absicht, nach Oxwich Castle zurückzukehren.« Sie hob ihr Kinn und war überrascht, welch ein Gefühl der Erleichterung sich aufgrund dieser simplen Aussage in ihr ausbreitete.

»Ich werde niemals wieder dorthin zurückkehren«, fügte sie hinzu. Es kam ihr so vor, als würde sie in dem Augenblick die letzten Bindungen an ihr altes Zuhause durchtrennen. »Falls Ihr mit der Absicht hierhergekommen sein solltet, mich zur Burg meines Vaters zurückzugeleiten, so danke ich Euch für Eure freundliche Mühe. Aber ich beabsichtige, das Ewige Gelübde abzulegen. Der Tod meines Vaters und seines Erben ändern daran nicht das Mindeste.«

Nun war es an ihm, sie sprachlos anzustarren, und ein kleines Lächeln stahl sich auf Joannas Gesicht. »Ich weiß, daß dies nicht die Antwort ist, die Ihr erwartet habt, Lord Blaecston. Zweifellos gingt Ihr davon aus, daß ich darauf bedacht sei, so schnell wie möglich nach Oxwich zurückzukehren, um dort als Herrin zu residieren.« Sie zuckte mit den Schultern und tat einen tiefen Atemzug. »Ich weiß nicht, wer der Nächste in der Linie ist. Es muß einen Cousin geben oder ... oder sonst irgendjemanden. Und selbst wenn das nicht der Fall sein sollte, so wird der König sicherlich jemanden wissen, der sich um sein Vaterland verdient gemacht hat und eines solchen Besitzes würdig ist.«

Ihre letzten Worte rissen Lord Blaecston aus seinem Schweigen. Aber obwohl er seine Worte kühl und zurückhaltend äußerte, so spürte sie doch, daß sie ihn sehr verärgert hatte.

»Ich glaube, es ist zu früh für Euch, solch eine Entscheidung zu treffen. Vielleicht werdet Ihr nach Euren Gebeten ruhiger sein.«

»Es ist meine Absicht, eine Schwester des Ordens der Gilbertinerinnen zu werden, Lord Blaecston. Mein Interesse an Oxwich ist vor fünf Jahren erloschen.«

»Eure Bindung hier ist nicht endgültig, und Eure Pflicht gegenüber Oxwich und Eurer Familie ist unübersehbar.«

»In dieser Hinsicht habt Ihr Unrecht. Ich empfinde keine solche Verpflichtung«, schnappte sie zurück. Dann beruhigte sie sich wieder. »Es ist wahr, daß ich mein Gelübde noch nicht abgelegt habe, aber meine Entscheidung ist bereits gefallen.« Sie lächelte ihn an. »Wenn Ihr mich also jetzt bitte meinen Gebeten überlassen würdet.«

Die Anspannung, die ihn erfaßt hatte, war offensichtlich. Er stand drohend vor ihr, und für einen Moment verspürte sie einen Anflug von Panik. Dann aber verbeugte er sich, eine knappe, mechanische Zurschaustellung seiner guten Manieren.

»Wie Ihr wünscht, Lady Joanna. Allerdings würde ich die Angelegenheit gerne morgen noch einmal mit Euch besprechen, wenn Ihr so freundlich sein würdet.«

»Ich werde meine Meinung nicht ändern.«

Seine Augen wurden schmaler. »Selbst wenn Oxwich an den Schändlichsten unter den Lakaien des Königs fallen sollte?«

»König John und seinen Lakaien gilt meine Sorge nicht. Genausowenig wie Oxwich Eure Sorge sein sollte«, erwiderte sie. Dann verließ sie ihre hart erkämpfte Fassung, und ihre Stimme zitterte vor Emotion. »Ich würde mich kein bißchen darum scheren, wenn der König Oxwich Castle in Schutt und Asche legen ließe!«

Für einen langen Moment trafen sich ihre Blicke. Dann

nickte er höflich, wandte sich um und ließ sie mit ihren unglücklichen Gebeten allein zurück.

Rylans Gesicht trug einen düsteren Ausdruck, als er über eine kleine Steinmauer sprang, um in den Pferch zu gelangen, wo die Pferde standen. Ohne zu zögern trat er auf die kleine Gruppe von Streitrössern zu. Er kümmerte sich nicht darum, daß die meisten von ihnen ängstlich scheuten, denn das eine Pferd, auf das es ihm ankam, rührte sich nicht von der Stelle. Er sprang auf den Rükken des Tieres und begann, das Roß lediglich mit seinen Knien anzutreiben und es im Gehege im Kreis laufen zu lassen. Runde um Runde brachten sie hinter sich, zunächst im Trott, dann im kurzen Galopp, später dann in einem mörderisch schnellen Tempo, in Anbetracht der geringen Ausmaße des Pferchs.

Die untergehende Sonne hatte bereits den Horizont berührt und schimmerte golden hinter den dunklen, mit Bäumen bewachsenen Hügeln im Westen hervor, als Rylan und sein Pferd endlich ihre so hartnäckig betriebenen Anstrengungen beendeten. Obwohl eine frische Seebrise die Luft abgekühlt hatte, waren Roß und Reiter von ihren Strapazen schweißüberströmt.

Als das Tier schließlich abgekühlt war, hatte sich Rylans Stimmung sichtlich gehoben, wenn man die schlechte Laune bedachte, in der er sich nach seiner Unterhaltung mit Lady Joanna Preston befunden hatte. Dieses kleine Biest hatte mit einem Schlag seinen ganzen sorgfältig ausgearbeiteten Plan über den Haufen geworfen, und war dann der Ansicht gewesen, daß das Thema damit für sie erledigt sei. Aber sie hatte sich sehr in ihm getäuscht, wenn sie glaubte, daß er so einfach mitansehen würde, wie Oxwich — und damit Yorkshire — in die korrupten Hände von John Lackland fiel. Der König war für den Tod seines Vaters und zwei seiner Brüder verantwortlich, die in den Kriegen mit Frankreich, im Kampf um die Normandie, gefallen waren. Und seine Mutter hatte nur noch einen Monat lang gelebt, nachdem sie die Nachricht über das Blutbad von Valognes erreicht hatte.

Auch er hatte erwartet, daß er an seinen Wunden sterben würde. Nur seine Verbitterung hielt ihn am Leben. Die Verbitterung und sein Schwur, dafür zu sorgen, daß England den inkompetenten Händen von John entrissen werden mußte. Zumindest Yorkshire bildete mittlerweile eine feste Front gegen den König. Und seine bevorstehende Vermählung mit Lady Marilyn würde einen schweren Schlag für John bedeuten, denn dieser beabsichtigte, Egberts einzige Erbin an seinen Cousin Robert von Short zu verheiraten.

Ja, langsam kam alles zusammen. Und da würde er es auf keinen Fall zulassen, daß dieses kleine Biest alles ruinierte.

Er streichelte geistesabwesend die samtige Schnauze seines Pferdes, während er über die widerwillige Erbin von Oxwich nachdachte. Er hatte eigentlich damit gerechnet, daß sie nach fünf Jahren in der trostlosen Einöde von St. Theresa begierig sein würde, von hier fortzukommen. Als sie dann so eigenartig gelacht hatte, war er sich sicher gewesen. Aber ihr Lachen war Hysterie und kein Ausdruck von Freude und Erleichterung. Sie hatte geschworen, im Kloster bleiben zu wollen und außerdem ein ziemliches Temperament bewiesen — ganz besonders, als sein Blick über ihren Körper gewandert war.

Er mußte unwillkürlich grinsen, als er an ihren erbosten Gesichtsausdruck dachte. Zweifellos hatte sie noch nicht viele Männer ermutigt, solange sie bei Flamborough Head hinter Klostermauern versteckt lebte, denn hätte sie es getan, wäre sie mit solchen Blicken sicherlich vertraut. Sie war ein hübsches Ding — das wollte er gar nicht bestreiten — mit einer hohen Stirn, klaren, grünen

Augen und einer Haut so rosig wie die eines Säuglings. Keiner der Ritter, die er in Erwägung gezogen hatte, würde sich gegen eine Heirat mit ihr zur Wehr setzen. Ein Blick auf diese dichten Wimpern und das lange, lockige Haar, und sie würden gegeneinander das Schwert ziehen, um ihre Gunst zu erlangen. Obwohl ihre Kleidung grob und einfach war, besaß Rylan Augen, die erfahren genug waren, um die schmale Taille und die üppigen Formen ihrer Brüste, die sich gegen das rauhe Wollmieder ihres Kleides preßten, zu erkennen.

Die einzige Schwierigkeit, die Lady Joanna ihrem zukünftigen Gatten bereiten würde, war ihr zügelloses Temperament. Aber wenn sie erst einmal verheiratet war, sollte *das* nicht mehr seine Sorge sein, entschied Rylan. Mit einem leichten Schlag auf das Hinterteil schickte er seinen Gaul wieder zu den anderen Pferden zurück. Dann wandte er sich einem seiner Männer zu, der geduldig neben der Steinmauer auf ihn wartete.

»Schwierigkeiten?« erkundigte sich der Mann, während sein gewaltiger Körper Haltung annahm.

»Nur eine kleine Änderung der Pläne«, erwiderte Rylan. »Unser Täubchen scheint nicht die Absicht zu haben, Oxwich für sich zu beanspruchen, Kell. Sie zieht es vor, ein Leben als Nonne zu führen.«

»Manche tun das.«

»Manche tun das, richtig, aber sie ist schon seit ihrer Kindheit hier. Sie weiß nichts über die Welt da draußen. Wenn sie erst einmal auf den Geschmack der Freiheit — und der Macht — gekommen ist, die sie als Burgherrin genießt, wird sie ihre Meinung schon ändern.«

Als der wortkarge Nordländer lediglich eine Augenbraue in die Höhe zog, wurde Rylan ernster. »Nun, wie auch immer ihre Wünsche sein mögen, sie *muß* heiraten, um sicherzustellen, daß Oxwich frei vom Netz des Königs bleibt. Eines Tages wird sie mir einmal dankbar sein, aber wohl kaum in den nächsten Tagen, davon kann ich vermutlich ausgehen.«

»Sie ist noch keine Nonne?«

»Noch nicht, da ist das Glück auf unserer Seite, denn sonst wäre es unmöglich, sie zu verheiraten. Nicht einmal Vater Govan würde sich trauen, eine Nonne zu vermählen, wieviel Gold ich auch auf ihn niederregnen ließe. So, wie die Dinge stehen, wird es schon schwierig genug sein, ihre mündliche Zustimmung zu erhalten.«

»Du könntest ihr das Essen vorenthalten. Das wirkt immer«, riet ihm Kell mit der selbstbewußten Überzeugung eines Mannes, der weiß, wovon er spricht. Sein ohne jegliches Gefühl vorgetragener Ratschlag ließ Rylan kurz die Stirn runzeln.

»Ich hoffe nicht, daß ich zu solchen Maßnahmen gezwungen sein werde.« Er blickte sich im Klosterhof um, der mit dem fortschreitenden Untergang der Sonne in lange Schatten getaucht wurde. »Ich werde morgen noch einmal mit ihr reden, obwohl ich bezweifeln möchte, daß sie ihre Meinung bis dahin ändern wird. In der Zwischenzeit werde ich meinen Plan, wie wir sie ohne Aufsehen von hier wegschaffen können, verfeinern. Wir werden schon ein gutes Stück von hier entfernt sein, bevor der erste Alarm erklingt. Und wenn sie erst einmal unter meinem Schutz steht, gibt es nichts, was unser ›guter‹ König dagegen tun könnte.«

3

»Der Edelmann wünscht dich zu sprechen«, teilte Winna Joanna am nächsten Morgen mit. In ihrer Stimme schwang Neugierde und auch eine Spur von Streitlust mit, was Joanna sofort verärgerte.

»Wie du unschwer erkennen kannst, bin ich gerade beschäftigt«, erwiderte sie, ohne von ihrer Stickarbeit aufzublicken. Aber trotz ihres Versuchs, sich auf die silber- und goldfarbenen Fäden zu konzentrieren, die sie mit zwei Nadeln in eine kräftige, burgrunderrote Stoffbahn einarbeitete, stach sie sich prompt in den Finger. »Himmel nochmal —« murmelte sie. Sie blickte auf und sah, daß Winna immer noch wartete.

»Ich sagte doch, ich bin beschäftigt. Hast du nicht gehört?«

»Ich habe es gehört«, entgegnete Winna. »Und mich dünkt, daß du eine ziemliche Närrin sein mußt, einen Mann wie ihn zu ignorieren.« Mit einem schelmischen Lächeln strich sie sich über den rauhen Stoff ihres Kleides und schlenderte aus dem Zimmer, ganz offenbar sehr zufrieden mit sich.

Diese Frau! Joanna kochte innerlich, während sie an ihrer Fingerkuppe saugte. Sie war eine Dirne und schämte sich nicht einmal dafür! Aber Joanna war bewußt, daß es im Grunde weder Winna noch ihr ungehöriges Verhalten war, das sie so aufbrachte. Dieser Mann war Schuld daran.

Sie hatte die ganze Nacht schlaflos auf ihrer Liege zugebracht und sich jedes Wort ihrer kurzen und dennoch aufwühlenden Unterhaltung ins Gedächtnis gerufen. Sie hatte ihm klar ihre Meinung gesagt, beruhigte sie sich.

Sie hatte deutlich zum Ausdruck gebracht, daß Oxwich sie nicht mehr interessierte und daß der König es dem Teufel selbst vermachen konnte, wenn ihm der Sinn danach stand — ihr war das vollkommen gleichgültig. Und doch konnte sie die Befürchtung nicht abschütteln, daß die Angelegenheit für Lord Blaecston noch lange nicht erledigt war.

Sie schwieg grimmig und schimpfte auf ihren Vater, durch den sie wieder einmal gepeinigt wurde. Willst du mich selbst nach deinem Tod noch quälen, wie du es dein ganzes Leben lang getan hast?

Mit einem resignierten Seufzer ließ sie ihre Handarbeit in den Schoß sinken. Ihr Vater war tot. Die Neuigkeit hatte sie vollkommen überrascht, aber nachdem der erste Schock vorüber gewesen war, hatte sie nichts weiter empfunden. Kein Bedauern. Keine Wut. Sie fühlte sich nur leer, als sei jegliche Fähigkeit, etwas zu empfinden, erschöpft. Sie war leer und hilflos, um jegliche Zufluchtsstätte gebracht.

Aber das entsprach nicht ganz der Wahrheit, sagte sie sich. Sie hatte St. Theresa. Hier war jetzt ihr Heim. Niemand konnte sie zwingen, von hier fortzugehen, und dies sollte ihr eigentlich Trost spenden.

Aber nicht einmal solche Gedanken konnten ihr den Schmerz nehmen, der plötzlich in ihrer Brust aufstieg. Obwohl es gegen jedwede Logik ging, verspürte sie ganz plötzlich ein überwältigendes Gefühl von Einsamkeit. Seit dem Tod ihrer Mutter hatte sie dies nicht mehr in der Form ...

Joanna schüttelte den Kopf und weigerte sich, der Erinnerung zu erlauben, weiter an die Oberfläche zu dringen. Ja, damals war sie einsam gewesen. In den düsteren Tagen nach dem Tod ihrer Mutter wäre sie am liebsten selbst gestorben. Aber die Nachricht vom Dahinscheiden ihres Vaters würde sie nicht so berühren, das schwor sie sich. Es tat ihr um seine zweite Frau und seinen kleinen Sohn Eldon leid. Aber was ihn betraf ...

Joanna erhob sich von ihrer Arbeitsbank und schritt rastlos auf die Fenster der Lesenische zu. Schwester Edithe hatte ihr für ihre Arbeit heute die Abgeschiedenheit des Gebetsraumes zur Verfügung gestellt, damit sie in aller Stille ihren Verlust betrauern konnte. Aber statt dessen waren ihre Gedanken zusammenhanglos durcheinandergewirbelt und Erinnerungsfetzen an ihre Kindheit an die Oberfläche gedrungen, die sie seit so vielen Jahren unterdrückt hatte. Und nun hatte Winna in der Tür gestanden, weil dieser Mann Joanna um eine weitere Unterredung gebeten hatte.

Beim Gedanken an Sir Rylan Kempe fand Joannas Verstand endlich etwas, an das er sich festklammern konnte. Wie angemessen es doch war, daß ihr die Nachricht vom Tode ihres Vaters von einem Mann wie Lord Blaecston überbracht wurde! Wie die meisten seiner Standesgenossen war er arrogant und verhielt sich herablassend. Er besaß sogar die Unverfrorenheit, ihr zuzumuten, daß sie sich mit seinen unbedeutenden politischen Belangen befassen sollte! Wie ähnlich er ihrem Vater war, dachte sie bitter. Wie sich die Männer doch alle glichen! Der Mann gab ein Zeichen und die Frau hatte zu gehorchen.

Nur sie mußte nicht länger gehorchen. Weder ihr Vater noch der anmaßende Lord Blaecston konnten sie dazu zwingen, irgendetwas zu tun. Zum ersten Mal in ihrem Leben gehörte sie ganz sich selbst, war frei, ihre eigenen Entscheidungen zu treffen.

Und sie hatte sich für St. Theresa entschieden.

Joanna blickte durch eines der hohen Fenster hinaus. Außer dem steinernen Rahmen konnte sie lediglich die Spitzen der Bäume und den Himmel darüber erkennen. Derselbe Himmel erstreckte sich auch über Oxwich, dachte sie. Und über ganz England und sogar noch viel weiter. An manchen Tagen wünschte sie sich, zum Ende des Himmel reisen zu können, um diesen mythischen Ort zu finden, wo das Blau des Himmels das Grün der Erde berührte. Die Vögel, die über das Kloster hinwegschwebten und weiter zur See hinaus- oder ins Land hineinflogen, hätten zweifellos viel über die Welt zu erzählen, wenn sie im Besitz von Zungen wären, die ihnen erlaubten, zu sprechen. Aber trotz dieser immer wiederkehrenden Sehnsucht wußte sie, daß es nichts weiter als kindische Tagträume waren. Der weitreichende Himmel mit seinem sich ständig ändernden Farbenspiel und den außergewöhnlichen Wolkenformen war faszinierend, aber ein Mensch konnte sich nicht am Himmel festhalten, wie an einem kräftigen Fels oder an einem Stück fester Erde. In den einfachen Gebäuden des Klosters hatte sie schließlich eine Zuflucht, eine lange vermißte Sicherheit, gefunden, und sie würde sie nicht aufs Spiel setzen, gleichgültig, wie anziehend ihr die Welt dort draußen auch manchmal erscheinen mochte.

Nachdem sie diesen festen Entschluß getroffen hatte, faltete sie ihre Stickarbeit, steckte die beiden Nadeln über Kreuz in eine Ecke des Stoffes und legte die Sachen in ihren Handarbeitskorb. Sie konnte sich genausogut dem entschlossenen Lord Blaecston stellen und die Angelegenheit ein für allemal hinter sich bringen. Vielleicht würde er ihr ja heute, wenn sie sein Angebot, sie nach Oxwich zu geleiten, erneut ablehnte, endlich glauben.

Als Joanna den Klostergarten betrat, war sie auf den Anblick, der sich ihr dort bot, nicht vorbereitet. Winna, die für gewöhnlich ein dreistes Verhalten an den Tag legte, wenn männliche Besucher im Kloster weilten, stand neben Lord Blaecston und sah lächelnd zu ihm auf.

»Es tut mir leid, aber sie hat Euer Ersuchen, sich mit Euch zu treffen, abgelehnt, Mylord. Es tut mir in der Seele weh, daß Ihr eine solch schroffe Abfuhr erhalten habt, aber ich hoffe, daß Ihr statt dessen mit meiner Gesellschaft vorlieb nehmen werdet.« Winna wandte ihr Gesicht ab, als sie einen kleinen Knicks vollführte und entdeckte dabei Joanna. Sie warf ihr prompt ein selbstgefälliges Lächeln zu, aber als sie sich wieder aufrichtete, galt ihre ganze Aufmerksamkeit dem großgewachsenen Mann, der vor ihr stand. »St. Theresa beherbergt mehrere inspirierende Reliquien, die Ihr vielleicht gerne sehen möchtet. Sie werden in einer Gruft im Keller aufbewahrt, wo man völlig ungestört seinen Gedanken nachgehen kann«, fügte sie mit einem etwas heiserer klingenden Tonfall hinzu.

Joanna war nicht imstande, seine Antwort zu vernehmen, da er mit dem Gesicht von ihr abgewandt stand, aber als Winna noch näher auf ihn zuschritt, war Joanna sich sicher, daß er sie ermutigt hatte. Winna würde doch wohl nicht die gleichen Vertrautheiten mit diesem Mann teilen, wie sie es mit dem Vogelfänger getan hatte! Bewaffnet mit einer rechtschaffenen Entrüstung, daß die beiden sich innerhalb der Klostermauern eines solch ungebührlichen Verhaltens zuschulde kommen ließen, stürmte sie auf sie zu.

»Vielen Dank für die Übermittlung der Nachricht, daß Lord Blaecston auf mich wartet«, sagte sie an Winna gewandt. Sie bemühte sich, höflich zu klingen, versagte aber vollkommen. Auf Winnas hochmütigen Blick hin wäre Joannas aufbrausendes Gemüt beinahe mit ihr durchgegangen. Hatte dieses Mädchen denn überhaupt keine Selbstachtung? fragte sie sich aufgebracht. Es durfte doch wohl nicht ihre Aufgabe sein, diese Dirne vor ihren eigenen Dummheiten zu schützen!

»Ah, Lady Joanna«, sagte Lord Blaecston, der sich zu ihr umgedreht hatte. Als er ihre gerunzelte Stirn erblickte, schaute er kurz zu Winna hinüber, wandte sich dann aber mit einem kleinen Lächeln Joanna zu. »Welch eine

Freude, daß Ihr doch die Zeit findet, Euch mit mir zu unterhalten. Winna teilte mir mit, daß Ihr sehr beschäftigt seiet …« Seine Stimme verlor sich, und die Worte blieben wie eine Frage in der Luft hängen, während sein Blick sich in den ihren senkte.

»Ich . . . ich war in der Tat beschäftigt«, erwiderte sie und bemühte sich sehr, ihre plötzlich durcheinander geratenen Emotionen unter Kontrolle zu bekommen. Joanna gestand sich nur ungern ein, daß Winnas freches Verhalten sie nicht betroffen gemacht hätte, wenn es um einen anderen Mann gegangen wäre. Sie schob diese Erkenntnis jedoch schnell beiseite. Als Novizin, die das Ewige Gelübde ablegen würde, oblag es ihr, sich um das Verhalten aller im Kloster zu sorgen. Schwester Edithe verlangte, daß sie jede Sünde, die sie beobachteten, enthüllten, damit sie alle besser in der Lage wären, den Stand der Gnade zu erlangen.

Ihr Zorn auf Winna war also Teil ihrer Pflichten, sagte Joanna sich. Ein wenig gefaßter widmete sie sich nun Lord Blaecston.

»Eure Freundin hat sich angeboten, mir die Reliquien des Klosters zu zeigen«, begann er. »Jetzt, da Ihr da seid, könnten wir uns doch während unserer Unterhaltung die Reliquien anschauen.« Seine wohlgeformten Lippen verzogen sich zu einem noch breiteren Lächeln, mit dem er sich ganz offenbar über sie lustig machte. »Wenn Ihr uns bitte entschuldigen würdet«, sagte er zu Winna mit einer knappen, sie entlassenden Verbeugung.

Er verschwendete keinen weiteren Blick mehr an sie, als sie davonschlenderte. Joanna allerdings beobachtete ihr Verschwinden mit ungerechtfertigtem Interesse, während sie ihre Fassung zu verlieren drohte. Nun war sie abermals allein mit diesem Mann. Was sollte sie nur mit ihm anfangen? Alles in ihr sträubte sich dagegen, ihn die engen Stufen zu der Gruft hinunterzuführen, wo ein Knochen aus St. Theresas linkem Daumen und ein Lederstückchen ihrer Sandale aufbewahrt wurden. Die bloße Vorstellung, mit ihm dort allein zu sein, ließ ihren Magen sich zusammenkrampfen. Selbst ein Gespräch mit ihm hier im Garten, wo alle sie sehen konnten, hatte eine äußerst verwirrende Wirkung auf sie.

»Nun?« spornte er sie an. »Nehmt meinen Arm, Joanna, und zeigt mir die Wunder von St. Theresa.«

»Ihr interessiert Euch nicht im geringsten für unsere Reliquien«, fuhr sie ihn an, als er ihr seinen Arm darbot.

»So denkt Ihr also über mich«, entgegnete er mit einem Grinsen und legte in gespielten Entsetzen eine Hand auf seine Brust. »Stellt Ihr etwa meinen Glauben in Frage?«

»Euren Glauben?« Joanna blickte in sein Gesicht, das einen spöttischen Ausdruck trug und ließ ihre Augen über seine von Arroganz geprägte Erscheinung gleiten. »Ich denke, daß Ihr ein Mann seid, der ebenso gut *nach* dem von seiner Heiligkeit Papst Innozenz erlassenen Interdikt gegen das Zelebrieren der Sakramente leben kann, wie er es *vor* diesem Erlaß getan hat«, erwiderte sie. Aber obwohl sie es als schlimmstmögliche Beleidigung ausgesprochen hatte, lachte er nur.

»Ich wurde lange vor diesem Interdikt getauft, und ich erwarte, die Letzte Ölung erst eine gute Weile nach der Aufhebung des Interdiktes in Anspruch nehmen zu müssen. In der Zwischenzeit finde ich mich, wie jeder andere gute Christ, mit der Entscheidung des Papstes ab.«

Joannas Rücken versteifte sich angesichts der Art und Weise, wie er über die anderen Sakramente sprach. Und so etwas nannte sich Christ! Aber sie beabsichtigte nicht, irgendwelche religiöse Fragen mit diesem Mann — diesem Gotteslästerer — zu diskutieren — ermahnte sie sich. Er hatte sich mit ihr getroffen, um sie dazu zu überreden, die Verantwortung für Oxwich zu übernehmen. Sie mußte sich lediglich anhören, was er zu sagen hatte, um ihn dann erneut abzuweisen. Dann würde er endlich von hier verschwinden und sie in Ruhe lassen.

»Ihr habt mich aus einem bestimmten Grund rufen lassen, Lord Blaecston. Bitte sagt mir, was Ihr zu sagen habt. Es gibt noch andere Dinge, die meiner Aufmerksamkeit harren«, mahnte sie mit scheinbar gelangweilter Gleichgültigkeit.

»Ach ja, Eure Stickerei.« Er nickte ernst, als betrachte er ihre Handarbeit als ein Werk von großer Wichtigkeit, aber Joanna wußte, daß er sich schon wieder über sie lustig machte. Sie mußte ihre ganze Willenskraft zusammennehmen, um einen Wutausbruch zu unterdrücken. Aber je offensichtlicher sie darauf wartete, daß er endlich beginnen möge, desto entschlossener schien er zu sein, sich nicht drängen zu lassen. Als ihr Blick sich verärgert mit dem seinen kreuzte, zog sich ihr Magen zusammen, denn mit Hilfe irgendeines angeborenen Instinktes durchschaute sie ihn. Er sprach mit ruhiger Stimme. Er bewegte sich mit Gelassenheit und ohne bedrohlich zu wirken. Und dennoch spürte sie in ihrer weiblichen Seele, daß sie sich vor diesem Mann in acht nehmen mußte. Für einen langen Moment starrte sie in sein schmales Gesicht, sah das barbarisch lange, dunkle Haar und bemerkte das tiefe Saphirblau seiner Augen. Unfähig, diesen Anblick noch länger zu ertragen, sah sie schließlich zur Seite.

Erst dann begann er zu sprechen, als wüßte er, daß er einen Sieg errungen hatte. Aber zu ihrer Überraschung war seine Stimme tief und aufrichtig, ohne ein Zeichen von Triumph.

»Ich möchte Euch erneut mein Anliegen in bezug auf den Besitz von Oxwich, auf den Ihr nun Anspruch habt, vortragen. Sagt nichts«, fügte er hastig hinzu, als sie sich zu ihm umwandte. »Hört mich erst an, mehr erbitte ich gar nicht. Hört mich einfach nur an.«

Wieder trafen sich ihre Blicke. Dieses Mal ließ sich Joanna allerdings nicht wieder auf einen wortlosen Kampf ein.

Sie konnte es sich leisten, großzügig zu sein, sagte sie sich. Sie würde ihm höflich zuhören — all seinen lächerlichen Gründen lauschen, die er vorbringen würde, um ihre Entscheidung ins Wanken zu bringen — denn sie wußte schon jetzt, daß es umsonst war. Nachdem er zuende gesprochen hatte, würde sie ihn abweisen. So einfach war das.

Als sie zustimmend nickte, lächelte er sie an. »Laßt uns ein Stück gehen, während wir uns unterhalten.« Er nahm ihren Ellbogen und führte sie aus dem Garten hinaus.

Für einen Moment war Joanna bestürzt. Seine Hand hielt ihren Arm so vertraut, und er geleitete sie so selbstverständlich zu dem offenen Tor. Aber sie kämpfte gegen den Anflug von Panik an, als sie seine warme, kräftige Berührung spürte. Es war ja nur für eine kleine Weile, beruhigte sie sich. Wenn sie ihm erst einmal klar gemacht hatte, daß sie nicht beabsichtigte, die Gilbertinerinnen zu verlassen, würde er verschwinden. Zweifellos würde er wutentbrannt abreisen, denn er war kein Mann, der eine Niederlage leicht nahm.

Sie traten schweigend durch das unbewachte Tor hinaus und schritten die staubige Straße entlang. Zu ihrer Rechten waren in weiter Ferne die nie verstummenden Geräusche des Meeres auszumachen, die über das Moor hinweggetragen wurden. Tag und Nacht schlugen die Wellen in einem endlosen Kampf gegen die Kreideklippen. Aber obwohl sich die See ins Unendliche erstreckte und die Gezeiten selten barmherzig waren, gaben die hoch aufragenden Klippen niemals nach. Genauso mochte dieser Mann gegen ihre abwehrende Haltung vorgehen, und genau wie die alten Klippen würde sie niemals nachgeben. Sie würde nach seiner Abreise für immer in St. Theresa bleiben.

»Ihr seid schon viele Jahre hier«, begann er und blickte auf sie hinab.

»Ja, und inzwischen ist das Kloster zu meinem Zuhause geworden«, antwortete Joanna. Sie trat unter dem Vorwand zur Seite, ein Stück zerbrochener, grauer Kreide aufheben zu wollen, die sie dann auch in ihre Tasche steckte, aber der wahre Grund lag darin, daß sie sich aus seinem beunruhigenden Griff lösen wollte.

»Welch ein wunderschöner Ort.«

Angesichts dieser überraschenden Aussage richtete sich Joanna auf und starrte ihn an. Mit dem Wind im Rücken, der sein langes Haar durcheinanderwirbelte, schien er seltsamerweise ganz in seinem Element zu sein. Die kahle Landschaft und der leuchtende Himmel hinter ihm verliehen seiner Silhouette eine noch mächtigere Aura, als vermöchte er den Wind zu zähmen, wenn ihm der Sinn danach stand. Sie selbst dagegen fühlte sich von dem rauhen Wind durchgerüttelt. Er riß an den losgelösten Strähnen ihres Haares und preßte den Saum ihres Kleides gegen ihre Fußknöchel, als sei er imstande, sie nach Belieben davonzutragen.

»Ja, es ist ein wirklich wunderschöner Ort«, stimmte sie ihm zu. »Flamborough Head ist wild und einsam, und das Kloster ist sicher. Man kann sich dorthin zurückziehen.«

»Damit Euch niemand bei Eurer endlosen Stickerei stört?« Er hob fragend eine dunkle Braue, während er sie forschend anblickte. »Ich hätte nicht vermutet, daß dies das Ziel einer jungen Frau von vornehmer Herkunft sein könnte.«

Joanna blickte ihn mißtrauisch an. »Welche andere Möglichkeiten stehen einer Adeligen denn offen?«

»Herrin ihres eigenen Besitzes zu sein würde sicherlich

eine größere Herausforderung darstellen und lohnender sein, als in der ruhigen Abgeschiedenheit dieses Ortes zu leben.«

»Aber ich wäre niemals wirklich die Herrin von Oxwich. Mein zukünftiger Ehemann würde Lord von Oxwich werden. Ich dagegen wäre lediglich seine Frau. Das ist ein sehr großer Unterschied«, fügte sie bitter hinzu.

Bis auf die Augen, die sich leicht verengten, änderte sich sein Gesichtsausdruck nicht. »Euer Ehemann würde in der Tat Lord von Oxwich sein, aber das wäre nur zu Eurem Besten, Joanna. Ein Mann arbeitet sehr hart, um seinen Besitz zu vergrößern und seine Familie und seine Angehörigen zu beschützen. Wenn Ihr ihm zur Seite steht, wird Euch der Respekt aller sicher sein, und Ihr könntet einen feinen Haushalt ganz nach Euren Wünschen führen.«

»Ganz nach den Wünschen meines *Gatten*«, widersprach Joanna, die sich an die Ängste ihrer Mutter vor ihrem Mann erinnerte. »Ich brauche keinen Ehemann, denn ich habe hier alles, was ich will. Ich kann kommen und gehen, wie es mir gefällt. Ich habe natürlich meine Pflichten und meine Gebete. Aber ich mache zum Beispiel nach Lust und Laune Spaziergänge durch die Moore und Wälder. Mehr wünsche ich mir nicht vom Leben.«

Sie wandte sich abrupt von ihm ab und blickte zum Kloster zurück, dessen graue, flache Gebäude auf den kargen Felsen thronten. Aus welchem Grund war dieser Mann gekommen und störte den zerbrechlichen Frieden, den sie hier gefunden hatte? Warum mußte er in den schmerzhaften Wunden herumstochern, die scheinbar gerade erst zu vernarben begannen?

Er stellte sich vor sie hin, nahm ihr die Sicht auf St. Theresa und sprach in einem warmen und aufrichtigen Ton zu ihr. »Sie müssen den Mann nicht fürchten, der einmal ihr Ehemann sein wird, Lady Joanna. Ein Mann, der nicht alles tut, um eine Frau von solch außergewöhnlicher Schönheit zufriedenzustellen, wäre ein Narr.« Seine Augen glitten über sie hinweg, und die Wärme in ihren blauen Tiefen erfüllte sie unerwarteterweise mit einer unbekannten Hitze. »Ein Lächeln von Euch und Ihr könntet schalten und walten, wie es Euch gefällt — so liebenswert, wie Ihr seid, dürftet Ihr schnell alles erreichen, was Ihr Euch nur wünscht.«

Joannas Augen weiteten sich angesichts seiner überraschenden Worte, und ihr Herz begann unruhig zu schlagen. Aber trotz der Hitze, die ihren Körper erfaßt hatte, wußte sie, daß seine Rede ganz und gar unschicklich war — ebenso wie sein anmaßender Blick. Hinzu kam, daß er für einen anderen, nicht weiter benannten Mann sprach. Dieses Wissen beruhigte Joannas aufgewühlte Emotionen in keiner Weise.

»Alles, was ich mir wünsche«, begann sie nervös. »Alles, was ich mir wünsche ist, alleingelassen zu werden. Nichts, was Ihr sagt, könnte mich ...«

»Was ist mit Kindern?« unterbrach er sie. »Der Herzenswunsch einer jeden Frau ist ein volles Kinderzimmer. Wollt Ihr darauf so einfach verzichten? Wenn Ihr erst einmal das Ewige Gelübde abgelegt habt, wird Euch dies für immer verwehrt bleiben.«

Joanna hob ihren Kopf und bemühte sich tapfer, den Kloß in ihrer Kehle zu ignorieren. Was hatte ihrer Mutter der Wunsch nach Kindern Gutes gebracht? Sie hatte sich mehr als alles andere einen Sohn gewünscht, aber Gott hatte kein Einsehen gehabt. Statt dessen hatte sie die Mißhandlungen durch ihren Gatten ertragen, bis sie es nicht mehr aushielt. Deshalb entschied sich jetzt Joanna dagegen, selbst wenn sie die Vorstellung von einem eigenen Baby verlockend fand.

Mit einem tiefen, zitternden Atemzug richtete sie nun ihren Blick auf Kempes ungeduldiges Gesicht. »Ich verzichte gerne auf all das — Kinder, einen Ehemann und ganz besonders auf Oxwich Caste.«

Trotz der Spannung, die ihre abweisend geäußerten Worte zwischen ihnen aufbaute, antwortete Sir Rylan nicht zornig, obwohl Joanna ein Feuer in seinen Augen aufblitzen sah. Als er sprach, war seine Stimme ruhig und fest.

»Ganz offenbar habe ich Euch durcheinander gebracht, und das war ganz und gar nicht meine Absicht. Aber ich sehe mich wirklich außerstande, Eure Furcht vor Oxwich zu verstehen — denn das ist es doch, was Ihr empfindet, nicht wahr? Aber warum nur?«

»Ich fürchte mich keineswegs davor«, erwiderte Joanna schnippisch, abermals verunsichert angesichts seiner Ruhe. »Ich weigere mich schlichtweg, meine . . . meine Pläne zu ändern.«

»Da steckt doch offensichtlich mehr dahinter, Lady Joanna.«

»Meine Gründe gehen Euch nichts an!« rief sie.

Sie sah, wie er die Zähne aufeinanderbiß. »Und was ist mit Eurer Pflicht Oxwich gegenüber? Wie auch immer Eure Gefühle für diesen Ort sein mögen, Ihr habt die Pflicht Oxwich und England gegenüber, das Geschlecht Eurer Familie nicht aussterben zu lassen.«

»Das Geschlecht meiner Familie?« höhnte sie. »Meinetwegen kann es mit mir aussterben. Andere werden gerne meinen Platz auf Oxwich einnehmen. Außerdem geht das Euch überhaupt nichts an. Warum solltet Ihr Euch darum scheren, wer Lord von Oxwich wird?«

Bei diesen Worten erstarrte er. »Oxwich hat sich, wie alle anderen Güter in Yorkshire, gegen König Johns Exzesse gestellt. Ich werde nicht zulassen, daß es jetzt in seine Hände fällt.«

»Es ist nicht Eure Angelegenheit, wer Lord von Oxwich wird!«

»Ich verhalte mich loyal zu meinem Vaterland, daher muß es zu meiner Angelegenheit werden.«

Joanna starrte ihn an und bemühte sich verzweifelt, das Zittern in ihrer Stimme zu beherrschen. »Es ist offensichtlich, daß Ihr den König verachtet und seine Pläne gerne durchkreuzen würdet, aber bezeichnet nicht als Loyalität, was in Wahrheit Habsucht ist.«

Seine Augen verengten sich zu Schlitzen, und sie wußte, daß sie ihn sehr verärgert hatte. Aber das durfte ihr nichts ausmachen. Sie erwiderte seinen aufgebrachten Blick. Als er schließlich sprach, war seine Stimme so kalt wie Eis.

»So sehr Ihr es auch verneinen mögt, Mylady, die Tatsache bleibt unwandelbar. Es ist Eure Pflicht, Oxwich jetzt zu schützen, genau so, wie es Euer Vater getan hat.«

»Meine Pflicht!« rief sie empört. »Ich bin nur einem verpflichtet, und das ist Gott! Oxwich wird unter einem anderen Herrn gedeihen, und England wird durch meine Abwesenheit wohl kaum untergehen!« Ihre Brust hob und senkte sich heftig, so aufgewühlt war sie, und sie blickte ihn mit tränenverhangenen Augen an. »Es schert mich nicht im geringsten, wer Anspruch an diesen unheiligen Ort stellt — Ihr oder der König. Meinetwegen können beide zur Hölle fahren und Oxwich dazu!«

4

Blaecstons Männer ritten am Mittag davon. Joanna hörte sie, obwohl sie sich erneut in das Gebetszimmer zurückgezogen hatte. Das Schnauben und Wiehern der Pferde und die Rufe der Männer, die sich versammelt hatten, um die Abreise vorzubereiten, durchbrachen die Stille des abgelegenen Raumes. Trotz der hingebungsvollen Aufmerksamkeit, die sie ihren Gebeten widmete, wurde Joanna immer und immer wieder abgelenkt.

Rylan Kempe, der ihr beunruhigende Nachrichten gebracht hatte und einen so zwingenden Blick besaß, verließ St. Theresa. Und dennoch würde er nicht vollends verschwinden. Sie wußte bereits, daß er sie noch viele Tage lang verfolgen würde, denn schon jetzt lenkte sie das, was er gesagt hatte, ständig von ihren Gebeten ab. Er hatte von ihrer Pflicht Oxwich gegenüber gesprochen. Den Dorfbewohnern gegenüber. Und doch sagte sie sich, daß sie weder der Burg noch den Leuten etwas schuldig war. Oxwich war ihr verhaßt. Die Menschen dort würden sie nicht einmal erkennen, und würden sich sicherlich nicht darum scheren, wer ihr Herr war, solange sie ungestört ihrer Arbeit nachgehen konnten und man sie nicht allzu häufig zu Herrschaftsdiensten heranzog. Nein, sie drückte sich vor keiner Pflicht, wenn sie weiterhin in St. Theresa blieb. Außerdem stand die Pflicht vor Gott über allen anderen Pflichten, sagte sie sich, als sie ihre Knie auf dem kalten Steinfußboden bewegte.

Aber was ist mit dem Kinderwunsch? fragte eine beharrliche Stimme tief in ihrem Innern.

Joanna erhob sich mit einem resignierten Seufzen. Sie rieb sich geistesabwesend die Knie, während sie über diesen frappanten Punkt nachdachte. Was war mit Kindern?

Wenn es auch nur einen akzeptablen Weg gäbe, ein Baby ohne die Notwendigkeit eines Ehemannes zu haben, dann würde sie diesen Weg ganz gewiß wählen, denn etwas in ihr sehnte sich selbstverständlich nach einem eigenen Kind. Wie sehr sie es lieben und sich um all seine Bedürfnisse kümmern würde! Es müßte niemals Liebe oder Zuneigung entbehren und würde glücklich und zufrieden aufwachsen.

Sie verschränkte ihre Arme vor der Brust und ließ ihren Gedanken freien Lauf. Ein eigenes Kind würde ihr mehr als alles andere bedeuten. Und ein Kind würde auch ihr seine Liebe schenken. Die bloße Vorstellung erwärmte ihr das Herz. Aber als sie sich daran erinnerte, wo sie sich befand und warum — da wurde dieses warme Gefühl zu einem kalten Klumpen in ihrem Herzen. Ihre Armen fielen zur Seite hinab, denn sie sah sich gefangen in der Realität, die sie selbst gewählt hatte. Sie würde keine Kinder haben, da sie keinen Ehemann hatte. Sie mußte Trost in der Liebe Gottes finden. Sicherlich würde seine Liebe erfüllender sein als jede andere.

Aber dennoch trug diese Überzeugung wenig dazu bei, ihre Laune zu heben, als sie das Geklapper der Pferdehufe draußen vernahm. Lord Blaecston und seine Männer reisten ab und nahmen ihren letzten Anspruch an die Welt dort draußen mit sich fort. Obwohl sie sich große Mühe gab, über ihre Abreise erfreut zu sein, kostete es Joanna ihre ganze Kraft, nicht in Tränen auszubrechen.

Als sie das stille Gebetszimmer verließ, war es Zeit für das Abendgebet. Aber ihre Stimmung war zu düster und ihre Seele zu verstört, als daß sie bei dem eintönigen Gescharre der Klosterbewohnerinnen hätte Trost finden können. Sie hatte das Abendessen verpaßt, aber auch das kümmerte sie nicht. Der Wind war stark aufgefrischt und fuhr in wütenden Böen von der See her übers Land, und gerade die Gewalttätigkeit, die dabei zum Ausdruck kam, empfand Joanna beinahe schon als tröstlich. Sie selbst war ebenfalls wütend und ziellos, voller Energie aber ohne ein Ziel, auf die sie sie richten konnte.

Im Osten, weit über die Deutsche Bucht hinweg, wurde der Himmel dunkler und dunkler. Aber im Westen schien die Sonne noch ganz schwach durch die Wolken. Im Hochsommer verweilte die Dämmerung sehr lange, und Joanna wußte, daß die vollständige Dunkelheit noch einige Stunden auf sich warten lassen würde. Während sie still dastand, der Wind gegen ihren Rücken drückte und sie gen Westen blickte, riefen die Glocken zum Gebet. Einige Nachzüglerinnen eilten rasch die drei Stufen zur Kapelle hinauf und traten dann durch das breite Portal. Dann war Joanna wieder allein. Sie blieb in dem verlassenen Klostergarten stehen und ließ jetzt ihren Blick über den staubigen Boden und die schmucklosen Gebäude wandern.

Durch den Regen würde sich der Staub setzen, dachte sie geistesabwesend, und das Loch im Dach der Kapelle würde größer werden, sollte ein Sturm aufziehen. Sie drehte sich zum Wind und hob ihre Augen gen Himmel. Loch hin oder her, ein heftiger Regensturm war genau das, was sie sich jetzt wünschte. Laß es blasen und stürmen, bis ganz England sich ängstlich vor diesem Zorn duckt! Laß den Regen so lange herunterprasseln, bis die ganze Welt reingewaschen ist — oder weggeschwemmt ist.

Unfähig, ihre schwankenden Emotionen zu verstehen oder gar zu kontrollieren, riß sich Joanna ihr *couvrechef* vom Kopf. Als der Wind das rechteckige Leinentuch erfaßte und davontrug, schüttelte sie kräftig ihren Kopf und ließ die langen Locken frei um ihr Gesicht wehen. Dann eilte sie, ohne ein genaues Ziel im Kopf zu haben und lediglich dem unwiderstehlichen Drang folgend, ganz woanders zu sein, auf das Tor und die windumtosten Moore zu, die hinter den Mauern der klösterlichen Enklave lagen.

Joanna folgte nicht dem engen Weg, der vom Kloster wegführte und über den sonst der Karren rumpelte. Statt dessen schritt sie auf die Klippen zu. Tief unten lag das Meer, das allgewaltig gegen den Kalkstein schlug. Die hohen Fluten schienen die Klippen verschlingen zu wollen, schienen danach zu hungern, das Land in ihren Besitz zu bringen. Joanna beugte sich gefährlich weit über die Felskante hinaus, aber sie hatte keine Angst. Der Wind zerrte mit solcher Kraft an ihr, daß sie, hätte sie sich fallenlassen, wohl wieder auf festen Boden zurückgeweht worden wäre.

Wenn der Wind doch damals nur ihre Mutter zurückgeweht hätte! Dieser Gedanke brachte sie dazu, sich umgehend aufzurichten. Ein Schauer lief ihr den Rücken entlang. Sie drehte sich abrupt um und entfernte sich mit steifen Schritten von den steilen Klippen. Sie wanderte auf das sanft abfallende Moor zu.

Woher hatte ihre Mutter nur den Mut genommen, einen solchen Sprung zu tun? Dieser Gedanke quälte sie lange schon. Und wie konnte sie bloß so feige sein und den Rest ihres Lebens einfach wegwerfen?

Ich möchte nicht darüber sprechen, sagte sich Joanna, während der Wind ihr taillenlanges Haar und ihren langen Rock nach vorn peitschte. Ich möchte nichts weiter, als einen Spaziergang in den ruhigen Wäldern machen und ein wenig Frieden finden.

Während Joanna sich an diesen Gedanken klammerte, ließ sie es zu, daß der Wind sie vor sich herjagte, durch das hohe Gras und das stechende Heidekraut hindurch, über den Weg hinweg und beinahe bis Christa's Spout, wo sie zum Wald hin abbog. Ihr Haar war bereits hoffnungslos durcheinander und ihr Gesicht erhitzt vor Anstrengung. Langsam gelang es ihr jedoch, ein wenig Fassung zurückzugewinnen. Die Wolken türmten sich dunkel und bedrohlich auf, und sie wußte, daß die Bäume nicht sicher wären, sollte es blitzen. Aber bevor sie keinen warnenden Donner hörte, wollte sie sich darüber keine Gedanken machen. Sie würde solange weiterspazieren, bis es zu regnen begann, beschloß sie. Würde Gott sie wohl ewig weiterwandern lassen oder würde er einen Regenguß senden, um sie zum Kloster zurückzuführen? Ein Teil von ihr machte sich über diesen lächerlichen Einfall lustig, aber ein anderer Teil benötigte eine Antwort, und Gott schien der einzige zu sein, an den sie sich wenden konnte.

Rylan erblickte Joanna, als sie das Kloster verließ. Nachdem er und seine Männer solange geritten waren, bis sie aus der Sichtweite von St. Theresa waren, kehrten sie um und ritten durch den Wald zurück, um unbeobachtet zu bleiben. Nun lagerten sie auf einer kleinen Erhebung, die ihnen einen freien Blick auf das Kloster gewährte. Als Kell ihm berichtet hatte, daß eine einzelne weibliche Gestalt durch das Moor spazierte, war er zunächst nicht sicher gewesen, ob es sich dabei um sein Opfer handelte. Als sie dann geradewegs auf die steilen Klippen zugeschritten war, hatte er einen Moment lang eine Übelkeit erregende Angst verspürt. Es war Joanna. Sie wanderte so zielstrebig auf die Klippen zu, als habe sie die Absicht, sich in die Tiefe zu stürzen. Ein Gerücht besagte, daß ihre Mutter auf eben diese Weise den Tod gefunden hatte. Er war erschrocken aufgesprungen, bereit, ihr zu Hilfe zu eilen, aber er wußte nur zu gut, daß er sie niemals rechtzeitig würde erreichen können. Zu seiner überaus großen Erleichterung hatte sie sich jedoch vom Klippenrand abgewendet und spazierte nun auf genau die Stelle zu, wo er sich mit seinen Männern verborgen hielt, um sie abzufangen.

Ihr Haar wurde wie ein schimmerndes Segel vor ihr hergepeitscht. Auch ihr Rock blähte sich im Wind, verfing sich um ihre Fußgelenke und entblößte immer wieder für einen Augenblick ein nacktes Bein. Bisher war sie für ihn eine blasse, schlanke Frau gewesen, in formloses Grau gehüllt, an der lediglich ihre durchscheinende Haut und ihre riesigen, grünen Augen auffielen. Nun war sie eine gesichtslose Kreatur mit wildem Haar und wohlgeformten Beinen. So schnell ihn das Gefühl der Erleichterung erfaßt hatte, als er sie in Sicherheit sah, sobald folgte schon eine andere, unerwartete Empfindung. Irgendein Bursche — den er selbst auswählen würde — wäre in seiner Hochzeitsnacht ein ausgesprochen glücklicher Mann. Irgendein lüsterner, junger Lebemann würde spüren, wie sich diese langen, blassen Beine um seine Taille schlangen, während er seine Hände und sein Gesicht in der seidigen Haarpracht vergrub.

Eine plötzliche Hitze stieg in ihm auf, und obwohl er wußte, daß es verrückt war, gelang es ihm nicht, seine Empfindungen zu unterdrücken. Sie war vollkommen unschuldig — das stand außer Zweifel. Und dennoch wußte er mit untrüglicher Gewißheit, daß in ihr eine überwältigende Leidenschaft schlummerte. Vielleicht lag es an ihrem aufbrausenden Temperament. Vielleicht auch an der Art und Weise, wie sie errötete oder einfach daran, wie sie sich den wilden Windböen entgegenstellte. Was es auch sein mochte, er jedenfalls wußte, daß es so war. Aber er würde nicht derjenige sein, der dies aus erster Hand erfuhr.

Er riß seine Augen mit einem leisen Fluch von ihr los und bezwang die Erregung, die mit aller Macht in seine Lenden drängte. Dies war nicht der richtige Zeitpunkt, um seine Gedanken in eine solche Richtung abschweifen zu lassen. Aber als er sich erneut umwandte, um ihr Voranschreiten zu beobachten — als er sah, wie sie ihr Haar mit einer einzigen unbekümmerten Bewegung aus dem Gesicht strich — da wußte er, daß er mit ihrem zukünftigen Gatten eine ernste Unterhaltung führen würde. Er mußte zumindest dafür sorgen, daß sie in ihrer Hochzeitsnacht sanft und rücksichtsvoll behandelt wurde. Das war er ihr schuldig.

»Es ist zu einfach«, brummte Kell hinter ihm.

»Besser so, als sich heute nacht ins Kloster zurückzuschleichen, um sie zu entführen, wie ich es ursprünglich geplant hatte«, entgegnete Rylan. »Spar dir deine Wikingerinstinkte für ein anderes Mal auf, Kell. Und für ein anderes Ziel«, fügte er hinzu, während seine Augen weiter auf Joanna gerichtet blieben.

Als sie, vom Wind gedrängt, ein wenig weiter südlich an ihnen vorüberging, traf er eine Entscheidung. »Bleib mit den anderen hier. Ich werde unserer sich sträubenden Braut allein gegenübertreten.«

Als Kell ein kurzes, wissendes Lachen von sich gab, senkten sich Rylans Brauen. »Sie ist ein unschuldiges, junges Ding. Du solltest deine niederträchtigen Gedanken besser für dich behalten.«

»Wenn sie so unschuldig ist, wie willst *du* dann wissen, wie man am besten mit ihr umgeht?« Der sonst so schweigsame Kell spazierte davon und lachte leise vor sich hin.

Rylan dachte nicht weiter über Kells trockene Bemerkung nach, denn er wußte selbst sehr gut, daß unschuldige Mädchen nicht gerade das Gebiet waren, auf dem er sich am besten auskannte. Er gab verheirateten Edelfrauen den Vorzug, die sich darauf verstanden, einen Mann zufriedenzustellen und denen ein gelegentliches Stelldichein ausreichte. Aus diesem Grunde fürchtete er auch seine bevorstehende Verbindung mit Lady Marilyn Crosley. Jungfrauen lagen ihm nicht besonders. Aber als er sich in den Sattel schwang, wurde er erneut daran erinnert, daß jene Jungfrau, die dort das Moor durchstreifte, es fertiggebracht hatte, mehr als nur sein beiläufiges Interesse zu erregen.

Zum Kruzifix nochmal, er war wohl zu lange ohne Frau gewesen, daß er jetzt bereits nach jungen Mädchen lechzte. Und zudem auch noch nach einer Novizin aus einem religiösen Orden. Wenn er erst wieder in Blaecston war, würde er diesen Mißstand sofort beheben.

Unter der schützenden Deckung der Bäume ritt er zu einer Stelle, wo Joanna die Baumreihen erreichen würde. Dort stieg er ab, band sein Pferd fest, lehnte sich mit dem Rücken gegen eine Ulme und wartete. Sein Blick blieb auf Joanna gerichtet. Er beobachtete, wie sie vergeblich versuchte, ihr Haar zu bändigen, und er richtete sich nervös auf, als sie nach unten griff, den Saum ihres Rockes hochhob, und ihn in ihren Gürtel stopfte. Jetzt konnte sie viel unbeschwerter durch das hohe Gras der Wiese laufen, aber das kümmerte Blaecston nicht. Während sie zügig voranschritt, wichen seine Blicke nicht von ihren hübschen Beinen. Die Fußgelenke waren schlank, die Waden wohlgeformt, und die Knie trugen kleine Grübchen. Er bemerkte, daß sie keine Strümpfe trug, und erneut durchströmte ihn eine ungewohnte Hitze.

»Zum Teufel nochmal!« fluchte er leise vor sich hin. Besaß das Mädchen denn überhaupt keinen Sinn für Anstand? Es war schlimm genug, daß sie ohne Begleitung durch Felder und Wälder wanderte, aber sich auf diese Weise zu zeigen war unverzeihlich!

Als Rylan sich an sie heranschlich, verspürte er die gleiche Anspannung, als wenn er sich im Kampf einem Feind stellte. Er konnte ihr Gesicht immer noch nicht sehen, da der Wind nach wie vor von hinten ihr Haar zerzauste. Außerdem blickte sie in eine andere Richtung.

Noch ein leichtsinniger Fehler, sagte er sich, und er begann vor Wut zu schäumen. Sie spazierte in einen dunklen Wald hinein, ohne sich im geringsten darum zu sorgen, ob sie dort sicher war. Sie verwandte mehr Aufmerksamkeit darauf, nicht zu stolpern, statt sich darum zu kümmern, ob ihr nicht irgendein Bösewicht auflauerte!

Rylans Annahme war in der Tat richtig. Während Joanna sich einen Weg durch das dichte Heidekraut und das hohe Gras suchte, achtete sie besonders darauf, nicht hinzufallen. Der Wind blies ihr so kräftig in den Rücken, daß sie ihren Schritt kaum verlangsamen konnte, wie sie es gerne getan hätte. Nur noch ein kleines Stückchen, dachte sie, als sie aus den Augenwinkeln einen Blick auf die Bäume erwischte. Sie versuchte, ihr Haar mit einer Hand festzuhalten, aber es gelang ihr nicht. Im selben Moment stolperte sie über einen Stein und wäre beinahe hingefallen. Sie blickte atemlos an den vor ihr aufragenden Bäumen hoch, aber statt Erleichterung zu empfinden, durchfuhr sie plötzlich blankes Entsetzen. Im Schatten der Bäume lauerte eine große Gestalt!

Joanna ließ sich keine Zeit, um nachzudenken. Es war ein Mann, und er hatte sie nicht angesprochen, als sie sich näherte. Mehr bedurfte es nicht, um sie mit Angst zu erfüllen. Sie wirbelte herum und floh auf das schutzbietende Kloster zu, als sei der Teufel hinter ihr her.

»Verdammt!«

Der laute Ausruf des Mannes erreichte Joannas Ohren und steigerte ihre Angst nur noch. Er hatte also tatsächlich auf sie gewartet! Und er würde ihr sicherlich folgen!

Sie rannte so schnell sie nur konnte — so, wie sie noch niemals zuvor in ihrem Leben gerannt war. Aber der Wind kam nun von vorne und verlangsamte ihre Schritte, so sehr sie sich auch anstrengte. Sie fühlte, wie das Heidekraut an ihrer Haut kratzte. Das Herz klopfte gewaltig in ihrer Brust, und sie hatte Angst, daß ihre Lungen vor

Anstrengung zerreißen würden. Dennoch stolperte sie weiter. Sie hörte, daß er immer näher kam, und bevor sie überhaupt den Versuch unternehmen konnte, ihm auszuweichen, hatte er sie auch schon gepackt.

Ein stählerner Arm umschlang ihre Taille. Für einen schrecklichen Moment wurde sie von ihren Füßen gerissen und gegen eine harte Brust gepreßt. Obwohl sie gegen ihn ankämpfte, in wilder Panik zu treten begann und verzweifelt versuchte, sich freizuringen, lockerte er seinen Griff nicht.

»Nein!« schrie sie und bäumte sich auf. Ihr Kopf schlug hart gegen ihn, und für einen Moment wurde ihr schwindelig, aber sein Griff lockerte sich etwas, und sie ließ sich instinktiv an seiner kräftigen Gestalt entlang nach unten gleiten. Sie hatte sich beinahe befreit, aber als er stürmisch nach ihr griff, verlor sie das Gleichgewicht. Mit einem schrillen Schrei fiel sie zu Boden, und bevor sie ihre Sinne zusammennehmen konnte, um sich wieder aufzurappeln, hatte er sich schon auf sie geworfen.

Joanna rang nach Atem. Der Mann preßte sie auf die harte Erde, und in ihrer überwältigenden Angst war sie nicht in der Lage, ausreichend Luft zu schöpfen, um zu schreien oder sich zu wehren. Die Haare fielen ihr über das Gesicht und breiteten sich im Gras aus, während ihre Wange auf den Boden gepreßt wurde.

Ich werde sterben, dachte sie, während ihr nutzlose Tränen in die Augen schossen. Ich werde hier sterben, ganz allein, durch die Hände dieses abscheulichen Monsters.

Als der Mann sein Gewicht verlagerte, gelang es ihr, ein wenig Luft zu schöpfen, aber er hielt sie immer noch in seinem unbarmherzigen Griff gefangen.

»Zum Teufel nochmal!« fluchte er erzürnt. Dann riß er sie herum, so daß sie Angesicht zu Angesicht dalagen.

Joanna spürte jeden harten Muskel im Körper des Mannes, denn er lag direkt auf ihr, in der intimsten Weise, die sie sich nur vorstellen konnte. Obwohl sie sich bemühte, ihre Furcht zu verbergen, drangen zwei große Tränen durch ihre fest zusammengepreßten Lider, und ihr Körper zitterte vor Angst. Eine rauhe Handfläche schob das hoffnungslos verwirrte Haar aus ihrem Gesicht. Obwohl sie vor seiner Berührung zurückwich, packte der Mann ihr Kinn zwischen Daumen und Zeigefinger und zwang sie, ihm das Gesicht zuzuwenden.

»Öffnet Eure Augen, Joanna. Öffnet die Augen.«

Da eine lähmende Furcht von ihr Besitz ergriffen hatte, erkannte Joanna weder seine Stimme, noch reagierte sie auf seine Aufforderung. Aber als er ganz sanft erst die eine und dann die andere Träne von ihren Wangen wischte, öffnete sie trotz ihrer Angst die Augen.

Das Gesicht, in das sie blickte, war nicht das eines Monsters, aber es löste genausoviel Furcht in ihrem Herzen aus.

»Ihr!« stieß sie mit tränenerstickter Stimme hervor.

»Ja, ich«, erwiderte er grimmig. »Aber es hätte auch leicht irgendein mordender Unhold sein können.«

»Laßt mich frei«, murmelte sie und wand sich unter seinem warmen Gewicht.

Aber ihre ruhelosen Bewegungen schienen sie eigentümlicherweise noch näher zusammenzubringen. Eines seiner Beine schlüpfte zwischen die ihren, und selbst als er sich auf einen Ellbogen stützte, lag sie noch sicherer unter ihm begraben als vorher. Als sie zu ihm hinaufstarrte, stiegen ihr erneut Tränen in die Augen.

»Laßt mich sofort frei. Ungehobelter Flegel! Gemeiner Kerl! Ihr ... Ihr ...!«

»Na, na, unsere kleine Nonne hat aber ein ziemliches Temperament. Und was für ein Vokabular! So etwas wird in den heiligen Hallen von St. Theresa doch sicherlich nicht geduldet.«

»Ihr werdet Euer ungeheuerliches Verhalten nicht dadurch entschuldigen, daß Ihr vorgebt, mein Ärger sei nicht gerechtfertigt!« Sie stemmte ihre Hände gegen seine Brust und warf ihm einen aufgebrachten Blick zu, als sie damit nichts ausrichtete. »Ist es eine Gewohnheit von Euch, Frauen aufzulauern, *Sir* Rylan?«

Bisher war sein Gesichtsausdruck eine eigenartige Mischung aus Triumph und Überraschung gewesen, als sei er zufrieden damit, daß er sie überwältigt hatte, und doch auch ein wenig bestürzt über alles. Aber ihre verletzende Anschuldigung zauberte sofort einige Falten auf seine Stirn.

»Und ist es eine Angewohnheit von Euch, mit unzüchtig hochgezogenem Rock über die Felder zu spazieren, damit jeder Eure Beine sehen kann?« Seine Hand wanderte hinab und umfaßte ihr nacktes Knie, um seine Worte zu verdeutlichen.

»Ich habe versucht, die Bäume zu erreichen, bevor der Regen kommt!« Sie blickte ihn mit weit aufgerissenen Augen an. »Laßt mich aufstehen. Und nehmt Eure Hand von meinem Knie«, fügte sie mit etwas zittriger Stimme hinzu.

Rylan nahm seine Hand nur sehr zögerlich von ihrem Bein, und auch nur, um ihr hoffnungslos durcheinander geratenes Haar zu berühren. Um sie herum fegte der Wind immer noch über das hohe Gras und das Heidekraut, aber so dicht an der Erde war dies kaum zu spüren. Kempes dunkles Haar umrahmte sein Gesicht und wehte in den starken Böen. Aber das schien er nicht wahrzunehmen. Er starrte weiterhin mit einem verwirrten Ausdruck auf sie hinab, derweil er sich eine Strähne ihres Haares um den Finger wickelte.

Während sich der Augenblick scheinbar unerträglich lang hinzog, spürte Joanna, wie eine Hitze in ihr aufstieg. Aus den tiefsten Winkeln ihres Körpers heraus strömte sie nach oben, wärmte ihr Blut und tauchte ihre Haut in einen rosigen Farbton. Für einen kleinen Moment verspürte sie keine Furcht mehr — zumindest nicht in der Art wie vorher. Das Bild von Winna und ihrem Vogelfänger schoß ihr durch den Kopf, aber diese beiden waren schnell vergessen, als sie in seine mitternachtsblauen Augen blickte. Er schien sie mit seinem dunklen, undurchdringlichen Blick geradezu zu verschlingen, und ihr Herz begann jetzt noch schneller zu schlagen. Dann beugte er langsam seinen Kopf hinunter, und ihr stockte fast der Atem.

»Was — was tut Ihr?« rief sie und bemühte sich nach Kräften, ihn zurückzustoßen. Sie spürte seinen Herzschlag an ihrer Hand, und dies schien ihr erneut eine schreckliche intime Entdeckung zu sein.

Auf ihre Worte hin hielt er inne, aber sein Gesicht war dem ihren so nah, daß sie die Wärme seines Atems und die Berührung seines Haares spüren konnte. Dann aber zog er den Kopf zurück, und ein finsterer Gesichtsausdruck ersetzte den zuvor unergründlichen.

»Was ich tue?« murmelte er mit einer tiefen und heiseren Stimme. »Ich nehme Euch mit nach Blaecston.« Er rollte von ihr herunter und atmete einmal tief durch. »Wenn Ihr erst einmal die bedrückende Umgebung des Klosters verlassen habt, werdet Ihr Eure Absicht, Nonne zu werden, schon ändern.«

»Ich werde meine Absicht niemals ändern!« Sie rutschte von ihm weg, aber schon im nächsten Moment war er neben ihr und hatte sie am Handgelenk gepackt. Obwohl sie ihren Arm heftig zerrte, lockerte sich sein Griff nicht.

»Macht es nicht schlimmer als unbedingt notwendig«, warnte er sie, während er sich aufsetzte.

Joanna hockte sich auf die Knie und lehnte sich so weit wie ihre ausgestreckten Arme es erlaubten, von ihm weg. »Was Ihr da vorschlagt, ist undenkbar«, erklärte sie feierlich. »Ihr könnt mich nicht einfach entführen. Ich werde nicht mitgehen! Ich weigere mich!«

»Und ob Ihr mitgehen werdet. Und eines Tages, wenn Ihr verheiratet seid und ein Baby in den Armen haltet, werdet Ihr mir danken, daß ich Euch aus diesem erbärmlichen Gemäuer herausgeholt habe, mein kleines graues Täubchen.«

Sie starrte in sein Gesicht und erkannte die wilde Entschlossenheit, die sich darin spiegelte. Eine plötzliche Verzweiflung brach über sie herein. »Ihr mögt mich vielleicht von hier fortschleppen«, flüsterte sie und wieder stiegen ungewollt Tränen in ihre Augen, »aber Ihr werdet damit niemals den Erfolg haben, den Ihr Euch vorstellt. Ich werde keinen Eurer Speichellecker heiraten. Eher werfe ich mich ins Meer!«

Seine Brauen senkten sich angesichts ihrer leise ausgesprochen Drohung und seine Augen brannten sich in die ihren. »Und wollt dabei das Höllenfeuer riskieren? Das glaube ich kaum.« Als er sich erhob, schloß sich seine Hand schmerzhaft um ihr Handgelenk. Und dann zerrte er sie, ohne ihr wütendes Sträuben zu beachten, unbarmherzig zu seinem wartenden Pferd.

5

Joanna ritt mit steifem Rücken und bemühte sich sehr, jeden Körperkontakt mit ihrem Entführer zu vermeiden. Sie saß seitlich zu ihm, ihr Hinterteil zwischen seinen Oberschenkeln und ihre beiden Beine über sein rechtes Bein geschlagen. Unter diesen Umständen war jeder Versuch, sich von ihm wegzulehnen, hoffnungslos, aber ihr Zorn ließ es nicht zu, sich anders zu verhalten. Wie konnte er es nur wagen, sie so zu behandeln! Wie konnte er es wagen, ihr aufzulauern, sie zu jagen und dann einfach wie einen Preishirsch fortzuschleppen!

Sie schnappte nach Luft, als das Pferd einen steilen Abhang hinuntertaumelte und ihr Gleichgewicht in Gefahr war.

Rylans Arm schloß sich fester um sie, verhinderte, daß sie fiel, und dennoch konnte sie nicht eine Spur von Dankbarkeit empfinden. Wenn er nicht wäre, müßte sie nicht in so unmöglicher Weise auf diesem furchteinflößenden Tier hocken und um ihr Leben fürchten. Wenn er nicht wäre, müßte sie nicht bei einem aufkommenden Sturm durch die Wälder reiten.

Als das Pferd wieder in eine ruhigere Gangart fiel, rückte Joanna von Rylan weg, unwillig, sich gegen seine Brust zu lehnen, so stark sie auch sein mochte. Aber ganz offensichtlich war er anderer Meinung. Sein Griff verstärkte sich, und er hielt sie gegen sich gepreßt, während sein Mund sich ihrem Ohr näherte.

»Ganz ruhig, Mylady. Dieser Kampf ist sinnlos, ebenso wie Euer Zorn.«

»Euer schwachsinniger Plan ist sinnlos. Denkt Ihr wirklich, Ihr könntet meine Absichten auf diese Weise beeinflussen? Indem Ihr mich dem Leben entreißt, das ich für mich gewählt habe?«

»Ihr habt dieses Leben gewählt, ohne jemals gewußt zu haben, welch andere Möglichkeiten Euch offenstehen. Ich bemühe mich lediglich, Euch die Alternativen bewußt zu machen.«

»Dann verschwendet Ihr nur Eure Zeit, denn ich werde meine Meinung niemals ändern. Und Ihr werdet mich nach St. Theresa zurückbringen, wenn Ihr erst einmal feststellen müßt, daß Euer verabscheuungswürdiger Plan gescheitert ist.«

Er strich eine verknotete Haarsträhne von ihrer Wange. »Ihr werdet niemals wieder nach St. Theresa zurückkehren, Joanna. Wenn Ihr diese Tatsache erst einmal akzeptiert habt, werden wir gut miteinander auskommen.«

»Ich würde mich lieber mit einem Mörder einlassen!« rief sie mit einer Stimme, die gleichermaßen vor Wut und Angst zitterte.

»Nun, das werden wir ja sehen«, entgegnete er kühl. »Das werden wir schon sehr bald sehen.«

Als sie die Stelle erreichte, wo seine Männer warteten, sah sich Joanna mit einem neuen Dilemma konfrontiert. Wie sollte sie es zwischen diesen Männern mit den harten Augen aushalten? Sie waren ganz offensichtlich Veteranen vieler Kämpfe, und obwohl sie sie mit einer seltsamen Mischung aus Neugierde und Unbehagen anstarrten, gab sich Joanna nicht der Hoffnung hin, daß sie sich auf ihre Seite stellen würden. Die Macht, die Rylan über seine Männer hatte, war subtil, aber unübersehbar vorhanden. Selbst der blonde Hüne, der alle anderen an körperlicher Stattlichkeit überragte, schien sich mit den hinterhältigen Absichten seines Herrn abzufinden. Sollte ihn oder einen der anderen Männer auch nur der Hauch eines schlechten Gewissens befallen, oder einer von ihnen Mitleid angesichts der jämmerlichen Behandlung, die ihr widerfuhr, aufbringen, so war sie überzeugt, daß ihr dennoch keiner von ihnen zu Hilfe kommen würde.

»Setzt Euch in Bewegung, Männer. Wir haben einen langen Weg vor uns«, rief Rylan, ohne seinen Griff, mit dem er sie festhielt, zu lockern.

»Soll ich eines der Packpferde fertigmachen, um Ihre ... unsere ... ähem, um einen Reiter zu befördern?« erkundigte sich ein grauhaariger Streiter mit einem Seitenblick auf Joannas unbewegliches Gesicht.

»Zunächst wird sie mit mir reiten. Wenn wir ein gutes Stück entfernt sind, werde ich ihr vielleicht ein eigenes Pferd geben.«

»Ich würde sofort mit einem eigenen Pferd vorlieb nehmen wollen«, warf Joanna mit schnippischer Stimme ein. Obwohl sie noch nie zuvor selbst ein Pferd geritten hatte und eigentlich große Angst vor den riesigen Tieren hatte, wäre sie doch jederzeit bereit gewesen, allein zu reiten, nur um dem festen Griff des selbstgefälligen Sir Rylan zu entkommen.

»Auf Eure Vorlieben kann ich heute leider keine Rücksicht nehmen«, erwiderte er leise, nur für ihre Ohren bestimmt. Als sie wütend aufkeuchte, zog er sie auf seinen Schoß, offenbar um deutlich zu machen, wie sehr sie seiner Gnade ausgeliefert war. Dann zwinkerte er seinen Männern zu. »Wir sollten uns beeilen, denn der Himmel droht sich bald zu öffnen, und es würde mir nicht besonders behagen, im Regen zu reiten.«

Doch genau das mußten sie, denn sie waren kaum auf der anderen Seite des Waldes angelangt, als sich die tiefen Wolken auch schon über sie ergossen. Der Wind hatte nachgelassen, und der Regen fiel in dichten, schweren Tropfen.

Joanna schöpfte neuen Mut. Sicherlich würden sie nun anhalten, und sie konnte möglicherweise einen Weg finden, um zu entkommen. Aber außer einer kurzen Pause unter dem ärmlichen Schutz einer kleinen Gruppe von Eichen unterbrachen sie die Reise nicht. Rylan zog einen dicht gewebten *chape à pluie* aus einer der Taschen eines Packpferdes und warf ihn sich über die Schultern. Dann zog er Joanna in seine Arme, wickelte den voluminösen Umhang auch um sie und ritt weiter.

Joanna war viel zu wütend auf ihn, um für seine Freundlichkeit dankbar zu sein. Der Regen würde ihr wohl kaum das Leben ruinieren — das konnte nur er! Aber so sehr sie sich auch abmühte, freizukommen, der Umhang hielt sie zusätzlich davon ab. Sie kam sich vor wie ein bemitleidenswertes Insekt, das sich in einem Spinnennetz verfangen hatte. Und obwohl es in seiner beschützenden Umarmung warm war, wünschte sie sich nichts sehnlicher, als frei zu kommen.

»Gebt endlich Ruhe«, hörte sie ihn murmeln, als ihr spitzer Ellbogen in seine Rippen traf.

»Ich kann nichts sehen!« erwiderte sie erbost und stieß noch heftiger mit ihrem Arm zu.

»Verdammt, Frau —« Der Umhang teilte sich, und Regen tropfte auf ihr Gesicht. »Wenn Ihr lieber bis auf die Haut naß werden wollt, müßt Ihr es nur sagen!«

»Ich würde lieber freigelassen werden!«

Er antwortete nicht auf ihre wütenden Worte, sondern beugte sich nur gegen den heftig von vorne peitschenden Regen.

Eine große Kapuze bedeckte seinen Kopf, aber Joanna wurde nicht mehr vollständig geschützt. Obwohl der Umhang immer noch um ihren Körper gewickelt war, ragte ihr Kopf durch die Öffnung, und der Regen ergoß sich über Gesicht und Haare. Vor ihnen, kaum sichtbar durch das herabprasselnde Wasser, konnte sie einen Reiter ausmachen. Die anderen folgten ihnen vermutlich. Es war unmöglich, etwas anderes zu erkennen. Der Regen verbarg Felder und Wälder und enthüllte lediglich das winzige Stück des steinigen Weges, über den sie inzwischen in einem gefährlichen Tempo ritten.

Sie duckte den Kopf, um ihr Gesicht vor den stechenden Tropfen zu schützen und war überrascht, als er den Umhang vorsichtig über ihren Kopf zog, ohne ihr die Sicht zu nehmen. Joanna begann zu zittern, als ihr ein kalter Tropfen von dem nassen Haar den Hals entlanglief. Aber so eisig es auch war, so war sie sich durchaus der Wärme bewußt, die von seinem Körper ausströmte. Unter dem Umhang hatte die Wärme ihrer beiden Körper in Verbindung mit den Ausdünstungen des Pferdes eine erstaunliche Hitze produziert. Obwohl sie immer noch etwas steif dasaß, bewegte sich ihr Körper langsam im Rhythmus des Pferdes und paßte sich den Bewegungen Rylans an. Seine Arme lagen um ihre Taille, und trotz ihrer unermüdlichen Versuche, soviel Distanz wie nur eben möglich zu ihm zu halten, begannen ihre erschöpften Muskeln langsam nachzugeben. Ohne es zu beabsichtigen, sank sie gegen ihn und gab einer Erschöpfung nach, deren Ursache sowohl in der emotionalen Erregung der letzten Tage zu suchen war, als auch in der körperlichen Anstrengung der letzten Stunde.

Ihr Rücken schmiegte sich kaum merklich an seine Brust, und ihre Schultern lehnten sich ganz leicht gegen den Arm, mit dem er sie umfangen hielt. Sie preßte nun die offenen Enden des Umhangs mit ihren eigenen Händen zusammen, um sich vor dem unbarmherzigen Regen zu schützen.

»Entspannt Euch und ruht Euch aus«, murmelte er ganz nahe an ihrem rechten Ohr.

Sie fuhr sofort in die Höhe. »Ich bin nicht müde«, erwiderte sie beleidigt, obwohl sie wußte, daß dies eine Lüge war.

Er zuckte mit den Schultern. »Wie Ihr meint, Joanna. Wir haben einen langen Ritt vor uns. Ihr werdet Euch schon bald wünschen, mein Angebot angenommen zu haben.«

»Wohin bringt Ihr mich?« verlangte sie zu wissen. Sie wollte sich nicht einen Augenblick durch sein besorgtes Gehabe um ihr Wohlergehen täuschen lassen. »Und welchen Nutzen zieht Ihr in Wahrheit aus dieser beschämenden Tat?«

Einen Moment lang antwortete er nicht. Sie konnte nur durch ihre nassen Wimpern seinen zusammengepreßten Mund erkennen. Dann warf er ihr einen kurzen Blick zu.

»Ihr mögt vielleicht jede Verantwortung für Eure Leute — für Euer Vaterland — abgelehnt haben. Aber bei mir ist dies nicht der Fall.«

»Ihr wollt doch wohl Euer Verbrechen nicht hinter solch erhabenen Idealen verstecken«, entgegnete sie mit bitterer Stimme. »Ich bin lediglich *eine* Adlige unter vielen im Lande. Und Oxwich ist nur eine Burg unter vielen — und nicht einmal eine so prächtige, daß sie das Schicksal des gesamten Königreiches beeinflussen könnte. Nein, Lord Blaecston — Lord Schwarzherz! — Ihr täuscht Euch, wenn Ihr erwartet, daß ich einer solch armseligen Geschichte Glauben schenken werde.«

»Ich erwarte nicht, daß eine Frau den Zusammenhang politischer Vorgänge begreift«, stieß er hervor.

»Oh, ich verstehe sehr gut, und das Ganze hat nicht im mindesten mit dem ›Zusammenhang politischer Vorgänge‹ zu tun. Wie die meisten Männer Eurer Herkunft verbergt Ihr Eure Habsucht und Grausamkeit hinter dem Anspruch, Gutes tun zu wollen. Nur die, die dafür leiden müssen, kennen die Wahrheit!« Sie stieß ihm erneut den Ellbogen in die Rippen, aber bevor sie auch nur die geringste Befriedigung verspüren konnte, riß er sie unsanft gegen sich.

»Vorsicht, verehrte Dame, sonst reitet Ihr auf einem

Packpferd, mit der Kehrseite nach oben, durch die Tore von Blaecston Castle.«

Oh, wie sehr Joanna versucht war, ihm noch einmal den Ellenbogen in die Rippen zu stoßen, denn ganz offenbar verärgerte ihn das sehr. Aber seine Wut ließ sie vorsichtig werden. Sie bezweifelte keinen Moment, daß er seine Drohung wahrmachen würde. Ein Mann, der imstande war, eine unschuldige Frau aus einem Kloster zu entführen, war zu allem fähig, und obschon es ihr widerstrebte, auch nur der kleinsten Forderung, die er an sie richtete, nachzukommen, wußte sie, daß sie in diesem Fall nachgeben mußte.

»Ihr haltet mich zu fest«, murmelte sie und blickte verstockt in den nicht nachlassenden Regen.

Sein Arm lockerte sich ein wenig, aber bevor sie sich über ihren mageren Sieg freuen konnte, spreizte er die Hand, die auf ihrem Bauch lag und fühlte den festen Druck jedes einzelnen Fingers.

»Ich kann ausgesprochen entgegenkommend sein, Lady Joanna. Ebenso galant und höflich wie jeder andere Mann.« Seine Hand glitt langsam an ihrem Bauch hinauf, bis sein Daumen kaum merklich die Unterseite ihrer Brüste berührte, und die Intimität dieser Berührung verschlug ihr den Atem. Er beugte sich näher, bis seine Lippen beinahe ihr Ohr berührten. »Aber wenn Ihr mir in die Quere kommt, werdet Ihr feststellen, daß ich auch ein wahrer Teufel sein kann.« Er schwieg für einen Moment, als wolle er die Wirkung dieser Worte nicht verderben und lockerte dann den Griff seiner Hand. »Ich schlage vor, daß Ihr Euch jetzt ein wenig zurücklehnt, Mylady, denn Sie und ich werden die nächsten Stunden gemeinsam verbringen.«

Joanna blieb nichts anderes übrig, als nachzugeben, aber sie betete mit aller Macht darum, daß ihn ein Blitzschlag treffen möge!

Sie ritten bis tief in die Nacht. Obwohl Joanna wütend und ängstlich war und ihr jeder einzelne Muskel wehtat, richtete sie kein Wort mehr an ihren Entführer. Sie ritten schweigend vor sich hin und bewegten sich im Rhythmus des unermüdlichen Schlachtrosses. Sie teilten sich den Umhang und wärmten sich gegenseitig, mehr nicht.

Joannas Gedanken waren düster und bitter, während in seinen, davon war sie überzeugt, sicherlich seine Blasiertheit und Schadenfreude überwog. Sie stellte sich vor, daß das Pferd sich auf die Hinterbeine stellen, ihn abwerfen und sie davonreiten würde, oder daß seine Männer sich gegen ihn richteten, weil er eine Frau auf so schändliche Weise behandelte. Sie malte sich sogar aus, daß sie sein eigenes Schwert zog und es ihm in sein schwarzes Herz stieß. Aber sogleich bedauerte sie auch schon ihre bösen Gedanken. *Du sollst nicht töten,* lautete das Gebot. Sie war sich bewußt, daß ihre Rachegedanken eine Sünde waren, gleichgültig, wie erbärmlich er sie behandeln mochte. Aber dieses Wissen stachelte ihre Wut nur noch an. Wollte man ihr sogar diese dürftige Möglichkeit, ihrem Ärger Luft zu machen, nehmen?

Als sie endlich anhielten, hatte der Regen nachgelassen und die Luft war still. Riesige Pfützen glitzerten im schwachen Mondlicht, das durch die Wolken brach, und um sie herum tropfte es von den Bäumen.

»Eine kurze Pause, Männer. Dann machen wir uns vor Tagesanbruch wieder auf den Weg. Ich möchte Blaecston morgen vor Einbruch der Dämmerung erreichen«, sagte Rylan, während er den Umhang lockerte. Als er ihn zurückwarf, rutschte Joanna von ihm weg, aufs Neue entsetzt über die Intimität, die ihnen der lange Ritt aufgezwängt hatte. Jeder einzelne Muskel war steif und wund, aber es lag nicht in ihrer Absicht, ihm dies zu enthüllen.

»Erlaubt mir«, sagte er, als er die Zügel aus der Hand legte. Bevor sie etwas antworten konnte, hatte er sie bereits um die Taille gepackt und auf den Boden hinabgelassen.

Wenn sie gekonnt hätte, wäre Joanna sofort davongerannt. Schließlich hatte sie keinen anderen Plan, um ihrem hartherzigen Entführer zu entkommen. Aber sie hatte auch nicht mit den Auswirkungen des langen Ritts gerechnet. Als ihre Füße den Boden berührten, gaben ihre Beine nach. Hätte Rylan nicht sein Bein über den Hals des Pferdes geschwungen und sich neben sie hinabgleiten lassen, um sie zu stützen, wäre sie in den Matsch gesunken.

»Ich halte Euch«, sagte er, während einer seiner Arme ihre Taille umfing. »Macht Euch keine Sorgen, in einer Minute wird wieder alles in Ordnung sein. Geht einfach ein kleines Stück mit mir.«

»Ich brauche Eure Hilfe nicht!« stieß sie wütend hervor und versuchte, sich aus seiner nur allzu vertrauten Umarmung zu befreien.

»Ganz offenbar tut Ihr es doch, Lady Joanna, warum also nehmt Ihr sie nicht einfach an?« Er geleitete sie vorwärts und zwang sie, ihre Beine zu bewegen, die gleichermaßen schmerzhaft empfindlich und unangenehm taub waren. Sie gingen über eine dunkle Lichtung auf die niedrigen Schatten einer Reihe von Holunderbüschen zu. Auch die anderen Männer stiegen ab und bereiteten das notdürftige Lager vor. Sie fesselten den Pferden die Vorderbeine, damit sie grasen, aber nicht weglaufen konnten. Der blonde Hüne zog einige Äste aus einer der Packtaschen und entzündete mit dem trockenen Holz ein kleines Feuer. Brot, Käse, Rosinen, Mandeln und mehrere Flaschen Wein tauchten auf, und als Joanna wieder ohne Hilfe laufen konnte, war das Lager bereits aufgeschlagen.

Diese Männer hatten wohl viele Nächte im Feld zusammen verbracht, stellte sie verdrossen fest. Wahrscheinlich handelte es sich um Sir Rylans beste Männer, und sie war eine Närrin zu glauben, daß sie genug Mitleid verspüren würden, um ihr zur Flucht zu verhelfen. Nein, da war sie vollkommen auf sich selbst gestellt.

»Besser?« erkundigte sich Rylan, als sie von ihm abrückte.

»Besser?« spottete sie bitter. »Wohl kaum. Aber wenn die Frage darauf abzielt, ob ich allein laufen kann, dann ist dies ganz offensichtlich der Fall.« Sie wandte sich ihm in der Dunkelheit zu. »Und was passiert nun?«

Obwohl sie ihn kaum sehen konnte, hörte Joanna, wie amüsiert seine Stimme klang. »Nun werden wir essen und etwas schlafen. Folgt mir.«

»Halt!« quietschte Joanna, als er auf sie zukam. Plötzlich verspürte sie wieder Angst. »Wo soll ich schlafen — und wo werdet Ihr sein?«

»Direkt neben Euch, Joanna. Macht Euch keine Sorgen. Solange ich auf Euch aufpasse, seid Ihr in Sicherheit.«

»In Sicherheit!« rief sie, erbost über seine bewußt spöttische Bemerkung. »Ich wäre in einem Schlangennest sicherer als bei Euch!«

»Das trifft mich aber hart.« Er lachte. Dann ergriff er ihren Arm, und sie wußte, daß er in dieser Angelegenheit keinen Spaß verstehen würde. Aber sie sträubte sich dennoch.

»Halt! Ich — ich muß allein sein.«

»Nein.« Er zog sie hinter sich her, zurück zum Lager.

»Aber ... Aber Sie verstehen nicht. Ich will — das heißt ich muß ...«

»Oh.« Er blieb stehen, als er endlich begriffen hatte, was sie meinte. »Ja. Nun ...« Er blickte sich um und deutete dann in den Wald hinein. »Hinter diesen Büschen da vorne. Ich werde auf Euch warten.«

Joanna riß ihren Arm wütend aus seinem gelockerten Griff. Er war der gemeinste, abscheulichste Mann auf dieser Erde! Sie darum betteln zu lassen und zu Erklärungen zu zwingen, daß sie — daß sie etwas Privatsphäre benötigte! Wofür hielt er sie denn? Etwa für eine Tonpuppe ohne Gefühle und Bedürfnisse?

»Nicht zu weit«, rief er ihr warnend nach, als sie davonstürmte.

»Nicht zu weit«, murmelte sie vor sich hin. Besaß er denn nicht das geringste Fünkchen Anstand, daß er ihr unter diesen Umständen etwas Abgeschiedenheit verwehrte? Aber die Antwort darauf lag auf der Hand. Er besaß ganz offensichtlich keinerlei Moral. Er war egoistisch und ein Tyrann übelster Sorte.

Sie verhielt ihren Schritt hinter einem Dickicht, das sie angesichts seiner stacheligen Blätter für Stechpalmen hielt, und blickte zu ihm zurück. Die kleinen Flammen des Feuers erhellten die Lichtung kaum, aber sie reichten aus, um seine Silhouette vom Hintergrund abzuheben. Er beobachtete sie. Dann aber kam der riesige, blonde Mann — Kell — auf ihn zu, und Rylan war für einen Moment abgelenkt.

»Hornsea liegt hinter dem nächsten Hügel«, hörte sie den Mann sagen.

»Dann halten wir uns am besten hier versteckt«, erwiderte Rylan. »Der Sheriff dort schwankt noch zwischen König John und den Yorkshire Freiherren. Wir werden vor Tagesanbruch um die Stadt reiten.«

Sie fuhren fort, sich leise murmelnd zu unterhalten, aber Joanna konnte nichts mehr verstehen. Sie war zu erregt über das, was sie vernommen hatte. Wenn sie diese Stadt erreichen würde, könnte sie den Sheriff von Hornsea um Hilfe bitten!

Sie hockte sich auf die Erde und blickte sich vorsichtig um. Die Luft war kühl und feucht und duftete nach Blättern und Moder. Tropfen fielen immer noch von den Bäumen und gaben dem Wald zu dieser späten Stunde eine ungewöhnliche Lebendigkeit. Dann vernahm sie in der

Ferne ein brausendes Geräusch. Es war nicht der Wind, sondern ... sondern das Meer. Sie ritten also entlang der Küste und waren immer noch in der Nähe des Wassers. Wenn es ihr nun gelänge, zu flüchten, dann würde sie bestimmt allein nach Hause zurückfinden!

Joanna verspürte eine wachsende Zuversicht. Sie blickte vorsichtig um den Busch herum. Blaecston stand immer noch an der Stelle, nahm aber gerade einen Becher Wein entgegen, den ihm einer der Männer brachte. Wenn sie fliehen wollte, dann mußte sie es jetzt tun. Jetzt sofort.

Joanna hob ihren Rock und schlang ihn über einen Arm. Sie scherte sich nicht um Etikette, als sie tiefer in den Wald hineinkroch, vorsichtig darauf bedacht, die dichten Stechpalmen zwischen sich und Rylan zu halten. Sie lief in einen tief herabhängenden Zedernast, der sie durchnäßte und sich in ihrem Haar verfing, aber sie unterdrückte einen Schrei. Sie würde alles auf sich nehmen, um ihm zu entkommen.

Als sie tief genug im Wald war, daß die Bäume das Licht des Lagerfeuers gänzlich verdeckten, begann sie, Hoffnung zu schöpfen. Sie erhob sich aus ihrer verkrampften, geduckten Haltung und atmete einmal zitternd durch. Und was jetzt? fragte sie sich und starrte in die Dunkelheit. Da vernahm sie ein wütendes »Verdammt nochmal!« und ihre Unentschlossenheit verflog. Zum Meer, dachte sie wild und rannte auf das entfernte Geräusch der Wellen zu. Zum Meer! Es galt alles zu tun, um dem gottlosen Barbar zu entkommen, der sie verfolgte!

Joanna kam nicht sehr weit. Einerseits schien der Weg endlos zu sein — vorbei an nassen, klammernden Zweigen und Ästen stolperte sie über Wurzeln hinweg durch die stockdüstere Nacht ins Unbekannte. Andererseits kamen die Geräusche der See nicht näher. Als sie schließlich die lauten Geräusche ihres Verfolgers vernahm, wurde sie von Panik ergriffen und rannte nur noch blind geradeaus. Es war ihr vollkommen gleichgültig, in welche Richtung sie lief, solange er sie nur nicht faßte. Aber es war alles umsonst. Wie eine Katze, die imstande ist, sich auch in der dunkelsten Nacht an ihre Beute heranzuschleichen, fand er sie und packte sie nach einem mächtigen Sprung an ihrem Rock.

»Nein!« schrie sie, als sie stolperte und auf Händen und Füßen im Matsch landete.

»Doch«, ertönte seine grimmige Antwort. Er packte ihren Arm und riß sie auf die Füße. Dann schleuderte er sie herum, bis sie ihm gegenüberstand und hielt sie mit unnachgiebigem Griff an den Schultern fest. »Nur damit wir uns verstehen, Mylady. Noch eine hastige Bewegung und Ihr werdet es bedauern, daß Ihr mich hintergangen habt.«

»Ich bedauere es jetzt schon! Ich bedauere, daß mir jemals ein so aufgeblasener, widerlicher Lump wie Ihr unter die Augen gekommen ist!« schrie sie außer sich. Da sie nicht in der Lage war, seinen stählernen Griff abzuschütteln, trat sie nach ihm und erwischte ihn am Schienbein, was ihrem Fuß einen nicht minder großen Schmerz zufügte. Das allerdings erhöhte nur noch seinen Zorn, denn mit einem unverständlichen Fluch hob er sie hoch und warf sie über seine Schultern.

Als sich seine harte Schulter in ihren Bauch grub, verschlug es Joanna den Atem. Er hastete mit zornigen, weitausholenden Schritten vorwärts, und ihr blieb nichts anderes übrig, als mit dem Kopf nach unten hängen zu bleiben, wo sie war.

»Laßt mich runter!« schrie sie, als sie wieder zu Atem gekommen war. Sie hämmerte wütend auf seinen Rücken ein und trat und zappelte herum, obwohl sie Angst hatte, zu fallen.

»Gebt Ruhe!« polterte er und unterstrich seine Worte mit einem scharfen Klaps auf ihr Hinterteil.

Wenn sie vorher bereits wütend gewesen war, so brachte sie diese beleidigende Geste völlig in Rage. Mit einer Entschlossenheit, die nur aus einem mörderischen Zorn erwachsen kann, ergriff Joanna den herausstehenden Griff seines Schwertes und zog es halb aus seiner Scheide. Sie wurde sofort in die Höhe gerissen. Das Schwert fiel ihr vor Überraschung aus den Händen, und er ließ sie an seiner Brust heruntergleiten, wobei er ihre Arme zwischen beiden Körpern einklemmte.

»Ich habe Euch gewarnt«, knurrte er mit einer Stimme, die gefährlich klang.

»Noch eine Drohung?« spottete sie, obwohl sie vor Angst zitterte. »Was könnt Ihr denn noch tun, was Ihr nicht schon längst getan habt? Wollt Ihr mich jetzt vielleicht schlagen?« stieß sie verächtlich hervor, während sie sich in seinem Griff wand.

»Ich bin verdammt versucht, genau das zu tun!«

Joanna keuchte entsetzt auf, als sie den bedrohlichen Tonfall in seiner leisen Stimme hörte. Sie bedauerte plötzlich ihren törichten Fluchtversuch, denn es schien tatsächlich so, als wolle er sie dafür grausam strafen. Sie versuchte, vor ihm zurückzuweichen, aber ihre Brüste wurden immer noch gegen ihn gepreßt. Sie blickte voller Angst in sein düsteres Gesicht hinauf.

»Aber ich fürchte, eine Tracht Prügel würde Eure Entschlossenheit nur noch bestärken«, fuhr er fort. Sein Blick glitt zu ihrem Mund hinab, und der Anflug eines Lächelns zeigte sich auf seinen Lippen. »So hübsch und doch ein solcher Dickkopf. Aber vielleicht gibt es ja einen besseren Weg, um Ihnen zu verdeutlichen, wie sinnlos es ist, mich zu bekämpfen.«

Seine Hände hoben sie ohne Vorwarnung höher, so daß ihre Füße kaum mehr den Boden berührten und sie aus dem Gleichgewicht kam. Im selben Moment beugte er sich nach vorn und bevor sie überhaupt begriffen hatte, was er beabsichtigte, preßte sich sein Mund auf den ihren.

Nein! schrie es in ihr. Aber es war schon zu spät, um ihn aufzuhalten. Wie der plündernde Vandale, mit dem sie ihn vormals verglichen hatte, stürzte er sich auf sie und trug sie mit diesem Kuß davon, ohne ihre schwache Gegenwehr überhaupt zur Kenntnis zu nehmen.

Furcht und Zorn kämpften ohnmächtig um die Vorherrschaft, als seine Lippen ihren Mund umschlossen. Sein Körper war hart und unnachgiebig, als er sich gegen sie drängte und seine körperliche Stärke unbarmherzig ausnutzte. Seine Lippen bewegten sich in einer überaus intimen Art auf den ihren, beherrschten sie und führten dazu, daß sich alles in ihrem Kopf drehte. Seine Zunge kam hervor und glitt an dem zusammengepreßten Saum ihrer Lippen entlang. Dann bewegte sich eine seiner Hände über ihren Rücken nach unten und umfaßte ihr Hinterteil. Als sie erschrocken aufkeuchte, schob sich seine Zunge tief in die Winkel ihres Mundes hinein.

Das war ihr Verderben. Furcht und Angst waren Emotionen gewesen, die sie gegen seine unwillkommenen Annäherungsversuche gestählt hatten. Aber die unerwarteten Berührungen seiner Zunge in ihrem Mund sandten diese Gefühle in tausend verschiedene Richtungen. Dies war eine andere Form des Kampfes, über die sie absolut kein Wissen besaß und bei der sie auch nicht wußte, wie sie sich verteidigen sollte. Sie war sich nicht bewußt, daß sich sein Griff änderte. Und sie nahm auch nicht wahr, daß seine Lippen weicher wurden und sich seine Einstellung ihr und ihrem Körper gegenüber veränderte. Sie wußte nur, daß sie noch nie von einem Mann geküßt worden war und daß sie die Sache mit Winna nun verstand.

Sein Mund fuhr unablässig über den ihren hinweg, bemüht, eine andere Reaktion von ihr zu erhalten. Seine

Zunge glitt hinein und wieder hinaus, liebkoste das Innere ihrer Lippen in einer unvorstellbar sinnlichen Weise. Joanna bekämpfte ihn nicht mehr und akzeptierte die köstliche Liebkosung wie in einem Nebel. All ihre Sinne begannen zu schwinden. Ein kleiner Rest an Vorsicht war geblieben, der sie warnte, aber diese winzige Stimme war nicht imstande, mit der Myriade von Gefühlen zu konkurrieren, die sie bestürmte. Ihr Herz überschlug sich, ihr Blut schoß mit einem atemberaubenden Tempo, das sie schwindeln ließ, in ihren Kopf und schien dann plötzlich davonzueilen, um sich irgendwo tief unten in ihrem Bauch zu sammeln. Wärme durchströmte sie, und sie wurde von einer neuen ungeahnten Empfindsamkeit überwältigt. In Sekunden war sie sich jedoch überaus bewußt, wo er sie berührte, und eine neue Form der Furcht begann in ihr zu wurzeln.

Eine Hand wanderte von ihrem Hinterteil zu ihrem Nacken hinauf, während er sie mit der anderen immer noch an sich preßte. Als sich sein Mund von ihren Lippen über die Wange zu ihrem Ohr bewegte, begann sie in seinen Armen zu zittern.

»Süße, süße Joanna«, murmelte er heiser in ihr Ohr, als er nach Atem rang. »Ich hätte gerne mehr von dieser Süße ...«

Er fand noch einmal ihren Mund, aber dieses Mal küßte er sie sanfter, forschender, verführerischer. Seine Zunge streichelte ihre Mundwinkel, seine Zähne zogen an ihrer vollen Unterlippe. Als sie leise aufstöhnte, küßte er sie noch einmal tief, suchte ihre ungeübte Zunge mit seiner eigenen und rief solch erschreckende Gefühle in ihr wach, daß sie entsetzt zurückfuhr.

Sie verharrten einen langen Moment in dem dunklen, nassen Wald. Er hatte immer noch seine Arme um sie gelegt, aber sie küßten sich nicht mehr. Sein Blick schien allerdings ebenso intim zu sein wie alles andere, was zuvor geschehen war, und Joanna drehte verwirrt ihren Kopf weg, als er sie auf den Boden sinken ließ.

Großer Gott, das war ja die reinste Tollheit! Und doch verspürte sie eine Wärme in ihrem Bauch, die dem Entsetzen, das sie fühlte, nicht entsprach. Als sie zitternd vor unerklärlichen Gefühlen aus seiner Umarmung zurückwich, ließ er sie los. Einen Augenblick lang noch starrten sie sich schweigend an. Dann wandte sich Joanna, entsetzt über das, was zwischen ihnen vorgefallen war, um und rannte auf das Feuer zu, das in einiger Entfernung flackerte.

6

Joanna lag auf einem dicken Bett aus Blättern, eingehüllt in dem *chape à pluie*. Es war noch dunkel. Die Männer hatten das Feuer mit Asche bedeckt, und nur eine bleiche Malvenfarbe am östlichen Horizont deutete auf die bevorstehende Morgendämmerung hin. Um sie herum regten sich leise die Geräusche des Waldes — irgendein kleines Tier huschte zwischen den Bäumen her, eine Eule stürzte mit einem beinahe unhörbaren Rauschen der ausgestreckten Flügel herab, und eine unstete Brise schüttelte Tropfen von den Bäumen. Aber Joanna nahm all diese Geräusche kaum wahr. Statt dessen lauschte sie dem gleichmäßigen Atmen der Männer, die auf der kleinen Lichtung schliefen. Und auf das entfernte Brausen des Meeres.

Die Nähe des Wassers hatte eine beruhigende Auswirkung auf sie. Es war imstande, ihr den Heimweg zu weisen, selbst wenn sie allein die Küste entlanglaufen mußte. Und dann war da noch Isle Sacré.

In den langen Nachtstunden, in denen sie keine Ruhe gefunden hatte und den aufmerksamen Augen der Wache nicht entkommen konnte, hatte sie verzweifelt nach einer Möglichkeit gesucht, ihrem schrecklichen Entführer zu entfliehen. Obwohl sie der festen Überzeugung war, daß sie allein den Weg zurück nach St. Theresa finden konnte, wußte sie doch, daß die Männer sie unterwegs wieder einholen würden. Sie brauchte also einen sicheren Ort, um sich zu verstecken. Natürlich würden sie damit rechnen, daß sie nach Hornsea flüchtete. Aber was wäre, wenn sie auf Isle Sacré Zuflucht suchte?

Sie war nur einmal dort gewesen und das war schon so

Boulevard-
Buchhandlung
19053 Schwerin
Helenenstr.6 T.83581

15-01-97
№ 1

5 *5

*99

*14.[illegible]0

1 4

*14.0

0125

16-4

lange her, daß sie die kleine Insel beinahe vergessen hatte. Aber sie erinnerte sich jetzt, daß sie ganz in der Nähe von Hornsea lag. Wenn ihr doch nur die Flucht gelänge, dann könnte sie sich bei Ebbe zu der Insel hinüberschleichen! Wenn erst die Flut zurückgekommen war, würde er sie nicht mehr finden. Die Chancen, daß er die Insel kannte, waren gering.

Bei dem Gedanken an ihn drehte sie ihren Kopf schnell zur Seite. Wie sehr sie ihn doch haßte! Wie sie ihn verachtete. Er war grausam und arrogant. Ein Schuft der übelsten Sorte, ohne jegliches Gefühl.

Aber was für unglaubliche Empfindungen hatte er doch in ihr geweckt!

Ein kleiner, wütender Schrei entschlüpfte ihr bei diesem schmerzhaften Eingeständnis. So verzweifelt sie sich auch wünschte, daß es anders sei, so konnte sie es dennoch nicht verleugnen. Er hatte sie geküßt, und sie hatte seinen Kuß erwidert. Wie der Teufel hatte er sie mit den Versuchungen des Fleisches gelockt — Versuchungen, über die sie schon so viel gehört, die sie aber niemals verstanden hatte. Und wie einer der gefallenen Engel war sie seinen hinterhältigen Verlockungen gefolgt.

»Oh, Gott«, bat sie flüsternd. »Bitte hilf mir. Hilf mir ...«

Wie eine Antwort — oder wohl eher eine Absage — legte sich ein Arm um ihre Taille, eine Hand auf ihren Bauch, und sie wurde gegen die Brust des Mannes gezogen, dem sie unbedingt entkommen wollte.

»Nein!« zischte sie, als sie sich mit Gewalt aus seinem verschlafenen Griff befreite. Sie kam schwankend vor Panik auf die Füße. All ihre Ängste waren schlagartig durch diese eine, elektrisierende Berührung an die Oberfläche katapultiert worden. Ohne auf den Weg zu achten, taumelte sie nach hinten, stolperte über den ausgestreckten Fuß eines Mannes und wäre beinahe ins schwelende Feuer gelaufen. Allein Rylans blitzschneller Reaktion war es zu verdanken, daß ihr Rock in der glühenden Asche kein Feuer fing.

Aber Joanna sah in der Art und Weise, wie er sie an sich gerissen hatte, keinen Segen. Es war eher ein Fluch, denn nun war sie wieder einmal in seinen Armen gefangen und hatte keine Chance, zu entkommen.

»Laßt Eure Finger von mir!« rief sie, ohne sich darum zu kümmern, daß sie in der Stille des Waldes wie ein zänkisches Marktweib klang. Aber so sehr sie sich auch abmühte, ihre Handgelenke aus seinem Griff zu befreien, es wollte ihr nicht gelingen.

»Benehmt Euch«, brummte er und strich sich das lange Haar aus der Stirn.

Um sie herum räkelten und streckten sich die Männer, die von dem Tumult in ihrer Mitte geweckt worden waren. Aber Joannas Aufmerksamkeit galt ganz dem Mann, der sie immer noch festhielt. Über die kurze Entfernung ihrer ausgestreckten Arme hinweg starrte sie ihn wütend an und bemühte sich, all ihren Haß in diesen Blick zu legen. Aber sie konnte nicht umhin, die Wärme und Stärke seiner Hand zu registrieren und auch nicht die Tatsache, daß sich ihr Puls beschleunigte. Ohne sich dessen bewußt zu sein, glitten ihre Augen über sein vom Schlaf gerötetes Gesicht und verharrten auf seinem Mund. Es waren volle, wohlgeformte Lippen. Gar nicht so streng und hart, wie sie eigentlich erwartet hatte. Als ihr bewußt wurde, wie tadelnswert ihre Gedanken waren, erstarrte sie vor Entsetzen.

Genau in diesem Augenblick ließ er sie los und streckte sich. »Guten Morgen, Lady Joanna«, sagte er in einem übertrieben höflichen Tonfall, der, da war sie sicher, wieder einmal voller Hohn steckte. »Ich hoffe, daß Ihr trotz des einfachen Lagers gut geschlafen habt.«

Joanna war nicht imstande, zu antworten. Sie wandte ihren Blick von seinen allzu scharfsichtigen Augen ab und stand einfach zitternd in der kalten Morgenluft. Um sie herum setzten sich die anderen Männer auf, zogen ihre Stiefel an und sammelten ihre wenigen Habseligkeiten ein. Ein Mann schürte das Feuer und fügte neues Holz hinzu, aber Joanna bewegte sich nicht von der Stelle.

Sie war verloren, dieser Gedanke hallte in ihrem Kopf wider. Sie war verloren. Ein schmerzhafter Schauer überfiel sie, und sie wandte sich ab. Wer hätte gedacht, daß sie wie Winna enden würde? Sie, die sich nie etwas aus Männern gemacht hatte, die sie die Männer voller Absicht verschmäht hatte. Aber nur einer von ihnen mußte sie berühren — einer der Verruchtesten mußte sie küssen — und schon war es um sie geschehen. Sie schüttelte trübsinnig den Kopf, nicht gewillt, es zu glauben und dennoch außerstande, die Wahrheit zu verleugnen. Letzte Nacht hatte sie dieser arrogante Ritter mit dem schwarzen Herzen geküßt, und sie hatte wie eine bemitleidenswerte hölzerne Palisade dagestanden, und ihre Abwehr war in einem glühenden Inferno dahingeschmolzen. Selbst jetzt noch rief die Erinnerung an seinen Kuß dieselbe brennende Hitze in ihrem Bauch hervor.

Joanna atmete einmal kräftig durch und kämpfte gegen die Tränen an, die ihr in die Augen stiegen. Sie hatte nie einen Mann gewollt. Und daran hatte sich in ihrem Herzen und ihrer Seele auch nichts geändert. Aber ihr Körper schien einen eigenen Willen zu besitzen. Langsam drehte sie ihren Kopf, um den Mann zu betrachten und zwang sich dabei, ruhig zu bleiben. Er sollte nicht merken, was sie empfand. Jeder machte Fehler — alle Menschen waren Sünder, und sie war nicht besser oder schlechter als der Rest. Ihr schlimmster Fehler war gewesen, zu glauben, daß sie gegen die Versuchungen des Fleisches gewappnet sei. Gott hatte sie für ihren Stolz gestraft und ihr ihr fehlerhaftes Verhalten vor Augen geführt. Aber nun wußte sie es und mußte Buße tun. Wenn sie nur genug betete und diese sündhaften Gefühle zurückwies, würde Gott das sicherlich anerkennen.

Ihre Stimmung besserte sich ein wenig, als sie über ihre Situation nachdachte. Gott prüfte seine Schäfchen häufig, und dies war ganz zweifellos eine Prüfung. Gott versuchte sie und wartete ab, ob sie der sündigen Versuchung widerstehen würde. Es lag an ihr, zu beweisen, daß sie dazu imstande war. Und während sie sich umblickte, wußte sie, daß die Flucht mehr als je zuvor die einzige Rettung für sie war.

»Dort drüben gibt es Brot und Rosinen, Mylady«, informierte sie einer der Männer recht freundlich.

»Danke, nein.« Joanna betrachtete die Lichtung mit einem neuen, genaueren Blick. »Gibt es eine Stelle, wo ich mich waschen kann?«

»Ich werde Euch etwas Wasser holen«, erwiderte er, ganz offenbar bemüht, sie zu besänftigen.

Joanna warf Rylan, der sie beobachtete, während er sich seinen Schwertgurt um die Taille schlang, einen Blick zu. »Ich werde eine Weile allein sein müssen«, verkündete sie mit herausfordernder Stimme.

Rylans Lippen verzogen sich zu einem kaum merklichen Lächeln, aber Joanna war sich sofort der spöttischen Gedanken, die dahinterstanden, bewußt. Sie biß erbost die Zähne zusammen. Irgendwie würde sie noch dafür sorgen, daß er für diese Demütigung bezahlte!

»Kell, Lady Joanna benötigt ein wenig Privatsphäre. Achte gut auf sie, denn ich möchte nicht, daß sie sich in diesen dichten Wäldern verläuft.«

Joanna wartete nicht auf die Antwort des kräftigen Nordländers, sondern wandte sich um und entfernte sich mit hocherhobenem Kopf aus Sir Rylans amüsierter Gegenwart. Tölpel! Joanna schäumte vor Wut, und ihr Puls hämmerte wütend in ihrem Kopf. Kretin! Jede Hoffnung auf Flucht wurde zunichte gemacht, als der hühenhafte Kell an ihrer Seite auftauchte. Obwohl er schweigsam war und sie demnach wohl kaum provozieren würde, wie es sein Herr tat, machte seine bloße Gegenwart sie bereits rasend. Sie erledigte hastig ihre Toilette, während er mit dem Rücken zu ihr in einiger Entfernung wartete. Dann blickte sie sich forschend um.

»Gibt es in der Nähe einen Bach?« sprach sie ihn mit fester Stimme an.

»Dort unten.« Er deutete rechts hinunter.

Joanna wartete erst gar nicht auf seine Erlaubnis. Sie würde sich gründlich waschen, ob dies Rylan Kempe nun gefiel oder nicht. Dieser hirnlose Kerl hier konnte ihr auch nichts Schlimmeres antun als sein Herr. Während sie wütend den Hügel hinunter durch das feuchte Unterholz des noch düsteren Waldes eilte, wünschte sie sich beinahe, daß er versuchen würde, sie aufzuhalten, denn in ihrer gegenwärtigen Stimmung hätte sie nicht gezögert, ihre alles verzehrende Wut an ihm auszulassen.

Aber Kell machte keine Anstalten, sie zu stoppen. Er folgte ihr lediglich schweigend, zu dicht allerdings, als daß sie einen Fluchtversuch hätte wagen können. Als sie am Bach angekommen waren, blieb Joanna stehen. Was gemeinhin wohl ein friedlich dahinfließender Bach war, hatte sich durch die Regenfälle der letzten Nacht in einen reißenden Fluß verwandelt. Und der Anblick des bedeckten Morgenhimmels ließ darauf schließen, daß er im Laufe des Tages wohl noch weiter aufgefüllt werden würde.

Joanna betrachtete die Fluten vorsichtig und versuchte einzuschätzen, ob es möglich war, hindurchzuwaten. Aber selbst wenn ihr das gelingen sollte, hätte sie der Riese hinter ihr schnell wieder eingeholt. Es sei denn, sie könnte ihn irgendwie außer Gefecht setzen.

Aber das schien eine völlig absurde Idee zu sein, entschied sie, nachdem sie ihm einen kurzen, prüfenden

Blick zugeworfen hatte. Er war viel zu groß und zu kräftig für sie. Joanna seufzte und bewegte sich weiter auf das Wasser zu. Zumindest konnte sie sich Gesicht und Hände waschen, dachte sie resigniert.

»Seid vorsichtig«, warnte sie Kell, als sie auf einen Baumstamm trat, der in den schäumenden Strom ragte.

»Warum? Weil ich mich verletzen könnte?« erwiderte sie schnippisch. »Vergebt mir, wenn ich die Aufrichtigkeit Eurer Besorgnis in Frage stelle.«

Sie warf ihm einen verächtlichen Blick über die Schulter zu, der sich dann aber schlagartig änderte. Er schaute nämlich gar nicht auf sie, sondern auf das schnell dahinfließende Wasser. Und sein Gesicht trug einen ängstlichen Ausdruck.

»Aber natürlich«, fügte sie hinzu, während ihr Herz voller Hoffnung schneller zu schlagen begann, »würdet Ihr mir, da Euer Lord Blaecston sich all diese Mühe macht, um mich zu verschleppen, sofort zu Hilfe kommen, sollte ich ins Wasser fallen?«

Der große Mann erbleichte. Er blickte kurz zu ihr hinüber und starrte dann wieder auf die wilden Fluten. »Kommt zurück«, warnte er sie und trat selbst einen Schritt nach hinten. »Es ist nicht sicher ...«

Joanna verharrte nicht länger, um das Ende des Satzes zu hören. Das Wasser war nicht sicher für jemanden, der nicht schwimmen konnte. Aber sie konnte es. Mit einer Tapferkeit, die ihrer Verzweiflung entwuchs, warf sie sich in den Strom. Er würde ihr nicht folgen, da war sie sicher. Dafür hatte er zuviel Angst. Sie versuchte nicht einmal, ihren Kopf über Wasser zu halten, sondern rollte sich nur fest zusammen und ließ sich von dem dahinströmenden Wasser tragen. Hoffentlich denkt er, ich sei ertrunken — und hoffentlich wird genau das nicht passieren.

Als sie schließlich spuckend und nach Luft ringend auftauchte, war ihr eiskalt, und sie hatte sich in ihrem langen Rock und in den Haaren verwickelt. Ein kleiner Ast trieb gegen sie, als sie sich bemühte, ihren Kopf in der wilden Strömung über Wasser zu halten und so gut es eben ging auf das Ufer zuschwamm. Das Wasser riß sie unter einem dichten Baldachin aus Bäumen mit sich, unter überhängenden Zweigen hindurch und vorbei an Felsblöcken und Baumstämmen. Trotz ihrer halsbrecherischen Reise in dem Strom frohlockte sie, denn sie war entkommen. Sie war entkommen!

Als Joanna sich schließlich aus dem Wasser schleppte, zitterte sie vor Erschöpfung und Kälte, aber innerlich jubilierte sie. Der Fluß war hier flacher und breiter, er strömte durch weite Wiesen, bevor er kurze Zeit später ins Meer mündete. Sie schnappte nach Luft, als sie sich gegen eine junge Weide lehnte. Sie traute ihren zitternden Beinen nicht und ließ sich auf den Boden sinken, um sich auszuruhen. Ihr war schrecklich kalt von dem eisigen Wasser, und sie hatte unzählige Prellungen und Abschürfungen erlitten. Aber Joanna ignorierte dies alles. Sie freute sich, daß ihr leichtsinniger Plan so gut funktioniert hatte.

Was für ein Glück, daß dieser Mann namens Kell solch eine Angst vor Wasser hatte. Wer hätte das gedacht? Für einen Augenblick verspürte sie Mitleid mit ihm. Rylan Kempe würde außer sich sein, wenn er herausfand, daß sie ihm entwischt war. Sie hoffte nur, daß er den armen Kell nicht bestrafte. Aber darüber sollte sie sich nicht den Kopf zerbrechen. Der Nordländer würde sich gegen Sir Rylan selbst zur Wehr setzen müssen — genau wie sie es auch tun mußte.

Kurze Zeit später hatte Joanna sich ein wenig erholt und blickte sich foschend um. Sie wußte, daß es nicht lange dauern würde, bevor die Männer sich auf die Suche nach ihr machten. Sie mußte sich schnell ein Versteck suchen, sonst hätte Blaecston sie schon bald wieder in seiner Gewalt. Sie taumelte das grasbewachsene Ufer hinauf und ging auf eine kleine Erhöhung zu. Es gab keinerlei Anzeichen, daß irgendeine Stadt oder ein Dorf in der Nähe waren, aber sie wußte ja, daß sie sich dicht am Meer befand. Statt sich auf die Suche nach dem Sheriff von Hornsea zu machen, wäre es wohl sicherer, direkt zur Isle Sacré aufzubrechen. Sie wollte durch den Wald laufen, um zu vermeiden, daß sie jemand sah. Bei Ebbe würde sie dann über die Sandbank zur Insel laufen und sich dort verstecken. Sobald sie sicher sein konnte, daß Lord Blaecston und seine Männer verschwunden waren, wollte sie sich auf den Heimweg nach St. Theresa machen.

Wenn ihre Suche erfolglos blieb, würden sie sicher denken, daß sie ins Meer hinausgetragen worden und dort ertrunken war, dachte sie mit einiger Schadenfreude. Aber ihre freudige Erregung wurde schnell gedämpft, als sie die ersten entfernten Laute ihrer Verfolger vernahm. Während sie den Hügel hinaufeilte und sich verzweifelt nach einem Versteck umsah, erkannte sie eine der Stimmen.

»... bis sie gefunden ist — und nicht eher! Eine Goldmünze für den Mann, der sie mir bringt!«

Joanna war so erschrocken, als sie die dunkle Drohung in Rylans Stimme vernahm, daß sie stolperte und sich das Schienbein an einem umgestürzten Baum stieß.

Aber sie hatte keine Zeit, über den Schmerz nachzudenken, denn das Krachen im Unterholz bedeutete ihr, daß ihre Verfolger immer näher kamen. Sie sah sich gehetzt um und entdeckte ein großes Loch am Fuß des Baumes, gegen den sie gerade gestoßen war. Die Wurzeln erhoben sich wie große, knorrige Finger über der Erde und schienen jede Bedrohung abzuwehren.

Obwohl Joanna normalerweise zu zimperlich gewesen wäre, um sich an einem solch dunklen, dreckigen Ort zu verstecken, zögerte sie keinen Augenblick. Sie schob zuerst ihre nackten Füße und die Beine in den nassen Matsch, und als sie so tief hineingeglitten war, wie es nur eben ging, zog sie einige herumliegende Zweige und Blätter über sich.

Ihr Herz klopfte wie eine Trommel, und sie zwang sich, nicht an Schlangen oder Würmer zu denken, sondern einfach auszuharren.

Sie mußte nicht lange warten. Innerhalb von nur wenigen Minuten hörte sie Pferde, die sich weiter unten am Fluß aufhielten.

»Ich übernehme diesen Hügel«, rief einer der Männer den anderen zu.

Joannas Mut sank, als sie seine Worte vernahm. Er würde sie finden — sie wußte es!

Aber plötzlich begann es, wie als Antwort auf ihre ungesagten Gebete, zu regnen. Zuerst fingen die Blätter und Zweige hoch oben in den Bäumen die Tropfen ab, aber bald schon stürzten sie herunter und erfüllten den Wald mit Geräuschen und Bewegungen und gaben Joanna dadurch weiteren Schutz.

Sie vernahm einen heftigen Fluch — irgendetwas über den König im besonderen und Frauen im allgemeinen — aber er wurde durch den Sturm erstickt, und sie fühlte einen kleinen Hoffnungsschimmer. Sie konnten den ganzen Morgen über nach ihr suchen, sie war sicher, daß sie sie nicht finden würden. Nicht jetzt.

Die Männer suchten in ihrer Nähe und bewegten sich dann weiter von ihr weg, zu den Wiesen hinüber und tiefer in den Wald hinein — zumindest schloß sie das aus den Geräuschen, die sie hörte. Ihr Herz beruhigte sich langsam, und ihr Atem ging wieder normal. Aber je mehr die Angst, gefaßt zu werden, nachließ, desto bewußter wurde sie sich ihres feuchten Verstecks. Regenwasser floß beständig durch den Matsch und an ihrem linken Bein entlang. Dann bewegte sich plötzlich etwas an ihrem linken Ellbogen. Sie zuckte zusammen und zwang sich zu glauben, daß es nichts weiter als herabtropfendes Regenwasser gewesen war. Aber sie wußte, daß sie nicht länger bleiben konnte, wo sie war. Nun hörte sie ein scharrendes Geräusch direkt hinter ihrem Kopf, und als sie sich umdrehte, entfuhr ihr ein kurzer Schrei.

Der arme Hase, der in sein Loch wollte, war sicher weitaus erschrockener als sie. Er rannte Hals über Kopf vor der großäugigen Kreatur, die sein Zuhause besetzt hielt, davon. Aber Joanna blieb keine Zeit, sich Gedanken über den Hasen zu machen. Mit einem Mal quälten sie die schlimmsten Vorstellungen. Sie war sicher, daß sich ein ganzes Schlangennest zu ihren Füßen befand. Mit einem entsetzten Schrei befreite sie sich aus ihrem Versteck und kroch auf Händen und Füßen neben den Baumstamm.

Während sie dort zusammengesunken saß, und der Regen auf sie herabprasselte, klang ihre Panik langsam ab. Um sie herum war der Wald nur noch ein vager, nebliger Ort, hinter grauen Vorhängen versteckt. Nach ihrem Sprung in den Fluß und ihrem Schlammbad in dem schrecklichen Loch empfand sie den Regen beinahe als wohltuend, aber ihr war klar, daß sein Schutz nicht ewig anhalten würde. Tief gebeugt und mit nervösen Blicken nach links und rechts begann sie ihre nervenaufreibende Flucht. Sie eilte von Baum zu Baum und von Busch zu Busch und lauerte mit all ihren Sinnen auf irgendein Zeichen von Sir Rylan und seinen Männern. Aber das Glück war auf ihrer Seite — Gott war auf ihrer Seite, verbesserte sie sich entschuldigend. Gott war bei ihr, und sie würde siegen.

Am Waldesrand angekommen, blieb sie stehen. Vor ihr erstreckte sich eine Salzwiese bis zu den Dünen, und das Gras wurde bis dort hin immer flacher. Dahinter lag das

Meer und ihre Zufluchtsstätte. Isle Sacré und die Rettung waren so nah!

Sie blickte nach links, wo der Fluß ins Meer münden mußte. Zweifellos suchten die Männer dort nach ihr. Aber durch den Nebel konnte sie nichts erkennen, und obwohl sie dies einerseits beunruhigte, beruhigte es sie auch wieder, denn es bedeutete, daß auch die Männer *sie* nicht sehen würden. Und zudem wusch der Regen bestimmt alle Spuren weg, die sie im Sand hinterließ. Sie atmete einmal tief durch. Es ist Zeit, zu gehen, sagte sie sich. Wahrscheinlich würde sich nie wieder eine bessere Gelegenheit bieten.

Joanna blickte weder nach links noch nach rechts, als sie zu rennen begann. In der einen Hand hielt sie ihren durchweichten Rock, die andere benutzte sie, um das Gleichgewicht zu halten. Sie lief über die Salzwiese hinweg und ignorierte den schneidenden Schmerz, den die langen Grashalme an ihren Beinen verursachten. Als sie endlich den festen Sand erreicht hatte, beschleunigte sie ihr Tempo, denn sie war sicher, daß sie inzwischen jemand entdeckt haben mußte. An der ersten Düne angekommen, schnappte sie nach Luft. Sie hastete trotzdem weiter, den sanften Anstieg der Düne hinauf, und bemühte sich, das schmerzhafte Stechen in ihrer Seite zu ignorieren. Von oben ließ sie sich auf der anderen Seite hinunterrollen.

Joanna blieb dort liegen, wo sie hingefallen war, völlig außer Atem von ihrem wahnwitzigen Lauf. Der Regen tropfte ihr aufs Gesicht, aber sie wandte sich nicht ab. Ihre Brust hob und senkte sich von der Anstrengung, und ihre Beine zitterten. Sie konnte nur noch liegenbleiben, während der endlose Regen allen Sand und Dreck von ihr abwusch.

Als sie sich endlich vorsichtig erhob, war die Morgendämmerung über das Land gezogen. Der Regen hatte etwas nachgelassen, aber trotzdem sah alles grau aus, wie hinter einem Schleier versteckt. Das Meer befand sich nur ein kurzes Stück entfernt, und es war gerade Ebbe — dem Himmel sei Dank! Sie spähte aufgeregt zum Horizont hinüber und erblickte dort eine dunkle, schattige Erhebung. Das war die Insel. Und so nah! Eine unendliche Erleichterung überkam sie. Sie mußte nur ein kurzes Stück die Küste entlang und dann über die Sandbank laufen.

Aber Joanna wußte, daß ihr nicht viel Zeit blieb. Der Wind nahm ständig an Stärke zu und versprach zu einem Sturm zu werden, der den vom gestrigen Tag bei weitem übertreffen würde.

Die Sandbank würde nicht lange über der Wasseroberfläche bleiben, wenn sie jetzt überhaupt schon trocken war.

Die Nähe ihres Zufluchtsortes hatte ihr neue Kräfte verliehen, und sie schlich zwischen zwei Dünen hindurch, bevor sie über den Strand hinweg zum Fluß hinüberblickte. Es war immer noch niemand zu sehen. Das war ihre Chance. Noch einmal hob sie den Rock, dann richtete sie ihre Augen ganz fest auf die kleine Insel und lief aus den Dünen hervor.

Der Sand nahe am Wasser war hart, und es war viel einfacher für sie, dort entlang zu laufen. Außerdem würden die Wellen sofort ihre Fußspuren wegspülen, dachte sie zufrieden.

Als sie sich dem schmalen Stück Land näherte, das die Insel mit dem Festland verband, wurde ihr klar, daß sie nicht mehr viel Zeit hatte. Die Flut begann mit jeder schäumenden Welle, Zentimeter für Zentimeter der Sandbank in Besitz zu nehmen. Aber sie würde es schaffen, redete sie sich ein. Sie würde es schaffen. In dem starken Wind flatterte ihr Haar wie ein Wimpel, und ihr Rock blähte sich auf wie das Segel eines Wikingerschiffes. Als der Regen wieder einmal nachließ, hatte Joanna zum ersten Mal einen klaren Blick auf die Insel Sacré.

Schlagartig wurde ihr bewußt, wie knapp es werden würde. Die letzten Meter mußte sie vermutlich durch die Wellen waten. Aber selbst wenn sie gezwungen sein sollte, zu schwimmen — sie würde es wagen, denn sonst fiele sie unweigerlich wieder in die Hände von Sir Rylan.

Als sie nahe genug war, schritt Joanna durch das knöcheltiefe Wasser auf die schmale Sandbank zu. Der Himmel war immer noch düster und machte einen unheilverkündenden Eindruck. Und das Meer schäumte in zunehmender Wut. Wegen des Sturmes kam die Flut eher als gewöhnlich, und Joanna begann plötzlich an ihrem verwegenen Plan zu zweifeln. Vielleicht wäre sie doch besser unter der Baumwurzel geblieben ...

Ihre Schritte wurden angesichts der beängstigenden Aufgabe, die sie sich gestellt hatte, ein wenig langsamer, aber all ihre Zweifel wurden augenblicklich zerstreut, als sie einen entfernten Ruf vernahm. Sie wandte sich in die Richtung um, aus der die Stimme kam und entdeckte weiter unten am Strand Sir Rylan, der sich in den Steigbügeln seines Pferdes aufgerichtet hatte und zu ihr hinüberstarrte. Er gab dem Pferd die Sporen und kam auf sie zugeritten.

Joanna schlug das Herz bis zum Hals. Sie war verloren! Aber nicht einmal dieser Gedanke konnte sie zum Aufgeben bewegen. Mit einem Schrei, in dem sich Furcht und Wut vermischten, verdoppelte sie ihre Anstrengungen und eilte verzweifelt auf die Insel zu. Das Wasser zog an ihren Füßen, der Wind peitschte ihr ins Gesicht, und ihr Atem ging vor Anstrengung in kurzen Stößen, aber sie weigerte sich, einfach aufzugeben. Sie konnte es bis zur Insel schaffen. Sie wußte, daß sie es schaffen konnte!

Als sie die kleine Sandbank erreicht hatte, wagte sie einen Blick zurück. Er hatte sie bereits halb eingeholt, saß weit über den Hals des Pferdes gelehnt und trieb es vorwärts. Sie stolperte, wäre beinahe gefallen, schaffte es aber, sich abzufangen. Sie würde es nicht zulassen, daß sie noch einmal in seine Hände fiel! Er sollte niemals wieder die Möglichkeit haben, sie für seine politischen Ziele zu mißbrauchen. Weder er noch irgendjemand sonst!

Aber während sie weiter vor ihm floh, beobachtete Joanna, wie das Meer sich der Sandbank näherte, und als die Fluten sie schließlich eingeschlossen und den schmalen Streifen, der zur Insel führte, verschluckt hatten, sank ihr Mut endgültig. Mit schmerzenden Beinen und Lungen eilte sie weiter durch das knöcheltiefe Wasser. Bald schon reichten die Wellen ihr bis zu den Knien, dann bis zum Oberschenkel, und als das Wasser ihren hochgerafften Rock erreichte, wäre sie beinahe gestolpert. Aber die Insel war so nah, sie konnte jetzt nicht mehr aufgeben!

Mit letzter Verzweiflung warf sie sich nach vorne, entschlossen, die restliche Entfernung schwimmend zu überwinden. Und für einige Zeit gelang es ihr auch. Dann allerdings vernahm sie das laute Wiehern des Pferdes, und eine Hand griff nach ihrem auf der Wasseroberfläche treibenden Rock.

»Nein ...«

Ihr Schrei wurde erstickt, als ihr Kopf unter Wasser geriet. Obwohl sie sich mit aller Kraft gegen seinen Griff wehrte, hielt er sie so sicher wie einen Fisch an der Leine. Sobald sie hustend und nach Luft ringend an die Oberfläche kam, wurde sie sofort wieder von einer riesigen Welle nach unten gerissen.

»Zum Teufel nochmal!« Sie vernahm seinen Fluch, als er sie mit Gewalt aus dem Wasser herauszog. Mit seiner anderen Hand packte er sie um die Taille, zog sie in die Höhe und legte sie über seinen Schoß.

Sie wurden von einer weiteren Welle erfaßt, die Joanna voll ins Gesicht traf. Keuchend spuckte sie das Salzwasser aus. Das Pferd scheute vor Angst, und Joanna wäre beinahe wieder ins Wasser gerutscht, hätte sie Rylan nicht mit festem Griff auf dem Tier festgehalten. Mit einem wütenden Fluch trieb er sein Roß vorwärts. Joanna blieb nichts anderes übrig, als erschöpft und naß liegenzubleiben, während ihr die Tränen über das Gesicht strömten.

7

Joanna glitt wie eine leblose Puppe vom Pferd herab und landete in einer matschigen Pfütze. Einige Sekunden lang konnte sie nichts weiter tun, als dort liegenbleiben, nach Luft ringen und dankbar sein, daß sie dem tödlichen Griff des wütenden Meeres entkommen war. Die letzten Minuten waren besonders schlimm für sie gewesen. Sie hatte Angst um ihr Leben gehabt und befürchtet, von den riesigen, mitleidslosen Wellen hinab in ein feuchtes Grab gerissen zu werden.

Vielleicht wäre es aber sogar besser gewesen, dachte sie verdrossen, als sie vernahm, wie Rylan von seinem Pferd herabstieg. Wenn sie an die Zukunft dachte, die er für sie geplant hatte, konnte der Tod nicht schlimmer sein. Zumindest wäre sie dann im Himmel mit ihrer Mutter vereint.

Aber die Mutter ist ja gar nicht im Himmel, mahnte sie sich streng. Das sagte zumindest die kirchliche Lehre.

Zitternd richtete sie sich auf und strich das feuchte Haar aus dem Gesicht. Der Regen prasselte nach wie vor herab, daß ihre Wangen schmerzten. Der Wind heulte um sie herum, und die Wellen schlugen wütend gegen den Strand. Und trotzdem war sie froh, am Leben zu sein.

Als Rylan bermerkte, daß sie sich bewegte, warf er ihr einen wütenden Blick zu. Er war immer noch damit beschäftigt, den Kopf des Pferdes gegen seine Brust zu pressen, um das schnaufende Tier zu beruhigen.

»Ich hätte Euch auf einem Packpferd festbinden sollen . . .«

Er verstummte, als sein Pferd, durch den zornigen Tonfall seines Herrn aufgeschreckt, zurückwich. Joanna blickte zur Seite. Sie war ebenso wütend auf ihn, wie auf die Tränen, die ihr plötzlich in die Augen schossen. Großer Gott, was sollte sie jetzt nur anfangen?

Dann wurde ihr Blick klarer, und ihr Rücken versteifte sich, denn ihr wurde bewußt, wo sie war — wo *sie* waren. Er hatte sie nicht zum Festland zurückgeschleppt, sondern auf die Insel! Um sie herum tobte die aufgebrachte See, genau so, wie sie es sich erhofft hatte. Aber statt des Zufluchtsortes, der Schutz vor Sir Rylan und seinen herzlosen Männern bieten sollte, war die Insel zu einem Gefängnis geworden, das sie dazu zwang, allein mit dem Mann zu sein, vor dem sie auf der Flucht war!

Mit einem Zornesschrei sprang sie auf die Füße und blickte sich verstört um. Dann wandte sie sich ihrem Entführer zu, derart wütend, daß sie kaum in der Lage war, ein Wort herauszubringen.

»Ihr ...« Ein Zittern erfaßte sie, und sie verstummte, um ihre Fassung wiederzuerlangen. »Bei Gott, ich wünschte, das Meer hätte Euch verschlungen!« Und bevor er antworten konnte, wirbelte sie herum und flüchtete.

Sie kam nicht sehr weit. Die Insel war nicht besonders groß, und außerdem war sie erschöpft. Während sie sich gegen den Stamm einer knorrigen Salzeiche lehnte, um Halt zu finden, steigerte sie sich weiter in ihre Wut hinein, denn ihr wurde klar, warum er sich dieses Mal nicht einmal die Mühe gemacht hatte, sie zu verfolgen. Es gab keine Möglichkeit, zu fliehen oder sich lange unentdeckt zu verbergen. Sie saß in der Falle, und wenn nicht irgendein Wunder geschah, war ihr Schicksal besiegelt.

Sie atmete einige Male tief durch und bemühte sich, das Zittern zu beruhigen und ihre Kraft zurückzugewinnen. Plötzlich zuckte ein Blitz über den dunklen Himmel, dem beinahe unmittelbar ein Donnerschlag folgte. Joanna fuhr erschrocken zusammen und verspürte dann ein Gefühl der Befriedigung, als sie das Wiehern des Pferdes und einige heftige Flüche von Rylan vernahm. Mit einigem Glück würde ihn sein Pferd zu Tode trampeln. Oder ihn mit sich ins Meer schleifen. Oder ...

Aber sie hatte kein Glück, wie die Vorfälle der letzten Tage ja bereits bewiesen hatten. Sie sah, daß Rylan sich auf den Rücken des Tieres schwang und es mit reiner Willenskraft von dem tobenden Meer weg zur schützenden Mitte der Insel lenkte.

Joanna blieb lange Zeit unter der verwitterten Eiche stehen und starrte mit leerem Blick über die peitschenden Wellen zum Ufer hinüber. Im Norden, nicht allzu weit entfernt, lag St. Theresa, und sie fragte sich, was man dort wohl von ihrem Verschwinden hielt. Ob sie es mit Sir Rylan in Verbindung brachten? Sie seufzte. Langsam kam sie wieder zu Atem. In diesem Augenblick wurde das Morgengebet gesprochen. Bald schon würden sie die Unterweisung für die Pflichten des Tages erhalten. Dann würden sie gemeinsam das Frühstück einnehmen und sich anschließend ihren Aufgaben widmen. Oh, wie sehr sie sich wünschte, dort zu sein!

Sie wischte sich über die Augen und drängte die Tränen zurück. Weinen half nichts — diese Lektion hatte sie bereits vor vielen Jahren gelernt. Und dennoch fiel es ihr schwer, das wütende Schluchzen zu unterdrücken, das in ihrer Kehle saß. Sie fror, war bis auf die Haut durchnäßt und die Gefangene eines skrupellosen Schuftes. Ihre Zukunft schien in der Tat düster zu sein, aber sie würde niemals *ihm* ihre Verzweiflung offenbaren.

Mit diesem festen Vorsatz, der ihren einzigen Trost darstellte, blickte sie sich mit zögerlicher Neugier um. Als sie aus dem Augenwinkel eine Bewegung bemerkte, starrte sie angestrengt über die tobende See zum gegenüberliegenden Ufer, wo mehrere Reiter erschienen. Sie saßen zusammengesunken auf ihren aufgeschreckten Pferden, die sich im Sturm nur mühsam kontrollieren ließen.

Rylans Gefolgsmänner. Ob sie nur nach ihr Ausschau hielten? Oder war ihnen bereits bewußt, daß auch ihr Anführer vermißt wurde? Instinktiv versteckte sie sich hinter dem Baumstamm und beobachtete genau, wie die Männer weiter den Strand hinaufritten.

Sie waren zu dritt — und in dem letzten Mann erkannte sie Kell. Sie bewegten sich langsam auf die Stelle zu, wo sich die Sandbank befand, die nun gänzlich von dem Meer bedeckt wurde. Ob sie von der Isle Sacré wußten? Würde ihnen der Verdacht kommen, daß sie und Rylan sich dort aufhielten? Offensichtlich nicht, wie sie einige Minuten später feststellte, da sie der Insel im Vorüberreiten nur einen flüchtigen Blick zuwarfen. Falls sie wirklich nichts von ihr wußten, sagte sie sich, würde sie ihre Suche wohl woandershin führen, und ihr damit nach Abflauen des Sturms und Rückgang der Flut doch noch die Möglichkeit geben, zu entkommen. Natürlich war da immer noch Rylan, dachte sie säuerlich, aber er war ganz allein und konnte unmöglich immer wachsam bleiben.

Durch dieses Wissen bestärkt blickte sie über ihre Schulter zu dem dunklen Wald aus Eichen und Weiden hinüber, der die Insel bedeckte. Irgendwo dort hielt er sich mit seinem Pferd auf und irgendwann würde sie sich mit ihm auseinandersetzen müssen. Aber für den Augenblick hatte sie vor, ihm aus dem Weg zu gehen. Sollte er sich ruhig Gedanken darüber machen, wo sie war und was sie tat, dachte sie. Außerdem war er derart zornig gewesen, daß man nicht sagen konnte, wozu er fähig wäre. Ein einziger wütender Schlag seiner Hand wäre sicherlich imstande, sie zu töten.

Aber während sie sich nach einem ruhigen, abgelegenen Platz umsah, wo sie sich verstecken konnte, war Joanna bewußt, daß sie seine wilde Leidenschaft, die er in der letzten Nacht gezeigt hatte, wesentlich mehr fürchtete, als einen verärgerten Schlag. Und es war nicht nur seine Leidenschaft, die ihr Angst machte, sondern auch ihre eigene.

Sie ging vorsichtig einen schmalen Pfad hinunter, der mit Blättern und Zweigen bedeckt war. Sie wußte, daß es ein Cottage und eine kleine Kapelle auf der Insel gab. Außerdem befand sich dort auch ein recht großer Friedhof. Schon bevor Erinnerungen aufgezeichnet wurden, war die Isle Sacré als heiliger Ort verehrt worden. Auf dem seltsamen, weitläufigen Friedhof befanden sich Grabsteine, die von rohen Brocken bis zu geschnitzten Meisterstücken reichten, und auch Exemplare außergewöhnlicher Bäume, die dort zur Erinnerung an die Toten gepflanzt worden waren. Die Gräber stellten die letzten Ruhestätten unterschiedlicher Personen dar, von einem einfachen Bauern bis zum Adligen. Aber sie alle besaßen etwas Gemeinsames. Jeder von ihnen hatte ein frommes Leben geführt — war gottesfürchtig, opferbereit und gütig gewesen. Und obwohl sie von der Kirche nicht als Heilige anerkannt wurden, waren sie von den Menschen, denen sie Gutes getan hatten, durch die Wahl dieser letzten Ruhestätte geehrt worden.

Als Joanna auf der großen Lichtung angekommen war, wo sich der Friedhof befand, beschrieb sie mit ihrer Hand ein heftiges Kreuzzeichen und ließ sich auf ihre Knie sinken. Helft mir, einen Weg zu finden, betete sie zu den Seelen, deren Körper um sie herum ruhten. Bittet beim Herrn für mich und weist mir den Weg, den ich gehen muß. Dann schob sie ihr feuchtes Haar über ihre Schultern und blickte sich um.

Es war immer noch keine Spur des gemeinen Lord Blaecston zu entdecken. Wenn ihn der Wind doch nur mit sich fortgetragen hätte! Aber was das betraf, machte sie sich keine großen Hoffnungen. Als sie selbst von einer besonders heftigen Windböe erfaßt wurde, begann sie zu zittern. Am wichtigsten war es im Moment, erst einmal

Schutz zu finden, damit ihr Kleid trocknen und sie sich ausruhen konnte, bis der Regen aufgehört hatte. Dann mußte sie sich etwas zu essen suchen.

Obwohl sie nicht genau wußte, wo sie lag, entdeckte sie nach kurzer Suche die Kapelle. Sie befand sich an der Seeseite der Insel, auf einem Hügel, der einen weiten Blick erlaubte und war vor den Einflüssen des Wetters nur durch drei hochgewachsene Ulmen geschützt. Sie erinnerte sich, daß die Bäume ›Heilige Dreifaltigkeit‹ genannt wurden. Die größte Ulme war der Vater, die der Seeseite zugewandte der Sohn, und die dritte — die am weitesten ihre Äste zur Seite streckte — der Heilige Geist.

Sie stemmte sich gegen den nicht nachlassenden Sturm, packte ihren Rock mit einer Hand und hielt mit der anderen ihr Haar fest, um sich zu der Kapelle durchzukämpfen. Als sie die Rückseite erreicht hatte, sank sie gegen die kräftige Mauer. Der eisige Biß des Windes und ihre Erschöpfung ließen sie erzittern. In den letzten zwei Tagen war ihr einfach zu viel zugestoßen. Und doch wußte Joanna, daß sie der Verzweiflung, die sie zu überwältigen drohte, nicht nachgeben durfte. Bisher war ihr der Sturm von Nutzen gewesen. Dem Wind und dem Regen war es zu verdanken, daß sie nicht als Gefangene in der Burg dieses schrecklichen Mannes saß.

Als der Wind erneut zu heulen begann und die drei Ulmen in den kräftigen Stößen ächzten und stöhnten, nahm Joanna ihre letzten Kräfte zusammen. Sie schob sich um die Ecke der Kapelle herum und tastete sich mit gesenktem Kopf mit einer Hand zur Tür der Kapelle vor.

Aber anstatt ihr Einlaß in die Zufluchtsstätte zu gewähren, entpuppte sich die einfache Holztür als weiteres Hindernis, denn der Wind hielt sie fest geschlossen, und so sehr sie auch daran zog, sie war einfach zu schwer für sie.

»Beim Blute von St. Theresa!« rief sie niedergeschlagen,

als eine besonders starke Böe ihr die Tür, die sie gerade einen Spalt breit geöffnet hatte, wieder zuschlug.

»Erlaubt Ihr?«

Joanna keuchte erschreckt auf, als sich eine starke Hand über die ihre legte. Mit einem einzigen Ruck riß Rylan die Tür auf und gewährte Joanna dabei mit seiner kräftigen Statur Schutz vor dem Wind.

Joanna war durch sein plötzliches Auftauchen derart erschreckt, daß sie nicht imstande war, zu reagieren. Sie stand einfach da und starrte Rylan mit offenem Mund an. Dann wurde ihr bewußt, daß ihre Hand immer noch von der seinen bedeckt wurde und all ihre gebeutelten Emotionen wurden lebendig.

»Geht weg von mir, Ihr ... Flegel!« Sie versuchte vergeblich, ihre Hand unter der seinen fortzuziehen.

»Seid doch keine Närrin!« raunzte er zurück. Mit einem Fuß hielt er die Tür auf, packte Joanna am Ellbogen, schob sie in die Kapelle hinein und folgte ihr.

Die Tür schloß sich hinter ihnen mit einem unheilverkündenden Knall, und einen Augenblick lang war alles um sie herum schwarz. Joanna spürte, daß seine Hand immer noch ihren Arm umklammert hielt, und sie spürte auch das heftige Klopfen ihres Herzens. Heilige Mutter Maria, konnte denn niemals mehr etwas gut werden?

Als sich ihre Augen langsam an die Dunkelheit in der kleinen Kapelle gewöhnten, bemerkte sie, daß die vier hohen Fenster, die mit Glasscheiben versehen waren, doch ein wenig Licht ins Innere ließen. Aber ein schneller Blick über den heiligen Ort machte ihr deutlich, daß es keine Fluchtmöglichkeit für sie gab. Wieder einmal hielt Rylan sie in seinen schmutzigen Klauen gefangen.

Aber zu ihrer Überraschung ließ er ihren Arm los, so schnell, als könne er es nicht ertragen, sie zu berühren. Joanna nahm sich allerdings gar nicht erst die Zeit, über seine Reaktion nachzudenken. Sie sah zu, daß sie seiner

Nähe entkam, und flüchtete sich hinter den einfachen Steinaltar, damit wenigstens der zwischen ihr und ihrem verhaßten Entführer stand.

Mit erschöpften Augen sah sie zu, wie er in der düsteren Kapelle herumging. Obwohl seine Bewegungen einen Anschein von Lässigkeit hatten, so bemerkte sie doch, wie angespannt er in Wahrheit war. Seine Augen waren zu Schlitzen zusammengezogen und blickten sich aufmerksam um, und sie war sicher, daß er sich bemühte, seine Atmung zu beruhigen. Als er sich zu ihr umwandte, trat sie unwillkürlich einen Schritt zurück. Und ob er angespannt war! Er war von einem Zorn erfüllt, den er kaum bezwingen konnte. Mit drei schnellen Schritten trat er auf sie zu, legte beide Hände auf den Altar und beugte sich zu ihr hinüber. Sie beschloß, ihre Worte sorgsam zu wählen, denn er schien durchaus imstande zu sein, ihr etwas anzutun.

»Madame, mir ist noch kein Weibsbild untergekommen, das mir solche Scherereien verursacht hat, wie Ihr es tut!«

»*Ich* verursache *Euch* Scherereien!« Joannas Schwur, ihre Worte vorsichtig zu wählen, war angesichts seiner barschen Worte sofort vergessen. »Ich! Ihr seid wirklich ein — ein . . .«

»Ich habe mehr als genug von Eurem Eigensinn. Es ist mir nun klar, warum Euch Euer Vater in dieses Kloster gesteckt hat. Wäre er gezwungen gewesen, sich tagtäglich mit Euch auseinanderzusetzen, wäre er zweifellos irgendwann der Versuchung erlegen, Euch zu erwürgen!«

Bei der Erwähnung ihres Vaters verwandelte sich Joannas Wut in eisigen Zorn. »Wie gewöhnlich laßt Ihr Euch über Dinge aus, von denen Ihr keine Ahnung habt. Nur eine Närrin ohne Herz und Verstand würde sang- und klanglos Eurem hinterhältigen Plan zustimmen.«

»Nennt Ihr Euer Verschwinden bei Nacht im Wald, wo

zahllose wilde Tiere herumlaufen, etwa vernünftig? Oder Euren Sprung in die reißenden Fluten und Euren Versuch, im sturmumtosten Meer zu schwimmen?« fauchte er zurück. »Von allen möglichen Verrücktheiten —« Er verstummte und zwang sich, ein Stück vom Altar zurückzutreten. Aber sein funkelnder Blick verließ keinen Augenblick ihr Gesicht. »Gott verschone mich vor den Tollheiten einer Frau!«

Joanna lachte. Es war ein schrilles, unnatürliches Geräusch an solch einem heiligen Ort. Sie war einem hysterischen Anfall gefährlich nahe, denn der Mann mit dem finsteren Blick, der sie mit einer solchen Hartnäckigkeit verfolgte, wurde ihr langsam unerträglich.

»Ebenso, wie ich mir wünsche, daß Gott mich vor schäbigen Kerlen, wie Ihr einer seid, retten möge!« Tränen schossen ihr in die Augen, und sie wandte sich schnell ab, um vor ihm keine Schwäche zu zeigen. Sie entdeckte eine Nische, in der eine Figur der Jungfrau Maria stand, beugte ihren Kopf und begann, inbrünstig zu beten.

Laß ihn vom Blitz erschlagen werden. Ertränke ihn im Meer. Mache ihn blind und taub. Aber bitte, bitte schütze mich vor der Arroganz und Verrücktheit aller Männer.

Tränen tropften auf ihre fest verschlungenen Hände, aber sie wagte nicht, sie wegzuwischen, denn dann würde er bemerken, daß sie weinte.

Joanna wußte nicht, wie lange sie auf Knien in der dunklen Nische verbracht hatte. Aber sie war sich der Pfütze bewußt, die ihr nasses Kleid um ihre Beine herum entstehen ließ und spürte auch die ständigen Tropfen, die von ihrem Haar und den weiten Ärmeln herabfielen. Sie hörte, daß er ausatmete — ein lautes, entrüstetes Seufzen — und um den Altar herum an ihre Seite trat.

»Kommt, Lady Joanna . . .«

»Rührt mich nicht an! Nie wieder!« schrie sie und riß sich aus seinem festen Griff los.

»Nie wieder?« spottete er, während er erneut nach ihrem Ellbogen faßte. »Das scheint mir doch kaum durchführbar. Wir müssen ein Feuer entzünden und unsere Kleidung trocknen. Wenn wir zusammenhalten, wird das viel einfacher sein.«

»Ich habe nicht die Absicht, Euch Dinge zu erleichtern«, stieß sie hervor.

»Das dachte ich mir schon«, erwiderte er mit einer unerwartet ruhigen Stimme. »Aber dennoch werdet Ihr tun, was ich Euch sage.«

Sein ruhiger Tonfall angesichts ihrer eigenen Wut machte Joanna nur allzu deutlich, daß ihm ihre Wünsche nicht das geringste bedeuteten. Es würde nach seinem Kopf gehen, gleichgültig, wie heftig sie auch protestieren mochte. Diese bittere Erkenntnis nahm ihr jede Kampfbereitschaft. Statt dessen blieb nur eine große, bleierne Müdigkeit zurück. Sie war nicht länger imstande, zu laufen, und sie konnte sich auch nicht länger gegen seinen unnachgiebigen Griff wehren, mit dem er ihren Arm umfaßt hielt. Sie besaß einfach nicht mehr die Kraft dazu.

Als er sie aus der Nische fortzog, folgte sie ihm widerstandslos. Nur vage wurde ihr bewußt, daß er unsicher zu sein schien, was er mit ihr anfangen sollte. Ganz wie ein Hund, der erbittert hinter einem Karren hergehetzt war, schien er nun, da er sie gefaßt hatte, nicht genau zu wissen, was er tun sollte. Wie angemessen das doch war, dachte Joanna mit einem bitteren Lächeln.

Aber er blieb nicht lange unsicher. Er hielt ihr Handgelenk fest mit seiner Hand umschlungen und blickte durch die dicken Glasscheiben nach draußen.

»Sobald der Regen ein wenig nachgelassen hat, werden wir zu einem Cottage gehen, das ich ganz hier in der Nähe gefunden habe. Dort gibt es einen Kamin und etwas Holz. Vielleicht werden wir dort auch etwas zu essen finden, denn es will mir ganz so scheinen, als ob Eure leichtsinnige Flucht uns beide für die Dauer des Sturmes hierher verbannt hat.«

Joanna weigerte sich, ihn anzusehen, obwohl sie wußte, daß er sich umgewandt hatte und sie anstarrte. Sie hielt ihren Blick auf das gelbliche Bild der Bäume draußen gerichtet und folgte den schwankenden Bewegungen, die ihnen der Wind aufzwang. Dennoch gelang es ihr nicht, das seltsame Zittern zu unterdrücken, das sie erfaßte — beinahe so, als würde er sie zärtlich berühren und nicht nur eingehend betrachten. Seine Augen glitten wie ein warmer Finger über ihr eigensinniges Profil und den fest aufeinander gepreßten Mund hinweg zu ihrem herausragenden Kinn hinunter und verweilten auf ihrem steifen Körper. Seine Hand bewegte sich kaum merklich, und ihr Herz begann heftiger zu schlagen, als sein Blick weiter nach unten wanderte. Sie krümmte sich innerlich, als ihr bewußt wurde, wie ihr feuchtes Kleid an ihren Brüsten klebte und ihre Oberschenkel und ihr Hinterteil betonten.

Oh, er ist der gemeinste Mann auf Erden, dachte sie und warf ihm einen zornigen Blick zu. Aber was auch immer er plante, sie würde ihm einen Strich durch die Rechnung machen. Sie würde niemals einen seiner Lakaien als Ehemann akzeptieren. Und irgendwie — irgendwie! — würde es ihr gelingen, einen Weg zu finden, um der düsteren Zukunft zu entkommen, die er für sie geplant hatte.

Als sie die Kapelle verließen, hielt Rylan mit seiner linken Hand weiter ihr Handgelenk umklammert und legte den rechten Arm um ihre Schulter. Joanna war für seinen vergeblichen Versuch, sie vor dem Sturm zu schützen, nicht im geringsten dankbar, denn sie wußte, daß er in Wahrheit lediglich verhindern wollte, daß sie erneut fortlief.

Als ob sie irgend wohin gehen könnte, schäumte sie innerlich.

Sie rannten über den Friedhof, vorbei an neueren Gräbern, die mit gebrochener Kreide bedeckt waren und an alten, auf denen nun gelbe Clematis und wildes Geißblatt wuchsen, bis sie einen schützenden Birkenhain erreicht hatten. Dort befand sich das kleine Cottage, das aus großen Baumstämmen, vermischt mit Schlamm und Mörtel, errichtet worden war. Aus dem gedeckten Dach ragte ein Schornstein hervor, und an der Seite befand sich eine kleine Veranda. Rylan riß die Tür auf, stieß Joanna hinein und knallte die Tür schnell wieder zu, um dem heulenden Wind draußen zu entkommen. Einige Minuten lang blieben sie beide stehen und bemühten sich, wieder zu Atem zu kommen.

Joanna blickte sich in dem kleinen, ordentlichen Cottage um — sie war bereit, alles zu tun, nur um ihn nicht anschauen zu müssen. Das letzte Mal war sie im Alter von dreizehn Jahren hier gewesen. Sie und die anderen Novizinnen hatten in oder unter den Karren geschlafen, mit denen sie gekommen waren. Eine Woche lang hatten sie auf dem Friedhof und in der Kapelle gearbeitet — aufgeräumt, saubergemacht und Dinge geordnet. Die drei Schwestern, in deren Begleitung sie gekommen waren, hatten in dem Cottage übernachtet, aber Joanna hatte es nicht einmal betreten. Nun sah sie, daß es sich um ein schlichtes Gebäude handelte, das aber trotzdem einen komfortablen Eindruck machte. Und auch recht sauber war, wie sie feststellte, ganz so, als ob irgendjemand sich erst vor kurzem hier aufgehalten hatte.

Vielleicht würden diese Leute ja zurückkommen, wenn der Sturm nachgelassen hatte.

Aber all ihre Hoffnungen wurden gleich wieder zerstört, als sie ein quietschendes Geräusch hörte. Sie wandte sich um und sah, daß Rylan sich mit der Schulter gegen einen hohen Eichenschrank stemmte und ihn vor die Tür schob.

»Gott möge Euch die Pocken senden«, murmelte Joanna, während sie ihn mit ihren grünen Augen anfunkelte.

Rylan grinste sie an. »Wendet Ihr Euch an Gott oder an den Teufel?« Er richtete sich auf, betrachtete sein Werk und warf ihr dann ein strahlendes Lächeln zu. »Angesichts unserer andauernden Auseinandersetzungen bin ich mir inzwischen sicher, daß meine ursprüngliche Einschätzung Eurer Person richtig war. Ihr gehört in keinen heiligen Orden.«

»Und ob ich das tue!« Joanna verstummte und wandte sich von ihm ab.

Sie würde sich nicht durch seine Worte verunsichern lassen. Und ganz bestimmt würde sie sich nicht dadurch entwürdigen, indem sie mit ihm stritt.

Sie begann zu zittern. Ihr Körper überzog sich mit einer Gänsehaut, und sie umfaßte ihre kalten Arme mit ihren Händen. Rylan reagierte sofort.

»Zieht Eure nassen Sachen aus. Ich werde in der Zwischenzeit ein Feuer entzünden. Dann wird Euch schnell wieder warm werden.«

Joanna antwortete nicht. Zumindest nicht laut. Soll er doch sein Feuer entzünden, dachte sie verstimmt. Und soll *er* doch seine nasse Kleidung ausziehen. Sie hatte nicht vor, sich vor einem solchen Mann zu entblößen. Aber als er sich vor den Kamin kniete, um Holz für ein Feuer aufzuschichten, betrachtete sie ihn aufmerksam. Er hatte breite Schultern, die den Stoff seines Hemdes und seiner ledernen Tunika dehnten. Seine Hose spannte sich unanständig eng über Beine und Oberschenkel und zeigte sogar die festen Formen seines Hinterteils. Joanna atmete einmal heftig durch und mußte sich zwingen, ihre Augen von ihm zu nehmen. Nein, sagte sie sich schlukkend, laß es nur nicht zu, daß er sich seiner Kleidung entledigt, denn das könnte nur katastrophale Folgen haben!

Als könne er ihre Gedanken lesen, rutschte er ein wenig nach links zur Seite, damit er sie besser sehen konnte. »Ich sagte, zieht Euer nasses Kleid aus, Joanna. Wenn das Feuer an ist, könnt Ihr es über das Sims legen und trocknen lassen.«

»Ich ... ich lasse es lieber an«, murmelte sie und verabscheute sich selbst für den zittrigen Tonfall ihrer Stimme.

Er hockte sich auf seine Fersen und starrte sie an. »Zweifellos erhofft Ihr Euch, krank zu werden, um Eurer Heiratspflicht zu entkommen. Aber das wird nicht funktionieren, Joanna. Ob krank oder gesund, Ihr *werdet* eine Braut und die Herrin von Oxwich.«

»Ich werde niemals tun, was Ihr verlangt!« rief sie, aufgebracht über seinen nüchternen Ton.

»Dann werde ich es für Euch tun.« Er stand auf und war mit zwei schnellen Schritten bei ihr. Bevor sie überhaupt reagieren konnte, drehte er sich herum, warf ihre Haare über ihre Schultern und begann, das Kleid aufzuknöpfen, wobei er sie die ganze Zeit über mit einem unnachgiebigen Griff festhielt.

»Wagt es ja nicht — Oh! Nehmt Eure schäbigen Hände von mir! Nein!«

Aber es wollte ganz so scheinen, als handelte es sich bei ihren Versuchen, ihn abzuwehren, lediglich um das irritierende Herumschwirren einer lästigen Fliege, ignorierte Rylan doch sowohl ihre Worte als auch ihre herumfuchtelnden Arme. Mit seinen Fingern löste er schnell die feuchten Bänder. Nur als sie einmal eine heftige Bewegung machte und das Kleid mit einem scharfen Geräusch einriß, hielt er einen Moment inne.

»Wenn Ihr weiter so kämpft«, ertönte seine Stimme nahe an ihrem Ohr, »wird Euer Kleid völlig zerfetzt werden. Wollt Ihr das?«

»Ich mache mir nichts aus diesem Kleid! Und ich hasse Euch!«

»Ich bin sicher, daß es so ist. Aber das ändert gar nichts. Dieses Kleid *wird* ausgezogen.«

Nach dieser selbstsicheren Aussage wurde Joanna erneut von Verzweiflung erfaßt. »Ihr seid ein abscheulicher Mann und ... und ein lüsterner Schuft!«

»Lüstern?« Er drehte sie herum, bis sie ihm gegenüberstand und hielt sie mit einer Hand auf jeder Schulter eine Armeslänge weit von sich entfernt. Er ließ seinen Blick rasch über sie hinweggleiten — kritisch, wie sie vermutete, denn er schien nicht einen einzigen Aspekt ihrer durchnäßten Erscheinung zu übersehen. Dann trat er einen Schritt zurück und drehte sich abrupt dem kalten Kamin zu.

»Gott bewahre mich vor Jungfrauen«, murmelte er, als spräche er zu sich selbst. Dann richtete er seinen funkelnden Blick erneut auf sie. »Zieht endlich Eure nassen Sachen aus. Dort drüben auf dem Bett liegen Decken, die Ihr umlegen könnt. Und noch etwas, Joanna«, fügte er mit beißender Stimme hinzu. »Ehe Ihr Euch weiter über meine ›lüsterne Art‹ aufregt, solltet Ihr nicht vergessen, daß Euer Wert als Braut nicht nur in Eurem Vermögen, sondern auch in Eurer Unschuld liegt. Eure Jungfräulichkeit ist bei mir in Sicherheit.«

Er starrte sie noch einen Moment lang an und wandte seine Aufmerksamkeit dann erneut dem Kamin zu.

Joanna blieb an der Stelle stehen, wo sie war, und ihr Zittern war ebensosehr auf ihre aufgewühlten Gefühle wie auf die Kälte zurückzuführen. In Sicherheit? In Sicherheit bei *ihm?* Oh, wütete sie hilflos, er war wirklich der verachtenswerteste Mann auf Gottes grüner Erde. Wie konnte er es wagen, sie so zu behandeln! Und über derart persönliche Dinge so abfällig zu reden!

Doch trotz ihrer Wut verspürte sie widerstrebend ein gewisses Gefühl der Beruhigung. Die Reinheit der Braut war in der Tat wichtig für einen Ehemann. So lange er daran glaubte, daß er seinen tadelnswerten Plan, sie zu verheiraten, in die Tat umsetzen könne, würde er sie sicherlich nicht schänden. Aber das hieße dennoch nicht, daß sie sich vor ihm ausziehen würde. Wohl kaum! Aber zumindest fühlte sie sich nicht mehr unmittelbar bedroht.

»Könnt Ihr nicht wenigstens draußen warten?« erkundigte sie sich, ihre Stimme immer noch kampflustig.

Er warf ihr einen verächtlichen Blick zu. »Nein, das kann ich nicht. Ich versichere Euch aber, Mylady, daß ich es *irgendwie* schaffen werde, meine gemeine Natur zu bändigen. Ob Ihr angekleidet oder nackt seid, interessiert mich nur insofern, als mir Eure Sicherheit und Eure Gesundheit wichtig sind.«

Als Joanna schließlich nachgab, gelang es ihr kaum, ihren Zorn zu zügeln. Sie stürmte zum Bett hinüber, riß die rauhe Wolldecke an sich und befestigte sie mit heftigen, abrupten Bewegungen zwischen dem hohen Schrank und dem hölzernen Fensterriegel. Dann schlüpfte sie in der engen Ecke schnell aus ihrem Kleid, das sich in einem bedauernswerten Zustand befand und behielt lediglich ihr dünnes Leinenunterkleid an. Mit einem argwöhnischen Blick auf Rylans Rücken legte sie sich dann die Decke um die Schultern und knotete sie so gut es eben ging unter dem Kinn fest. Eine Hand benutzte sie, um die Vorderseite ihres behelfsmäßigen Kleides geschlossen zu halten und mit der anderen hob sie ihr nasses Kleid auf und hängte es über den hohen Schrank. Die ganze Zeit über ließ sie Rylan nicht aus den Augen und beobachtete jede seiner Bewegungen.

Zu ihrer Erleichterung — und ausgesprochenen Verwirrung — schien er sich plötzlich überhaupt nicht mehr für sie zu interessieren, denn er würdigte sie nicht einmal mehr eines Blickes. Zweifellos lag dies an dem schweren Schrank, den er vor die Tür geschoben hatte. Er wußte, daß sie nicht entkommen konnte, daher scherte er sich nicht länger um das, was sie tat.

Sie hätte sich nicht mehr irren können. Während Rylan vor dem Kamin hockte und verbissen den Feuerstein gegen den Wetzstahl strich, wünschte er inständig, daß dieser Sturm schnell vorüberziehen möge, da er sich sonst tatsächlich genötigt sah, das Cottage zu verlassen. Denn obwohl Lady Joanna ein zänkisches Weib und ein Drachen war — eine wahre Xanthippe — so war sie doch schön und lieblich anzusehen und besaß die bemerkenswertesten grünen Augen, in die er jemals geblickt hatte. Und in diesem nassen, am Körper haftenden Kleid ...

Er verpaßte den Wetzstahl und traf mit dem scharfen Feuerstein seinen Daumen. »Zum Teufel nochmal«, fluchte er wütend vor sich hin.

Es waren allerdings nicht die Schmerzen seiner Hand, die ihm zu schaffen machten, sondern ein anderer, stärkerer Schmerz. Einer, von dem er wußte, daß er lange Zeit benötigte, ehe er sich davon erholt haben würde.

8

Joanna hockte vor dem Feuer und richtete ihre ganze Aufmerksamkeit bewußt auf die Suppe, die gerade im Eisentopf zu köcheln begann. Endlich wurde ihr warm. Mehr noch, die schwere Wolldecke war unangenehm heiß und kratzig und außerdem bereitete es ihr große Schwierigkeiten, sich darin zu bewegen. Dennoch beabsichtigte sie nicht, nur in ihrem Leinenunterkleid herumzulaufen. Nicht, solange dieser abscheuliche Mann in ihrer Nähe weilte.

Rylan hatte sich auf einem einfachen Holzstuhl am anderen Ende des Raumes niedergelassen. Nachdem das Feuer entzündet war, hatte er ein Hanfseil quer durch das Cottage gespannt und ihr Kleid sowie sein Hemd, seine Tunika und seine Hose darübergehängt. Nun saß er mit nacktem Oberkörper und nackten Beinen und nur mit einem Leinentuch um die Hüften, da. Da er nun einmal ein Scheusal mit schlechten Manieren war, hatte er sich nicht zurückgezogen, um sich auszuziehen, sondern sich vor ihren Augen seine feuchten Kleidungsstücke vom Körper gestreift. Als sie daraufhin entsetzt nach Luft schnappte, hatte er außerdem die Frechheit besessen, spöttisch zu schnaufen.

Sie hatte sich natürlich abgewandt, konnte aber nicht verhindern, daß sie einen Blick auf seine unbekleidete Brust erhaschte. Mit einer einzigen Bewegung hatte er Hemd und Tunika abgestreift und sie zusammen über den Kopf gezogen. Nun, da sie so konzentriert auf die köchelnde Suppe starrte, sah sie in Gedanken immer noch diese Brust vor sich. Breit und gebräunt war sie gewesen, mit dunklem Haar, das sich zwischen seinen flachen, männlichen Brustwarzen erhob, und einer langen Narbe, die an seinen Rippen entlanglief.

Bisher hatte sie in ihm immer ihren harten Entführer mit Muskeln aus Eisen und einem stählernen Willen gesehen — jemand, der nicht wirklich menschlich war. Aus irgendeinem ihr unerklärlichen Grund hatte der Anblick dieser Narbe ihre Vorstellung jedoch geändert. Sie hatte ihr in Erinnerung gerufen, daß er lediglich ein Mann war.

Und was für ein Mann — dieser lästige Gedanke ließ sie nicht mehr los. Mit kurzem, lockigem Haar auf der Brust und mit Brustwarzen, die eine kleine, straffe Version ihrer eigenen waren. Der bloße Gedanke an seine Brust erweckte ein höchst unwillkommenes Gefühl tief unten in ihrem Bauch.

Oh, sie war inzwischen wirklich eine Schwester Winnas, stöhnte Joanna innerlich, denn sie war von sündhaften Gedanken besessen, unfähig, sie zu verscheuchen. Aufgeregt leckte sie sich über ihre trockenen Lippen, aber auch das brachte unliebsame Erinnerungen — an den heftigen Kuß, den er ihr aufgezwungen hatte. War das wirklich erst letzte Nacht gewesen?

Joanna steckte eine lange, lockige Haarsträhne hinter ihr Ohr und beugte sich nach vorne, um in der Suppe zu rühren. Aber trotz des eindringlichen Wunsches, ihn aus ihren Gedanken verbannen zu können, verharrten diese eigensinnig bei dem Mann am anderen Ende des Raumes. Vor drei Tagen hatte sie noch nicht einmal von Rylan Kempes Existenz gewußt. Sie war sicher, daß sie in ihrer Kindheit niemals etwas über ihn oder über Blaecston gehört hatte. Und nun war es ihm gelungen, in nur zwei Tagen ihre ganze Welt auf den Kopf zu stellen. Zuerst mit den beunruhigenden Neuigkeiten über Oxwich. Dann mit seiner grausamen Entführung. Und schließlich mit seinem Kuß.

Sie wurde von einem Schauer erfaßt und seufzte resigniert. Was sollte nun bloß aus ihr werden? Obwohl sie sich bemühte, an ihr glückliches Leben in St. Theresa zu denken, rebellierten ihre Sinne dagegen und kehrten unweigerlich wieder zu Rylan Kempe zurück. Die Tage — und Jahre — die sie vor seiner Ankunft in St. Theresa verbracht hatte, schienen nun plötzlich unter einem Schleier verborgen zu sein, waren weder gut noch böse, sondern ruhig und ereignislos. In den letzten beiden Tagen hatten ihre Gefühle dann zwischen Wut und Furcht, Frustration und freudiger Erregung geschwankt. Zwischen Traurigkeit und . . . und . . .

Dem Verlangen, einen Mord zu begehen, fügte sie hinzu, während sie aus den Augenwinkeln seine Bewegungen beobachtete.

Aye, sie wäre leicht imstande, sich zu einem Mord hinreißen zu lassen, stellte sie fest, während sie ihren aufmerksamen Blick nicht von ihm löste. Wenn sie nur die Gelegenheit hätte, würde sie ihm liebend gerne einen dieser schweren Holzklötze dort drüben überziehen oder seine Suppe mit Narzissenwurzel würzen. Welch ein Pech, daß weder der eine noch der andere Gedanke durchführbar war.

Für einen Augenblick wurde sie angesichts dieser wirklich bösen Pläne von einem schlechten Gewissen gequält, aber Joanna gelang es, dies zu ignorieren, und sie starrte finster in die Masse aus Kohl, Karotten und Zwiebeln, die in dem Topf vor ihr dampfte. Trotz ihrer gespielten Gleichgültigkeit war sie sich jeder seiner Bewegungen bewußt. Er hatte einen kleinen Keller entdeckt und ihr die Zutaten für das Essen heraufgebracht. Seitdem war sie damit beschäftigt, die Mahlzeit zuzubereiten, während er untätig dasaß und sie mit einem unverschämten Blick beobachtete.

»Ist es fertig?« erkundigte er sich, als er drei weitere

Holzblöcke vom Stapel nahm und näher zum Kamin brachte.

»Nein«, erwiderte Joanna kurz angebunden und weigerte sich, ihm auch nur einen einzigen Blick zuzuwerfen. Aber sie konnte ihr Temperament nicht im Zaum halten. »Nicht alles im Königreich springt, sobald Eure Stimme ertönt.«

Sie gratulierte sich gerade, daß es ihr wenigstens einmal gelungen war, ihn zum Schweigen zu bringen, als sein Finger ihren Rücken hinabglitt. Sie sprang erschrokken nach vorn und hörte seine spöttische Stimme: »Nicht alles, das stimmt. Aber Ihr tut es ganz gewiß.«

Joanna wich zur Seite. Sie bemühte sich, einen sicheren Abstand zwischen Blaecston und sich selbst zu bringen, während ihr Herz vor Verwirrung heftig zu schlagen begann.

Rylan grinste angesichts ihrer Verlegenheit, griff dann nach dem Holzlöffel und rührte in der Suppe.

»Da fehlt Salz«, bemerkte er, nachdem er gekostet hatte. »Und auch andere Gewürze, wenn Ihr welche finden solltet.«

»Hexensaat«, murmelte Joanna und starrte wütend auf seinen breiten, glänzenden Rücken. Ja, Hexensaat oder Totenglocken wären genau das richtige für einen Schuft wie ihn.

»Hexensaat?« Er lachte laut auf angesichts ihrer kaum hörbar ausgesprochenen Drohung. »Was für eine hinterhältige Idee von einer Frau, die der Welt gerne Glauben machen möchte, daß sie beinahe eine Heilige ist. Sagt mir, meine blutdürstige, kleine Taube, wann werdet Ihr endlich eingestehen, daß das Leben im Kloster nicht das Richtige für Euch war?«

»Die heilige Theresa wäre selbst versucht gewesen, ein solch gemeines Geschmeiß wie Euch zu vergiften!« rief sie erbost. »Mein Zorn — meine ›blutdürstigen‹ Gedanken — sind nur natürlich, denn ich bin keine Heilige. Ich bin nur eine Frau ...«

»Das ist genau meine Meinung«, unterbrach er ihre zusammenhanglose Tirade. »Ihr seid bloß eine Frau und wißt nicht, was das beste für Euch ist.«

»Was das beste für *Euch* ist, wolltet Ihr sagen! Ich weiß genau, was das beste für mich ist. Und Oxwich und irgendein dämlicher Kerl, den Ihr mir als Ehemann vorsetzen wollt, sind es bestimmt nicht!«

Sie starrte ihn lange wütend an und vergaß dabei ganz seine fehlende Kleidung und ihre eigene, demütigende Aufmachung. Sein spöttisches Lächeln verschwand, und sein Blick wurde ernst.

»Wäret Ihr zugänglicher, wenn ich Euch Euren Ehemann selbst auswählen ließe? Unter einigen Kandidaten, die ich selbst aussuchen werde?« fügte er hastig hinzu.

»Nein!« rief sie, aufs neue erzürnt über seinen beleidigenden Vorschlag. Sie fuhr herum, unfähig, sich auch nur einen Augenblick länger mit diesem Mann auseinanderzusetzen, der, ohne auch nur die kleinste Besorgnis um ihre Gefühle zu zeigen, mit ihrem Schicksal spielte.

Sie stolzierte in dem kleinen Cottage auf und ab, und die Enge ihres Gefängnisses ließ ihren Ärger nur noch größer werden. Sie war seine Gefangene, und es gab keinen Ausweg aus dieser Lage. Sie wußte, daß all ihr Zorn umsonst war, denn Rylan Kempe wäre am Ende doch der lachende Sieger.

Dieser Gedanke ließ ihr erneut Tränen in die Augen steigen. Sie bemühte sich so sehr, sie vor ihm zu verbergen, daß sie gar nicht wahrnahm, daß er sie ansprach.

»Sagt mir Joanna«, wiederholte er mit seiner ruhigen Stimme, die sie rasend machte, »warum Ihr eine solche Angst davor habt, Ehefrau zu werden.«

Sie wandte ihr Gesicht ab, als er an ihre Seite trat. »Das

... das geht Euch gar nichts an«, murmelte sie und unterdrückte ein Schluchzen.

»Ich würde sagen, unter den gegebenen Umständen geht es mich sehr wohl etwas an.«

Sie drehte schnell ihren Kopf und blickte zu ihm auf. »Und warum? Wollt Ihr damit etwa ausdrücken, daß Ihr es Euch noch einmal überlegen könntet?«

Er starrte in ihr Gesicht hinab, auf dem sich ein leichter Hoffnungsschimmer abzeichnete. »Ich wollte damit sagen, daß ich Euch behilflich sein könnte, Eure Ängste zu meistern, wenn ich nur wüßte, welcher Art sie sind.«

Enttäuschung spiegelte sich auf Joannas Gesicht wider, gefolgt von Zorn. »Euer unglaublicher Dünkel überrascht mich immer wieder«, schleuderte sie ihm ins Gesicht. Aber bevor sie sich an ihm vorbeidrücken konnte, hielt er sie auch schon wieder in seinem unerbittlichen Griff gefangen.

»Mein unglaublicher Dünkel? Und was ist mit Eurem unsinnigen Widerstand? Ihr verdammt eine Institution, die von Gott geschaffen wurde — ein Mann und eine Frau, die sich vermählen, mit dem Auftrag, fruchtbar zu sein und sich zu mehren — und doch weigert Ihr Euch, darüber Rechtschaffenheit abzulegen. Und falls Ihr beabsichtigt, Euch auf eine Frömmigkeit zu berufen, die Ihr nicht besitzt, dann solltet Ihr Euch in Erinnerung rufen, daß ich bereits von Eurer Leidenschaft gekostet habe, Joanna.« Er riß sie an sich, so daß sich die Decke teilte und lediglich das dünne Unterkleid sie von seiner nackten Brust trennte. »Leugnet nur alles, meine eisige, kleine Nonne. Aber ich weiß, daß ein Feuer in Euch glüht — ein Feuer, das Ihr und Euer Ehemann zu einer lodernden Flamme erwecken werdet.«

Für einen Augenblick blieben sie so beieinander stehen, in einer eigenartigen Umarmung, und die Hitze seines Körpers vermischte sich mit der ihren. Seine Augen waren dunkel und wurden lediglich durch das goldene Flackern des Kaminfeuers erleuchtet. Einen Moment lang dachte Joanna, er beabsichtige, sie zu küssen. Ihr ganzer Körper versteifte sich vor Erwartung — ausgelöst durch Furcht und Grauen, versuchte sie sich einzureden. Aber als er sie losließ, verspürte sie einen ungebetenen Schauer der Enttäuschung.

Nein, das konnte nicht sein. Sie verneinte dieses Gefühl, als sie in die am entferntesten gelegene Ecke eilte. Und doch war die Wahrheit wieder einmal schmerzhaft offensichtlich. Unfähig, sich selbst zu helfen, starrte sie ihn mit aufgerissenen, furchterfüllten Augen an. Er rief etwas in ihr wach. Etwas Verruchtes, Sündhaftes. Und beinahe ebenso schlimm war es, daß er sich dessen durchaus bewußt war. Trotz ihres Gelöbnisses, der Welt dort draußen und allen Versuchungen des Fleisches zu widerstehen, benutzte er gerade dies alles, um ihre Vorsätze ins Wanken zu bringen.

Ihre Augen folgten ihm, als er erneut den Raum durchquerte und auf die Fenster mit den dicken Scheiben zutrat, um in den Sturm hinauszublicken. Sein dunkles Haar trug einen goldenen Schimmer, und das Feuer glitzerte auf seinen nackten Schultern und Armen. Dann glitten ihre Augen über die starken Muskeln seines Rükkens hinab zu seinem schmalen Hinterteil, das sich durch das Hüfttuch abzeichnete. Ein verbotener, warmer Knoten formte sich in ihrem Bauch, und ihre Augen glitten wie unter Zwang zu seinen Knien und Waden hinab, um dort die reichlich wachsenden dunklen Haare zu bemerken. Oh, er war wirklich ein Teufel. Sie erschauderte und wandte ihren Blick von ihm ab. Er war der Teufel, gesandt, um sie zu versuchen, und bei allen Heiligen, sie war versucht!

Er blickte zu ihr hinüber und erwischte sie dabei, wie sie ihn erneut anstarrte. Joanna senkte verwirrt ihren

Blick. Er durfte es nicht wissen, ermahnte sie sich selbst, als sie nervös den Saum ihres immer noch nassen Kleides befingerte. Er durfte nicht wissen, welch ungeheure Wirkung er auf sie hatte. Dieser sündhafte und verruchte Teil ihrer Natur mußte tief unter dem Zorn und der Schande verborgen bleiben, die sie empfand.

Doch im selben Augenblick wanderte ihr Blick erneut zu ihm hinüber, und sie wurde sich bewußt, daß sie der härtesten Aufgabe gegenüber stand, die sie sich jemals gestellt hatte.

Als ihr Bauch vor Hunger ein kleines Grummeln ertönen ließ, trat sie zum Feuer hinüber. Aber in ihrer Aufregung rührte sie die Suppe so heftig um, daß sie gegen ihr Handgelenk spritzte. »Zum Teufel nochmal«, murmelte sie verärgert und blickte entsetzt auf angesichts der Worte, die sie da gerade von sich gegeben hatte.

»Zum Teufel nochmal?« Seine höhnische Stimme drang durch den unangenehm ruhigen Raum. »Zum Teufel nochmal? Wenn ich es nicht besser wüßte, Lady Joanna, dann würde ich annehmen, daß Ihr den Schwächen der Sterblichen unter uns nachgebt. Aber das würdet Ihr natürlich nie tun, nicht wahr?« Er lachte und blickte ihr fest in die Augen. »Sie flucht wie ein im Kampf abgehärteter Mann, sie stolziert lediglich mit einer Decke und ihrem Unterkleid bekleidet umher, und sie küßt mit leidenschaftlicher Hemmungslosigkeit.« Seine Stimme wurde rauh, während er sie anstarrte, und ihre Hand zog unbewußt die Decke enger, als er fortfuhr. »Das sind ganz bestimmt nicht die Qualitäten, die eine Nonne ausmachen.«

Joanna war durch seine Worte zu sehr schockiert — und zu entsetzt über den plötzlichen Knoten, der sich tief in ihrem Bauch bildete — um ihm etwas zu entgegnen. Großer Gott, wie konnte sie nur so unvorsichtig sein? Wie konnte sie es nur zulassen, daß sie sich derart zu ihm hingezogen fühlte?

»Das ... das stimmt alles nicht«, protestierte sie, ohne sehr überzeugend zu wirken. Aber selbst als sie sich zwang, ihre Augen von ihm zu nehmen, wußte sie, daß ihr Leugnen nicht der Wahrheit entsprach. Sie hatte ihn letzte Nacht wirklich mit leidenschaftlicher Hemmungslosigkeit geküßt. Es war nicht ihre Absicht gewesen, aber sie hatte es dennoch getan. Und erst vor einigen Minuten, als er sie an sich gezogen hatte, war sie verwirrt gewesen, daß er sie wegstieß. Er versuchte, sie zur Sünde zu verführen. Und ihr war klar, daß allein die Lust, die sie empfand, bereits Sünde war.

Und er wußte es auch. Er wußte es.

Es herrschte eine lange Stille, bevor er wieder sprach. »Ist die Suppe fertig?«

Sie vermied seinen Blick und widmete sich dem Essen. Und doch schien ihn ihre gespielte Gleichgültigkeit zu amüsieren, wie sie feststellen mußte, als sie einmal unter ihren langen, schützenden Wimpern zu ihm hinüberschaute.

»Sie ist eßbar«, murmelte sie schließlich, da es unter den gegebenen Umständen sinnlos erschien, ihn zu ignorieren.

»Dann tragt das Mahl auf.«

Joannas Kopf fuhr bei dieser arroganten Bemerkung herum. »Wenn Ihr zu essen wünscht, dann solltet Ihr Euch darauf einstellen, Euch selbst zu bedienen.«

»Nein, wohl besser nicht.« Er ließ sich in seinen Stuhl zurücksinken. Die nackten Beine waren ausgestreckt, und seine Finger ruhten ineinander verschränkt auf seinem Bauch. »Es will mir ganz und gar so scheinen, als hättet Ihr keinerlei Übung in den weiblichen Künsten, Joanna. Da ich es mir zur Aufgabe gemacht habe, Euch einen geeigneten Ehemann zu suchen, ist es auch meine Pflicht, dafür zu sorgen, daß er in Euch eine geeignete Frau findet.«

»Ich werde für keinen Mann eine geeignete Frau abgeben, also könnt Ihr Euch die Mühe sparen«, schnappte sie zurück.

»Oh, es wird keine Mühe sein. Schließlich gibt es ja sonst wenig, was ich tun kann, solange wir hier auf das Ende des Sturms warten. Nun, beginnen wir also mit dem Servieren der Mahlzeit. Zu Euren Pflichten als Herrin von Oxwich gehört es, dafür zu sorgen, daß Euer Mann und seine Gefolgsmänner immer ein gutes Mahl erhalten und jeder seinem Stand entsprechend behandelt wird.«

Joanna starrte ihn wütend an. »Bei der Sorge, die ich für sie aufzuwenden gedenke, werden sie verhungern. Und genauso wird es Euch ergehen.«

Er stieß einen langen, übertriebenen Seufzer aus und blickte sie mit gespielter Resignation an. »Wenn Ihr es doch nur einmal versuchen würdet! Es könnte ja sogar sein, daß Ihr Eure Rolle als Ehefrau eines Edelmannes ganz angenehm findet.«

»Ihr seid ein noch größerer Narr, als ich gedacht habe, wenn Ihr das glaubt.«

»Das Küssen hat Euch aber gut gefallen.«

»Hat es nicht!« rief Joanna. Aber trotz ihrer vehemmenten Verneinung konnte sie nicht die Erregung ignorieren, die seine Worte in ihr auslösten.

»Lügnerin«, höhnte er. »Ich entsinne mich genau, wie sich Euer Körper an mich preßte, und wie Ihr Euren Mund öffnetet und die Liebkosungen meiner Zunge hinnahmt.«

Das Blut schien durch Joannas Kopf zu jagen und schoß dann wie ein einziger, heißer Strahl irgendwo tief in ihren Bauch hinab. Das ist nicht wahr, hätte sie ihm gerne entgegengeschmettert. Das ist einfach nicht wahr! Ich habe mich nicht so benommen!

Aber das hatte sie doch, und allein die Erinnerung daran erfüllte sie mit seltsamen, verbotenen Gefühlen. Für einen Augenblick schien die Luft im Raum zu brodeln, denn die unterschwelligen Emotionen zwischen ihnen waren mächtig. Aber bevor Joanna sich zusammenreißen konnte, um eine entsprechend niederschmetternde Antwort zu geben, war er schon auf den Beinen und stand über ihr. Das Licht des Feuers schimmerte heiß auf seiner Brust, ebenso, wie es Joannas Haut erhitzte. Aber die sengende Hitze, die sie empfand, saß tief in ihrem Unterleib. Seine Augen funkelten, als er auf sie hinabstarrte, und wenn sie ihren Blick gesenkt hätte, wäre er direkt auf den Teil seines Körpers gefallen, der so unzureichend von dem Tuch bedeckt wurde. Der Gedanke an seinen spärlich bekleideten Körper ließ ihre Wangen nur noch heißer erröten, und daher hielt sie ihren Blick lieber auf sein Gesicht gerichtet.

»Ich habe Euch schon einmal gefragt, warum Ihr gegen den heiligen Stand der Ehe seid«, sagte er ruhig und blickte sie dabei unverwandt an. »Aber Ihr habt mir keine Antwort gegeben. Werdet Ihr es jetzt tun?«

»Es reicht, wenn ich den Grund weiß.« Aber Joannas Worten fehlte die Schärfe. Die Güte in seiner Stimme hatte sie mürbe gemacht. Mit seiner Arroganz konnte sie fertigwerden, ebenso wie mit seinem Spott und seinen Beleidigungen. Aber diese Besorgnis in seiner Stimme ...

Einen Moment lang herrschte Stille zwischen ihnen, die nur durch das wütende Heulen des Windes und das Knistern des Feuers durchbrochen wurde.

»Hat es etwas mit Eurem Vater zu tun?«

Sie wandte sich abrupt von ihm ab und weigerte sich, zu antworten. Aber er hockte sich neben sie, umfaßte ihr Kinn mit seiner Hand und zwang sie, ihm ins Gesicht zu schauen.

»Nicht alle Männer sind wie Euer Vater, Joanna. Nicht alle mißhandeln ihre Frauen.«

Er beobachtete sie genau, ganz offenbar bemüht, ihre Reaktion auf seine Worte zu erkennen, um daraus eine Antwort auf seine Frage abzuleiten. Aber Joanna war von seiner besitzergreifenden Berührung und dem verlockenden Klang seiner tiefen Stimme zu sehr abgelenkt, um auf das zu achten, was er sagte. Sie würde ersticken, wenn er sie nicht losließe, denn diese Berührung ließ sie das Atmen vergessen!

»Und sie mißhandeln auch nicht alle ihre Kinder«, fuhr er fort.

Genau in diesem Augenblick lehnte sie sich zurück und wand ihr Kinn aus seinem behutsamen Griff.

Das Feuer hinter ihr sengte beinahe einige Strähnen ihres herabhängenden Haares an, aber das Feuer, das durch ihre Venen pulsierte, bereitete ihr viel größeren Kummer.

Auch Rylan setzte sich auf seine Fersen zurück. Sein Gesicht war jetzt wutverzerrt. »Hat er Euch mißhandelt?« verlangte er zu wissen. »Was hat er getan? Hat er Euch geschlagen? Oder ...« Er verstummte und starrte sie nur an. Joanna wurde klar, daß er ihre Reaktion auf seine Berührung als Reaktion auf seine Worte aufgefaßt hatte. Obwohl ihr Vater ihr niemals ein freundliches Wort geschenkt hatte, war er doch auch niemals handgreiflich geworden.

»Er hat mich nicht geschlagen«, korrigierte sie seine vorschnelle Schlußfolgerung. Aber sein wütender Gesichtsausdruck vertiefte sich nur noch.

»Hat er ...« Er verstummte, und Joanna blickte ihn verwirrt an. »Zum Teufel nochmal, hat er Euch berührt? Ihr wißt schon ...« Er verstummte erneut, als sei er nicht imstande, Worte für das zu finden, was er ausdrücken wollte. Als Joanna ihn nur ausdruckslos anstarrte, ohne zu verstehen, worauf er hinauswollte, brach es endlich aus ihm hervor.

»Hat er Euch berührt, verdammt? So wie er ... wie er eigentlich nur seine Frau berühren sollte?«

Jetzt begriff sie, was er meinte, und das Blut schoß ihr in die Wangen. Großer Gott, dachte sie. War so etwas denn überhaupt möglich? Aber der düstere Ausdruck auf Rylans Gesicht ließ darauf schließen, daß es so war.

»Nein!« rief sie. »Er hat ... er hat so etwas nicht getan! Und Eure Seele ist rettungslos verloren, da Ihr überhaupt auf eine solche Idee kommt!«

Obwohl seine Erleichterung offensichtlich war, schien er dennoch verärgert zu sein. »Meine Seele ist verloren? Warum? Etwa, weil Ihr Euren Vater über alles geliebt habt?«

Er lächelte grimmig, als er die Antwort von ihrem Gesicht ablas. »Ich dachte mir schon, daß es nicht so war. Aber das bestätigt nur, was ich ohnehin vermutet habe. Das Verhalten Eures Vaters hat Euch aus irgendwelchen Gründen gegen die Ehe eingenommen. Aber es muß nicht immer so sein, wie es zwischen Euren Eltern gewesen ist, Joanna. Kein Mann ist wie der andere.«

»Was Ihr nicht sagt«, erwiderte sie kühl. »Aus meiner — zugegebenermaßen beschränkten — Erfahrung komme ich zu dem Schluß, daß Männer arrogante, eitle Narren sind, die sich einen Dreck um das Leben oder die Gefühle von Frauen scheren. Sie manipulieren und benutzen ihre Frauen und Töchter für ihre Zwecke. Mein Vater hat meine Mutter auch immer so behandelt.« Sie hob ihr Kinn ein wenig und warf ihm einen mißbilligenden Blick zu. »Und Ihr versucht das gleiche mit mir.«

Er besitzt genug Anstand, um zumindest ein wenig schuldig dreinzublicken, dachte sie und kam zu dem Schluß, daß nun ein guter Zeitpunkt sei, um etwas Abstand zwischen sie zu bringen. Sie erhob sich, mit soviel Haltung, wie es unter diesen Umständen möglich war, denn sie war nach wie vor zwischen ihm und dem Feuer eingeklemmt und hatte immer noch die Decke um sich geschlungen, die ihre Bewegungsfreiheit einschränkte. Aber Rylan hielt sie auf, indem er auf der Höhe ihrer Knie nach der Decke griff.

»Ihr habt beschlossen, nur meine schlechte Seite zu sehen, so wie bei allen Männern. Aber es gibt auch eine andere Seite.«

»Das hätte meine Mutter wissen sollen«, reagierte sie unwirsch und riß ihm die Decke aus der Hand. Aber als sie davonstolzierte, erhob er sich und ging ihr nach.

»Was geschah mit Eurer Mutter?« erkundigte er sich. Seine Stimme war wieder ruhig und überhaupt nicht mehr fordernd.

»Sie ist tot, wie Ihr ja wohl wißt. Das Ganze geht Euch nichts an.«

»Aber ihre Tochter geht mich etwas an.«

Joanna wirbelte herum und stellte bestürzt fest, wie nahe er ihr war. »Meine Person geht *Euch* überhaupt nichts an! Mein Leben gehört mir, und ich allein entscheide, wie ich es verbringen möchte. Nichts, was Ihr tut oder sagt, kann diese Tatsache ändern. Egal, wie viele Kavaliere des Hofes Ihr mir auch präsentieren mögt, ich werde sie alle wieder nach Hause schicken.« Sie atmete einmal kräftig ein und blickte mit funkelnden Augen zu ihm auf, in der Hoffnung, daß ihr herausforderndes Benehmen seine Wirkung nicht verfehlen würde. »Ihr könnt mich nicht dazu zwingen, das Jawort zu sprechen. Ihr könnt mich vor einen Priester zerren, aber Ihr könnt mich nicht dazu zwingen, das Jawort auszusprechen.«

Zu ihrer allergrößten Überraschung machten ihn ihre Worte nicht wütend. Dies allein bestürzte sie. Aber dann lächelte er sie auch noch an — ein seltsames, beinahe bedauerndes Lächeln — und ihre Gedanken verwirrten sich.

Er war zu nahe. Sie wußte instinktiv, daß sie von dort

wegmußte. Aber bevor sie sich gefaßt hatte, war es schon zu spät.

»Ich werde Euch nicht *zwingen* die Worte zu sagen. Ich werde Euch dazu bringen, daß Ihr sie sagen *wollt.«* Dann umfaßte er mit der Hand ihr Kinn, und sein Mund legte sich auf ihre Lippen.

Hätte sie ihre fünf Sinne beisammen gehabt, hätte sie den Kuß in dem Moment beendet, in dem er begonnen hatte. Schließlich hielt er sie nicht mit Gewalt fest. Lediglich seine Finger lagen unter ihrem Kinn und hoben es in die Höhe. Sie mußte nur ihren Kopf abwenden. Oder einen Schritt zurücktreten.

Aber keine dieser Möglichkeiten kam Joanna in den Sinn. Rylans Finger hielten sie so sicher wie die Mauern eines Gefängnisses an der Stelle fest, wo sie sich befand. Und seine Lippen ...

Der forschende Druck seiner Lippen war ihr Verderb. Er war süß und dennoch verboten. Er verbrannte sie und erfüllte sie doch mit Entzücken. Er ließ ihre Knochen schmelzen, so daß sie das Gefühl hatte, sich auf dem Boden aufzulösen, und doch hob er sie gleichzeitig in unvorstellbare Höhen.

Als seine Zunge über ihre Lippen strich, öffnete sie sich ihm, begierig nach weiteren, wundervollen Gefühlen. Und als seine Zunge liebkosend und zärtlich in ihren Mund glitt, sich mit der ihren verschlang, stöhnte Rylan auf, legte seinen Arm um sie und zog sie an sich, so daß ihre Schenkel sich aneinanderpreßten. Während ihre Zungen tanzten, ihre Kräfte maßen und ein Inferno der Emotionen schufen, drückte sie sich an ihn.

Als sich ihre Arme um seinen Nacken legten, fiel die Decke herab, aber Joanna bemerkte es überhaupt nicht. Sie wußte nur, daß sie nicht genug von ihm bekommen konnte. Daß er unbeschreibliche Gefühle in ihr weckte. Mit einer Hand hielt er ihren Kopf fest, während die andere an ihrem Rücken hinunterglitt, über ihre Taille hinweg, an den Hüften hinab, bis er sie auf ihr Hinterteil legte und sie dort gegen sich preßte. Joanna spürte sofort eine heftige Woge tief in ihrem Bauch. Er preßte sie heftig an sich, so daß sie zwischen dem harten Druck seiner Lenden und der besitzergreifenden Liebkosung festgehalten wurde.

»Verdammt!« rief er, als er nach Atem rang. Aber er gab ihr nicht die Gelegenheit, sich zu wehren oder auch nur selbst zu Atem zu kommen, sondern widmete sich aufs neue ihren Lippen. Dieses Mal war sein Kuß heftiger, beinahe brutal. Er plünderte rücksichtslos ihren Mund und verlangte nach einer Erwiderung.

Und Joanna reagierte, ohne zu zögern. Mit jeder Faser ihrer Weiblichkeit beantwortete sie den alle Zeiten gültigen alten Ruf, den der Mann an seine Partnerin richtet.

Er hob sie hoch in die Luft, so daß ihre Füße den Boden verließen, ließ seine Hand über ihren Schenkel gleiten und hob ihr Knie, bis sich ihr Bein um seine Hüften legte. Als er mit seiner Hand erneut über ihr Hinteteil streichelte, konnte er seine ganze Handfläche gegen die intime Stelle zwischen ihren Schenkeln pressen.

Joanna stöhnte auf und rückte ein wenig von ihm ab, überwältigt von der Myriade von Gefühlen, die sie erfaßte. Sie war benommen, rang nach Luft und war außerstande, einen vernünftigen Gedanken zu fassen. Dann bog er ihren Kopf über seinen Arm zurück und fuhr mit seinen verführerischen Lippen zu ihrem Kinn und ihrem Hals hinab, ließ seine Zunge in heißen, feuchten Kreisen über die Vertiefung an ihrer Kehle gleiten, fuhr weiter hinab, über ihr Schlüsselbein hinweg, zu den sanften Hügeln ihrer Brüste.

Ohne nachzudenken beugte sie sich weiter zurück, verlangte nach mehr, völlig erfüllt von den neuen Gefühlen, die über sie hereinbrachen.

»Aye, Frau, wie Ihr mich zum Brennen bringt«, murmelte er gegen ihre Brüste. Und dann hob er widerwillig, als koste es ihn eine ungeheure Anstrengung, den Kopf und starrte auf ihre geschlossenen Augen.

»Ich wußte, daß es so sein würde«, flüsterte er atemlos. Er löste seine Hand von ihrem Bein und ließ sie seinen harten Körper entlang nach unten gleiten, bis ihre Füße wieder den Boden berührt hatten.

Immer noch in einem Aufruhr von Emotionen versunken, bemerkte Joanna anfangs gar nicht, daß er sich zurückzog. Ihre Hände hielten seinen Nacken umklammert, und ihre Schenkel waren immer noch auf intime Weise gegeneinandergepreßt. Er küßte sie leicht — bedauernd leicht — auf die Lippen und griff nach hinten, um ihre Hände zu lösen. Dann glitt sein leidenschaftlicher Blick über ihr Gesicht, und er hob ihre Hände an seinen Mund, um einen heißen Kuß auf jede Handfläche zu drücken.

»Es gibt noch mehr als das hier, meine süße, kleine Nonne.« Seine Stimme klang tief und rauh, während er seinen Mund über die weiche Haut ihres Ringfingers gleiten ließ und leicht hineinbiß. »Aber Ihr müßt erst einen Ring an dieser Stelle haben, bevor Ihr dieses höchste Vergnügen kosten dürft.«

Joanna gefror vor Entsetzen, als sie seine Worte vernahm. Urplötzlich wurde ihr bewußt, wie wollüstig sie sich verhalten hatte. War sie denn verrückt geworden?

Sie machte sich von ihm los und stolperte in ihrer Hast beinahe über die vergessene Decke. Ihr Haar ergoß sich in langen Locken über ihre Schultern, und sie legte schützend ihre Arme um sich, während sie von ihm wegstolperte. Eine Vene klopfte heftig auf ihrer Schläfe, und ihre Augen irrten verzweifelt umher. Aber es gab keine Stelle in dem kleinen Cottage, wohin sie vor seinem durchdringenden Blick hätte fliehen können.

»Ihr könnt Euch vor der Wahrheit nicht verstecken, Joanna. Leugnen wird Euch nicht helfen und kann auch die Tatsachen nicht ändern.«

»Ihr seid ein Teufel!« schrie sie. »Die Schlange, die sich ins unheilige Licht hervorwagt!«

Er lachte, aber es klang weder fröhlich noch triumphierend. Dann wandte er ihr den Rücken zu und blickte ins Feuer. »Vielleicht bin ich der Teufel — Euer persönlicher Teufel, der gekommen ist, um Euch zur Fleischeslust zu verführen.« Er hielt einen Moment inne und atmete einmal tief durch. »Aber möglicherweise bin ich auch gesandt worden, um Euch von einem Leben wegzuführen, für das Ihr nicht geschaffen seid.«

Joanna war viel zu verwirrt, um auf seine Worte einzugehen. Sie war eine Sünderin. Eine Sklavin ihrer eigenen, dunklen Leidenschaften. Eine Kreatur, die nicht viel besser war als ein Straßenköter. Die nicht zu verleugnende eigene Verderbtheit überwältigte sie. Sie blickte zu dem Mann — dem Teufel — hinüber, der all dies bewirkt hatte, aber sein Anblick steigerte nur noch ihr Schuldgefühl. Denn obwohl er derart spärlich bekleidet vor dem Kamin stand, mit Flammen, die um seine Füße zu züngeln schienen wie das Höllenfeuer, so weideten sich ihre Augen doch an seinem Anblick.

Es war nicht die Hölle, an die sie dachte, als sie seine breiten Schultern betrachtete, sondern der Himmel. In diesem Augenblick fürchtete sie, vollkommen verloren zu sein.

Sie wich vor seinem Anblick zurück und eilte abermals in die entfernteste Ecke des Zimmers. Dort hockte sie sich auf den Boden und schlang die Arme um ihre Knie. Sie kam sich vor wie ein Hase, der versucht, sich vor dem hungrigen Fuchs zu retten. Aber Joanna befürchtete, daß eine Flucht vor diesem besonderen Fuchs, der sie gejagt und gestellt hatte, sinnlos war, denn er schien ihr überlegen zu sein. Er war stark und geschickt und besaß keinerlei moralische Skrupel.

Sie hatte Gott auf ihrer Seite — oder zumindest *hatte* sie ihn einmal auf ihrer Seite gehabt. Aber dieser Mann ... Dieser Mann erhielt Hilfe vom Teufel. Zum ersten Mal in ihrem jungen Leben fürchtete sie, daß der Teufel stärker sein könnte.

Rylan, der eine Weile mit einem Stück Eichenholz im Feuer herumgestochert hatte, wandte ihr erneut seine Aufmerksamkeit zu.

Obwohl sie in der Ecke kauerte und ihr Haar schützend über Brust und Arme gebreitet hatte, fühlte sie dennoch die ganze Macht seines dunklen Blickes. Sie hätte genausogut nackt sein können. Ein Zittern lief an ihrem Rücken hinunter. Zweifellos ging er davon aus, daß er sie nun vollkommen in der Hand hatte, wenn sie den arroganten Ausdruck auf seinem Gesicht richtig deutete.

»Ihr müßt Euch nicht in der Ecke verstecken«, begann er. »Offen gesagt gibt es noch viel zu tun, bevor der Sturm abflaut.«

»Viel zu tun?« Joannas Herz klopfte ihr bis zur Kehle, und Dutzende schreckliche Möglichkeiten fuhren ihr durch den Kopf.

»Ja, viel zu tun. Aber Ihr habt ja bereits bewiesen, daß Ihr schnell lernt. Ich bin sicher, daß Ihr Eure übrigen Pflichten ebenso gut erlernen werdet.«

»Gut erlernen?« echote sie erneut, ohne zu verstehen, was er mit dieser seltsamen Wortwahl ausdrücken wollte.

»Ihr müßt Eure Pflichten als Frau erlernen, Joanna. Ihr habt bereits gezeigt, daß Ihr sehr geschickt — sehr leidenschaftlich seid. Ich bin sicher, daß Euer Ehemann in dieser Hinsicht sehr zufrieden mit Euch sein wird. Nun müßt Ihr nur noch lernen, ihn zu bedienen und Euch um seine Bedürfnisse zu kümmern.«

Joannas Augen wurden vor Entsetzen rund, als sie seine Worte vernahm. Sie hatte sich als sehr geschickt erwiesen — Ihr Mann würde zufrieden sein — Eine Welle weißroter Wut überkam sie. Hinzu gesellte sich der unverkennbar bittere Geschmack der Enttäuschung. Mit der Wut konnte sie fertigwerden. Sie war ein aufrichtiges Gefühl, und der elende Sir Rylan hatte sie verdient. Aber die Enttäuschung ... Woher mochte die wohl stammen?

Unglücklicherweise wußte Joanna tief drinnen genau, wo sie herstammte. Er hatte sie geküßt und in Versuchung geführt, sie dazu gebracht, sich nach der fleischlichen Vereinigung zu sehnen. Aber er hatte es nicht aus Verlangen nach ihr getan. Nein, er war viel zu eigennützig und grausam, um solch einer menschlichen Schwäche nachzugeben. Er hatte es lediglich getan, um seinen Standpunkt deutlich zu machen. Er hatte sie dazu gebracht, ihn zu begehren, genau, wie es ihr Ehemann tun würde.

»Kommt her und bereitet das Mahl zu«, forderte er sie auf. »Bedient mich und seid dabei freundlich, Joanna. Eine Frau sollte immer freundlich zu ihrem Mann sein. Ich werde Eure Launen nicht gutheißen.«

»Mit meinen Launen werdet Ihr Euch wohl oder übel abfinden müssen, *Mylord,* denn Ihr seid nicht mein *Ehemann!*«

Statt einer Antwort packte er sie bei den Armen und zerrte sie auf die Füße. »Treibt es nicht zu weit, meine Dame, denn es steht nur sehr wenig zwischen Euch und meiner Wut.«

So sehr sie sich auch vor ihm fürchtete, so war Joanna dennoch nicht gewillt, seine Drohungen hinzunehmen. »Ich werde niemals die Frau einer Eurer Männer werden«, erwiderte sie, während sie sich gegen seinen Griff wehrte.

»Zum Teufel nochmal! Warum wollt Ihr denn nicht einsehen, daß Ihr diesen lächerlichen Kampf, den Ihr da führt, bereits verloren habt? Ich muß Euch doch nur an mich ziehen, um Euch zu beweisen, daß Ihr im Unrecht seid. Ist es das, Joanna? Wollt Ihr mich dazu bringen, daß ich Euch noch einmal küsse — und vielleicht noch andere Dinge mit Euch mache? Wir beide wissen doch, daß sich unsere Lippen nur berühren müssen — um unsere Kämpfe und unsere Auseinandersetzungen zu beenden. Ist es das, was Ihr von mir wollt?«

»Nein!« Der Schrei entwich ihrer Kehle, angefüllt mit einer Qual, die aus ihrer Seele zu kommen schien. »Nein«, wiederholte sie mit zitternder Stimme, während sich ihre Wangen mit einem gedemütigten Rot überzogen.

Er ließ sofort von ihr ab und trat einen Schritt zurück, ganz so, als sei er über ihre plötzliche Kapitulation erleichtert. Sie standen immer noch zu dicht beieinander, als daß Joanna sich hätte wohlfühlen können. Erfüllt von Angst und zitternd vor Scham wagte sie nicht, seinem eindringlichen Blick zu begegnen. Sie starrte statt dessen auf seine Brust, aber auch das brachte sie durcheinander, denn das dunkle Muster seines lockigen Brusthaares verursachte erneut das seltsam angespannte Gefühl in ihrem Bauch.

Sie sah, wie sich sein Brustkorb weitete, als er einen kräftigen Atemzug tat. Dann trat er zur Seite und deutete auf das Feuer und den Suppentopf.

»Serviert das Essen«, murmelte er mit gepreßter Stimme. »Und laßt uns bitte in Frieden speisen.«

9

Joanna gelang es nicht, auch nur einen Löffel hinunter zu bekommen. Sie war viel zu aufgewühlt durch die grausamen Worte, die sie aus Rylan Kempes Mund vernommen hatte, um einen einzigen Gedanken an die wohlschmekkende Gemüsesuppe verschwenden zu können, in der sie nur herumstocherte.

Aber zu der erklärbaren Wut, die sie ihm gegenüber empfand, gesellte sich noch ein anderes, rätselhaftes Gefühl. Seine Worte waren ihr verhaßt gewesen, das war richtig. Aber zu ihrer allergrößten Bestürzung waren sie zudem unbestreitbar. Er hätte ihre Streitereien tatsächlich mit einem Kuß beenden können. Wie ein Dämon übte er eine unheimliche Macht über sie aus und sie — als schwache Sünderin — konnte nicht dagegen ankommen.

Wieder einmal stieg die Erinnerung an ihre Eltern in ihr auf: die Tränen ihrer Mutter und ihre schwache Gegenwehr, die Wut ihres Vaters und sein unweigerlicher Sieg. Sie hatte von verschiedenen Frauen in St. Theresa genug gehört — viele von ihnen waren bekehrte Huren —, um zu wissen, wie Männer Frauen Gewalt antun konnten. Sie hatte immer einen seltsamen Trost darin gefunden, daß sie ihren Vater wegen seiner Gewalttätigkeit hassen konnte, denn sie wußte, daß dies der Grund gewesen war, warum ihre Mutter sich das Leben genommen hatte. Aber nun war Joanna vollkommen verwirrt. Gewalt bedeutete, daß die Frau von dem, was mit ihr geschah, abgestoßen wurde — das hatte sie zumindest immer angenommen. Aber Joanna war von dem, was Rylan mit ihr tat, nicht abgestoßen. Zumindest nicht, während er es tat.

Aber vielleicht hatte sie es bisher nicht richtig verstanden und alles zu sehr vereinfacht. Möglicherweise stahl der Mann ja der Frau den Willen, und erst später, wenn sie wieder sie selbst war, wurde sie sich darüber klar, was sich zwischen ihnen zugetragen hatte und fühlte sich davon angewidert.

Aber auch diese Argumentation hatte ihre Schwächen, denn Joanna fühlte sich nicht unbedingt angewidert von Rylans amourösen Aufmerksamkeiten. Verängstigt, ja. Und schamerfüllt. Aber nicht angewidert und leider auch nicht abgestoßen.

Sie warf dem Mann, der sie derart verunsicherte, einen bösen Blick zu, aber Rylan ließ sich davon nicht beeindrucken. Er saß ihr an dem kleinen Tisch gegenüber und füllte sich den Bauch mit Suppe, während sie auch nicht den kleinsten Löffel hinunterbekommen konnte. Wie sehr würde sie es doch genießen, ihm ihre Schüssel in das gehässige Gesicht schütten zu können!

Als ob er ihre Gedanken lesen konnte, blickte Rylan auf und erwischte sie dabei, wie sie ihn anstarrte.

»Die Suppe ist ausgezeichnet, Joanna. Ich bin sicher, daß Ihr die Küche in Oxwich ohne Schwierigkeiten leiten werdet.« Er schwieg für einen Moment, als ob er eine Antwort erwarte, fuhr aber auf ihr trotziges Schweigen hin fort: »Ich weiß, daß Ihr ebenfalls imstande sein werdet, die Nähzimmer zu beaufsichtigen, denn St. Theresa ist für seine ausgezeichneten Stickereien bekannt. Aber sagt, wie steht es ums Spinnen? Und um das Weben?«

Auf ihr hartnäckiges Schweigen hin grinste er nur und schob seine leere Holzschüssel von sich weg. »Kommt schon, Mylady. Diese Verschwiegenheit steht Euch nicht, denn wir beide wissen nur allzu gut, daß ich Euch eine Antwort entlocken kann.« Sein Blick wanderte von ihren Augen zu den geschürzten Lippen. Um seiner Behauptung Nachdruck zu verleihen, ließ er einen Finger an seiner Unterlippe vor- und zurückgleiten.

»Teufel!« schrie sie und vergaß völlig, daß sie seine spöttischen Bemerkungen ignorieren wollte. Sie erhob sich und warf dabei den dreibeinigen Hocker um, auf dem sie gesessen hatte.

»Ich mag wohl ein Teufel sein, aber dennoch möchte ich eine Antwort von Euch hören. Seid Ihr im Spinnen und Weben geübt?«

Während er sie betrachtete, ohne dabei seine Amüsiertheit zu verbergen, rang Joanna hart mit sich, um ihre Gefühle unter Kontrolle zu bringen. Sie hob ihr Kinn ein Stück in die Höhe und warf ihm einen hochmütigen Blick zu. Sie war sich nicht bewußt, daß ihre aufrechte Haltung ihre Brüste gegen das dünne Leinen ihres Unterkleides preßte und sich deutlich abzeichneten. In dem schwach beleuchteten Cottage machte sie zugleich einen unschuldigen und verführerischen Eindruck, schien engelhaft, aber auch verlockend. Bei ihrem Anblick verlor sein Gesicht den selbstgefälligen Ausdruck, aber sie nahm an, daß dies ihren verletzenden Worten zuzuschreiben war.

»Wenn ich davon ausginge, daß meine Antwort Euch von Euren üblen Plänen abhalten würde, fiele meine Formulierung in einer Art aus, die Euch nicht behagen dürfte. Da ich allerdings meine Zweifel habe, ob Ihr Euch wirklich darum schert, was für hausfrauliche Qualitäten ich besitze — denn Ihr würdet mich auch dann zu dieser Heirat zwingen, wenn ich eine vor sich hin brabbelnde Idiotin wäre —, sehe ich keine Veranlassung, Euch zu antworten.«

Sie entfernte sich vom Tisch, die Nase in die Luft gereckt und den Rücken so steif wie eine Fahnenstange. Aber innerlich zitterte sie. Er konnte durchaus eine Antwort von ihr erzwingen, wenn er es wünschte. Er hatte sie bereits gezwungen, das Essen zu servieren und ihm gegenüber am Tisch Platz zu nehmen. Ganz so, als ob sie sich zu einem freundschaftlichen, zivilisierten Mahl niedergelassen hätten. Während er aß, hatte sie eine Weile Ruhe vor seinen höhnischen Bemerkungen gehabt, aber nun, da er satt war, schien er bereit zu sein, erneut zu streiten. Steif vor ohnmächtiger Wut erwartete sie seine Reaktion auf ihre leichtsinnigen Worte.

Aber Rylan überraschte sie wieder einmal. Statt zornig aufzufahren, ließ er sie davongehen und zwang sie dazu, seine Reaktion abzuwarten. Dieses Warten zerrte noch mehr an ihren Nerven. Als er sich schließlich vom Tisch erhob, fuhr sie herum. Ihre gespielte kühle Haltung war völlig zerstört.

»Natürlich habt Ihr recht. Ich habe nicht nachgedacht. Jeder der Frauen auf Oxwich kann die Aufgabe übertragen werden, das Spinnen und Weben zu beaufsichtigen. Zweifellos könntet Ihr sogar von Euren Pflichten befreit werden, die Küche zu beaufsichtigen und Euch um das Servieren der Speisen zu kümmern, falls Euer Ehemann andere Gründe haben sollte, mit Euch zufrieden zu sein.«

Seine Hand wanderte über seinen Bauch, und er kratzte geistesabwesend das Stück Haut, das direkt oberhalb des Tuches lag. »Am wichtigsten ist die Verantwortung, die Ihr Eurem Ehemann — seinem persönlichen Wohlergehen und seiner Zufriedenheit — gegenüber habt.« Er grinste, als er ihren konsternierten Gesichtsausdruck bemerkte. »Da unser Aufenthalt hier nur von kurzer Dauer sein wird, sollten wir uns also vor allem mit diesen Dingen befassen.«

Joannas Herz sank tiefer, als er sie mit kaum verborgener Schadenfreude anstrahlte. Ihr wurde klar, daß sie nun nicht mehr entkommen konnte. Er würde kein Erbarmen zeigen, und sollte sie sich weigern, brauchte er sie nur zu küssen, um sie willfährig zu machen.

»Vielleicht sollten wir einmal einen typischen Tagesablauf besprechen«, schlug er nachdenklich vor. Aber Joanna war klar, daß dies nur eine neue Möglichkeit für ihn wäre, sie zu demütigen.

»Natürlich, jetzt hab' ich's!« fuhr er fort. Er wandte sich mit einem breiten Lächeln zu ihr um. »Eine Frau muß ihrem Mann jeden Tag dabei helfen, sich anzuziehen. Warum beginnen wir nicht einfach damit?«

»Nein!« Das Wort war schon heraus, bevor Joanna überhaupt Gelegenheit hatte, nachzudenken. Ihre Augen wurden rund, als sie sich ungläubig auf ihn hefteten. So abscheulich konnte er sich doch einfach nicht aufführen! »Stellt Euch einfach vor, ich sei Euer Ehemann, Joanna, dann wird es gar nicht so schwierig. Ich verspreche Euch, er wird weder alt noch häßlich sein. Darauf gebe ich Euch mein Wort.«

»Nein«, wiederholte sie und schüttelte ihren Kopf, ohne die Augen von ihm zu nehmen.

»Doch«, erwiderte er. »Beginnt mit den Strümpfen, der Hose und dem Gürtel. Dann folgt das Hemd und darüber die Tunika. Und zu guter Letzt die Schuhe und die Waffen.«

»Ihr ... Ihr könnt Euch selbst ankleiden.«

»Natürlich kann ich das, aber das spielt keine Rolle. Ich werde nicht derjenige sein, der Euren Mann anzieht. Aber Ihr werdet das tun. Nun kommt schon her.«

Joanna war durch sein beharrliches Drängen derart aus der Fassung gebracht, daß sie nur noch ängstlich stottern konnte. »Die ..,. die ... die Sachen. Sie sind noch nicht trocken.«

Er grinste sie an — ein strahlendes, breites Lächeln auf dem gebräunten Gesicht — und tief in ihrem Bauch schien sich etwas zusammenzuziehen. In diesem Moment — bei diesem Lächeln — wurde ihr die Situation in ihrer ganzen Tragweite bewußt. Die Hitze in ihrem Bauch, das heftige Herzklopfen, die feuchten Hände, der trockene Mund — all dies mochte Ausdruck von Angst sein. Aber das war es nicht. Sie begehrte diesen Mann. So einfach war es — und so schrecklich zugleich. Sie begehrte ihn. Sie hatte keine Angst vor ihm, sondern vor sich selbst und dem bestürzenden Verlust ihrer Selbstkontrolle.

Diese schmerzhafte Einsicht machte Joanna die Wahl leicht. Es war besser, seiner grausamen Forderung nachzugeben, als ihn dazu zu bringen, sie zu zwingen. Wenn sie ihn nicht bekämpfte, konnte sie die Sache schnell hinter sich bringen. Falls sie sich jedoch sträubte, würde er sie küssen, bis sie sich schließlich doch fügte, und sie wußte nun, daß sie seinen Kuß unter allen Umständen vermeiden mußte.

»Darf ich mich vorher noch ankleiden?« erkundigte sie sich mit gedämpfter Stimme.

Seine Augen verengten sich ein wenig. Dann trat er auf ihr Kleid zu und befühlte es. »Euer Kleid ist immer noch naß.«

Joanna erstarrte. Ihr Kleid war noch naß, aber seine Sachen nicht? Aber als sie wütend seine leicht gewebte Hose von der Leine nahm, erkannte sie, daß ihr eigenes rauhes, schweres Kleid eine längere Zeit benötigen würde, ehe es trocken war. Aber zumindest war ihr Leinenunterkleid inzwischen trocken und spannte sich nicht länger über ihren Brüsten und Schenkeln. Doch sie würde sich erst wieder richtig wohlfühlen, wenn sie ihr Kleid trug.

»Wie Ihr meint«, sagte sie also knapp. Sie hielt seine Kleidungsstücke mit steifen Armen und ablehnender Haltung von sich weg.

»Wie Ihr meint«, äffte er sie nach. »Aye, das sind Worte, die jeden Ehemann zufriedenstellen dürften.« Er setzte sich auf einen Stuhl und winkte sie mit dem Finger zu sich herüber. »Kommt näher, Joanna. Wir werden mit den Strümpfen anfangen.«

Wäre sie lediglich eine Beobachterin und keine aktive Teilnehmerin dieser kleinen Szene gewesen, dann hätte Joanna sicherlich laut herausgelacht. Ihr Widerwille war in ihren zusammengezogenen Augenbrauen, ihrer steifen Haltung und dem langsamen, schleppenden Schritt zu erkennen, mit dem sie auf ihn zutrat. Auf seinem Gesicht spiegelte sich sowohl Überraschung als auch Triumph angesichts ihrer Kapitulation. Die Situation wurde noch verschlimmert, weil beide die körperliche Anwesenheit des anderen auf eine Weise wahrnahmen, die die Luft förmlich zum Knistern brachte.

Joanna blieb vor ihm stehen und stellte fest, daß sie sich niederknien mußte, um ihm in seine Strümpfe hineinzuhelfen. Aber diese Schmach war eher zu ertragen als ihre Furcht, seine nackte Haut zu berühren. Füße, Beine, Arme — es spielte keine Rolle wo. Sie wußte lediglich, daß sie davor Angst hatte.

Sie atmete einmal tief durch, schluckte und sank auf ihre Knie. Gebete sollten ihr in dieser Haltung eigentlich ganz leicht einfallen, und sie bemühte sich verzweifelt, einige gläubige Worte aus ihrem Gedächtnis auszugraben, die ihr bei dieser schweren Prüfung helfen sollten. Doch ihr wollte nichts einfallen. Ihr Kopf war wie leergefegt, und das einzige, was sie wahrnahm, war die verheerend wirkende Gegenwart des Mannes. Sie hob den Blick, um ihn anzusehen, unfähig, darüber nachzudenken, was als nächstes zu tun war.

»Mein linker Fuß. Zieht den Strumpf über den linken Fuß«, wies er sie mit seiner tiefen, nun rauh gewordenen Stimme an.

Gehorsam raffte sie den gestrickten Strumpf in ihrer Hand zusammen und hielt ihn in die Nähe seiner Zehen. Er half ihr, ohne weitere Worte zu verlieren, und beobachtete ihren gebeugten Kopf, während sie den Strumpf unbeholfen über seinen Fuß, den Knöchel und die muskulöse Wade bis zu seinem Knie hochzog. Die dunklen Haare seiner Wade kitzelten über die Rückseite ihrer Finger, und seine warme Haut bildete einen starken Kontrast zu ihren eisigen Händen.

Sie hockte sich auf ihren Fersen zurück und atmete tief durch, als das erste Bein bedeckt war. Hatte sie in ihrer Nervosität vergessen zu atmen? Ihr Blick wanderte kurz zu seinen Augen hinauf und fiel dann sofort wieder in ihren Schoß hinab, denn sein starrrer Blick schien sie zu durchbohren. Sie befingerte den zweiten Strumpf und bemühte sich, ihren Atem und das wilde Pochen ihres Herzens zu kontrollieren.

Dieses Mal zog sie den Strumpf in ihrer Hast zu schnell nach oben, und er verhedderte sich.

»Ziehen Sie ihn erst am Knöchel glatt und dann langsam nach oben.«

Joanna schluckte, als sie spürte, wie ihr Körper von einem Zittern erfaßt wurde. Sie war so sehr mit ihren eigenen, beunruhigenden Gedanken beschäftigt, daß ihr sein heiserer Tonfall überhaupt nicht auffiel. Sie wußte nur, daß sie ihn irgendwie anziehen mußte, und je schneller dies geschah, desto besser war es für sie.

Leider mußte sie, um den Strumpf glattzuziehen, seinen Knöchel mit beiden Händen umfassen und das Kleidungsstück Zentimeter für Zentimeter nach oben befördern. An ihren Handflächen spürte sie die Wärme seines Körpers. Obwohl sie sich verzweifelt bemühte, die beunruhigenden Gefühle in ihrem Bauch zu ignorieren, versagte sie kläglich. Der Anblick, der sich ihren Augen bot, machte die Sache nur noch schlimmer. Denn bei ihrem Versuch, seinem allzu aufmerksamen Blick auszuweichen, hatte sie sich mit aller Macht auf das konzentriert, was sie gerade tat. Aber nun wanderte ihr Blick entlang seiner wohlgeformten Schenkel bis zu der Stelle, wo das Tuch nur notdürftig seine Lenden bedeckte.

»Barmherzige Mutter Gottes«, flüsterte sie, ohne sich bewußt zu sein, daß sie laut gesprochen hatte.

»Barmherzige ...« wiederholte er ebenso leise und mit erstickter Stimme. Dann atmete er heftig aus, und sie riß sich zusammen.

»Die Hose —« Er verstummte und deutete auf das Kleidungsstück, das in ihrem Schoß lag. »Die Hose.«

Joanna blickte erst auf die Hose hinab und dann wieder zu ihm auf. Sein Gesicht trug einen seltsamen Ausdruck, weder verärgert noch spöttisch und auch nicht selbstgefällig. Es will beinah so scheinen, als habe er Schmerzen, dachte sie verwirrt.

»Die Hose«, murmelte er erneut.

Endlich drangen seine Worte zu ihr durch. Wenn schon das Bekleiden seiner Waden mit den Strümpfen Folter war, wieviel schlimmer würde es sein, die Hose über seine Hüften zu ziehen und sie an der Taille zu schließen? Joanna wurde bei dem Gedanken daran kreidebleich.

»Das Hemd«, keuchte sie, während sie von ihm zurückwich und sich zitternd erhob. »Als nächstes ist das Hemd an der Reihe.«

»Nein, jetzt kommt ...«

»Das Hemd«, unterbrach sie ihn und riß es von der Leine. Bevor er aufstehen konnte, eilte sie um ihn herum und warf ihm, bevor ihr Mut sie wieder verlassen konnte, das Hemd über den Kopf.

Es war, freundlich ausgedrückt, eine recht unsanfte Methode, einen Mann anzukleiden, aber Behutsamkeit war nicht gerade Joannas größtes Anliegen in diesem Moment. Sie wußte nur, daß es äußerst wichtig für sie war, ihn so schnell wie möglich angezogen vor sich zu sehen. Das lange Hemd würde ihn ... dort unten ... bedecken. Sonst wäre sie niemals imstande, ihm die Hose überzuziehen, und sollte er sie möglicherweise küssen, wäre sie verloren.

»Verdammt, Ihr habt mein Haar erwischt«, knurrte er und versuchte, seinen Kopf durch die Öffnung zu stekken, während sie am Hemd zog und riß und sich bemühte, es herunter zu ziehen. »Aua!«

Er packte ihre Handgelenke und hielt sie beide auf seinen Schultern fest.

»Ihr macht es nicht richtig«, protestierte er und ignorierte ihre Versuche, sich aus seinem Griff zu befreien. »Und wenn Ihr es nicht richtig macht, werden wir wieder von vorne beginnen müssen.«

Daraufhin verhielt sie sich sofort ruhig. Aber es schien, als sei er mit seiner Züchtigung noch nicht am Ende, denn er begann, sie mit einem leisen Kichern zu sich herüberzuziehen.

»Ich habe noch gar nicht daran gedacht, daß manche Männer Frauen mögen, die nicht allzu unterwürfig sind, Joanna. Euer hartnäckiger Widerstand vermag möglicherweise die Leidenschaft Eures Gatten nur noch mehr anzuheizen.« Er zog sie ein letztes Mal an sich, so daß ihr Bauch gegen seinen Rücken gepreßt wurde und ihre Brüste gegen seine Schultern. Er zog ihre Arme nach vorne und kreuzte sie vor seiner Brust, wobei sich ihre Handflächen auf seinen Rippenbogen legten.

»Ich weiß, daß es *meine* Leidenschaft anheizt«, fügte er so leise hinzu, daß sie ihn kaum verstehen konnte. Dann beugte er seinen Kopf zurück, bis er auf ihrer Schulter ruhte und schmiegte ihn gegen ihren Hals und ihre Wange. »Ihr dürft mich ankleiden, wie es Euch gefällt. Und auch ausziehen«, murmelte er und begann, an ihrem Ohr zu knabbern.

Oh, Gott, steh' mir bei, bat Joanna im stillen, als eine heiße Welle des Verlangens über sie hinwegrollte.

»So zum Beispiel«, fuhr er fort. Und bevor sie reagieren konnte, führte er ihre Hände über die harten Muskeln seiner nackten Brust und seines Bauches hinweg.

Joanna konnte sich nicht mehr bewegen, so sehr war sie von einer mächtigen Mischung aus Verlangen, Angst und Neugier besessen. Seine kräftige, schwielige Hand lag auf ihrer eigenen, und seine Finger glitten zwischen die ihren, so daß ihre Hände auf äußerst intime Weise verbunden waren. Er zwang sie, auf und ab über die festen Muskeln seines Bauches und halb über seine Brust hinauf zu streicheln. Sie berührte seine warme Haut, die weichen, lockigen Haare, die unebene Form seiner Narbe und die rhythmischen Erhebungen seines Torso, und er mußte sie nicht erst zwingen, diese Liebkosungen fortzusetzen. Etwas in ihr erblühte, und ein leiser Seufzer entwich ihrem Mund.

Rylans Griff wurde angesichts ihres leisen Stöhnens fester, und er preßte ihre beiden Hände flach auf seine Brustwarzen. Dann plötzlich löste er ihrer beider Hände, als habe ihm jemand einen Eimer mit Eiswasser über den Kopf gegossen und sprang auf. Er steckte hastig die Arme durch sein Hemd und zerrte es hinunter, um sich zu bedecken. Dann erst wandte er sich wieder zu ihr um.

Joanna stand regungslos hinter dem Stuhl und ließ sich aus Angst, sich nicht allein auf den Beinen halten zu können, gegen den robusten Sitz sinken. Ihre Beine zitterten. Sie weigerte sich, an das zu denken, was sie gerade getan hatte – insbesondere über die verbotene Erregung, die es in ihr erweckt hatte. Aber es gelang ihr nicht, dieses Gefühl einfach abzuschütteln, und sie war auch nicht in der Lage, einen Zorn vorzutäuschen, den sie überhaupt nicht empfand. Gott sei Dank hatte er sich zurückgezogen, denn sie befürchtete, daß sie selbst niemals dazu imstande gewesen wäre. Selbst jetzt noch war sie von einem unbeschreiblichen Verlangen nach ihm erfüllt.

Nein, nicht nach ihm, verbesserte sie sich. Es lag nur daran, daß er ein Mann war und sie bisher keine Erfahrungen mit Männern gehabt hatte. Es hätte auch ein ganz anderer an Rylans Stelle sein können. Aber dieser Gedanke, der ihr doch ein Trost sein sollte, brachte sie dazu, sich nur noch schlechter zu fühlen. War sie nun wie Winna? Eine wollüstige Frau, die nach jedem Mann lechzte, der ihr über den Weg lief?

Sie schloß verzweifelt ihre Augen. Großer Gott, was hatte dieser Mann nur aus ihr gemacht?

Mehr als alles andere machte diese neue Erkenntnis über sich selbst es unabdingbar, daß sie ins Kloster zurückkehrte. Wenn sie erst einmal ihr Ewiges Gelübde abgelegt hatte, wenn sie erst einmal innerhalb der schützenden Mauern vor Männern sicher war, würde alles wieder in Ordnung kommen. In ihren Gebeten würde sie Gott um Vergebung bitten und ihr Leben guten Taten widmen. Sie wäre bereit, alles zu tun, um ihre schrecklichen Sünden auszulöschen.

In ihrem Elend vernahm Joanna, daß er sich hin und her bewegte, und als sie aufblickte, sah sie, wie er sich seine Hose mit bemerkenswerter Eile überzog. Sein Gesicht lag im Schatten. Draußen prasselte der Regen nach wie vor gegen das dicke, gelbe Glas, und die Wellen schlugen mit tosender Beständigkeit gegen den Strand. Aber im Inneren des Hauses herrschte eine Grabesstille. Sie sah zu, wie er sich den Gürtel umlegte und ihn in der Taille schloß.

Er benimmt sich, als sei er verärgert, dachte sie. Aber was sollte ihn denn verärgert haben?

Als er dann allerdings mit zusammengezogenen Brauen und schmalen Lippen zu ihr herübersah, wußte sie, daß er in der Tat wütend war.

»Aus Euch«, begann er mit heiserer Stimme. »Aus Euch würde *niemals* eine Nonne werden.« Seine Augen glitten mit einer solch durchdringenden Gründlichkeit über sie hinweg, daß sie bestürzt zurückwich. »Oh, nein, ganz bestimmt nicht.«

In seinen bitteren Worten spiegelten sich ihre eigenen Ängste in einer Weise, daß Joanna am liebsten in Tränen ausgebrochen wäre. Und dennoch bestritt sie, was er gesagt hatte.

»Und ob ich eine gute Nonne werde! Es liegt nur daran, daß Ihr ... daß Ihr ...«

»Daß ich was? Ich werde es Euch sagen. Es liegt nur daran, daß ich derjenige bin, der Euch gezwungen hat, sich aus Eurem einzwängenden Korsett zu lösen, das Ihr Euch so verbissen angelegt habt. Es liegt nur daran, daß ich Euch dazu gebracht habe, Euch einmal eine Blöße zu geben. Und nun seid Ihr entsetzt über die Gefühle, die ich in Euch entfesselt habe.«

Die Macht seiner Worte brachte sie zum Zittern — ebenso wie die Macht seines Blickes. Trotz der Entfernung, die zwischen ihnen lag, fühlte sie sich von ihm überwältigt. Von seinem Blick. Seine Stimme. Seiner bloßen Gegenwart.

»Wollt Ihr mich dazu bringen, daß ich meine Angst eingestehe?« erwiderte sie mit schmerzerfüllter Stimme. »Nun gut, ich habe Angst. Wollt Ihr auch, daß ich eingestehe, daß Ihr in mir ... in mir Gefühle geweckt habt, die ich vorher noch nie empfunden habe?« Sie rang nach Atem, aber ihre Augen wichen nicht von den seinen. »Das alles ist wahr. Aber trotz allem habt Ihr Unrecht. Ich *werde* eine gute Nonne sein. Ich habe gesündigt, aber ich ...«

»Gesündigt! Zum Teufel nochmal! Das war keine Sünde. Es wäre eine Sünde, wenn Ihr Euch in diesem gottverdammten Kloster vergraben würdet!«

»Oh! Wie könnt Ihr es wagen, solche lästerlichen Worte zu gebrauchen! Gott verläßt die Menschen niemals, nicht einmal, wenn sie sündigen. Aber sie müssen ihre Sünden bereuen. Und ich bereue sie! Das solltet Ihr ebenfalls tun ...«

Angesichts dieser lächerlichen Idee verstummte sie. Er war wohl kaum ein Mensch, der seine widerlichen Taten bereute. »Ich sehe schon, daß mich diese Worte bei Euch nicht weiterbringen.«

»Nein, wirklich nicht. Aber eines Tages werdet Ihr zugeben, wie sehr Ihr im Unrecht wart.«

Sie ballte ihre Hände zu Fäusten. »Ihr seid wirklich ein Narr, wenn Ihr das glaubt!« Dann dachte sie noch einmal darüber nach, welch unnütze Waffe ihre Wut im Kampf gegen ihn doch war. Vielleicht sollte sie es einmal mit Vernunft versuchen.

Er stand zwar nur wenige Schritte von ihr entfernt, war aber inzwischen bis auf seine Tunika vollständig bekleidet. Deshalb wagte es Joanna, sich langsam zu ihrer vergessenen Decke hinüberzutasten. Hinter ihr glühte das Feuer und ließ, ohne daß es ihr bewußt war, die Formen ihres Körpers durch das dünne Unterkleid schimmern. Sie bemerkte lediglich, daß sich Rylans Blick verdüsterte, und sie begann zu zittern, denn als sie seine Augen auf sich fühlte, war es ganz so, als habe er sie berührt.

Als sie die Decke erreicht hatte, warf sie sie über ihre Schultern und wirbelte herum, um ihm nun, da sie sich unter der dicken Wolle sicherer fühlte, erneut entgegenzutreten. Aber sein Gesicht blickte grimmiger drein als zuvor und trug wieder diesen seltsam schmerzhaften Ausdruck. Aber sie durfte sich nicht von *seinen* Problemen ablenken lassen, mahnte sie sich. Sie hatte selbst genug Schwierigkeiten und konnte sich nicht um seine Differenzen mit dem König sorgen.

Aber vielleicht sollte sie es doch tun.

Joannas Herz vollführte einen hoffnungsvollen Sprung. Wenn es ihr irgendwie gelang, einen Weg zu finden, daß er die Kontrolle über Oxwich behielt, ohne daß er sie zu einer unerwünschten Heirat zwingen mußte, würde er sie vielleicht in Ruhe lassen.

Sein Sinnen und Trachten war es, Oxwich vor dem König in Sicherheit zu wissen. Sie selbst diente dabei lediglich als Mittel zum Zweck. Aber wenn es möglich wäre, dies auf andere Weise zu erreichen, konnte sie nach St. Theresa zurückkehren.

Sie klammerte sich an diese Hoffnung und begrub das sich sachte regende Gefühl der Enttäuschung, tatsächlich bis an das Ende ihrer Tage im Kloster leben zu müssen, tief in ihrem Inneren. Das Eingeständnis dieses Gefühls würde bedeuten, daß er möglicherweise mit seiner Meinung über sie doch recht hatte. Nein, alles was sie wollte war, zu dem friedlichen Leben im Kloster von St. Theresa zurückzukehren. Das war immer ihr Wunsch gewesen und nichts, was er tat oder sagte, konnte sie davon abbringen.

Aber sie mußte die Sache richtig anfangen. Zuviel Abstand zu halten war nicht gut, das würde nur einen ängstlichen Eindruck machen. Aber zuviel Nähe war auch nicht gut.

Nein, wohl ganz und gar nicht. So atmete sie einmal tief durch, ging zu ihm hinüber und setzte sich an den kleinen Tisch. Sie glaubte, daß seine Augen auf ihr ruhten, aber als sie aufblickte, war sein Blick wieder einmal auf das Feuer gerichtet.

»Habt Ihr vor meiner Entführung gründlich über Euren Plan nachgedacht?« begann sie ohne Umschweife.

Er blickte zu ihr hinüber. »Er war nicht gerade so kompliziert, daß endlose Überlegungen vonnöten waren.«

Joanna preßte die Lippen aufeinander, aber sie wollte sich diesmal nicht provozieren lassen.

»Habt Ihr in Eurer Hast, Oxwich vor dem König in Sicherheit zu bringen, niemals daran gedacht, daß dieses Ziel möglicherweise auch auf andere Weise zu erreichen ist?«

Er starrte sie einen Augenblick an, trat dann auf den

Tisch zu und zog den Stuhl hervor, der ihr gegenüberstand. Nachdem er sich gesetzt hatte, verschränkte er die Hände über dem Bauch und lehnte sich zurück. »Nein, ich habe keine andere Möglichkeit in Betracht gezogen. Eure Heirat mit einem meiner Freiherren war die einfachste Lösung. Und sie ist es immer noch.«

Joanna lehnte sich ebenfalls zurück, aber nicht, weil sie entspannt war und es sich gemütlich machen wollte. Nein, das bestimmt nicht. Sie war nur verzweifelt bemüht, einen größeren Abstand zwischen sich und ihn zu bekommen, denn er war ihr bereits wieder zu nahe gekommen, und sie fühlte sich unbehaglich. Ihre Hände wurden feucht, und sie fuhr sich nervös mit der Zunge über die trockenen Lippen.

»Untersteht Euch ...« Er verstummte, aber seine Augen wichen nicht von ihren Lippen.

»Wovon redet Ihr?« Sie starrte ihn verwirrt an.

»Untersteht Euch ...« Er atmete einmal heftig durch und starrte dann zu den Holzbänken über ihnen an der Decke hinauf. »Untersteht Euch, auch nur den Versuch zu unternehmen, mir meinen Plan auszureden. Es gibt keine andere Möglichkeit.«

»Aber ich bin bereit, Euch Oxwich zu überlassen!«

»Das könnt Ihr nicht.«

»Es gehört mir und soll ebenso wie ich bei meiner Heirat verschachert werden, warum also kann ich es nicht einfach weggeben?«

»Es gehört Euch nur deshalb, meine kleine Unschuld, weil es dem König so gefällt. Es wird in Eurer Familie weitergereicht, vom Vater zum Sohn — oder auch, in dem seltenen Fall, wenn kein Sohn existiert, zur Tochter. Aber es ist Krongut, und Ihr unterhaltet es für England. Für den König.«

»Dann kann also König John mir und meinem Ehemann, den Ihr mir unbedingt aufzwingen wollt, durchaus das Recht auf die Burg entziehen?« Sie lächelte ihn triumphierend an.

Er zog eine Augenbraue in die Höhe. »Theoretisch vielleicht. Aber es kommt praktisch nie vor. Wenn Ihr erst einmal verheiratet seid und Euch mit Eurem Ehemann auf Oxwich niedergelassen habt, wird es für König John beinahe unmöglich sein, die Sache rückgängig zu machen. Kein Lord — mag er meiner Sache nun freundlich oder ablehnend gegenüberstehen — wird den König dabei unterstützen, einen anderen Lord abzusetzen, wenn er sich nicht gerade des Verrats schuldig gemacht hat. Denn eine solche Handlung des Königs würde die Position der anderen Lords ebenfalls in Gefahr bringen. Und John hätte nie den Mut, mich oder Euren Mann herauszufordern. Yorkshire steht fest gegen diesen rückgradlosen Narren von einem König. Und eben aus diesem Grunde ist Euer Oxwich so wichtig, wie Ihr jetzt sicher unschwer erkennen könnt.« Er schenkte ihr ein zynisches Lächeln. »Eure Burg ist der Schlüssel zu Yorkshire, und Ihr seid der Schlüssel zur Burg.«

Joanna starrte ihn mit offenem Mund an. Sie konnte einfach nicht glauben, daß sie eine solch wichtige Rolle in Englands endlosen politischen Intrigen spielen sollte. Sie war doch nur eine Frau, die Tochter eines niedrigen Lords, mehr nicht. Aber wenn Rylan die Wahrheit sagen sollte ...

Sie schüttelte den Kopf, unfähig zu akzeptieren, daß ihre Lage so aussichtslos sein sollte. »Ich ... ich will nicht heiraten«, flüsterte sie, ohne sich des Zitterns in ihrer Stimme bewußt zu sein.

»Das werdet Ihr aber.«

»Was ist, wenn mich kein Mann haben will?«

Er grinste sie an. »Welcher Mann könnte Euch zurückweisen?«

»Ihr wollt sagen, welcher Mann könnte *Euch* zurückweisen«, erwiderte sie erbost. »Wenn ich — beziehungsweise Oxwich — so wichtig bin, wie kommt es dann, daß Ihr mich nicht zur Frau haben wollt?«

Die Worte waren ihr herausgerutscht, bevor sie darüber nachdenken konnte, und Joanna war über sich selbst entsetzt. Er war wirklich der letzte Mann, den sie jemals heiraten würde!

Ganz offenbar fand auch er die Vorstellung absurd, denn sein Gesicht trug einen amüsierten Ausdruck.

»Das kann ich nicht«, antwortete er kurz angebunden, aber seine Augen bohrten sich in die ihren. Dann wandte er seinen Blick wieder dem Feuer zu. »Ich versichere Euch, daß Euer Mann ein ausgesprochen akzeptabler Kerl ist und der es zu schätzen weiß, Euch zur Frau zu haben.«

Joanna bemühte sich, den Kloß, der sich in ihrer Kehle gebildet hatte, hinunterzuschlucken. »Dann muß er es aber zu schätzen wissen, ein zänkisches Weib zur Frau zu haben! Ich werde ihm das Leben zur Hölle machen!«

»Das sagt Ihr jetzt. Aber ich — Aber er wird Euch schon zähmen, Joanna. Er wird Eure wütende Passion in eine andere Richtung lenken. In eine andere Passion verwandeln. Ihr seid hübsch und jungfräulich, mit einem feinen Besitz als Aussteuer. Ein Mann kann sich nicht mehr von einer Frau wünschen. Und falls Ihr mit dem Gedanken spielen solltet, noch einmal vor mir zu fliehen, darf ich Euch versichern, daß König John Euch nicht viel besser behandeln wird. Ich werde Euch zumindest einen jungen Ehrenmann suchen. König John dagegen ...« Er beendete den Satz nicht, sondern zuckte lediglich die Schultern.

Joanna erhob sich abrupt. Sie stützte beide Hände auf den Tisch und beugte sich nach vorne. Ihre Augen funkelten vor Wut. Die Decke glitt herab, ohne, daß sie es bemerkte. Ihr taillenlanges Haar schmiegte sich um ihr Gesicht, und die mahagonifarbenen Locken glänzten golden im Licht des Feuers.

»Ihr selbst besitzt gar nicht genug Ehrgefühl, um diese Tugend in einem anderen Mann zu erkennen!« Obwohl ihre Stimme zitterte, wich ihr Blick keinen Moment von ihm. »Ihr glaubt, daß Ihr mir mit diesem Spiel ein Schnippchen geschlagen habt, aber ich werde Euch beweisen, daß dies ein Fehler ist. Ihr werdet es schon bald bedauern, daß Ihr mich so skrupellos benutzt habt!«

10

Die Idee kam aus dem Nichts. Anfangs hielt sie sie für zu absurd, um überhaupt darüber nachzudenken. Aber als die Stunden verstrichen, begann Joanna langsam, sie als ihre letzte Hoffnung anzusehen.

Draußen tobte der Sturm immer noch über die Insel hinweg. Der Regen ging in Sturzbächen nieder, und der Wind blies laut und heftig gegen das massive Cottage. Sie war nicht imstande zu sagen, wieviel Zeit verstrichen war, denn die bedrohlichen Sturmwolken hielten die Sonne verdeckt.

In dieser düsteren Umgebung saß sie still vor dem Feuer und tat nichts weiter, als nachzudenken und sich gelegentlich nervös mit den Fingern durch die langen Haare zu streichen. Wie auch immer sie das Problem anging, das Ergebnis war dasselbe: sie war verdammt, und das hatte sie nur Oxwich zu verdanken. Dabei haßte sie diesen Ort wie keinen zweiten auf dieser Welt. Ihr Vater mochte ihn verehrt haben, für andere Männer mochte er ein Preis sein, um den zu kämpfen es wert war, aber für sie war er der Ursprung des Elends und der Qual. War das Leiden ihrer Mutter nicht durch die Besessenheit des Vaters hervorgerufen worden, einen Erben für Oxwich zu gebären? Und war nicht dieselbe Burg für die schlimme Behandlung verantwortlich, die sie durch den arroganten Lord Blaecston erfuhr?

Sie warf Rylan, der scheinbar in Gedanken vertieft am anderen Ende des Raumes saß, einen Blick aus den Augenwinkeln zu. Immer und immer wieder hörte sie in ihrem Kopf seine Worte, so daß sie am liebsten laut aufgeschrien hätte. Das Ironische daran war, daß er die Dinge, die er gesagt hatte, wahrscheinlich als das allergrößte Kompliment erachtete, das ein Mann einer Frau machen konnte. Hübsch sei sie, eine Erbin und zudem noch Jungfrau. Jeder Mann würde sich glücklich schätzen, ein solches Muster weiblicher Tugenden ehelichen zu dürfen!

Sie warf etwas Stroh ins Feuer, während sie nachdachte und beobachtete, wie die Halme sich erst wanden, dann rot verfärbten und schließlich schwarz wurden. Tatsache war, daß sie an ihrer Erscheinung nichts ändern konnte — wenn es denn wirklich stimmen sollte, daß sie hübsch war. Sie wäre nicht überrascht, wenn er dies nur gesagt hätte, um sie zu beschwichtigen. Und es stimmte, daß sie die Herrin von Oxwich war. Obwohl sie die Burg nur allzu gern losgeworden wäre, schien sie nun einmal damit belastet zu sein. An diesen beiden Dingen konnte sie nichts ändern. Aber was ihre Jungfräulichkeit anging ...

Sie warf erneut etwas Stroh ins Feuer, und stellte sich dabei ihre eigene Seele vor, die in der Hölle vom Teufel gequält wurde. Was sie in Erwägung zog, war unverzeihlich!

Nein, berichtete sie sich. Gott vergibt seinen Kindern alles, wenn sie ihre Taten nur aufrichtig bedauern. Und dennoch kämpfte sie mit ihrem schlechten Gewissen. Aber mit dem Verlust ihrer Jungfräulichkeit wäre sie immerhin keine geeignete Braut mehr, denn ganz bestimmt würde sie dann keiner der arroganten Edelmänner, die Lord Blaecston für sie in Erwägung zog, auch nur eines Blickes würdigen!

Allerdings wäre sie auch nicht mehr rein, um das Ewige Gelübde ablegen zu dürfen.

Joanna schloß die Augen, überwältigt von den vielen Emotionen in ihrem Inneren, und sie rieb sich mit den Fingern über die Schläfen. Sie mußte keine Jungfrau sein, um im Orden der Gilbertinerinnen ihr Ewiges Gelübde abzulegen, das wußte sie, aber sie war immer der Meinung gewesen, daß ihre Reinheit die vielen anderen Unzulänglichkeiten, mit denen sie geschlagen war, aufwiegen würde. Aber jetzt ... jetzt hätte sie sogar erst dann die Gelegenheit, ihr Gelübde abzulegen, wenn sie diese eine schreckliche Sünde beginge.

Bin ich es wirklich, der diese Dinge zustoßen? fragte sie sich verzweifelt. Stand sie wirklich vor einer solch unglaublichen Wahl?

Die Gegenwart des Mannes am anderen Ende des Raumes machte ihr unmißverständlich klar, daß es so war. Entweder sie ließ es zu, daß er ihr ihre Jungfräulichkeit nahm, oder sie würde mit irgendeinem Halunken seiner Wahl verheiratet, den sie dann ein Leben lang ertragen mußte.

Sie mußte sich nur das lange Leiden ihrer Mutter in Erinnerung rufen — und das Ende, das sie gefunden hatte — um sich zu entscheiden.

Ohne über die unmittelbare Gegenwart hinaus zu denken, stand sie auf, entschlossen, ihre Wahl in die Tat umzusetzen, bevor sie wieder wankelmütig werden konnte.

»Soll das etwa heißen, daß Ihr nun endlich mit dem Schmollen aufhört?« Rylan starrte sie mit einem Gesichtsausdruck an, den sie nur als feindselig beschreiben konnte.

»Auch Ihr würdet sicherlich nicht so einfach damit fertig, wenn Euer Leben ruiniert würde!« Joanna bereute ihre schroffe Antwort sofort. Das Funktionieren ihres Plans hing davon ab, ob er sie küßte, und das würde er sicherlich nicht tun, wenn sie sich wie ein zänkisches Weib benahm. Sie riß sich zusammen, um ihre Wut hinunterzuschlucken.

»Im übrigen habe ich nicht geschmollt. Ich habe mir lediglich den Kopf zerbrochen, um einen Ausweg zu finden — einen Ausweg, der mir erlauben würde, die Heirat zu vermeiden, die Ihr für mich vorgesehen habt. Ich möchte nichts mit Oxwich Castle zu tun haben, und das letzte, was ich mir wünsche ist, dort zu leben.«

»Und ist es Euch gelungen, einen Ausweg zu finden?« erkundigte er sich mit einer Stimme, die dunkel und amüsiert zugleich klang.

Er macht sich über mich lustig, dachte sie, schäumend vor Wut. Aber sie machte noch etwas anderes in dieser tiefen, sanften Stimme aus. Hätte sie ihn nicht besser gekannt, dann wäre sie versucht gewesen zu behaupten, daß er sich auch über sich selbst lustig machte.

»Ich ... nein«, gab sie zu, aus Angst, sich zu verplappern und aus Versehen ihren verzweifelten Plan zu enthüllen.

»Nun, das habe ich mir schon gedacht.«

Als sie seine selbstgefälligen Worte vernahm, vergaß sie all ihre guten Vorsätze, ruhig und gelassen zu bleiben.

»Welch ein dreckiger, kleiner Wurm Ihr doch seid! Herzloser Halunke! Ihr haltet Euch für so schlau! Nun, ich hoffe, daß König John alles herausfindet und Eure schrecklichen Pläne durchkreuzt!«

Er erhob sich mit blitzenden Augen aus seinem Stuhl und Joanna trat einen Schritt zurück.

»Eines Tages werdet Ihr für meinen schrecklichen Plan sehr dankbar sein«, sagte er mit brummiger Stimme, als er nur wenige Zentimeter vor ihr stehenblieb.

Sie mußte ihren ganzen Mut aufbringen, um ihr Kinn zu heben und in sein versteinertes Gesicht aufzublicken.

»Glaubt doch, was Ihr wollt, Ihr Narr.«

»Ihr haltet mich also für einen Narren? Das solltet Ihr nicht tun.« Sein düsterer Blick wurde freundlicher, und ein prickelndes Gefühl aus Furcht und Erwartung breitete sich in ihrem Inneren aus. »Ihr klammert Euch an eine Hoffnung, die vergebens ist, meine kleine Taube. Denn die Wahrheit ist nicht zu übersehen, Ihr seid dazu geschaffen, in den Armen eines Mannes zu liegen. Soll ich es Euch noch einmal beweisen?«

Bevor sie antworten konnte, preßte sich sein Mund auf ihre Lippen, und er zog sie zu sich herüber. Zuerst bemühte sich Joanna, ruhig zu bleiben. Sie stellte fest, daß er sie mit großer Zurückhaltung küßte. Aber sie wußte, was nun kam. Er würde seine Hände über ihrem Rücken auf und ab gleiten lassen und dann, wie er es schon einmal getan hatte, ihr Hinterteil umfassen.

Bei dem Gedanken daran, wie er sie dort berührt hatte, seufzte sie auf. Sofort veränderte sich sein Kuß. Als sich ihr warmer Atem mit seinem vermischte, ihre Lippen weicher wurden und ihm Zugang gewährten, entwich seinem Mund ein verlangendes Stöhnen. Seine Arme schlossen sich fester um sie und preßten sie an sich.

»So süß ... so feurig«, murmelte er zwischen den verwegenen Küssen, mit denen er ihren Mund liebkoste. »Himmlisch ...« Seine Zunge drang tief in ihren Mund ein, und dann glitt eine seiner Hände tatsächlich an ihrem Rücken hinab, um ihr Hinterteil zu umfassen, und er drückte sie auf intimste Weise gegen die Mannespracht seiner steigenden Leidenschaft.

Joanna schmolz dahin, vergaß alles um sich herum und nahm nur noch die köstlichen Gefühle wahr, die er in ihr erweckte. Oxwich war vergessen. King John verschwand aus ihren Gedanken. Und auch jegliche Erinnerung an St. Theresa und die Gilbertinerinnen. Während er sie festhielt und streichelte, dachte sie nur noch an ihn und daran, welche Empfindungen er in ihr auslöste. Ihre Arme schlossen sich um seinen Nacken. Ihre Hände gruben sich in sein langes, dichtes Haar.

Wie konnte dieser Teil von ihm nur so seidig und weich sein, fragte sie sich, während er in anderer Hinsicht so hart und unnachgiebig war?

Sein forschender Mund bewegte sich von ihren Lippen

über ihre Wange zum Hals hinunter und wanderte dann zu ihrem Ohr hinauf.

»Oh, Joanna.« Er sprach ihren Namen keuchend in ihr Ohr. »Ihr seid wie der Himmel ...« Dann packte er plötzlich ihre Schultern und hielt sie auf Armeslänge von sich weg.

»Wie der Himmel«, wiederholte er mit einem rauhen Flüstern. »Oder wie die Hölle.«

Joannas Atem kam in keuchenden Stößen, und einen Moment lang starrte sie zu ihm auf. Sie war so sehr von ihrer heftigen Reaktion auf ihn überwältigt, daß sie ihre Gefühle nicht mehr verbergen konnte.

»Rylan«, murmelte sie, ohne sich bewußt zu sein, welch heftiges Verlangen in ihren Augen schimmerte. Ihre Hände bewegten sich nach oben, um seine kräftigen Handgelenke zu umfassen, und sie bewegte ihre Daumen über die weiche Stelle hinweg, wo sein Puls schlug. »Rylan...« Sie schüttelte verwirrt den Kopf.

Er schloß seine Augen, und ein gequälter Ausdruck erschien auf seinem Gesicht. »Geht weg von mir«, befahl er mit schroffer Stimme.

Aber er ließ sie nicht los, und selbst wenn er es getan hätte, wäre Joanna nicht imstande gewesen, seiner Aufforderung zu folgen. Ihre Hände glitten an seinen Unterarmen hinauf, und sie genoß es, die warme Kraft dort zu spüren. Ihr ganzer Körper sehnte sich danach, sich auf diese Weise an ihm zu reiben — seine harten Formen und die rauhen Haare zu spüren, die sich gegen ihr weiches, nachgiebiges Fleisch drückten.

Rylan stöhnte erneut auf, ganz so, als habe er ihre Gedanken erraten und ihr Verlangen gespürt. Er zog sie wieder an sich, vergrub seine Hände in ihrem seidigen, langen Haar und zwang ihren Kopf nach hinten.

Dieser Kuß war nicht wie die anderen. Dieses Mal war jegliche Beherrschtheit verschwunden, es gab keine Anzeichen von Vorsicht oder Kontrolle mehr. Seine Hände hielten sie fest, vergruben sich beinahe schmerzhaft in ihrem Haar, während sich sein Mund unbarmherzig auf ihre Lippen preßte. Seine Zunge drang heftig in ihren Mund, und er bog ihren Kopf so weit zurück, daß sie hilflos in seinen Armen lag.

Sie hätte angesichts seiner wilden Leidenschaft eigentlich vor Angst vergehen müssen, denn er war wie ein Krieger im Kampf. Als er für einen Augenblick die Waffen ruhen ließ, da war es nur, um sein Opfer endgültig zu erobern, und sie war nur allzu bereit, sich erobern zu lassen. Aber das bestimmende Gefühl war nicht Angst, sondern ein überwältigendes Verlangen. Sie sehnte sich danach, sich weiter in diesen Kampf zu stürzen.

Sie bäumte sich auf, preßte ihren Bauch gegen ihn und ließ ihn ihre sehnsüchtige Hingabe spüren. Seine Zunge drang tiefer in ihren Mund, glitt dort hin und her und sandte ein erregtes Beben durch ihren ganzen Körper. Sie hatte das Gefühl, von einem Fieber befallen zu sein, als lodere ein mächtiges Feuer in ihrem Inneren, das mit jeder Berührung seiner Zunge nur noch heißer brannte.

Was als letzter Versuch gedacht gewesen war, um ihre Freiheit wiederzuerlangen, wurde in seiner leidenschaftlichen Umarmung zu etwas völlig Neuem. Sie wurde von einem Verlangen erfaßt, das jegliche Vernunft ertränkte. Es war nicht die Freiheit, nach der Joanna strebte, als sie seine zornige Dominanz mit Zärtlichkeit und Küssen beantwortete. Sie fügte sich seinem Drängen, und während dies geschah, erblühte etwas Neues zwischen ihnen.

Seine Leidenschaft brannte nicht weniger heftig als die ihre, aber seine anfängliche Frustration und seine Wut ließen rasch nach, und er wurde zum Verführer. Aber je mehr er die Kontrolle übernahm, desto verschwommener wurde Joannas Wahrnehmung. Sie fühlte nur noch eine seltsame Panik in sich aufsteigen.

Ihr dünnes Unterkleid war weniger als nichts zwischen ihnen, denn es schob sich in einer äußerst sinnlichen Art und Weise über ihre Haut. Seine Kleidung stand allerdings immer noch zwischen ihr und dem, was sie am meisten begehrte.

In einem Rausch der Lust ließ sie ihre Hände über seine Brust gleiten, bis ihre Finger den Halsausschnitt seines Hemdes erreicht hatten. Warme Locken kitzelten ihre Fingerspitzen, und sie zog an dem störenden Stoff. Rylan benötigte keine Worte, um ihre Bitte zu verstehen. Nur für den Bruchteil einer Sekunde löste er ihre Umarmung und zog sich das Kleidungsstück über den Kopf. Dann preßte er sie erneut gegen sich.

»Oh, ja«, murmelte sie, als sich ihre Brüste eng gegen seinen Brustkorb drückten.

Er biß vorsichtig in ihre Unterlippe, zog mit seinen Zähnen daran und fuhr dann beruhigend mit seiner Zunge über die Stelle. »Ihr seid eine Peinigerin.« Seine Hände wanderten besitzergreifend über ihren Rücken bis zu ihrem Hinterteil hinunter. »Eine Hexe ...« Er zog sie hart nach oben gegen sich, so daß sie ihre Beine um seine Hüften schlang. »Eine Versuchung, der ich widerstehen sollte ...«

Joanna klammerte sich an ihn, während er sie weiter nach oben zog und mit dem Mund über ihre Kehle glitt, bis er die Stelle zwischen ihren Brüsten erreicht hatte. Er küßte sie dort zärtlich, und Joanna verzehrte sich nach ihm. Sehnte sich nach seiner Berührung. Seinen Küssen. Wollte von ihm in Besitz genommen werden.

Er preßte sein Gesicht gegen ihre vollen Brüste und bewegte seine wissenden Lippen dann zu der harten Spitze einer Brustwarze.

»Ihr seid dazu gemacht, geliebt zu werden«, murmelte er und wandte seine Aufmerksamkeit der anderen Brust zu. »Gut und oft geliebt zu werden.«

Joannas Kopf sank nach vorne. Ihr lockiges, mahagonifarbenes Haar fiel wie ein Vorhang über sie beide, als sie den Scheitel seines glänzenden Haares küßte. »Dann liebt mich«, flüsterte sie, kaum bewußt, daß sie es war, die diese Worte gesprochen hatte. Sie preßte sich so eng es ging an ihn, um ihn überall zu spüren. »Liebt mich.«

Er legte sie auf dem am nächsten stehenden Bett nieder. Seine Bewegungen waren nicht mehr abrupt und heftig, aber auch nicht weniger entschlossen. Joanna fiel auf die dünn gepolsterte Pritsche zurück, wobei ihre Hände immer noch seinen Nacken umfangen hielten. Aber er stemmte ein Knie auf das Bett neben ihr und löste ihre Hände von seinem Hals. Sein Atem kam schnell und hart.

»Sollen wir weitermachen?« fragte er mit heiserer Stimme. Sein Blick wanderte von ihren Augen zu ihren ein wenig geöffneten Lippen und dann weiter an ihrem Körper entlang. Es war eine solche Hitze, eine solche Leidenschaft und ein solches Verlangen in seinen Augen, daß Joanna seinen Blick wie eine Berührung spürte. Das körperliche Vergnügen, das sie dabei empfand, war so stark, daß sie zu zittern begann und sich hilflos unter ihm aufbäumte.

»Ja«, flüsterte sie, als sie seinem Blick mit ihren eigenen, vor Leidenschaft glühenden Augen begegnete.

Sie hob eine Hand und streichelte damit sanft über sein Kinn. Ein Finger glitt über seine Lippen, und er nahm ihn mit einem leisen Stöhnen zwischen seine Zähne. Seine Zunge spielte mit ihrer Fingerspitze und glitt über den sorgfältig gerundeten Nagel hinweg. Mit einer quälend langsamen Bewegung sog er ihren Finger dann tiefer in seinen Mund hinein, ohne dabei auch nur für einen Augenblick seinen Blick von ihr zu nehmen, mit dem er ihre tiefste Seele zu erforschen schien.

Es war mehr als Joanna ertragen konnte. Vergessen war

ihre Absicht, ihn zu verführen. Ihre Augen schlossen sich, und ihr Atem kam schneller und flacher. Sie brannte vor Hitze. Sie zitterte vor Kälte. Nein, nicht vor Kälte. Niemals vor Kälte.

Er gab ihren Finger frei und umschlang ihre Hand mit der seinen. Mit der anderen glitt er unter den Saum ihres Unterkleides und schob es bis zu den Hüften hoch. Als seine Hand weiter nach oben wanderte, um ihre Taille zu umfassen und dann über ihre Hüfte hinwegglitt, um schließlich über ihren flachen Bauch zu wandern, öffnete sie überrascht die Augen. Er schien genau zu wissen, wo sie sich am heftigsten nach seiner Berührung sehnte. Erst ihre Brüste und nun dieses Verlangen tief in ihrem Inneren. Aber wie konnte er dies wissen?

Er beobachtete genau ihre Reaktionen, und als sie sich unter seiner Berührung unruhig hin und her bewegte, lächelte er, als sei er damit äußerst zufrieden. Dann zog er ihre Hand zum Verschluß seiner Hose und hielt ihre Finger an der warmen Haut seiner Taille fest. Er rieb mit seiner Hand über den Bauch und lächelte, als ihre zitternden Finger begannen, sich der rhythmischen Bewegung anzupassen. Zwei von Joannas Fingern schlüpften unter das enge Taillenband seiner Hose und bewegten sich zögernd über die glatte Haut dort. Er stöhnte leise auf und schloß die Augen. Joanna fuhr durch diese Reaktion ermuntert fort, mit ihren Fingern um seinen Bauchnabel herum zu streichen und über den Streifen dunklen Haares hinweg, der dort wuchs. Dieses Mal umfaßte er ihre Taille heftig mit beiden Händen und zog sie ein wenig zu sich hinüber.

»Verdammt!« stieß er hervor. Bevor Joanna wußte, wie ihr geschah, schob er das Unterkleid vollends über ihre Hüften und ihre Taille in die Höhe. Er hielt nur einen Moment inne, um auf ihre nackten Beine und ihr Dreieck aus mahagonifarbenen Locken hinabzublicken. Dann schob er das Kleid noch höher, bis auch ihre Arme davon befreit waren und sie vollkommen nackt vor ihm lag.

Joanna war zwischen Scham und Frohlocken hin und her gerissen. Seit ihrer Kindheit hatte sie niemand mehr nackt gesehen. Und nun starrte er sie an, als wolle er ihren Anblick mit seinen Augen aufsaugen. Und sie genoß es.

Dann führte er ihre Hände zum Verschluß seiner Hose und bedeutete ihr erneut, was er von ihr wollte.

Während Joanna sich bemühte, das Band in seiner Taille zu lösen, hob Rylan zwei lange Locken ihres Haares in die Höhe. Er zog sie straff zu ihrer Taille hinunter und kreuzte sie dann langsam, so daß die beiden Strähnen über die Spitzen ihrer Brüste hinwegglitten.

»Oh!« Joannas Augen blickten zu ihm auf, und sie ließ das Band, das sie in den Händen hielt, los. Seine Augen schauten sie hungrig an, als sie von ihrem erröteten Gesicht zu den rosigen Spitzen ihrer Brustwarzen und dann wieder zu ihrem Gesicht wanderten. Er bewegte die Strähnen ein weiteres Mal, und Joannas Sinne gerieten in Aufruhr.

Unter seinen erfahrenen Berührungen erwachte die Flamme in ihrem Inneren zu neuem Leben. Obwohl er lediglich die harten Spitzen ihrer Brüste reizte, spürte sie, wie sie tief in ihrem Bauch von einer seltsamen Hitze verzehrt wurde. Seine Liebkosung war so leicht wie die Berührung einer Feder, aber ihre Wirkung erschütterte sie bis tief in ihre Seele.

Die Feuer des Himmels, dachte sie als sie sich dem dunklen Verlangen hingab. Sie brannte — und doch hatte sie ganz gewiß den Himmel gefunden. Sie wand sich unter der Berührung ihrer eigenen Haare, die er über ihre Brüste hinwegzog und bäumte sich auf, um der Quelle dieser köstlichen Qualen näher zu sein. Ihre Hände klammerten sich um seine Unterarme. Seine Haut war feucht, als brenne auch er. Aber ihr blieb keine Zeit, sich darüber zu wundern, denn sobald sie seine Handgelenke umfing, drehte er seine Hände weg und ergriff erneut ihre Hände. Mit einer schweigenden und dringlicheren Bitte legte er ihre Finger noch einmal auf den Verschluß seiner Hose.

Dieses Mal ließ sie das Band nicht wieder los. Obwohl ihre Finger heftig zitterten, gelang es ihr, den Knoten zu lösen, während sie unter seinem durchdringenden Blick beinahe zerging.

Als die Hosen hinunterrutschten, umfing er abermals ihre Hände und preßte ihre Handflächen auf seinen festen Bauch, während er mit der anderen die Hose von seinen Beinen abstreifte. Dann bedeckte er ihre Hände mit den seinen und zog sie langsam über die harten Muskeln seiner Brust in die Höhe.

Joanna lag still unter ihm, aber dennoch war sie weit davon entfernt, ruhig und gelassen zu sein. Sie wagte es nicht, einen Blick auf seine frisch entblößte Haut — auf diesen ihr so fremden, so männlichen Teil von ihm — zu werfen. Als sie ihn in seinem erregten Zustand an ihrem Bauch gespürt hatte, war ihr klar geworden, daß er sich von allen Teilen ihres eigenen Körpers unterschied. Sie konzentrierte sich statt dessen auf das erregende Gefühl seiner warmen Haut unter ihren Handflächen. Die weiche Beschaffenheit, die gekräuselten Haare, die kleinen Brustwarzen, das heftige Klopfen seines Herzens: all dies zu fühlen, genoß sie und fand es unendlich erregend.

»Verflucht«, flüsterte er atemlos. Er schob ihre Arme schnell über ihren Kopf auf das Bett zurück und legte sich dann mit seinem ganzen Körper auf sie.

Joanna keuchte und wäre beinahe in Ohnmacht gefallen, weil sie das harte Gewicht seines Körpers als pure körperliche Erfüllung empfand.

»Küß mich«, murmelte er, während er ihr Ohr und ihren Hals liebkoste. »Laß mich an all deiner Süße teilhaben ...«

Sie wandte ihm sofort das Gesicht zu, begierig, seinen Mund auf dem ihren zu spüren. Er würde mit seinen forschenden Lippen dominieren, und sie würde seinem Drängen nachgeben. Aber wie immer würden sie beide am Ende triumphieren.

Aber dieses Mal geschah mehr als das Aufeinanderpressen von Lippen und das Eindringen seiner Zunge, die von ihrem Mund Besitz ergriff. Dieses Mal preßte sich sein ganzer Körper auf erregende Weise gegen den ihren. Sein Brustkorb lag auf ihren Brüsten, sein Bauch schmiegte sich gegen ihren Bauch, und ihre Lenden trafen sich in köstlicher Intimtität. Dann schob er mit seinem Schenkel ihre Beine auseinander und schmiegte seine hervorstehende Männlichkeit gegen die dunkle Wärme ihres Unterleibs.

Joanna wand sich in atemloser Erwartung. Irgendwas sagte ihr, daß dies so war, wie es zwischen einem Mann und einer Frau sein sollte. Wie es zwischen ihnen beiden sein sollte. Als seine Zunge erneut die erotische Erkundung ihres Mundes aufnahm, öffnete sie ihre Lippen ebenso, wie sie ihre Beine zum erhitzten Stoß seiner Erregung öffnete.

»Rylan.« Sie stöhnte schwach gegen seine Lippen. Er hob seinen Kopf ein wenig und starrte in ihre Augen. Dann schien er sie genauer zu betrachten, und sie sah, wie ihn die Realität einholte.

»Großer Gott! Was tue ich da?« Er begann, von ihr abzulassen, aber Joannas Verlangen nach ihm war zu groß, als daß sie ihm erlauben konnte, aufzuhören. Nicht jetzt. Nicht, da er gerade erst angefangen hatte.

Sie befreite ihre Handgelenke aus seinem gelockerten Griff. Mit einer Hand umfaßte sie seinen Nacken und zog ihn wieder auf ihren Mund hinunter. Die andere Hand ließ sie über seinen verschwitzten Rücken entlang des Rückgrades gleiten, bis zu der Mulde, wo sich seine harten Hinterbacken hervorwölbten.

Er stöhnte gegen ihren Mund und kämpfte immer noch gegen die verführerische Versuchung ihres jungen und willigen Körpers an.

»Rylan, Rylan«, murmelte sie, während ihre Zunge vorsichtig zwischen seine Lippen eindrang.

Er stöhnte ein letztes Mal und kapitulierte dann. Wie ein hungernder Mann stürzte er sich auf das Festmahl, das sie ihm darbot, verschlang sie mit seinem Mund, während er sich in ihre feuchten Wärme preßte. Er erfüllte sie in einer Weise, die sie zugleich ängstigte und erregte. Ein kurzer, stechender Schmerz beeinträchtigte die vollkommene Lust, aber er erstickte ihren erschrockenen Schrei mit einem Kuß. Er zog eins ihrer Knie hoch und preßte sich ganz in sie hinein. Dann hielt er inne und konzentrierte sich auf ihren Kuß.

Mit quälender Gründlichkeit benutzte er seine Lippen und seine Zunge, um ihre Lust zu steigern. Er verschlang ihren Mund, fuhr mit seiner Zunge heftig hinein und ermunterte ihre unerfahrene Zunge, das gleiche bei ihm zu tun.

Es war ein Tanz aus Neugierde und Entdeckung, ein Tanz so alt wie die Zeit und doch wieder neu. Er küßte ihr Kinn, ihre Wangen, ihre Augen. Er atmete in ihr Ohr und biß sanft in ihre Lippen.

Joanna hätte mit einem seligen Lächeln ihr Leben aushauchen können, solche Lust bereiteten ihr seine intimen Liebkosungen. Allein ihr Verlangen, seinen Körper in der gleichen Weise kennenzulernen, bewahrte sie davor, einem Ohnmachtsgefühl nachzugeben, das sie zu überwältigen drohte. Sie liebkoste sein stacheliges Kinn und wich dann seinen suchenden Lippen aus, als sie versuchten, die ihren noch einmal zu umfangen. Sie wollte seinen

Hals kosten. Sie wollte ihn in die Stelle in seiner Kehle beißen, wo der Adamsapfel saß.

Sein Hals war gar nicht stachelig, stellte sie fest, als sie ihn mit kleinen Küssen bedeckte. Er schluckte schwer und sie lächelte, als der Adamsapfel unter ihren Lippen hüpfte. Dann wurde ihr Lächeln zu einem Keuchen, denn er bewegte sich in ihr.

»Oh!« Sie starrte zu ihm hinauf, Überraschung in den weitaufgerissenen Augen. »Ohhh ...« stöhnte sie, als er sich erneut bewegte. Dieses Mal schloß sie ihre Augen, während sie von einer heftigen Lust erfaßt wurde. Er bewegte sich nur ein klein wenig und doch ... und doch ...

Oh, Gott, bestimmt wurde ganz England von der Kraft dieser kleinen Bewegung erschüttert. Er preßte sich in sie hinein und zog sich etwas zurück. Er stieß seine harte, ihr unvertraute Männlichkeit in sie hinein und zog sie dann wieder heraus, um sie zu quälen. In einem Anfall von Panik, daß er sich vielleicht völlig zurückziehen könnte und sie die bebende Wärme, mit der er sie erfüllte, verlieren würde, hob sie ihre Hüften und versuchte, ihn bei sich zu behalten.

Der daraus resultierende Stoß seiner Männlichkeit drang noch tiefer in sie ein, und ein Schrei überwältigender Lust entfuhr ihren Lippen. Er nahm ihn gierig mit einem leidenschaftlichen Kuß in sich auf. Noch einmal bewegte er sich in ihr und sie erkannte schnell den Rhythmus. Er glitt hinein und hinaus und quälte sie mit dieser köstlichen Lust, die er ihr bereitete. Seine Zunge bewegte sich mit ähnlichem Hunger in ihrem Mund, und Joanna war sich sicher, daß sie das Bewußtsein verlieren würde. Das wilde Verlangen seines Mundes. Die heftige Lust dort unten. Zusammen hoben diese beiden Empfindungen ihr gesamtes Wesen auf eine neue Bewußtseinsebene. Ihre Sinne waren zu vielen Reizen ausgesetzt und doch nahm sie alles unglaublich deutlich wahr. Der Regen hämmerte aufs Dach und gegen die Fenster. Das Feuer knisterte und das Bett ächzte. Seine Haut schmeckte salzig. Sein Mund hatte einen Geschmack wie nichts anderes, das sie jemals probiert hatte. Und sein Körper, der sich in ihr und mit ihr bewegte, erzeugte ein Gefühl — eine köstliche Wollust — von der sie nie geglaubt hätte, daß sie sie empfinden könne.

Er beschleunigte seinen Rhythmus und hob seinen Kopf. Während sie zu keuchen begann und auf die zunehmende Zahl von Empfindungen reagierte, wichen seine dunklen Augen keinen Moment von ihrem Gesicht.

Sein Blick nahm sie vollkommen in sich auf, während sich sein harter Körper über ihr bewegte. Er nahm sie in Besitz. Sie war ihm ausgeliefert. Für immer.

Dann bemerkte sie eine unglaubliche Anspannung tief in ihrem Inneren, und ihre weit aufgerissenen Augen verdunkelten sich vor Leidenschaft. Sie klammerte sich verzweifelt an seinen schweißbedeckten Rücken und als ob er wüßte, was sie empfand, bewegte er sich immer schneller. Sie bäumte sich vor Lust auf und stieß einen Schrei aus, als etwas in ihr zu bersten schien.

Immer und immer wieder drang er in sie ein und zögerte dieses unglaublich intensive Gefühl hinaus, bis es beinahe schmerzhaft war. Sie flog. Sie fiel. Er hob sie wieder auf. Er preßte sie hinunter. Dann spannte sich sein Körper, und mit einem Schrei ergoß er sich in ihr.

In den folgenden Minuten nahm Joanna nichts von ihrer Umgebung wahr. Wärme durchfloß sie, und sie war vollkommen zufrieden. Mehr spürte sie nicht.

Rylan bewegte sich, rollte sich zur Seite, aber hielt sie mit dem Arm, den er um ihre Taille gelegt hatte, an sich gepreßt. Ihr Kopf ruhte auf seiner Schulter, und sie hörte seinen Herzschlag in ihrem Ohr. Nichts sonst existierte in diesem Augenblick auf der Welt für sie. Weder Vergangenheit noch Zukunft.

11

Joanna träumte von Engeln und Heiligen. Obwohl sie mit den Lehren der Kirche vertraut war, gab es doch gewisse Eindrücke, die aus ihrer Kindheit stammten und von denen sie sich immer noch nicht freigemacht hatte. Engel waren immer weiblich, aber unter den Heiligen gab es gelegentlich Männer. Diese trugen dann allerdings einen Bart und gingen barfuß, während die Engel stets jung und hübsch waren.

Aber in dieser Nacht begegnete ihr ein neuer Engel. Er hatte dunkles Haar und war ein Mann. Seine Augen waren geheimnisvoll und wild, und sein Lächeln so strahlend, daß es sie beinahe blendete. Er verbrannte sie mit seiner Berührung und doch sehnte sie sich nach dem Feuer. Er hielt ihr seine Hand hin, und sie zögerte nicht, sie zu ergreifen. Dann zog er sie mit sich in die Höhe, und ihr wurde ganz schwindlig, als sie dahinflogen. Immer weiter in die Höhe stiegen sie, dem Sonnenschein entgegen, bis die Wolken ihre Wangen und ihren Hals mit den leichtesten Berührungen liebkosten, die man sich vorstellen konnte.

Dieser mysteriöse Engel nahm sie mit sich in den Himmel. Er sprach kein Wort zu ihr, aber seine Augen und dieses wunderbare Lächeln waren beredt genug. Oh, ja, er würde sie in den Himmel führen, wenn sie nur genug Mut aufbrachte, ihm zu folgen.

Joanna preßte ihre Wange gegen seine Hand. Sie seufzte und wurde ruhig, als er sie näher an sich heranzog. Sie war von einer Wärme und Zufriedenheit erfüllt, die sie noch niemals zuvor gespürt hatte. Sie seufzte noch einmal und lächelte, als daraufhin auch der Engel seufzte.

Sein Atem kitzelte an ihrem Ohr. Seine Brust preßte sich warm gegen ihren Rücken. Sein Arm ruhte über ihrer Seite und seine Hand schloß sich sanft um die ihre.

Joanna verschlang ihre Finger fest mit den seinen und glitt zwischen Traum und Realität hin und her. Sie war von einer Mattigkeit erfüllt, die sie nicht kannte.

Ein Lächeln spielte um ihre Lippen, und sie bewegte sich unruhig an seiner Seite, denn sie wollte mehr von diesen wundervollen Empfindungen, die er in ihr weckte. Sie wußte, daß es da noch mehr gab, er hatte es ihr ja schon einmal gezeigt ...

Ihr Verstand wurde klar, als er ihre ineinander geschlungenen Finger vorne über ihren nackten Körper gleiten ließ.

Joanna stöhnte auf und war mit einem Schlag hellwach, aber der Ruck in ihrem Bauch vertrieb sofort alle Gedanken aus ihrem Kopf. Ihre Fingerknöchel strichen wieder und wieder über ihre linke Brust. Dann wanderten sie in das Tal zwischen ihren Brüsten hinab und auf der rechten Seite wieder hinauf, wo sie sanft über ihre bereits harte Brustwarze strichen.

Joanna hielt den Atem an, während er die gemeinsamen Bewegungen ihrer beider Hände dirigierte. Sie fühlte die sinnlichen Liebkosungen auf ihrer Haut, und sie spürte sich selbst mit ihren eigenen Händen.

Sie fühlte sich so ganz anders an als er. Wo er hart war, war sie weich. Wo seine Haut mit diesen faszinierenden lockigen Haaren bedeckt war, war die ihre glatt.

Er setzte die Reise über ihre Rippen hinweg fort, und sie spürte die Vertiefung ihres Nabels und die sanfte Erhebung ihrer Hüftknochen. Dann ging es weiter über die feste Haut ihres Bauches hinweg, bis zu der Stelle, wo die ersten krausen Haare ihres mahagonifarbenen Dreiecks begannen.

Joanna zitterte in seiner Umarmung. Sie spürte das heftige Klopfen seines Herzens gegen ihren Rücken, sie erkannte die pochende Hitze seiner Erregung.

Ein Teil von ihr wußte, was sich nun abspielen würde. Vage Erinnerungen an die Realität überkamen sie, aber sie ignorierte sie. Sie wollte ihren Traum und ihren dunklen Engel.

Und sie wollte, daß diese Gefühle, die sie empfand, niemals aufhörten.

Er schob ihre Hände über ihren weichen Venushügel. Sie streichelte ihre Locken mit einem neuen Bewußtsein. Als ihre Hände zwischen ihre Schenkel wanderten, bemerkte sie, daß ihre Haut feucht war. Sie war überall feucht, reagierte empfindlich auf jede Berührung und war mit einer Erwartung erfüllt, die beinahe schon schmerzhaft war.

Dann teilte einer ihrer Knöchel ihre weichen Locken und wanderte zum Scheitelpunkt, wo all ihr Verlangen konzentriert zu sein schien. Sie hielt den Atem an und spannte ihre Beine. Es war mehr als sie ertragen konnte. Es war zu gut. Wundervoll. Aber der Engel ihrer Träume — der süße Teufel ihrer Realität — schien zu wissen, daß sie dennoch nach mehr verlangte. Er streckte seine Hand und ihre eigene und führte ihre Finger wieder zu derselben Stelle zurück. Sie fühlte, wie sich die weichen Falten teilten, spürte die empfindliche Spitze, nach der beide verlangten, und wich vor ihrer Berührung zurück.

»Oh, bitte.« Sie stöhnte, als er sie mit sanftem Druck dazu brachte, über den erregten Punkt zu streichen. »Oh, ich kann nicht ... Ihr könnt nicht ...«

Er begegnete ihrem Protest nicht mit Worten, denn das war unnötig. Er mußte nur seine verführerischen Liebkosungen fortsetzen, um jeglichen Gedanken an Ablehnung aus ihrem Kopf zu verbannen. Seine Finger bewegten sich mit den ihren in einem trägen Rhythmus und schienen ihr geheimstes und innerstes Selbst zu berühren. Joanna preßte sich gegen ihn. Ihre Beine rutschten unruhig hin und her, rieben sich gegen seine, während ein Feuer in ihrem Inneren auszubrechen schien.

Sie bemerkte es kaum, als seine Finger die Aufgabe ganz allein übernahmen. Mit einer Hand umklammerte sie seine weiche Flanke, während die andere seinen Arm und seine Hand fand, die unter ihrem Kopf lagen.

Das ist Himmel und Hölle zugleich, dachte sie, während ihr Körper in unbeschreiblicher Lust erschauerte. Ihr dunkler Engel brachte sie in den Himmel und auch in die Hölle.

Dann dachte sie an nichts mehr. Ihre Nägel preßten sich in leidenschaftlicher Erregung in seinen Oberschenkel, und sie bäumte sich seiner Hand entgegen. Und als ob er genau wüßte, was sie empfand, wurden seine Berührungen immer schneller, bis sie, überwältigt von Lust, aufschrie.

Es geschah wieder — dieser verwegene Wahnsinn, diese völlige Hingabe. Sie war so erfüllt von ihren eigenen überwältigenden Empfindungen, daß sie seine Erregung gar nicht bemerkte. Aber bevor sie jenen Höhepunkt der Lust erreichen konnte, den er ihr schon einmal gezeigt hatte, riß er sie mit einem beinahe brutalen Ruck herum und zog sie unter sich.

Er preßte seine erregte Männlichkeit gegen ihren Bauch. Als sie sich unter ihm aufbäumte und, der Besinnungslosigkeit nahe, um die Erfüllung ihrer Lust bat, ließ er sich mit seinem ganzen Gewicht auf sie sinken.

»Verdammt sollt Ihr sein, Joanna«, keuchte er heiser in ihr Ohr. »Und ich dazu, weil ich ein solcher Narr bin.«

Sie öffnete ihre Augen, als sie die beinahe bitteren Worte vernahm, die er scheinbar mehr an sich selbst gerichtet hatte. Aber was sie sah, verschlug ihr den Atem. Sein wilder Blick verschlang sie. Seine Augen brannten mit einem so heftigen Feuer, daß sie befürchtete, in seinen Tiefen zugrunde zu gehen. Dann richtete er sich ein wenig auf, wobei er ein leises Stöhnen ausstieß, und bevor Joanna wußte, wie ihr geschah, drang er in sie ein.

Zeit und Ort verschwammen, als er sie in Besitz nahm. Tag oder Nacht. Das Cottage, Isle Sacré — sogar England selbst. All dies verschwand, und nur er allein blieb Wirklichkeit. Die weichen Spitzen seines Haares, die über ihr Gesicht fielen, waren wirklich. Das feuchte Reiben seiner Schenkel gegen ihre eigenen war wirklich. Der köstliche Stoß seiner Männlichkeit tief in ihr ... Dies allein war ihre Realität und sie hob sich ihm freudig entgegen.

Er lehnte sich zurück, veränderte den Winkel seines Eindringens und verursachte ihr eine noch größere Lust.

»Rylan —« Sie keuchte und bäumte sich noch mehr auf, streckte ihm ihre Brüste entgegen.

Mit einer Hand strich er ihr sanft eine lange, lockige Strähne aus dem Gesicht. In dem düsteren Raum begegneten sich ihr Blicke und lösten sich nicht mehr voneinander, selbst, als er mit seinem heftigen Rhythmus fortfuhr. Seine Augen waren dunkel wie die Nacht, ihre so klar wie das seegrüne Wasser. Trotz der vollkomenen Intimität, die ihre Körper teilten, war sein Blick beinahe zu persönlich. Joanna schloß verwirrt die Augen und drehte ihr Gesicht von ihm weg, bis es in seiner Hand ruhte. Sie küßte seine Handfläche mit ihren Lippen, den Zähnen und der Zunge, schmeckte die harten Schwielen und die weicheren Vertiefungen.

»Es ist zu spät für Schüchternheit, meine kleine Taube«, murmelte er. Er senkte sich auf seine Ellbogen hinab, so daß sie Bauch auf Bauch und Brust auf Brust übereinanderlagen. Er zwang sie, ihm ihr Gesicht zuzuwenden, und für einen Augenblick verschmolzen ihre Blicke. »Es ist für vieles zu spät.«

Dann fuhren seine Lippen mit einer grausamen Intensität über sie hinweg. Wie ein wilder, heftiger Sturm plünderte er ihren Mund, während er tiefer und heftiger in sie eindrang. Sie hoben und senkten sich gemeinsam. Wie die Flut, die gegen die Küste donnert, trafen sie in einem wunderbaren Kampf aufeinander. Und wie die Flut stiegen auch sie immer höher, bis sie beide in einem Crescendo aus körperlichem Verlangen und emotionaler Qual von demselben Sturm, den sie verursacht hatten, davongetragen wurden.

Er sank erschöpft auf sie hinab und rang nach Luft. Joanna umklammerte ihn, glücklich, sein Gewicht zu spüren, und sie genoß seine erdrückende Nähe.

Es war tatsächlich zu spät. Zu spät, das rückgängig zu machen, was sie getan hatten. Zu spät, um sich wieder in die unschuldige Jungfrau zu verwandeln, die sie einmal gewesen war.

Aber selbst als sie in ihrer Benommenheit über diese Tatsache nachdachte, stand der Gedanke an ihre unmittelbare Rückkehr ins Kloster nicht im Vordergrund. Der geplante Verlust ihrer Jungfräulichkeit war vergessen, denn Rylan hatte schon vor langer Zeit die letzten Überreste von Vernunft aus ihrem Kopf vertrieben. Es war nicht der Verlust ihrer Unschuld, sondern das erworbene Wissen, das zählte. Eben deshalb war es zu spät. Denn wie lange sie auch leben würde, wie gläubig und heilig der Weg auch sein mochte, den sie einschlug, dieser Augenblick der Vollkommenheit zwischen ihnen würde für immer ein Teil von ihr sein.

Für immer.

Ein Sonnenstrahl kroch über Joannas Gesicht. Ihre Augenlider protestierten zwinkernd. Sie wandte ihr Gesicht ab und suchte verschlafen nach der Wärme, in die sie sich während der Nacht geschmiegt hatte. Als sie sie nicht fand, rollte sie sich zusammen und zog die rauhe Decke über ihren Kopf, enttäuscht, ohne recht zu wissen warum, aber auch unwillig, vollkommen wach zu werden, um herauszufinden, warum dies so war.

Das Feuer im Kamin knallte und zischte, aber sonst war es vollkommen ruhig. Kein Wind. Kein Regen. Nicht einmal das Tosen der Wellen, die gegen die Küste schlugen.

Der Sturm ist also vorüber, dachte sie erschöpft. Sie schlug bestürzt die Augen auf, als ihre Erinnerung zurückkehrte. Der Sturm ... Die Insel ... Bilder schossen ihr durch den Kopf, und einen Augenblick später erinnerte sie sich an jedes Detail. Dann wurde ein Stück Holz ins Feuer geworfen, und sie setzte sich erschrocken auf.

»Es war kein Traum«, sagte eine tiefe Stimme.

Als sie den bitteren Unterton vernahm, begann Joannas Herz heftig zu schlagen. Sie mußte ihren ganzen Mut zusammennehmen, um die kratzige Decke fortzuziehen und vorsichtig zu ihm hinüberzuspähen. Sein Blick ruhte auf ihr, und für einen Augenblick sprachen beide kein Wort. Dann wandte er sich ab und schob einen weiteren Holzblock in den Kamin. »Es war kein Traum. Aber es wäre besser einer gewesen.«

Joanna lag stocksteif auf der engen Pritsche, aber in ihrem Inneren tobten die Gefühle. Sie bemerkte, daß er angezogen war. Sie dagegen lag vollkommen nackt unter der Decke. Ganz offensichtlich konnte er sich sehr gut ohne Hilfe ankleiden, dachte sie verärgert. Schlimmer als ihre Wut war das Entsetzen darüber, was sie letzte Nacht getan hatte. Doch am meisten verletzten sie seine schroffen Worte.

Sie kämpfte gegen die aufsteigenden Tränen an, während sie die Worte noch einmal nachklingen ließ. Es wäre besser ein Traum gewesen. Die letzte Nacht war ihr wie ein Wunder erschienen, ein Stück Himmel auf Erden, und doch wünschte er sich, sie hätte nie stattgefunden.

Sie unterdrückte ein Schluchzen, und ihr Zorn kam ihr dabei zu Hilfe. Er sollte sich in der Tat lieber wünschen, daß es ein Traum gewesen sei, denn es wollte ganz so scheinen, als habe ihr Plan besser funktioniert als sie erwartet hatte. Sie war keine Jungfrau mehr. Nun war sein egoistisches Vorhaben ruiniert.

Und dennoch war ihre Wut kein Beweis und half ihr nicht über die quälenden Zweifel hinweg, die sie plagten. Wenn es wirklich nur ihre verzweifelte Notlage gewesen war, die sie dazu gebracht hatte, mit ihm zu schlafen, warum hatte sie dann nicht das Bett verlassen, nachdem der Akt vollzogen war? Und warum hatte sie ein zweites Mal mit ihm geschlafen? Warum hatte sie es zugelassen, daß er ihre Hand geführt hatte und ...

Mit einem erstickten Schrei zog sie sich die Decke wieder über den Kopf. Oh, Gott! Oh, Gott! Nun war sie wirklich verloren, denn ein sündhafter Schauer erfaßte sie bei der bloßen Erinnerung daran, und ihr Herz begann wie verrückt zu schlagen.

Vergib mir. Ich bereue, was ich getan habe. Ich nehme die Schuld auf mich und bitte um ...

Trotz ihrer tiefen Verzweiflung brach sie ihr Gebet ab. So sehr sie es sich auch wünschte, Joanna konnte nicht aus vollem Herzen um Vergebung bitten. Nicht, wenn ihr Körper bei dem Gedanken an die erfahrene Lust immer noch zitterte.

»Heilige Jungfrau, hilf mir«, murmelte sie immer wieder. »Heilige Mutter Gottes, bitte hilf mir.«

Während sie diese Worte flüsterte, vernahm sie Rylans Schritte, die auf dem Boden widerhallten. Dem scharfen Quietschen eines Möbelstückes folgte das unerwartete Knallen der Tür, die gegen den Rahmen schlug. In der Stille, die folgte, brachte es Joanna kaum über sich, die Decke ein weiteres Mal von ihrem Kopf zu ziehen.

Er war fort. Das Feuer brannte hell, ihr Kleid hing immer noch auf der behelfsmäßigen Leine, aber er war fort. Für einen Moment wurde sie von einem höchst unangenehmen Gefühl der Enttäuschung überwältigt, und sie kämpfte entschlossen dagegen an. Sie sollte dankbar sein, daß sie nun die Gelegenheit hatte, ihre Nacktheit zu bedecken.

Es machte überhaupt nichts aus, ob er bedauerte, was zwischen ihnen vorgefallen war. Sie sollte vielmehr froh sein über seine unwirsche Reaktion, denn es bewies nur, was sie ohnehin schon wußte. Ihr Wert als Ehefrau war mit diesem einen Akt verlorengegangen, und sein Plan damit vereitelt.

Mit dieser stolzen Erkenntnis erhob sie sich vom Bett und hielt die Decke vor der Brust ganz fest. Ihre Beine zitterten.

Die Muskeln in ihren Schenkeln — und auch an anderen Stellen — zitterten aufgrund der ungewöhnlichen Anstrengungen, denen sie ausgesetzt gewesen waren, aber sie bemühte sich, dies zu ignorieren. Sie suchte hastig nach ihrem Unterkleid. Als sie es auf dem Bett fand und rasch danach griff, erblickten ihre Augen etwas, das sehr schwer zu ignorieren war. Dort auf dem Laken war der Beweis ihrer Sünde: ein frischer Fleck ihres jungfräulichen Blutes.

Sie wandte ihren Kopf schnell ab. Das macht nichts, sagte sie sich. Das macht überhaupt nichts. Aber als sie sich mit steifen Bewegungen das Unterkleid über den Kopf zog, da war ihr tief in ihrem Herzen klar, daß es sehr wohl etwas ausmachte. Sie hatte ihre Unschuld an diesen Mann verloren. Durch ihn war sie zur Frau geworden und war für immer verändert. Was für Pläne sie beide auch gehabt haben mochten, sie war für immer verändert.

Sie seufzte bekümmert, unfähig einen Triumph vorzutäuschen, den sie nicht fühlte. Eine bleierne Müdigkeit überkam sie, und sie nahm ihr Kleid von der Leine und zog es langsam an. Sie hatte weder Schuhe noch Strümpfe und noch nicht einmal ein *couvrechef,* um ihre wilden Locken zu bändigen.

Einsamer und unsicherer als je zuvor trat sie auf die Tür zu und öffnete sie dem hellen Licht des neuen Morgens.

Draußen war alles naß. Blätter und abgebrochene Äste lagen im Garten vor dem Cottage. Rechts von ihr, in der Nähe eines kleinen Schuppens, war eine hohe Ulme entwurzelt worden und in der Gabelung einer kräftigen Eiche hängengeblieben. Der Sturm hatte schwer auf der Insel gewütet, aber nun, da sie den strahlenden Himmel und die Sonne sah, die durch die hohen Wolken drang, wußte Joanna, daß sie sich erholen würde. Der Wind hatte sich beruhigt, das Meer würde zurückweichen. Bald schon würden keine Anzeichen für das Toben des Sturms mehr vorhanden sein.

Nur sie selbst war für immer durch den Sturm verändert.

Ein heftiger Schauer überfiel sie. Sie wandte sich abrupt um und trat ins Cottage zurück. Aber das Innere des Hauses bot ihr keinen Trost, denn das zerwühlte Bett schien sie mit den Erinnerungen an ihre eigene Verderbtheit quälen zu wollen. Mit einem kleinen, verzweifelten Schrei fuhr sie herum und floh erneut nach draußen. Es gab kein Entrinnen vor ihren Gefühlen, aber sie lief dennoch immer weiter.

Erst das Meer hielt sie auf. Sie war zwischen dichten Birken durch das nasse Gras zum Strand gelaufen. Nun stand sie am Ufer, während sanfte Wellen ihre Knöchel umspielten und starrte nach Osten zur aufgehenden Sonne hinüber.

Sie schob ihr Haar hinter die Schultern zurück und hob ihr Gesicht der frischen Morgenbrise entgegen. Irgendwo hinter dieser sich scheinbar endlos erstreckenden Deutschen See lebten die Dänen und die Wikinger — jene Eroberer aus dem Norden, von denen sie schon so viele schaurige Geschichten gehört hatte —, aber diese blutrünstigen Plünderer flößten ihr nicht halb so viel Angst ein wie der Mann, dem sie nun bald wieder gegenübertreten mußte.

Der Wind preßte ihren Rock gegen ihre Beine und blies ihr Haar sachte ins Gesicht zurück. Joanna seufzte resigniert und wandte sich vom Meer ab. Sie blieb wie angewurzelt stehen. Nur ein paar Schritte entfernt, direkt hinter dem schmalen Strand, stand Rylan und beobachtete sie still, die Hände zwischen Gürtel und Hose versenkt.

Für einen langen, schier unerträglichen Moment begegneten sich ihre Blicke und ließen nicht mehr voneinander ab. Erst als Joanna sich abwandte, begann er zu sprechen.

»Die Flut geht zurück. Wir werden in Kürze zum Festland zurückkehren.«

Als er keine Anstalten machte, weiterzureden, hob Joanna erneut ihre Augen. »Und was dann? Werdet Ihr mich dann nach St. Theresa zurückbringen, nun, da Euer Plan gescheitert ist?«

Jetzt war es an ihm, ihrem Blick auszuweichen. »Wir werden nach Blaecston reiten, wie es meine Absicht war. Nichts hat sich geändert.«

»Nichts hat sich geändert?« Joanna schaute ihn ungläubig an. »Wie könnt Ihr so etwas nur sagen?«

Sie begann plötzlich wütend loszulaufen, um in der Nähe der Sandbank auf das Zurückgehen der Flut zu warten. Aber er trat ihr in den Weg und hielt sie mit einer Hand fest.

»Es hat sich viel geändert, Joanna, das gebe ich zu. Aber wir werden trotzdem zu meiner Burg reiten.«

»Aus welchem Grund?« rief sie und versuchte erfolglos, sich aus seiner Umklammerung zu lösen.

»Damit ich entscheiden kann, was ich am besten mit

Euch anfange!« schnappte er zornig zurück. Er packte auch ihren anderen Arm und schüttelte sie einmal kräftig. »Stellt heute nur nicht meine Geduld auf die Probe. Hört auf zu bohren und verschont mich mit Euren endlosen Diskussionen. Wir werden nach Blaecston reiten, und nun möchte ich kein weiteres Wort mehr hören.«

Er ließ sie los und stolzierte aufgebracht davon. Joanna war zu durcheinander, um zu antworten oder um überhaupt zu reagieren. Sie wußte nicht, was sie von all dem halten sollte. Sie schlang die Arme um ihre Schultern und berührte die Stellen, wo seine Hände sie heftig umfaßt hatten. Obwohl sie sich danach sehnte, ihn wegen seiner erneuten Mißachtung ihrer Wünsche hassen zu können, fühlte sie sich in diesem Moment lediglich furchtbar einsam.

12

Die Sonne brannte auf Joannas ungeschützten Kopf. An dieser Stelle der Insel war es windstill, und Joannas Haut wurde schon bald feucht von der Sommerhitze. Aber sie blieb, wo sie war. Sie rührte sich nicht von dem Stein fort, auf dem sie hockte, unwillig, Erleichterung im Schatten zu suchen. Statt dessen starrte sie weiter zum Festland hinüber.

Sie hätte die Strecke leicht schwimmen können, das wußte sie, denn das Meer war ausgesprochen ruhig. Aber das wäre sinnlos gewesen, denn ihr Entführer mit dem schwarzen Herzen hielt ein wachsames Auge auf sie.

Er hatte sein Pferd für den Ritt gesattelt, und obwohl das Tier angesichts des sanft an den Strand schlagenden Wassers unruhig wurde, war Joanna sicher, daß sein Herr es, falls nötig, zwingen würde, die Strecke hinter sich zu bringen. Rylan Kempe war sehr geschickt, wenn es darum ging, anderen seinen Willen aufzuzwingen.

Aus den Augenwinkeln bemerkte sie eine Bewegung. Er trat auf sie zu. Sein Pferd hatte er an einem umgestürzten Baum festgebunden. Sie wandte ihren Blick entschlossen dem Meer zu.

»Wir werden in Kürze aufbrechen«, begann er in sachlichem Ton. Als sie keine Antwort gab, bewegte er sich unruhig hin und her, und seine Füße verursachten ein kratzendes Geräusch im Sand. »Ihr könnt wieder vor mir auf dem Pferd sitzen.«

»Ich würde lieber laufen«, stieß sie zwischen zusammengebissenen Zähnen hervor.

»Das kann ich mir denken, aber Blaecston liegt zehn

Wegstunden entfernt, und ich will, daß wir so schnell wie möglich ...«

»Und ich würde es vorziehen, langsam zu reiten«, unterbrach sie ihn und wandte ihm ein höfliches, aber eisiges Gesicht zu. »Natürlich erwarte ich nicht, daß Ihr meine Wünsche auch nur annähernd in Erwägung zieht. Das habt Ihr ja bisher auch nicht getan.«

Sein Gesicht trug einen steinernen Ausdruck. »Eure Wünsche vielleicht nicht, aber ich hatte immer Euer Wohlbefinden vor Augen.«

»Was Ihr nicht sagt. Und wie kommt das, was geschehen ist, meinem Wohlbefinden zugute? Man hat mich auf brutale Weise dem Leben entrissen, das ich gewählt habe und nun soll ich in eine mir verhaßte Verbindung mit einem Mann gestoßen werden, den ich nicht kenne — und aus dem ich mir nichts mache ...« Ihre Stimme begann plötzlich zu zittern. »Mein Leben ist zerstört«, setzte sie flüsternd hinzu.

Joanna starrte erneut übers Meer und bemühte sich, die Tränen zurückzuhalten, die ihr in die Augen stiegen. Sie hörte, wie Rylan sich neben ihr abermals unruhig bewegte.

»Noch ist nicht alles verloren«, erwiderte er schließlich barsch. »Wenn Ihr doch nur ...«

Joanna erhob sich, außerstande, noch weitere von seinen egoistischen Argumenten zu ertragen. »Es *ist* alles verloren, aber Ihr habt Euch so sehr in Eure Idee verrannt, daß Ihr es nicht einsehen wollt. Ich bin nicht mehr die Jungfrau, die Euer Bräutigam ersehnt.« Sie hob ihr Kinn und atmete tief durch, immer noch unfähig, ihm in die Augen zu blicken. »Die Sandbank ist beinahe frei. Sollten wir uns nicht besser auf den Weg machen und Euer Spiel zu Ende bringen?«

Die nun folgende Stille brachte beinahe all ihre Vorsätze, sich ihm gegenüber reserviert und mutig zu verhalten, zum Wanken. Sie zitterte so sehr, daß sie Angst hatte, zusammenzubrechen. Rylan stieß einen leisen Fluch aus.

»Zum Teufel, ich wünschte, ich ...« Den Rest konnte sie nicht mehr verstehen, denn er eilte wütend zu seinem Pferd.

Als er mit dem Tier zu ihr zurückkam, ging sie auf das Meer zu und hob ihren Rock.

»Ihr werdet mit mir reiten«, befahl er mit einer Stimme, die keinen Widerspruch duldete. Als sie dennoch ins seichte Wasser trat, um sich auf den Weg zur Sandbank zu machen, verlor er die Geduld.

»Zum Teufel nochmal, ich bin wirklich verflucht!« Bevor sie ihm ausweichen konnte, war er an ihrer Seite und hob sie mit einer einzigen Bewegung auf das Pferd.

Joanna erkannte, daß jede Gegenwehr nutzlos war, aber sie konnte sich einfach nicht dazu durchringen, die Sache für ihn zu vereinfachen. Mit einem wütenden Schrei wand sie sich in seinen Armen hin und her, trat und schlug um sich, bis sein Pferd vor Angst aufstieg, und sie nach hinten über seinen Arm fiel.

»Nun haltet schon still!« herrschte er sie an und umklammerte sie fest mit einem Arm, während er sich mit dem anderen bemühte, sein scheuendes Pferd zu beruhigen. Bevor sie ihre Balance wiedererlangen konnte, hatte er dem nervösen Tier schon in die Flanken getreten, und sie galoppierten über den wasserüberspülten Sand zur entfernten Küste hinüber.

Joanna war sicher, daß sie fallen und von der dahineilenden Kreatur niedergetrampelt werden würde. Das Tier stürmte durch das kniehohe Wasser, während sie sich verzweifelt an Rylans Arm festklammerte. Als er sie heftig an sich zog, protestierte sie nicht, und als seine beiden Arme sie schließlich umfingen, lehnte sie sich gegen seine schützende, breite Brust zurück. Eine seiner Hände faßte um ihre Taille und zog ihr Hinterteil zwischen seine Beine. Sie fühlte seinen rauhen Atem an ihrem Ohr.

»Mit Sanftheit kommt man bei Euch nicht weit, nicht wahr, meine kleine Taube?« murmelte er und wandte seine Aufmereksamkeit nun, da er sein Pferd bezwungen hatte, wieder ihr zu. »Ohne Zwang ist bei Euch nichts auszurichten. Ohne Zwang fügt Ihr Euch nicht.« Seine Lippen fanden ihr Ohr und er biß beinahe schmerzhaft in die Spitze ihres Ohrläppchens. »Erst wenn man Euch einen Kuß aufgezwungen hat, laßt Ihr Euch erweichen.«

Joannas Magen zog sich zusammen, und ihr Herz begann wild zu schlagen, als sie seine spöttischen Worte vernahm. In Wahrheit hatte er sie gar nicht erst zwingen müssen. Selbst jetzt reagierte ihr Körper schon wieder auf seine geschickten Liebkosungen. Sie beugte sich nach vorne, um dem verführerischen Spiel seines Mundes zu entkommen, aber auch er beugte sich vor, und das Pferd erwiderte die Bewegung, indem es das Tempo erhöhte. Sie klammerte sich so an die Mähne des Pferdes, wie Rylan sie umklammert hielt. Unter sich fühlte sie die mächtige Stärke des Tieres, aber überall sonst spürte sie Rylans heißen, festen Körper. Am Rücken. Entlang der Beine. Gegen ihr Hinterteil gepreßt. Wie wahr seine Worte doch waren. Er schob, und sie widersetzte sich. Er preßte weiter, und sie bekämpfte ihn. Aber sobald er nur ein wenig den Druck verstärkte, gab sie auf und fand in dieser Aufgabe eine Art himmlischer Herrlichkeit.

Aber das war es nicht. Niemals. Was sie in seinen Armen gespürt hatte, war Sünde. Sie hatte Gefallen daran gefunden, das konnte sie nicht verleugnen, aber es war dennoch eine Sünde, solange es außerhalb des ehelichen Schwurs geschah. Da sie nicht vorhatte, eine Ehe einzugehen — und er ganz offenbar nicht die Absicht hatte, *sie* zu heiraten — war es noch eine größere Sünde.

Ihre Motive waren zumindest rein gewesen, erinnerte

sie sich. Und doch schien der Mann, der sie eng in seinen Armen gehalten hatte, seltsam unberührt von ihrem klugen Plan zu sein. Sie war so sicher gewesen, daß der Verlust ihrer Unschuld seinen egoistischen Absichten ein Ende gesetzt hätte. Aber er schien entschlossender denn je zu sein, sie durchzusetzen. War er denn vollkommen verrückt?

Als sie die Küste des Festlandes erreicht hatten, setzte Rylan sich im Sattel auf und brachte sein mächtiges Streitroß zum Stehen. Aber er hielt weiterhin seinen Arm besitzergreifend um sie gelegt und zog sie an sich.

»Werdet Ihr von nun an mehr gehorchen?« erkundigte er sich mit tiefer Stimme, die einen Hauch von Arroganz trug.

Obwohl Joanna angesichts der seidigen Resonanz nah an ihrem Ohr zusammenzuckte, zwang sie sich, ruhig zu bleiben. »Rechnet nicht zu sehr damit«, erwiderte sie mit verächtlichem Tonfall. »Ich werde höflich sein, wenn Ihr es verlangt. Ich werde Euch sogar die Mahlzeiten zubereiten und die Strümpfe stopfen — schließlich bin ich ja ein wahres Muster an weiblicher Tugend.« Dann warf sie ihm einen vernichtenden Blick zu. »Aber diesem verrückten Plan gehorchen? Ha! Falls ich gezwungen sein sollte, meinen ... meinen unreinen Zustand in die Welt hinauszuposaunen, werde ich dies tun —«

»Seid keine Närrin! Das wird Euch nichts einbringen!« Seine dunklen Augen bohrten sich in die ihren.

Unter seinem forschenden Blick verdunkelten sich Joannas Augen ebenfalls, und einen Moment geriet ihre Entschlossenheit ins Wanken. Obwohl seine Augen nun vor Wut funkelten, glich der Ausdruck der Leidenschaft, die sie in ihnen gesehen hatte.

Sein Gesicht näherte sich dem ihren, und zwei Herzschläge lang setzte ihr Verstand aus, der ihr gesagt hätte, daß sie unter allen Umständen seinen herannahenden

Mund vermeiden mußte. Aber bevor sich ihre Lippen treffen konnten, stöhnte er und wich zurück. Ehe sie es verhindern konnte, entwich ihr ein kleines, enttäuschtes Seufzen.

So leise es auch gewesen war, so wußte Joanna sofort, daß seine Ohren es dennoch vernommen hatten. Sein Blick wanderte von ihren Augen zu ihren Lippen und wieder zurück. Sie unterdrückte ein erneutes bestürztes Stöhnen und wandte schnell ihre Augen ab. Trotz all ihrer Vorsätze war sie wieder gefährlich nahe daran gewesen, ihn zu küssen, und sie wußte nur zu gut, wohin dies führen konnte.

Sie hörte, wie Rylan leise fluchte. Dann trieb er das Pferd an, und sie begannen, in südliche Richtung den Strand entlang zu reiten.

»Das ist der falsche Weg«, rief Joanna verzweifelt. Sie war sich bewußt, daß es nicht in seiner Absicht lag, sie nach St. Theresa zurückzubringen, aber diese Route schien plötzlich etwas so Endgültiges zu haben. »Der falsche Weg«, wiederholte sie mit versagender Stimme.

Rylan antwortete nicht. Er saß hinter ihr, hart und steif, und wich keinen Zentimeter von seinem Platz, während das Pferd mehr und mehr Abstand zwischen Joanna und den einzigen Ort brachte, an dem sie sich jemals geborgen gefühlt hatte.

Sie ritten ohne Pause dahin, weit über die Mittagszeit hinaus. Die Sonne brannte unerbittlich auf sie hinab und die Landschaft schien zu dampfen, als die durchnäßte Erde langsam trocknete. Sie folgten der Küste, bis sie in der Entfernung Rauch aus Schornsteinen entdeckten, der ihnen bedeutete, daß ein Dorf vor ihnen lag. Rylan führte das Pferd eine seichte Flußmündung hinauf, dann durch nasses Grasland, und schließlich auf einen kaum erkennbaren Pfad, der entlang des kleinen Flusses verlief.

Im Schatten der hohen Buchen, die entlang des Flusses

standen, war es kühler, und Joanna verspürte eine unbestreitbare Erleichterung. Die heiße Sommersonne und die unangenehme Hitze, die von Rylans Körper ausging, hatten dazu geführt, daß sie in Schweiß gebadet war. Und doch konnte sie sich an der Kühle des Waldes nur wenig erfreuen. Denn jeder Schritt des Pferdes, jede Änderung der Landschaft, brachte sie weiter weg von St. Theresa. Mit jeder Minute, die verstrich, zog Rylan sie unbarmherzig einer Zukunft entgegen, die sie nicht akzeptieren wollte.

»Ich bin müde. Und durstig«, stieß sie hervor, als das Pferd an einer seichten, engen Stelle den Fluß überquerte, um einen breiteren Pfad am anderen Ufer zu erreichen.

»Wir werden bald rasten«, erwiderte er und trieb das Tier weiter vorwärts.

»Es gibt keinen Grund, warum wir nicht hier anhalten«, beharrte sie. Aber als sie versuchte, sich aus seinen Armen zu winden, verstärkte er seinen Griff.

»Provoziert mich nicht, Joanna«, knurrte er in ihr Ohr. »Wir werden rasten, sobald das Dorf weit genug hinter uns liegt. Bis dahin gebe ich Euch den guten Rat, Euch ruhig zu verhalten. Und hört endlich auf, Euch so hin und her zu winden!« fügte er mit einer seltsam angespannten Stimme hinzu.

Joanna allerdings schenkte seinem Tonfall keine große Beachtung. Sie fühlte sich selbst viel zu unbehaglich, um sich mit seinem Befinden zu beschäftigen. »Ich bin dabei, zu verdursten, und mein ganzer Körper ist taub vom vielen Sitzen.« Sie wand sich erneut hin und her.

»Zum Teufel nochmal!« explodierte er. Aber ehe sie sich versah, hatte er das Pferd angehalten und sich zu Boden gleiten lassen. Joanna blickte ihn erstaunt an, ohne zu begreifen, was diesen plötzlichen Sinneswandel bewirkt hatte. Dann wurde ihr schlagartig klar, daß sie ohne ihn auf dem Pferd saß. Die Gelegenheit zur Flucht stand ihr offen. Ihre Hand stahl sich schnell zu den erschlafften Zügeln, aber Rylan war nicht so abgelenkt, daß er ihre Bewegung übersehen hätte. Mit einem schnellen Ruck an ihrem Fuß brachte er sie aus dem Gleichgewicht. Als sie aus dem Sattel rutschte, fing er sie auf.

»Also wirklich, meine friedliche, kleine Taube! Ihr hattet doch wohl nicht vor, Euch mit meinem Lieblingsgaul davonzumachen, oder?« Er grinste sie an und warf sie ein wenig in die Höhe, so daß sie sich atemlos an seinen Hals klammerte. »Aber nein, so etwas würdet Ihr natürlich nie tun, nicht wahr?«

»Zur Hölle mit Euch und ...« Joanna verstummte und versuchte, sich aus seinem Griff freizumachen. Aber Rylan preßte sie nur noch enger an sich, bis sie kaum noch atmen konnte. Sein Gesicht allerdings war bar jeden Lächelns, und sein Blick, mit dem er sie anstarrte, brannte heiß.

»Ich rate Euch ein letztes Mal, hört auf, Euch so zu wehren! Es sei denn, Ihr wollt mich dazu bringen ...«

Nun war es an ihm, zu verstummen, aber Joanna verstand sofort, was er meinte. Ihre Augen weiteten sich bestürzt, als ihr klar wurde, wozu sie ihn bringen würde.

Seine Lippen verzogen sich zum Ansatz eines Lächelns. »Wie ich sehe, habt Ihr verstanden. Gut. So, dann seht zu, daß Ihr Euren Durst stillt«, sagte er und ließ sie auf den Boden hinab. Aber er lockerte seinen Griff zunächst noch nicht und blickte sie stirnrunzelnd an, während ein Muskel in seiner Wange zuckte. »Ich warne Euch, Joanna, nicht noch einmal zu versuchen, mir zu entkommen. Ich bin nur ein Mann und als solcher mit allen Schwächen unseres Geschlechts behaftet.« Dann ließ er ihre Arme mit einem bedeutungsvollen Blick los, drehte sich auf dem Absatz um und stakste davon.

Joanna hockte sich bestürzt ans Ufer des in der Sonne

blitzenden kleinen Flusses, um sich das erfrischende Wasser auf Arme und Hals zu spritzen. Es waren nicht Rylans Worte, die sie verwirrt hatten, denn sie wußte nur allzu gut, was er damit sagen wollte, sondern ihre eigene, widernatürliche Reaktion. Er drohte ihr mit seiner männlichen Dominanz, und statt Angst zu verspüren, fühlte sie etwas ganz anderes. Ihr Herz klopfte, ihr Mund war trocken, und die feinen Härchen in ihrem Nacken stellten sich auf. Und doch war es weder Furcht noch Wut, die diese Reaktion hervorgerufen hatten. Es war die Hoffnung auf das Kommende gewesen, die sie erschauern ließ, und ein unbezähmbares Verlangen, das vollkommen unschicklich war.

Joanna schöpfte eine Handvoll Wasser, um ihr Gesicht zu kühlen, obwohl die Hitze, die ihr am meisten zu schaffen machte, nicht von dort kam.

Sie stieß einen kleinen, erstickten Schrei aus. Als Rylan sich umwandte und ihr einen hastigen Blick zuwarf, spritzte sie sich schnell eine weitere Handvoll Wasser ins Gesicht, ohne sich darum zu kümmern, daß ihr langes, herabhängendes Haar und das Mieder ihres Kleides ebenfalls naß wurden. Sie trank gierig von dem erfrischenden Wasser. Alles, nur um zu vermeiden, dem Mann in die Augen sehen zu müssen, der sich nun ebenfalls ans Wasser begab, um seinen Durst zu stillen.

Als er sich aufrichtete, ohne seinen Blick von ihr zu nehmen, wandte sie ihr Gesicht ab und ließ ihr Haar wie einen Vorhang zwischen sie fallen.

»Wir müssen uns wieder auf den Weg machen. Kommt, ich werde Euch beim Aufsteigen helfen.«

Joanna hätte alles darum gegeben, nicht wieder gemeinsam mit ihm auf dem Tier reiten zu müssen, und sie blickte verzweifelt zu dem dichten Wald hinüber. Obwohl sie wußte, daß eine Flucht unmöglich war, begann sie erneut zu sticheln.

»Ich weiß nicht, was Ihr Euch davon versprecht, mich weiterhin festzuhalten.« Sie blieb einen Moment vor ihm stehen und blickte ihn anklagend an. »Mein Wert als Braut ist verloren.« Ihr Gesicht hatte sich gerötet, als sie fortfuhr. »Es bleibt Euch nichts anderes übrig, als mich freizulassen.«

Er starrte sie ausdruckslos an. »Euer Wert als Braut ist nicht so vollkommen verloren, wie Ihr vielleicht glaubt. Und was Eure Freilassung betrifft ...« Er lächelte kurz und schaute dann auf den Zweig hinab, den er in seiner Hand hielt. »Ich fürchte, daß ich das nicht tun kann, Mylady. Die Ehre verlangt ...«

»Oh! Sprecht nicht von Ehre, wenn Ihr mir schon längst bewiesen habt, daß Ihr überhaupt kein Ehrgefühl besitzt!« Sie warf ihm einen vernichtenden Blick zu, streckte sich und hob ihr Kinn. »Wir sollten uns auf den Weg machen, Lord Schwarherz!«

Sie marschierte an ihm vorbei auf das Pferd zu, ohne auf dessen erschrockenen Seitwärtsschritt und die angelegten Ohren zu achten. »Also los«, sagte sie ungeduldig und ließ ihren Entführer nicht aus den Augen.

»Vorsicht ...« Mit einem Satz war er bei ihr und hatte sie aus der Reichweite der gebleckten Zähne des Tieres gezogen.

»Laßt mich los, schrecklicher Mann!«

»Wenn ich Euch jedes Mal loslassen würde, sobald Ihr es verlangt, dann hättet Ihr Euch inzwischen verlaufen, wärt ertrunken oder zu Tode getrampelt worden«, brummte er, ohne sie freizugeben. »Ganz offensichtlich braucht Ihr jemanden, der auf Euch aufpaßt!«

»Aber ganz bestimmt nicht Euch!« schrie sie wütend. »Bevor Ihr Euch in mein Leben gedrängt habt, mußte ich mir keine Sorgen um mein Wohlergehen machen!«

»Aber natürlich nicht, denn Ihr wart solch eine lammfromme, sanfte, kleine Taube, daß Ihr von keinem etwas zu befürchten hattet, nicht wahr!? Doch Ihr habt bewiesen, daß Ihr eher ein Falke denn eine Taube seid.« Er riß sie an sich. »Eher eine Sünderin denn eine Heilige.«

»Oh!« Joanna keuchte empört auf und stemmte sich erzürnt gegen seine Brust. »Ihr seid es, der voller Sünde ist und ... und versucht ...«

Sie unterbrach ihre stotternde Gegenwehr, als plötzlich das Donnern von Pferdehufen zu vernehmen war. Sie hatte kaum Gelegenheit zum Nachdenken, als Rylan auch schon sein Schwert zog und sie zu dem immer noch nervösen Pferd hinüberschob. Aber es blieb ihnen keine Zeit zum Aufsteigen. Selbst wenn sie es geschafft hätten, wären sie nicht weit gekommen, denn eine Gruppe von uniformierten Reitern überfiel die kleine Lichtung und hatte sie in Sekundenschnelle umzingelt.

»Halt!« rief ein Mann mit einem gehässigen Grinsen. »Meine Augen erkennen schwarz, weiß und rot, die Farben von Blaecston. Gebt Euch zu erkennen und nennt Euren Namen!«

Joannas Herz begann vor Angst zu hämmern. Diese Männer hatten ganz offenbar alle Trümpfe in der Hand, und obwohl sie Rylans Farben kannten, schienen sie wenig beeindruckt davon zu sein. Aber auch Rylan schien durch die beunruhigende Situation nicht besonders beeindruckt. Joanna fühlte zwar die Anspannung in seinem Arm, aber seine Stimme klang kühl und fest.

»Ich erkenne die Farben von John Lackland. Solltet auch Ihr mir nicht Euren Namen mitteilen?«

Die anderen Reiter warfen ihrem Anführer Blicke zu, während sie seine Antwort auf eine solch furchtlose Entgegnung erwarteten. Aber obwohl sich die Augen des Mannes verengten, hielt er seine Wut gut unter Kontrolle.

»Bei meiner Seele, wenn das nicht Lord Blaecston höchstpersönlich ist. Und wie immer läßt er unvorsichtigerweise seiner schnellen Zunge freien Lauf.« Er lehnte sich in seinem Sattel zurück und grinste. »Was tut Ihr so weit von daheim entfernt, ohne Bewachung und nur in Begleitung dieser Dirne?« Dann zwinkerte er seinen Leuten unanständig zu. »Wie's scheint, will er mit seinen eigenen Männern nicht teilen. Aber mit uns wird es es tun, darauf gebe ich Euch Brief und Siegel.«

Er machte Anstalten, abzusteigen, aber Rylan richtete langsam sein drohend erhobenes Schwert auf ihn.

»Wenn Ihr sie anrührt, verliert Ihr die Hand, mit der Ihr es versucht habt.«

Eine beklemmende Stille trat ein. Joanna war entsetzt, als ihr die Absicht des Mannes klar wurde. Sie klammerte sich an Rylans Arm, als sei er ihre einige Rettung, obwohl sie die Hoffnungslosigkeit der Situation erkannte. Aber Rylan gab sich offenbar noch nicht geschlagen.

»Ihr werdet mich erst töten müssen, bevor Ihr an sie herankommt, und auch wenn Ihr im Augenblick glauben mögt, daß niemand davon erfährt, kann ich Euch versichern, daß die Tat sehr bald ans Licht kommen wird. Euer König wird es Euch kaum danken, wenn ihn der Zorn seiner Freiherren trifft, weil einer der ihren ermordet wurde. Er wird sich genötigt sehen, eine harte Strafe auszusprechen, um ihren Zorn zu besänftigen.« Er warf den ruhig gewordenen Soldaten ein kurzes, eisiges Lächeln zu. »Ich schlage vor, daß jeder Mann noch einmal darüber nachdenkt, ob er bereit ist, Schuld auf sich zu nehmen, indem er seine Waffe gegen einen Lord des Königreiches erhebt.«

Die unruhigen Bewegungen einiger Männer waren eine stumme Bestätigung, daß seine Worte ihre Wirkung nicht verfehlt hatten, und Joanna sah einen kleinen Hoffnungsschimmer. Aber der Anführer der Gruppe war nicht bereit, ohne weiteres nachzugeben.

»König John mag es nicht gefallen, wenn einer seiner Lords getötet wird — auch wenn der Mann stets Reden wie ein Verräter schwingt — aber gegen ein bißchen Spaß mit einer solch hübschen Frau wird auch er nichts einzuwenden haben.«

»Versucht es nur, und ich schwöre, es wird das Letzte sein, das Ihr in Eurem Leben tut«, erwiderte Rylan ohne zu zögern.

»Verdammt, sie ist doch nicht einmal eine Edelfrau«, fauchte der Mann. Dann wanderte sein Blick forschend zu Joanna hinüber und studierte ihr einfaches Klostergewand. Seine Augen verengten sich. »Wer bist du, Mädchen? Nenn mir deinen Namen.«

»Ich heiße Joanna. Lady Joanna Preston.«

Der Mann brach in schallendes Gelächter aus. »Lady Joanna von Oxwich? Bei Gott, welch unverhofftes Vergnügen!« Er stieg sofort von seinem Pferd ab und verbeugte sich schwungvoll. Als sie ihn überrascht anblickte, richtete er sich auf. »König John übersendet Euch seine Grüße und bittet Euch, dem Hof einen Besuch abzustatten. Wir befinden uns auf dem Weg nach St. Theresa, um Euch abzuholen.«

Joannas Puls überschlug sich zwar immer noch vor Angst, aber sie kam zu dem Schluß, daß sie es nun nicht mehr wagen würden, ihr etwas anzutun. Der König selbst verlangte sie zu sehen.

Aber auch dieses Wissen war ihr kein besonderer Trost. Sie blickte von Rylans angespanntem Gesicht zu dem anderen Mann hinüber. Welch eine Wahl! Sie mußte entweder mit Rylan oder den Männern des Königs gehen, und beide Seiten hatten die gleiche unwillkommene Zukunft für sie geplant. Aber hatten sie das wirklich? Rylan beabsichtigte, sie mit einem Fremden zu verheiraten. Ihr wurde bewußt, daß dies beim König nicht unbedingt der Fall sein mußte. Sie hatte lediglich Rylans Wort, daß König John die gleichen Pläne mit ihr habe. Vielleicht hatte er sie mit dieser Aussage auch nur verängstigen wollen. Außerdem würde der König sicherlich der Vernunft gehorchen, wenn sie ihm mitteilte, daß sie keine Jungfrau mehr war.

Bei dem Gedanken daran schluckte sie einmal schwer und holte tief Luft. »Ihr werdet mich also zum König begleiten?« erkundigte sie sich.

»Tut es nicht«, knurrte Rylan. Sein Griff schloß sich schmerzhaft um ihren Arm.

Als der Mann des Königs sah, wie die Dinge standen, nutzte er seinen Vorteil. »Übergebt sie uns, Blaecston. Der König würde mich wahrhaftig nicht verurteilen, wenn ich Euch wegen dieser Dame töten müßte.«

Wie aufs Stichwort zogen seine Leute ihre Waffen. Auf der stillen Lichtung verursachten sie damit ein ausgesprochen unheilvolles Geräusch. »Und auch wenn Ihr sie freiwillig herausgeben solltet, gibt es niemanden, der das bezeugen würde — also kann ich mit Euch anfangen, was ich will.«

In der eisigen Stille, die dieser Drohung folgte, hörte sich Joannas Stimme dünn und sehr jung an.

»Ich würde es tun.«

Sie zitterte vor Angst, diesmal jedoch nicht wegen ihres eigenen Schicksals. Sie hatte keinen Grund, Rylan zu Hilfe zu kommen. Eigentlich hatte er verdient, was auch immer der finster dreinblickende Mann des Königs mit ihm vorhatte, aber sie wollte nicht, daß es ihretwegen zu Blutvergießen kam. Ob es sich nun um Rylans Blut oder das eines anderen Menschen handelte. Sie fühlte Rylans Augen auf sich ruhen, aber sie hielt ihren Blick starr auf den Anführer der Uniformierten gerichtet.

»Nun, Mylady, Ihr solltet Euch nicht ...«

»Es ist mein Ernst, Sir ... Sir ...« Sie warf ihm einen bedeutungsvollen Blick zu, und er schaute beiseite.

»Sir Peyton«, murmelte er.

»Sir Peyton. Nun, ich werde Euch also zum Hof begleiten. Ich darf Euch allerdings versichern, daß es mir zu Ohren kommen wird, falls Sir Rylan irgendetwas zustoßen sollte, und ich würde dafür Sorge tragen, daß die anderen Freiherren erfahren, wer dafür verantwortlich ist.« Sie spürte, daß sie diesen Kampf gewonnen hatte und bemühte sich erneut, Rylans festem Griff zu entkommen.

Anfangs wollte er sie nicht loslassen. Sie schaute zu ihm auf, bemüht, einen verächtlichen, triumphierenden Blick aufzusetzen, stolz mit ihrem Sieg zu protzen und sich über seinen fehlgeschlagenen Plan zu amüsieren. Aber als sich ihre Augen trafen, waren all diese Gefühle mit einem Schlag verschwunden. Für einen scheinbar endlosen Moment empfand sie lediglich Bedauern. Seine Augen waren dunkel. Ob dies vor Zorn oder Enttäuschung war, konnte sie nicht sagen, denn plötzlich füllten sich ihre eigenen Augen lächerlicherweise mit Tränen.

Sie fühlte, wie seine Finger nachgaben, und sie machte sich aus seinem Griff frei. Dann wandte sie sich zum Anführer der königlichen Schar um, aber vor ihrem geistigen Auge sah sie immer noch Rylan, der so groß und mächtig dastand, das Schwert zum Kampf erhoben, mit wild entschlossenem Gesicht.

Sie wurde schnell auf ein Pferd gesetzt, dessen Zügel mit dem Pferd eines anderen Reiters verbunden waren, und schon machten sie sich auf den Weg und ließen Rylan schnell hinter sich zurück. Obwohl Joanna endlich von ihm fortkam, konnte sie sich nicht von dem Bild des Mannes befreien, der gleichermaßen ihr skrupelloser Entführer und auch ihr meisterlicher Liebhaber gewesen war. Sie preßte ihre Lippen fest zusammen und klammerte sich an dem harten Sattel fest. Er war ohne Vorwarnung in ihr Leben eingedrungen und auf ebenso abrupte Weise wieder daraus verschwunden. Und sie wußte, daß sie niemals in der Lage sein würde, die Erinnerung an ihn aus ihrem Gedächtnis zu löschen.

13

Pferd und Reiter waren in Schweiß gebadet, als sie die Kuppe des Hügels erreicht hatten, der einen ersten Blick auf Blaecston Castle erlaubte. Aber obwohl er sein Ziel so nahe vor Augen hatte, verringerte Rylan sein Tempo nicht. Die Nähe seines Heims spornte ihn eher zu noch größerer Eile an.

Während des ganzen vierstündigen Rittes war er abwechselnd von Wut und Enttäuschung heimgesucht worden. Er war so nahe daran gewesen, Yorkshires Front gegen den König zu verstärken! Dies hätte, zusammen mit seiner eigenen Heirat mit Sir Egbert Crosleys Tochter, diesem Narren von einem König in der Tat einen schweren Schlag versetzt. Aber nun war Lady Joanna dem König selbst in die Hände gefallen. Und er hatte das Mädchen auch noch kompromittiert. Sein Ehrgefühl verlangte, daß er die Dinge wieder in Ordnung bringen und sie heiraten mußte. Aber das würde seine eigenen Hochzeitspläne ruinieren — und damit auch seine politischen Pläne.

Der König würde seiner Ehe mit Joanna nicht etwa zustimmen — nicht, wenn Oxwich der Preis dafür war. Aber zumindest hatte König John keine Ahnung von seiner Übereinkunft mit Sir Egbert. Aber auch dies vermochte Rylan keine Beruhigung zu sein. Joanna befand sich in den Händen dieses Mannes, weil *er* so unvorsichtig gewesen war.

Er donnerte über den schlammbedeckten Weg hinweg, ohne die Schafhirten wahrzunehmen, die ihren Lord winkend begrüßten, um sich dann angesichts seines haarsträubenden Tempos am Kopf zu kratzen. Rylan hatte nur einen Gedanken im Kopf: einen Trupp seiner besten Männer um sich zu versammeln und sich dann unverzüglich an den königlichen Hof zu begeben, der inzwischen nach Ely gezogen war. In Blaecston konnte er nichts ausrichten. Vielleicht erreichte er ebenso nichts, wenn er sich an Johns korrupten Hof begab, aber er mußte es dennoch versuchen. Joanna wäre nichts weiter als ein Pfand in den dreckigen Klauen des Königs, und obwohl sie auch nur wenig mehr in *seiner* Obhut gewesen war, so tröstete er sich dennoch mit dem Gedanken, daß er immerhin die Absicht gehabt hatte, für ihr Glück zu sorgen.

Aber diese eigennützige Logik behagte ihm nun auch nicht mehr so sehr wie damals, als er seinen Plan ersonnen hatte. Während er den steinigen Weg entlangritt, der zu seiner Festung hinaufführte, wurde er sich mit einigem Unbehagen bewußt, daß sie sich von Anfang an widersetzt hatte. Sie hatte weder heiraten noch in das Heim ihrer Kindheit zurückkehren wollen. Und doch hatte er ihr beides aufzwingen wollen.

Genau, wie er selbst sich ihr aufgezwungen hatte.

»Zum Teufel nochmal!« murmelte er. Dann polterte er über die schmale Hängebrücke und brachte sein Streitroß mit klappernden Hufen in dem gepflasterten Vorhof zum Stehen. Im nächsten Augenblick war er auch schon von dem schnaubenden Tier gesprungen. Er warf die Zügel einem Stalljungen zu, der ihn mit großen Augen anstarrte.

»Hol mir den Hauptmann der Wache her«, kläffte er dem ersten Mann zu, der auf ihn zueilte. »Laß ein anderes Pferd bereitmachen und Essen servieren. Und Ale«, fügte er hinzu, während er mit langen Schritten auf den großen Saal zueilte.

Der Seneschall saß an einem Tisch, brütete über einem Pergament, auf dem sich eine Auflistung der Blaecstonschen Bestände befand, und murmelte vor sich hin. Als völlig unerwartet der Herr des Besitzes vor ihm auftauchte, sprang er mit einem Gruß auf den Lippen von seinem Stuhl. Aber sein Begrüßungslächeln verschwand schnell, als er Rylans düsteren Ausdruck bemerkte.

»Mylord, Ihr ... Ihr seid wieder da! Man sagte uns, Ihr würdet vermißt.«

»Ist Kell hier?« erkundigte sich Rylan kurzangebunden, während er seine staubigen Lederhandschuhe auf die große Tischplatte warf.

»Er leitet immer noch die Suche nach Euch, Mylord. Er kam nur kurz zurück und ritt dann mit noch mehr Männern weiter.«

»Sorge dafür, daß er herkommt. Und die anderen auch. Verdammt«, fluchte er ungeduldig. »Alles hat sich gegen mich verschworen. Wenn dieser Sturm nicht gewesen wäre ...«

Er hörte auf, vor sich hinzumurmeln, als eine Dienstmagd mit einem Krug Ale in der einen Hand und einem Becher in der anderen hereingeeilt kam. Rylan schüttete sich rasch einen Becher ein und stürzte die erfrischende Flüssigkeit die Kehle hinunter. Er entließ das Mädchen mit einem schweren Seufzer, zog einen hochlehnigen Stuhl heran und ließ seinen erschöpften Körper darauf niedersinken. Er füllte den Becher erneut und blickte schließlich zu seinem wartenden Seneschall hinüber.

»Ich reise an den Hof des Königs, Peter, mit einer vollen Anzahl Männer. Falls Kell vor dem Morgengrauen wieder auftauchen sollte, wird er mich begleiten. Falls nicht —« Er rieb sich über seine verschwitzte Stirn. »Falls nicht, wird er mir später folgen, denn ich kann nicht auf ihn warten. Kümmere dich bitte um Pferde und Vorräte. Ich werde eine kleine Kiste mit Münzen benötigen. Darüber hinaus das, was du für einen Besuch bei Hofe für nötig erachtest.«

»Wie lange werdet Ihr in London bleiben?«

Rylan seufzte erneut. »Man sagte mir, der König sei in Ely. Und was meinen Aufenthalt dort betrifft, so ist es schwer zu sagen, wann ich zurückkommen werde. Wenn ich mein Ziel erreicht habe ... oder alles verloren ist.« Er nahm einen weiteren tiefen Zug aus seinem Becher und schwieg. Peter begann sich zu entfernen, da er davon ausging, für den Moment entlassen zu sein. Aber Rylan löste sich noch einmal aus seinen trüben Gedanken.

»Noch etwas, Peter. Sorge dafür, daß jeder Mann gut bewaffnet ist.« Er fügte keine weitere Erklärung hinzu, obwohl ihn sein Seneschall mit erstauntem Gesicht anblickte. Nachdem Peter gegangen war, begann sich Rylan in der Tat zu fragen, was ihm ein Haufen bewaffneter Männer inmitten des königlichen Hofes nützen würde. Wieder setzte er den Becher an die Kehle und stürzte das kräftige Getränk hinunter. Es wäre absurd, zu versuchen, Joanna unter den Augen des Königs mit Gewalt befreien zu wollen, und es würde ihn die hart erarbeitete Unterstützung der Freiherren kosten. Als er an Lady Joanna von Oxwich dachte, wurde er jedoch von dem blinden Verlangen erfaßt, sie — koste es was es wolle — wieder zurückzubekommen.

Mit einem wütenden Fluch schmetterte er eine geballte Faust auf den Tisch, ohne auf den Schmerz zu achten, den ihm der Schlag verursachte. Wie hatte es dieser Frau nur gelingen können, seine Pläne derartig zu ruinieren? Aber sie war mehr als nur irgendeine Frau, sie unterschied sich von allen Frauen, die ihm bisher begegnet waren. Vom ersten Augenblick an hatte ihn alles, was Lady Joanna Preston betraf, überrascht.

Er hatte ein unscheinbares, reizloses Mädchen erwartet, das ihm unendlich dankbar war, weil er es von einem langweiligen Leben im Kloster erlöste. Sie hätte seine Idee eigentlich aus vollem Herzen begrüßen müssen und willig ihre Pflicht Oxwich und England gegenüber erfüllen sollen, indem sie einer von ihm arrangierten Heirat zustimmte. Aber vom ersten Augenblick an war sie entschlossen gewesen, ihm einen Strich durch die Rechnung zu machen. Sie lehnte seinen Plan ab, einen geeigneten Mann für sie zu finden, weigerte sich, St. Theresa zu verlassen und hatte sich sogar erdreistet, zu lachen, als er sie auf ihre Pflichten hingewiesen hatte.

Aber viel schlimmer noch: sie war außerordentlich schön.

Selbst in ihrem wenig schmeichelhaften grauen Kleid war ihre Schönheit unübersehbar gewesen, und auf der Insel hatte sie schließlich mit ihrem offenen Haar, das ihr wie ein prächtiges, bronzenes Cape über die Schultern fiel, und nur mit ihrem Unterkleid bekleidet ein alles verzehrendes Verlangen in ihm entfacht.

»Großer Gott«, murmelte er, während ihm bei der Erinnerung daran das Blut in die Lenden strömte. Er war ein Narr, ein solch mächtiges Verlangen nach ihren weichen, fraulichen Formen zu verspüren. War es nicht eben jene verwegende Leidenschaft, die ihn in diese mißliche Lage gebracht hatte? Wenn er nur alle Sinne beisammen gehabt hätte, wäre sie ihm nie entkommen. Aber sein Verstand war durch das überwältigende Gefühl in seinen Lenden vernebelt gewesen. Und als er sich vorgenommen hatte, Abstand zu ihr zu halten, hatte sie es zu ihrem Vorteil ausgenutzt und war ihm entwischt.

Allein der Gedanke an sie löste eine unstillbare Sehnsucht aus. Aber neben dem körperlichen Verlangen und dem Zorn, den er auf sie hatte, gesellte sich noch ein drittes, unwillkommenes Gefühl.

Schuld.

Vor drei Tagen war sie noch ein unschuldiges Mädchen gewesen, zufrieden mit ihrem Leben und entschlossen, es dem Herrn zu widmen. Nun war sie fort von dem Heim, nachdem sie sich sehnte — und hatte zudem ihre

Jungfräulichkeit verloren. Bei Hofe würde sie nur mißbraucht werden, um ihrem König die nützlichste politische Union zu gewährleisten. Trotz ihrer verlorenen Jungfräulichkeit würde es noch genug Männer geben, die diese einzige, kleine Schwäche hinnehmen würden, um ihren köstlichen, jungen Körper besitzen zu dürfen.

Er biß zornig die Zähne aufeinander und sprang so abrupt von seinem Stuhl hoch, daß dieser nach hinten fiel. John würde in dieser Sache nicht die Oberhand behalten, schwor er sich. Und wenn er selbst jeden einzelnen Mann, der ihm etwas schuldete — oder ihn fürchtete — überreden mußte, so würde er doch einen Weg finden, um den König zu überlisten. Was auch geschehen mochte, er würde sich kümmern, daß sie gut versorgt war.

Das war das mindeste, was er tun konnte.

Joannas Beine gaben nach, als sie von der cremefarbenen Stute hinabglitt, auf der sie so lange gesessen hatte. Wenn sie sich nicht am Sattel festgeklammert hätte, wäre sie in sich zusammengesunken. Und das vor all diesen Leuten, die sie anstarrten.

Aber im Augenblick scherte sich Joanna nicht im geringsten um all diese rundäugigen Blicke, die sie trafen. Alles, was sie wollte, war ein Bett. Ein Bad und ein Bett. Während sie zitternd und an den Sattel geklammert dastand und auf die alte Zofe wartete, die sie begleitete, mußte sie angesichts der tragischen Ironie der Situation lachen. Wie lange hatte sie sich in St. Theresa bemüht, ihren Stolz abzulegen — und das ohne Erfolg, wie es oft schien. Aber jetzt, wo sie so unerwartet an den Hof von König John und Königin Isabel gelangte, war sie endlich von ihrem verfluchten Stolz befreit. Es war ihr gleichgültig, wie die Leute sie anstarrten oder was sie von ihr dachten. Sie wollte nur ein Bett und allein gelassen werden.

Im Außenhof der Abtei von Ely waren viele Leute versammelt, und er summte von den Gesprächen, die dort geführt wurden. Endlich kam ihr ein kräftiges Dienstmädchen zu Hilfe. Es ist eine andere, dachte Joanna, als sie neben ihr herstolperte. Die alte Zofe, deren Dienste für die dreitägige Reise nach Ely in Market Weighton verpflichtet worden war, weil eine Edelfrau nicht allein unter Männern reisen durfte, war verschwunden. Auch ein weites Cape mit Kapuze und klobige Pantinen hatten sie dort erworben. Sie sei nun ein Mündel des Königs, hatte ihr Sir Peyton erklärt, und als solches durfte sie bei Hofe nicht mit unbedecktem Kopf und nackten Füßen eintreffen.

Nicht etwa, daß sie mit diesen Ergänzungen ihrer Garderobe besonders großartig ausgesehen hätte. Trotz ihrer Erschöpfung konnte Joanna erkennen, daß die Leute am Hof in einer Mode gekleidet waren, mit der sie selbst in den letzten Jahren nicht hätte konkurrieren können. Feine Stoffe. Wunderschöne Farben. Sie hatte solche Ware nur gesehen, wenn sie für Altardecken oder bischöfliche Roben verwendet wurden. An die feinen Kleider ihrer Mutter erinnerte sie sich nur noch ganz schwach. Aber diese hier waren sogar noch schöner, mit Juwelen und Fellen und mit Säumen, die mit Borten geschmückt waren — ein wirklich schöner Anblick. Unter anderen Umständen wäre er das zumindest gewesen. Nun allerdings war ihr einziger Gedanke bei all diesem Luxus, daß die Betten sicherlich auch luxuriös sein mußten. Feine Leinentücher. Weiche, dick gepolsterte Matratzen ...

»Bring sie in die Gemächer der Damen. Sie macht den Eindruck, als würde sie jeden Augenblick zusammenbrechen. Ein Bad und ein Bett. In ein Zimmer mit dem neuen Mädchen.«

Joanna war zu müde, um den Besitzer dieser selbstsicheren Stimme auszumachen. Sie folgte dem Mädchen die drei Stufen hinauf und durch einen überdachten Durchgang. Sie taumelte wie eine Schlafwandlerin hinter ihr her, bis sie einen Raum erreicht hatten, in dem mehrere Frauen stickend und plaudernd zusammen saßen.

»Mylady Marilyn«, begann das Dienstmädchen, nachdem sie einen Knicks vollführt hatte. »Ihre Durchlaucht sagt, daß ich Lady Joanna bei Euch unterbringen soll.«

Ein schlankes, dunkelhaariges Mädchen erhob sich von einem großen Kissen auf dem Boden und legte Stickrahmen und Nadel beiseite. Sie trug ein auserlesenes, roséfarbenes Kleid, das hinten in Taillenhöhe mit schwarzen Bändern eng geschnürt und unten an den Ärmeln mit Leder und silbernen Bändern durchwirkt war. Ihr Haar fiel offen auf die Schultern hinab, und aus ihrem zögerlichen Verhalten mit ihrer schüchternen Begrüßung schloß Joanna, daß sie noch sehr jung sein mußte.

»Lady Joanna.« Das Mädchen knickste leicht und warf dem Dienstmädchen dann einen flehentlichen Blick zu. »Würdest du wohl ein Bad vorbereiten? Im Vorzimmer, denke ich. Während du die Kleidung zum Wechseln bringst, werde ich ihr beim Baden behilflich sein.«

Das Mädchen trat von einem Fuß auf den anderen. »Sie ist ohne Gepäck angekommen«, sagte sie und blickte Joanna mißtrauisch von der Seite an, als hege sie große Zweifel daran, daß eine wirkliche Dame ohne Kisten und Körbe voller Kleidung reisen könne.

»Kein Gepäck?« Die drei Frauen im Zimmer hatten der Unterhaltung neugierig gelauscht und als das Dienstmädchen enthüllte, daß der Neuankömmling ohne Gepäck angereist war, beugten sie sich mit unverhülltem Interesse vor.

»Ist sie ausgeraubt worden?«

»Das weiß ich nicht, Mylady«, erwiderte das Dienstmädchen ernst.

Joanna stellte sich aufrecht hin. Sie sprachen über sie,

als sei sie gar nicht vorhanden. Als hätten sie es hier mit irgendeiner kauzigen Person zu tun, die keinen eigenen Verstand oder Willen besaß.

»Ich bin nicht ausgeraubt worden«, sagte sie. Dann verzogen sich ihre Lippen zu einem spöttischen Lächeln. »Zumindest nicht in der Art, die Ihr meint.«

Lady Marilyn eilte rasch auf sie zu und ergriff Joannas Arm.

»Kommt. Es ist nicht zu übersehen, daß Ihr dringend Schlaf benötigt.«

Bevor die anderen Frauen protestieren und Joanna mit weiteren Fragen zusetzen konnten, zog sie sie in ein kleines Zimmer, das lediglich durch ein schmales Fenster hoch oben in der Steinmauer Licht bekam. Lady Marilyn rief dem Dienstmädchen nach, sie möge die harte und nicht die weiche Seife bringen, und schloß dann die Tür. Joanna war auf eine robuste Truhe gesunken und starrte ausdruckslos vor sich hin.

»Ist alles in Ordnung?« erkundigte sich Marilyn zögernd.

Joanna seufzte. »Nein, es ist nicht alles in Ordnung, aber das ist nicht Eure Schuld.«

»Ein Bad, ein Essen und eine lange Nachtruhe wird sicherlich helfen . . .« Marilyn verstummte, als ihre neue Zimmergenossin abrupt aufstand und ihren Umhang öffnete. Joanna streifte ihre Kapuze ab und zog das Cape aus. Dann trat sie aus den schlecht sitzenden Holzpantinen heraus.

Während sie ihr durcheinander geratenes Haar schüttelte und ihre verkrampften Zehen bewegte, warf sie ihrem Gegenüber einen prüfenden Blick zu. Lady Marilyn schien ungefähr sechzehn zu sein und machte einen ausgesprochenen schüchternen Eindruck. Sie war sehr zierlich, und ihr Körper stand in seiner ersten Blüte. Ihr dichtes Haar war dunkel und fiel ihr gerade über die Schultern herab. Die Haut war ausgesprochen bleich und ihre Augen von einem außergewöhnlichen Blau, das einen grünlichen Schimmer hatte. Alles in allem recht hübsch. Das heißt, wenn sie nur gelächelt hätte. Aber das Mädchen war so schüchtern, ihr Verhalten so zögerlich, ihre Stimme so gedämpft, daß ihre hübschen Züge erst beim genaueren Hinsehen deutlich wurden.

Diese Erkenntnis wirkte sich beruhigend auf Joannas gereizte Nerven aus. Hier hatte sie es endlich einmal mit einem Menschen zu tun, der sie nicht herumkommandieren würde.

»Mein Name ist Joanna Preston.« Sie warf ihr dichtes Haar über die Schultern und schenkte dem Mädchen ein aufrichtiges Lächeln. »Es tut mir leid, daß ich Euch Umstände bereite.«

»Oh, das macht doch nichts«, erwiderte das Mädchen mit einem schüchternen Lächeln. »Ich heiße Marylin Crosley. Und ich freue mich, das Zimmer mit Euch zu teilen«, fügte sie hinzu, als sie sah, wie Joannas Blick vorsichtig über den kleinen Raum hinwegglitt.

»Ist dies Euer Zuhause?«

Lady Marilyns Lächeln verschwand. »Nein. Das heißt, nicht wirklich. Ich lebe erst seit dem Fest des Heiligen Markus am Hof. Mein eigentliches Heim ist Lawton Castle bei St. Albans.« Ihr Blick wanderte über Joannas schlichtes graues Kleid hinweg. »Wo seid Ihr zuhause?«

Joanna zögerte einen Augenblick, hin und her gerissen, ob sie der jungen Frau die Antwort geben sollte, die diese erwartete oder eine, die sie schockieren und jene Art von Klatsch provozieren würde, die die drei Frauen in dem anderen Zimmer genießen konnten. Am Ende entschloß sie sich zu einem Kompromiß. »Ich bin auf Oxwich Castle geboren. Aber die letzten sieben Jahre, seit dem Tod meiner Mutter, habe ich im Kloster von St. Theresa verbracht. In Flamborough Head.«

»Oh.« Lady Marilyn nickte. Dann betrachtete sie Joanna noch einmal nachdenklich. »Ihr könnt ein Kleid von mir anziehen. Wenn Ihr ausgeschlafen habt.«

»Das ist sehr freundlich von Euch«, erwiderte Joanna. »Aber ich kann das nicht annehmen. Ich habe ja dieses Kleid hier.«

»Ich fürchte, das wird nicht gehen«, entgegnete Marylin mit einem, wie Joanna vermutete, selten energischen Tonfall. »Aber darüber braucht Ihr Euch im Moment keine Gedanken machen. Wir sollten zusehen, daß Ihr Euer Bad nehmt. Morgen werden wir dann über die anderen Dinge entscheiden.«

Später konnte sich Joanna nur noch an wenig erinnern, was dann folgte. Sie nahm ihr Bad in einem privaten Vorraum, in dem ein kleines Feuer brannte. Das Wasser war warm und duftete — ein unbeschreiblicher Luxus. Man zog ihr das Kleid aus, aber sie bemerkte kaum, daß ihre Arme und Beine mit einem rauhen Tuch abgerieben und ihr Haar mit einer herrlich schaumigen Seife gewaschen wurde.

Wahrscheinlich hätte sie sich ihrem überwältigenden Verlangen nach Schlaf schon dort hingegeben, so entspannend waren Marilyns Dienste, aber sie mußte aufstehen, wurde abgespült und trockengerieben, bevor man sie in einen losen Mantel hüllte und erneut über den Flur führte.

Dann wurde ihr Haar gekämmt und noch feucht zu zwei Zöpfen gebunden. Wie in einem Nebel legte sie sich auf eines der Betten. Marilyn kam und ging. Eine schöne Frau von königlicher Anmut kam in der Begleitung von zwei Frauen, um nach ihr zu schauen, aber sie hielt sich nicht lange bei ihr auf. Joanna lag still und unbeweglich wie eine Tote in ihrem Bett und schlief. Erst als die Glokken der Abtei zum Frühgottesdienst läuteten, begann sie sich zu regen.

Ihr erster Gedanke galt dem Bett. Es war außergewöhnlich weich. Sie war nicht zu Hause.

Sie setzte sich abrupt auf und schaute sich um. Ich bin in Ely, erinnerte sie sich, und teile ein Zimmer mit einem Mädchen namens Marilyn. Im Augenblick war sie allerdings allein.

Sie warf das Bettuch zurück und entdeckte, daß sie nackt war. Sie sah sich nach ihrem Kleid um, konnte es aber nirgendwo entdecken. Sie zog ein Laken vom Bett und wand es sich um den Körper. Was sollte sie nun tun? fragte sie sich. Sie war an einem fremden Ort, wo sie niemanden kannte, ohne Freunde oder Verbündete, an die sie sich wenden konnte. Und sie hatte nicht einmal etwas zum Anziehen!

In diesem Moment öffnete Marilyn die schwere Eichentür und betrat das Zimmer. Sie kam Joanna wie ein Schutzengel vor, erschienen, um ihre Furcht zu beschwichtigen.

»Oh, Ihr seid wach.« Sie lächelte Joanna an, während sie den Stapel gefalteter Kleidungsstücke auf ihrem eigenen Bett ablegte. »Setz das Tablett auf dem Fenstersims ab«, unterwies sie das Dienstmädchen, das ihr gefolgt war. Dann drehte sie sich mit einem erwartungsvollen Lächeln zu Joanna um.

»Die Königin hat allerlei Kleider zu Eurer Verfügung gesandt«, verkündete sie mit blitzenden Augen. »Sie sagte, Ihr sollt Euer Frühstück einnehmen und Euch dann ankleiden, damit Ihr ihr und dem König ordnungsgemäß vorgestellt werden könnt.«

Joanna schluckte schwer und ihre Verzweiflung kehrte zurück. »Dem ... dem König?« stammelte sie. »Und der Königin?«

»Die Königin zeigt ein besonderes Interesse an Eurer Situation.«

»Aber —« Joanna schüttelte verwirrt den Kopf. »Aber

warum? Alles, was ich will, ist doch lediglich, zu meinem Kloster zurückzukehren!«

Als sie dies vernahm, wich das Strahlen aus Marilyns Gesicht. Trotz ihrer eigenen Nöte wurde Joanna bewußt, wie hübsch Marilyns Züge mit diesem fröhlichen Ausdruck gewesen waren. Die junge Frau bedeutete der Dienstmagd, sich zu entfernen. Erst als sich die Tür geschlossen hatte, wandte sie sich mit ernster Miene erneut Joanna zu.

»Ich habe während der langen Stunden, in denen Ihr geschlafen habt, über Euer Schicksal erfahren, und ich möchte Euch sagen, daß ich für Eure mißliche Lage Verständnis habe. Das habe ich wirklich. Aber wenn ein Besitz an die Tochter weitervererbt wird, dann müssen deren eigene Bedürfnisse eben zurücktreten, das müßt Ihr einsehen. Der Vater — oh, es tut mir leid, ich weiß, daß Ihr erst vor kurzem Euren eigenen Vater verloren habt. Aber das ist auch der Grund, warum sich der König so rasch um Euch bemüht. Ihr seid nun sein Mündel und als solches seinem Willen unterworfen.« Als sie Joannas niedergeschlagenen Blick bemerkte, wurde ihre Stimme noch sanfter, als sie es ohnehin schon war. »Ich kann mir vorstellen, daß dies für Euch nur schwer zu akzeptieren ist. Ihr habt in den letzten Jahren so viele Verluste hinnehmen müssen. Aber Ihr müßt König John vertrauen, daß er die beste Entscheidung für Euch treffen wird.«

»Und Ihr?« erkundigte sich Joanna verbittert. »Vertraut Ihr auch darauf, daß er die beste Entscheidung für Euch trifft?«

»Oh. Nun ja.« Marilyn errötete ein wenig. »Meine Situation unterscheidet sich ein wenig von der Euren.«

»Zweifellos habt Ihr Brüder, an die der Besitz Eurer Familie weitervererbt wird.«

»Nein. Nein, ich bin das einzige Kind. Aber mein Vater und nicht der König wird meinen Ehemann auswählen.«

Trotz ihrer Verzweiflung bemerkte Joanna das Zittern in Marilyns Stimme. »Und warum haltet Ihr Euch hier am Hof auf?«

Marilyn atmete einmal tief durch und begann dann langsam, die verschiedenen Kleidungsstücke auseinanderzufalten, die sie mitgebracht hatte. »Der König ist bemüht, meinen Vater hinsichtlich seiner Entscheidung, was meine Ehe betrifft, zu beeinflussen«, sagte sie, während sie ein reizendes, himmelblaues Kleid aus weichem Leinen ausschüttelte. »Auf König Johns Wunsch hin diene ich Königin Isabel als Hofdame — was Ihr zweifellos auch tun werdet — während die Angelegenheit bezüglich meines Ehemannes diskutiert wird.«

»Oh.« Joanna starrte das blasse Mädchen an und wurde von einer Welle der Sympathie für Lady Marilyn überschwemmt. »Und Ihr wißt noch nicht, wer der Mann sein wird?«

Marilyn schüttelte den Kopf. »Mein Vater ist in den letzten Wochen nicht am Hof gewesen, was den König verärgert hat. Er möchte mich mit einem entfernten Cousin, Robert von Short, vermählen. Ich spüre, daß der König verärgert ist. Aber mein Vater hat ausrichten lassen, daß er mich bald hier besuchen wird. Also …« Sie zuckte die Schultern und zwang sich zu einem schwachen Lächeln. »Vielleicht werde ich es bald schon wissen.«

Joanna runzelte die Stirn. Sie wußte, daß sie nicht imstande wäre, ein solches Schicksal derart gleichgültig hinzunehmen. Aber was konnte Marilyn tun, um es zu verhindern? Und viel wichtiger noch, was konnte *sie* tun, um die Pläne, die der König mit ihr hatte, zu verhindern?

Sie zog sich das Laken fester um die Brust und zerbrach sich den Kopf auf der Suche nach einer Lösung für ihre ausweglose Situation. Schließlich wurde ihr klar, daß sie nichts tun konnte, zumindest im Moment nicht. Bis sie die Entscheidung des Königs vernommen hatte, was mit

Oxwich Castle geschehen sollte, würde sie sich ruhig verhalten und abwarten. Mit einem Seufzer, aber voller Entschlossenheit, blickte Joanna zu Marilyn hinüber.

»Wenn es sich also nicht vermeiden läßt, werde ich mich nach dem Frühstück auf den Weg machen, um den König zu begrüßen.«

Marilyn war offensichtlich über Joannas Entscheidung erleichtert. Während sie in ein feines, wunderbar leichtes und weiches Unterkleid schlüpfte, das Marilyn ihr hinhielt, versuchte Joanna, Mut zu schöpfen. Es kam alles, wie es kommen mußte. Vielleicht hatte Rylan sie ja angelogen, was den König betraf, nur um sie von der Flucht abzuhalten. Möglicherweise war König John damit zufrieden, Oxwich Castle in Besitz zu nehmen und würde sie, wenn sie diesen Wunsch äußerte, nach St. Theresa zurückschicken. Und selbst wenn er nicht sofort geneigt war, so zu entscheiden, bliebe ihr immer noch die Möglichkeit, ihre Untauglichkeit als Braut zu enthüllen —

Joanna biß die Zähne zusammen und spürte, wie sich ihre Kehle zuschnürte. Ihre Untauglichkeit! Wie kam es, daß eine Frau als für die Ehe tauglich erachtet wurde, aber niemals ein Mann? Zweifellos hatte Rylan Kempe doch vor ihr schon mit vielen Frauen das Bett geteilt ...

Sie zitterte, als das blaue Kleid über ihren Kopf gezogen wurde, und Marilyn blickte sie neugierig an.

»Ist Euch kalt?« Sie legte die Rückseite ihrer Hand auf Joannas Stirn. »Ihr habt Euch doch hoffentlich während Eurer Reise keine Kranheit zugezogen?«

Joanna schluckte einmal schwer und richtete ihren Ausschnitt.« Ich bin immer noch ein bißchen erschöpft, das ist alles. Und hungrig.« Um Marilyns Besorgnis zu zerstreuen, griff Joanna nach einem Weißmehlteilchen auf dem Tablett und nahm sich zudem noch eine Handvoll Rosinen. Obwohl ihr Magen ein einziger nervöser Knoten zu sein schien und bei dem bloßen Gedanken an Essen zu rebellieren begann, würgte sie die Dinge tapfer hinunter.

»Gut. Und hier sind ein paar Sommerstrümpfe und leichte Schuhe. Dieses Band wird in Eurem Haar wunderschön aussehen. Laßt mich nur noch zwei Locken hervorziehen ...«

Joanna hielt still, während Marilyn viel Getue um ihre Frisur machte, die Seitenbänder ihres Kleides festzog und ihr einen einfachen, geflochtenen Ledergürtel um die Taille band. Ihre Mutter hatte auch einen solchen Gürtel getragen, erinnerte sich Joanna, aber an seinen Enden hatten Schlüssel gehangen — die Schlüssel von Oxwich.

Sie runzelte bei dem Gedanken an diesen verhaßten Ort erneut die Stirn.

»Gefällt es Euch nicht?« rief Marilyn mit enttäuschter Stimme.

»Was? Oh.« Joanna schob ihre Erinnerungen fort und starrte in dem polierten Metallspiegel auf ihre Erscheinung. Ihr eigenes Gesicht starrte ihr entgegen, blaß und ernst, und zum ersten Mal in ihrem Leben betrachtete sich Joanna eingehend. In St. Theresa gab es keine Spiegel. Für solche Frivolitäten war das Kloster zu arm. Außerdem mißbilligte Schwester Edithe jegliche Eitelkeit. Aber in der Kapelle gab es ein Fensterglas, und beim Reinigen konnte man unter gewissen Umständen manchmal eine Reflexion erkennen. Auch die silbernen Tabletts, die an hohen Festtagen benutzt wurden, vermittelten einen ungefähren Eindruck von der eigenen Erscheinung. Aber dies war das erste Mal, daß Joanna aufgefordert wurde, sich in einem Gerät zu betrachten, das allein zu diesem Zweck geschaffen worden war.

Ihr Haar war ausgesprochen lockig, mehr, als sie es bei irgendeiner anderen Frau jemals gesehen hatte. Aber das hatte sie schon gewußt. Doch nun erkannte sie zudem, daß die taillenlangen, lockigen Strähnen einer hohen und makellosen Stirn entsprangen. Ihre Augenbrauen hatten die gleiche leichte Mahagonifarbe wie ihr Haar, beschrieben aber nur einen ganz leichten Bogen. Dichte Wimpern umkränzten ihre Augen, die ein klares Grün besaßen. Ihr Mund war voll, und als sie auf ihre Lippen starrte, erinnerte sie sich unwillkürlich daran, wie empfindsam sie bei der Berührung durch Rylans Lippen und seine Zunge gewesen waren.

Ein unwillkommenes Zittern stieg aus ihrem Bauch auf und breitete sich über den ganzen Körper aus. Mit einem finsteren Blick wandte sie sich vom Spiegel ab.

»Ich bin bereit«, murmelte sie. Warum sollte sie sich Gedanken um ihr Aussehen machen? Schließlich war sie ja nicht auf der Suche nach einem Ehemann. Im Gegenteil. »Ich bin bereit«, widerholte sie. »Aber ich würde lieber mein eigenes Kleid tragen.«

»Die Königin hat Eure Tunika und Euer Unterkleid zu den Näherinnen geben lassen. Sie sagte, man solle es einer armen, bedürftigen Seele geben ...«

Joanna antwortete nichts darauf. Sie sah sich dazu außerstande. Irgendwie schien alles so endgültig zu sein. Sie hatte noch nicht einmal die Audienz beim König hinter sich gebracht und doch schien auch hier ihr Schicksal bereits besiegelt zu sein.

Marilyn verhielt sich von nun an ruhig. Joanna wußte, daß die Situation des anderen Mädchens wenig besser war als ihre eigene: ein Vater würde wohl kaum mehr um die Meinung seiner Tochter geben als ein König. Nicht, wenn es um den eigenen Besitz ging. Aber Joanna war nicht bereit, ihr Schicksal so sang- und klanglos hinzunehmen, wie Marilyn es tat. Während sie ohne ein Wort zu wechseln den Flur entlanggingen, dann einen offenen Platz überquerten und schließlich einen überdachten Säulengang entlangschritten, war Joanna zwischen Trotz und Furcht hin und her gerissen. Zuerst ihr Vater. Dann

Rylan Kempe. Und nun war sie den Launen König Johns ausgeliefert, der ihre Zukunft in der Hand hielt. Keiner der beiden ersten Männer hatte ihre Wünsche berücksichtigt. Und sie machte sich keine besonderen Hoffnungen, daß der dritte Mann anders verfahren würde.

Aber dieses Mal hatte sie zumindest eine Waffe in ihrem spärlichen Besitz. Es lag nicht unbedingt in ihrer Absicht, den Verlust ihrer Unschuld zu verkünden — und sie wollte dies auch nur dann, wenn ihr wirklich keine andere Möglichkeit mehr blieb — aber wenn sie ihre Reputation opfern mußte, um sich selbst zu schützen, dann würde sie dies tun. Sie hatte ihren Vater bekämpft. Sie hatte Lord Blaecston bekämpft. Und wenn es sein mußte, dann würde sie auch den König bekämpfen.

14

»Sie hätten mich ganz leicht von ihm befreien können. Aber nein, sie entschlossen sich ausgerechnet an jenem Tage zur Vorsicht! Der Schurke läuft immer noch frei herum, um mich bis in alle Ewigkeit quälen zu können!«

König John lief in seinem Privatgemach auf und ab. Seine Hände fuhren aufgeregt durch die Luft. Selbst sein Herz schien vor Wut zu beben.

»Es hätte Euch alle erdenklichen Schwierigkeiten bereitet, wäre ein Mann seines Ranges von Männern des Königs getötet worden«, bemerkte die Königin, ohne von der Fischschuppenfeile aufzublicken, mit der sie ihren Daumennagel bearbeitete.

»Und wer hätte jemals davon erfahren und die Geschichte verbreitet?« knurrte der ergraute König.

Isabel hob die dunklen Augen und blickte ihren Mann an. Sie sprach geduldig und ohne Wut, wie mit einem störrischen Kind. »Zum einen die Wachen. *Ihr* mögt Ihnen ja trauen, daß sie solche Dinge geheimhalten, ich dagegen tue es nicht. Es genügt nur ein betrunkener Angeber, der seinen Mund aufreißt, und der Zorn der Freiherren würde sich gegen Euch richten.« Sie hob ihre Hand, um die Nägel zu betrachten und warf zufrieden die Feile in einen Handarbeitskorb. »Zum anderen gibt es dieses Mädchen. Ihr solltet nicht vergessen, daß auch sie Zeugin der Tat gewesen wäre.«

»Dieser Narr Peyton hätte jemanden zurückschicken können, um Blaecston zu beseitigen. Sie hätte nie davon erfahren müssen. Und im übrigen ist sie für mich nicht wirklich von Bedeutung. Oxwich gehört mir, ob sie nun am Leben oder tot ist.«

Isabel verlor jetzt doch ihre Geduld. »Euer fehlendes Gespür für Taktik wird noch einmal Euer Verderb sein, merkt Euch meine Worte! Kempe oder das Mädchen umzubringen ist keine vernünftige Lösung!« Sie schnappte verärgert nach Luft und starrte ihn zornig an, aber als sie seine verdrießliche Miene sah, lenkte sie ein. »Es gibt andere Möglichkeiten, mit dem Problem Sir Rylan Kempe fertigzuwerden. Er muß nicht sterben, um Euren Zwekken dienlich zu sein.«

»Meinen Zwecken dienlich zu sein? Ha!« schäumte der König. »Hat er mir jemals etwas anderes als Ablehnung entgegengebracht? Er beeinflußt die Freiherren, sich gegen mich zu stellen. Er quält mich mit seinen verräterischen Machenschaften. Und das *ist* Verrat! *Ich* besitze das von Gott verliehene Recht, England zu regieren — und nicht etwa eine verdammte Bande von Freiherren!«

»Aber natürlich, Geliebter«, beruhigte ihn Isabel. »Aber ihn hart anzufassen — ihn sogar umbringen zu lassen — würde einem Stockhieb in ein Bienennest gleichkommen und dessen Bewohner nur noch wütender machen. Viel besser ist es, sein Spiel mitzuspielen und ihn dann vor den Augen des ganzen Hofes bloßzustellen.«

John zog seine Augenbrauen ein wenig in die Höhe und wandte sich ihr zu. »Isabel?« Sein gereizter Gesichtsausdruck wich langsam einem verschlagenen Lächeln. »Welche teuflichen Pläne spinnt Ihr da nur wieder in Eurem wunderschönen Köpfchen?« Er ging zu ihr hinüber, legte einen Finger unter ihr vornüber gebeugtes Gesicht und hob es in die Höhe. »Kommt, erzählt es mir.«

Isabel lächelte und ließ dabei ihre vollen, geschwungenen Lippen über die geraden, weißen Zähne zurückweichen. »Ihr habt Blaecstons kleines Juwel gestohlen. Er muß sich Hoffnungen gemacht haben, sie selbst zu ehelichen — das unschätzbare Prachtstück seiner Yorkshire-Krone. Er wird nicht lange auf sich warten lassen, wenn

Ihr sie hier zur Schau stellt. Außerdem ist sie ein hübscher Fratz und wird viele Blicke auf sich ziehen. Als ihr Vormund müßt Ihr sehr gründlich bei der Auswahl eines Ehemannes für sie sein.« Ihr Lächeln verbreitete sich. »Der arme Blaecston wird ganz außer sich sein vor Enttäuschung. Endlich einmal werdet Ihr Gelegenheit haben, ihn zu quälen, ihn wie einen Narren aussehen zu lassen.«

»Ich bin nicht sicher, ob er tatsächlich beabsichtigte, sie zu heiraten. Meine Spione haben ihn zusammen mit Lord Santling und Lord Lawton beobachtet — beides Männer, die von einer Tochter beerbt werden und die beträchtlich mehr Vermögen haben als Joanna Preston.«

Isabel zuckte mit den Schultern. »Selbst wenn er sie mit einem seiner Verbündeten zu vermählen beabsichtigte, spielt das keine Rolle. Er wollte sie, aber jetzt haben wir sie. Das reicht aus, um ihn zum Hanswurst zu machen.«

»Aber was ist, wenn er nicht bei Hofe erscheint?«

»Vertraut mir, Majestät. Er wird kommen.«

John dachte nach. Seine Augen verengten sich, während er die jugendliche Erscheinung seiner Frau betrachtete. »Ihr scheint ihn sehr gut zu kennen, meine Liebe.«

Isabel stieß ein weiches, entzückendes Lachen aus. Sie nahm Johns Hand in die ihre, drückte sie und stand auf. »Ich kenne ihn tatsächlich«, murmelte sie. »Genau so, wie ich Euch kenne — wie ich alle Männer kenne. Für eine Frau, die Macht ausübt, ist solches Wissen wichtig. Sir Rylan ist stolz. Ihr habt diesen Stolz verletzt, da Lady Joanna nun in Eurem Besitz ist, deshalb wird er verzweifelt darauf bedacht sein, die Dinge wieder zu wenden. Aber Verzweiflung macht Männer leichtsinnig. Wir müssen lediglich diesen Leichtsinn nutzen.«

John starrte seine Gemahlin an — die Kindbraut, die er aller politischen Weisheit zum Trotz hatte besitzen wollen.

Wäre sie nicht ihm gegenüber — oder zumindest der Krone gegenüber — so hingebungsvoll, hätte er wegen ihrer brillanten Fähigkeiten die allergrößten Bedenken. Aber sie war seine Frau, und deshalb war ihr Schicksal von seinem abhängig.

Er umfaßte ihr Gesicht mit seinen Händen und plazierte einen zufriedenen Kuß auf ihre makellose Stirn.

»Ich werde mein neues Mündel also vertrauensvoll in Eure Hände geben. Stattet sie nur angemessen aus, damit sie viele Bewunderer anzieht — besonders Männer, die Blaecston und seine Machenschaften verachten.«

»Wie Ihr wünscht«, entgegnete Isabel, ein Muster weiblichen Pflichtbewußtseins und Gehorsams.

»Was ist mit dem anderen Mädchen — Egbert Crosleys Tochter?« erkundigte sich John, während sich die Königin zur Tür begab. »Ich möchte nicht, daß unser Werben um ihren Vater unter den Spielen leidet, die wir mit Kempe vorhaben. Ihre Ländereien sind von noch größerer Bedeutung als Oxwich.«

»Es ist bereits alles geregelt, Majestät. Ich habe Lady Joanna in Lady Marilyns Hände gegeben. Unsere schüchterne kleine Maus bemuttert nun die kleine Nonne.« Sie lachte erneut und warf ihm einen strahlenden Blick zu. »Plötzlich verspricht unser Aufenthalt in dieser langweiligen Abtei doch noch interessant zu werden!«

Bei Hofe war es schrecklich langweilig. Joanna war außerordentlich besorgt gewesen, als sie Lady Marilyn in die Gemächer der Königin folgte. Dort hatte sie einige der Hofdamen angetroffen. Sie wurde von allen recht freundlich empfangen, danach waren die Frauen wieder zu ihren unterbrochenen Tätigkeiten zurückgekehrt. Sie stickten und plauderten leise und brachen dabei hin und wieder über irgendeinen amüsanten Tratsch in Kichern aus.

Joanna hatte nervös dagesessen, ohne zu wissen, was

auf sie zukam. Die Zeit war quälend langsam verstrichen, ohne daß die monotone Routine der Frauen durch irgendetwas unterbrochen worden wäre. Nun gelang es Joanna nicht mehr, ihre Ungeduld zu zügeln.

»Wann wird der König kommen?« flüsterte sie Marilyn gereizt zu.

»Der König?« Marilyn blickte von ihrer Handarbeit auf. »Der König betritt niemals die Gemächer der Damen. Wir warten auf die Königin.«

»Oh.« Joanna schürzte ihre Lippen. »Aber Ihr sagtet doch, daß ich dem König vorgestellt werden sollte.«

Marilyn lächelte verständnisvoll, und Joanna stellte ein weiteres Mal fest, wie hübsch sie sein konnte. »Ich habe ganz vergessen, wie neu dies alles für Euch ist. Ihr Ärmste, das Leben bei Hofe ist schrecklich verwirrend. Ich entsinne mich noch, wie verlegen ich anfangs war. Selbst heute noch fühle ich mich den größten Teil der Zeit unbeholfen.« Sie errötete leicht, als falle ihr dieses Eingeständnis nicht leicht, und Joanna griff nach ihrer Hand. Trotz all ihrer bösen Ahnungen hinsichtlich der Vorgänge bei Hofe war Joanna sich sicher, daß sie in Lady Marilyn eine Freundin gefunden hatte.

Marilyn lächelte ihr abermals zu. »Ihr werdet schon bald die Abläufe durchschauen. Ob der Hof nun in London ist oder von Ort zu Ort reist — was sehr häufig vorkommt — so ändern sich doch gewisse Dinge nie. Vor den König tritt man nur auf dessen Befehl hin oder aufgrund einer ausdrücklichen Einladung seines engsten Kreises.«

»Seines engsten Kreises?«

»Seiner engsten Berater. Das sind die Königin, sein Schatzmeister, Sir William von Ely und sein Justiziar Geoffrey Fitz Peter. Wir warten auf die Königin, die wir später zum König begleiten werden. Sie wird Euch sagen, wann Ihr vor den König zu treten habt.«

Joanna dachte über diese Worte einen Augenblick nach.

»Dann werde ich ihn also in der Begleitung anderer antreffen. Habe ich keine Möglichkeit, eine private Unterredung mit ihm zu führen?«

Marilyn blickte sie überrascht an. »Warum solltet Ihr jemals eine private Unterhaltung mit dem König führen wollen?« Als ihr bewußt wurde, daß sich die anderen Frauen im Zimmer angesichts ihres entsetzten Tonfalls zu ihr umgewandt hatten, senkte sie ihre Stimme. »Warum um Himmels Willen wollt Ihr so etwas tun?«

Joanna blickte Marilyn aufmerksam an und überlegte, welche Worte sie wählen sollte. Als sie aber die neugierigen Blicke der anderen Frauen bemerkte, unterdrückte sie ihr Bedürfnis, sich einem anderen Menschen anzuvertrauen. Vielleicht ein anderes Mal, aber nicht jetzt.

»Ihr habt einen Vater, der über Euer Schicksal entscheidet — ein Mann, der Euch gut kennt und den Ihr gut kennt. Aber ich muß mich in dieser Angelegenheit, die meine Zukunft bestimmt, auf den König verlassen. Ich halte es daher für angebracht, einige Worte unter vier Augen mit ihm zu wechseln.«

Marilyn nickte verständnisvoll, da ihr Joannas Antwort vernünftig vorkam. Aber auf ihrem Gesicht spiegelten sich immer noch einige Zweifel wider. »Ich wäre außerstande, auch nur einen Ton hervorzubringen, wenn er mich zu einer Privataudienz laden würde, und unter gar keinen Umständen käme ich von mir aus auf diese Idee.« Sie starrte Joanna an. »Ihr müßt sehr tapfer sein.«

Joanna lächelte nur. Nicht tapfer, dachte sie, als sie sich wieder ihrer Stickerei widmeten. Nicht tapfer, nur verzweifelt.

Einige Minuten später gab es einige Bewegung auf dem Flur. Die Tür flog auf und zwei Diener, in königliches Silber und Purpur gekleidet, stellten sich links und rechts neben der Tür auf. Eine ernst dreinblickende, würdevolle Dame betrat als nächste das Zimmer, aber Joannas Aufmerksamkeit richtete sich ganz auf die Frau, die ihr folgte.

Königin Isabel übertraf alle ihre Erwartungen. Als Kind hatte sie von König Johns wunderschöner Gemahlin gehört, aber die gelassene, elegante Dame, die die Frauen, die ihr alle ihre Aufwartung machten, anlächelte und ihnen zunickte, war von einer solchen Schönheit, daß es jede Vorstellungskraft überstieg. Kein Wunder, daß der König es in Kauf genommen hatte, die mächtige Familie Lusignan zu verärgern, als er Isabel von Angoulême zu seiner Frau wählte. Kein Wunder, daß ganz Frankreich so wütend gewesen war, sie zu verlieren.

Trotz Joannas zynischer Einstellung in bezug auf den heiligen Stand der Ehe und die Beschränkungen, die diese den Frauen auferlegte, konnte sie sich dem Zauber dieser romantischen Liebesaffäre doch nicht entziehen. König John hatte viel riskiert, um diese Frau zu heiraten, und sie schien mit dem Arrangement ausgesprochen zufrieden zu sein. Wenn es doch nur immer so wäre.

Die Königin winkte mit der Hand und entließ ihre Damen wieder an die verschiedenen Arbeiten. Dann ließ sie einen schnellen Blick über den Raum gleiten und als sie Joanna entdeckte, erhob sie ihre Stimme.

»Lady Marilyn, bringt Eure Zimmergenossin zu mir. Ich wünsche eine Weile mit ihr zu plaudern.«

Marilyn mußte Joanna erst am Ärmel ziehen, bevor diese reagierte. Für einen Moment überfiel sie ein Gefühl von Besorgnis. Die Königin war so schön, wie es sich eine Frau nur wünschen konnte. Aber sie war auch die Königin, und als solche hatte sie die Interessen ihres Mannes vor Augen. Die Tatsache, daß sie eine Frau war, mußte nicht bedeuten, daß sie eine Verbündete war. Als Joanna auf Isabel zuschritt, mahnte sie sich, dies ja nicht zu vergessen.

»Guten Morgen, meine Königin«, murmelte Marilyn

und vollführte einen tiefen Knicks. Nach einem kurzen Zögern folgte Joanna ihrem Beispiel. Sie war entschlossen, nichts zu tun, was auch nur im mindesten den Anschein von Ungehörigkeit erwecken könnte, solange sie auf die königliche Gnade angewiesen war. Obwohl ihr die Etikette bei Hofe unbekannt war, gelobte sie sich zu beobachten und zu lernen, damit niemand einen Fehler in ihrem Verhalten entdecken konnte. »Guten Morgen, meine Königin«, sagte sie also ebenfalls leise.

Die Königin blickte sie an. Obwohl ihr Gesichtsausdruck freundlich war, schien ihr forschender Blick doch mehr als nur einer ersten Einschätzung zu dienen. Es kam Joanna vor, als wolle sie hinter ihre Stirn schauen, um ihre geheimsten Gedanken zu erforschen. Joanna schluckte nervös und verschränkte ihre Hände, um das Zittern zu mildern.

»Ihr seid recht hübsch. Genau wie ich es mir gedacht habe. Habe ich nicht einen guten Blick bewiesen, als ich dieses Kleid auswählte? Die Größe. Die Länge. Die Farbe passend zu Eurer Haut und Euren Augen. Kommt, dreht Euch einmal herum.«

Joanna tat, wie ihr geheißen wurde. Ihr Blick fiel dabei kurz auf Marilyn, aber das Gesicht des Mädchens war vollkommen ausdruckslos. Als Joanna sich wieder der Königin zuwandte, lächelte Isabel beinahe selbstgefällig.

»Wer hätte gedacht, daß die verwahrloste Kreatur von gestern sich in eine solch schöne Jungfer verwandeln würde?« Sie sah zu ihren Hofdamen hinüber, die alle ihre Blicke auf die Königin und Joanna gerichtet hatten. »Man fragt sich, wie man selbst wohl ohne die feinen Gewänder, kostbare Perlen und die vielen verfügbaren Schönheitsmittel aussehen mag.«

Sofort erklang ein Protestgemurmel.

»Euer Majestät wären auch ohne all das schön.«

»Nicht einmal Lumpen könnten Euren Glanz dämpfen, Madame.«

»Nichts vermag Eure Schönheit zu verbergen, meine Königin.«

Joanna bemerkte das zufriedene Lächeln der Königin. Wenn das zu den Spielregeln gehörte, würde sie sie befolgen. Demut und Unterwürfigkeit waren also gefordert, und sie würde schmeicheln und katzbuckeln, falls dies notwendig sein sollte. Alles, solange sie nur das Wohlwollen der Königin — und somit auch das des Königs — erlangt, um schließlich die Erlaubnis zu erhalten, nach St. Theresa zurückzukehren.

Die Königin begann nun ihre Runde durch das Zimmer zu machen, und gewährte jeder Hofdame ein Lächeln oder eine kurze Bemerkung. Dann nahm sie auf einem reichhaltig gepolsterten Stuhl Platz und schaute mit einem nachdenklichen Blick über ihr Gefolge hinweg.

»Wir werden uns schon bald in die Gegenwart des Königs begeben. Ich möchte, daß mich Matilda begleitet. Und Adele.«

Ihre polierten Nägel trommelten auf die Lehne ihres Stuhls. Dann wandte sie ihre juwelengleichen Augen Joanna zu. »Und Ihr, Lady Joanna. Der König muß an seine Pflichten gegenüber seinem neuen Mündel erinnert werden.«

Rylan schritt die breiten Stufen des Hauses hinunter, das er sich in Ely genommen hatte. Unten wartete Kell mit zwei Pferden. Er war für den Besuch bei Hof gekleidet, aber gut bewaffnet, mit zwei Dolchen in den Stiefeln und einem kurzen, der Etikette gehorchenden Schwert im Gürtel.

»Sie ist dort«, informierte der Nordländer seinen Herrn, als er ihm die Zügel seines Pferdes übergab.

»Daran habe ich nie gezweifelt.« Rylan stieg ohne ein

weiteres Wort zu verlieren auf, aber sein Gesicht trug einen grimmigen Ausdruck. Obwohl er sich einzureden versuchte, daß er immer in dieser Stimmung war, wenn er seinem leichtsinnigen und unfähigen König gegenübertrat, so mußte er sich eingestehen, daß er heute aufgebrachter war denn je zuvor. Bisher war er immer derjenige gewesen, der Johns teuflische Pläne durchkreuzte und seinen Stolz verletzte. Und so hätte es auch dieses Mal sein sollen, denn sobald John von seiner heimlichen Verlobung mit Lady Marilyn Crosley erfuhr, würde ihn sicherlich der Schlag treffen. Eigentlich hätte er diesen Augenblick auskosten wollen.

Aber seine Befriedigung über den Coup hatte einen Dämpfer erhalten, und das war allein einer anderen, zierlichen jungen Frau zu verdanken.

Nein, es war nicht allein ihre Schuld. Er, der sich brüstete, jede mögliche Situation zu meistern und auf alles vorbereitet zu sein, hatte sich bei ihrer Reaktion auf seine Entführung hoffnungslos verschätzt. Er hatte die Opposition des Königs einkalkuliert, nicht aber ihre. Nun mußte er für seinen Fehler bezahlen. Er biß bei dem Gedanken daran, mit wieviel Vergnügen John seine mißliche Lage auskosten würde, wütend die Zähne aufeinander. Er würde ihn zweifellos mit Joannas Anwesenheit bei Hofe gnadenlos verhöhnen.

Aber ihm blieb immer noch ein kleiner Trost. Joanna würde die Geduld des Königs auf eine ebenso harte Probe stellen wie seine eigene. Leider war der König kein Mensch, der Halsstarrigkeit lange duldete.

Als sie aus dem Hof hinausritten, gefolgt von zwei Knappen und vier bewaffneten Männern, war Rylan sich bewußt, daß er als einziger zwischen Joannas Eigensinn und den Launen des Königs stehen würde. Ob es ihr gefiel oder nicht: er war ihr einziger Verbündeter am Hof.

Während sie die knappe Meile zur Abtei von Ely ritten,

wechselten die Männer kein Wort. Rylan merkte sich den Weg genau, für den Fall, daß ein hastiger Rückzug notwendig wäre.

Die Abtei von Ely war ein riesiges Anwesen. Unter einer Reihe von früheren Bischöfen waren eine Kapelle, Schlafunterkünfte und einige andere Gebäude errichtet worden, und seither hatte sich die Abtei noch beträchtlich vergrößert. Inzwischen waren eine Kathedrale, ein Speisesaal, ein Backhaus, eine Brauerei, eine Mühle, mehrere Gärten, Fischteiche und Unterkünfte für Besucher aller Schichten hinzugekommen. Die umgebenden Mauern waren erweitert worden und glichen den Ringen der alten Eiche, die am Eingangstor stand.

König John und sein großer Hofstaat benötigten solch ausgedehnte Unterkünfte.

Der Hof war drei Jahre lang nicht in Ely gewesen. Zweifellos würde John solange bleiben, wie man aus den Vorratskammern des Bischofs ein üppiges Mahl auf den Tisch bringen konnte. Rylan lächelte in sich hinein. Die Einwohner von Ely sahen in diesem Jahr sicherlich einem harten Winter entgegen.

Die beiden Knappen kümmerten sich um die Pferde, nachdem die Reiter abgestiegen waren. Die bewaffneten Männer, die ihre Aufgabe kannten, mischten sich unter das bunte Volk in der Abtei. Sie sollten Augen und Ohren offenhalten.

Rylan schritt in der Begleitung von Kell auf den riesigen Empfangssaal des Bischofs zu. Obwohl er den König nicht schätzte, kannte er ihn doch gut genug, um zu wissen, daß er am heutigen Tage seiner Schadenfreude freien Lauf lassen wollte. Der König würde jedem Freiherren und Edelmann im ganzen Land verkünden lassen, daß er in der Angelegenheit von Oxwich Castle und Lady Joanna Preston einen Sieg errungen hatte.

»Blaecston!« rief eine überraschte Stimme, als er über

den Marmorboden des Vorzimmers schritt. »Teufel nochmal, Mann, Euch hätte ich nicht bei Hofe erwartet.«

Rylan blieb stehen, um Sir Guillaume von Reislip zu begrüßen und bemerkte, daß die laute Stimme des Mannes mehrere Köpfe dazu gebracht hatte, sich nach ihm umzuwenden. Schnell setzte ein Gemurmel ein, und er wußte, daß seine Ankunft bald jedem bekannt sein würde. Das schnelle Verschwinden von Sir George Gaines garantierte, daß der König schon sehr bald von seiner Anwesenheit erfuhr.

»Schön, Euch zu sehen, Reislip«, erwiderte Rylan, ohne sich seine Gedanken anmerken zu lassen. Er ergriff die dargebotene Hand Sir Guillaumes und deutete auf seinen schweigsamen Begleiter. »Darf ich Euch Kell Farstad vorstellen.«

Sir Guillaumes Augen weiteten sich beim Anblick des hünenhaften Nordländers, und Rylan mußte erneut ein Lächeln unterdrücken. Den meisten Menschen ging es so, wenn sie Kell zum ersten Mal begegneten. Seine Größe und offensichtliche Kraft in Verbindung mit seiner unendlichen Ausdauer reichten aus, um die Menschen zurückweichen zu lassen.

Aber Joanna hatte sich nicht vor ihm gefürchtet, kam ihm in den Sinn. Sie hatte Kells einzige Schwäche sofort erkannt — seine überwältigende Angst vor Wasser — und dies sofort zu ihrem Vorteil genutzt.

Ob sie wohl auch seine eigene Schwäche erkannt hatte — seine beunruhigende Schwäche für sie? fragte sich Rylan. Ein kurzer Ruck an seinem Ärmel lenkte seine Aufmerksamkeit wieder auf den überschwenglichen Sir Guillaume.

»Der König ist schlechter Stimmung«, flüsterte der Mann mit vertraulicher Stimme. »Eure Anwesenheit hier wird seine Laune nicht heben.«

Rylan sah die unverhohlene Neugierde auf Sir Guillaumes Gesicht, und als er sich umdrehte, erblickte er einige andere Freiherren, die auf ihn zukamen.

»Das würde ich nur allzu gerne glauben«, murmelte er, mehr zu sich selbst als zu Guillaume. »Aber ich wäre nicht überrascht, wenn der König ausnahmsweise einmal sehr erfreut wäre, mich bei Hofe zu empfangen.«

Keinem der Umstehenden blieb Zeit, Rylan nach der Bedeutung seiner Worte zu befragen oder auch nur darüber nachzudenken, denn am Eingang zum Empfangssaal des Bischofs entstand plötzlich Unruhe. Menschen traten zurück, um Platz zu machen, während sich andere nach vorne drängten, um zu sehen, was vor sich ging. Rylan jedoch mußte erst gar nicht hinsehen, um zu wissen, wer sich dort näherte. Der König konnte es nicht einmal abwarten, bis Rylan das Empfangszimmer des Bischofs betreten hatte. Er war gekommen, um Rylan zu verspotten und allen zu zeigen, wer die Trümpfe in der Hand hielt. Obwohl Rylan damit gerechnet hatte und auf die öffentliche Beleidigung vorbereitet war, die ihm der König bereiten würde, gefiel ihm die Situation dennoch nicht. Er biß die Zähne aufeinander und wappnete sich gegen das, was nun kam.

Aber diese mühsam erkämpfte Haltung war kein ausreichender Schutz gegen den Anblick, der sich ihm bot. Wie er richtig vermutet hatte, war John die Ursache der Unruhe gewesen.

Aber Rylan war nicht darauf vorbereitet, Joanna an seiner Seite zu sehen.

Er empfand die Wirkung, die ihre Anwesenheit auf ihn hatte, wie einen Schlag in den Magen. Sie war noch schöner, als er in Erinnerung hatte — schlank, elegant, mit geöffnetem Haar, das ihr so über den Rücken fiel, wie es sich für eine Jungfrau geziemte.

Einen atemberaubenden Moment lang erinnerte er sich, wie ihr langes, seidiges Haar auf der bleichen Haut ihrer nackten Brüste ausgesehen hatte. Aber er verdrängte dieses Bild sofort wieder. Sie stützte sich jetzt auf John Lacklands Arm und nicht auf seinen. Und wenn er dies ändern wollte, mußte er alle Sinne beieinander haben. Aber dennoch rebellierte etwas in ihm allein bei dem Anblick der beiden. König John hatte kein Recht, ihren Arm so vertraulich zu halten! Oder sie mit seiner beringten Hand so nahe an sich zu ziehen! Es machte keinen Unterschied, daß sie rechtlich gesehen nun ein Mündel des Hofes war. Sie gehörte doch zu *ihm* —

Dieser verrückte Gedanke ernüchterte Rylan sofort.

Sie gehörte nicht zu ihm — welch ein Unsinn. Dennoch machte die Spannung in seinen Lenden es schwierig, diese Wahrheit zu akzeptieren. Er wollte sie mit einem der Yorkshire-Lords verheiraten, dem er vertraute. Das hatte er von Anfang an gewollt, und das wollte er immer noch, ermahnte er sich. Und doch konnte er nicht verhehlen, daß ihre gemeinsame Zeit auf der Isle Sacré seine ursprüngliche Absicht auf eine harte Probe gestellt hatte.

Um ihn herum erhob sich neugieriges Gemurmel. Die Leute reckten die Hälse, um eine bessere Sicht auf den König und die unbekannte Schönheit an seinem Arm zu erhaschen. Aber Rylan schenkte all dem keine Beachtung. Obwohl der König ganz offenbar das Gesicht seines Gegners in der Menge suchte, bemerkte Rylan auch dies nicht.

Er hatte nur Augen für Joanna.

Sie war blaß und durch die fremde Umgebung und die vielen Menschen verängstigt. Und doch war sie schöner als je zuvor. Unvorstellbar schön.

»Zum Teufel nochmal«, fluchte er leise. Nur weil er derart besessen von ihr war, hielt er sich hier auf. Hätte er sich beherrscht, statt sich von ihrer unschuldigen Schönheit ablenken zu lassen, wären sie jetzt beide auf Blaecston Castle und in Sicherheit vor den Machenschaften des Königs.

Ihre Augen hatten ihn entdeckt. Joannas Überraschung über sein Auftauchen war ganz offensichtlich. Aber was spiegelte sich noch in ihrem Gesicht wider? Erleichterung? Oder Zorn?

Es blieb ihm keine Zeit zum nachdenken, denn im selben Moment hatte ihn auch der König entdeckt. Mit einem selbstgefälligen Lächeln blieb John stehen, tätschelte Joannas Hand und lenkte ihre Aufmerksamkeit von Rylan ab.

»Wie ich sehe, ist Blaecston hier«, bemerkte der König mit einstudierter Nonchalance zu dem Mann neben seinem Ellbogen. Seine Stimme war gerade laut genug, um über das gedämpfte Gemurmel im Vorzimmer hinwegzudringen. »Sprecht ihm meine Einladung aus, am Mittagsmahl teilzunehmen, Sir George.« Dann wandte er sich mit hoch erhobenem Haupt um und schritt wieder auf den Empfangssaal des Bischofs zu, ohne auch nur eine Sekunde den Griff um Lady Joannas Arm gelockert zu haben.

Joanna befand sich in einem Schockzustand, als sie neben dem König auf das Zimmer zuschritt, das sie erst vor wenigen Augenblicken verlassen hatte. Rylan war hier!

In der letzten Stunde, die sie in der Gegenwart des Königs verbracht hatte, war sie sich mehr als zuvor wie ein Tauschobjekt vorgekommen. Der König hatte sie mit einem Blick betrachtet, der einem Pferdehändler Ehre gemacht hätte, und sich dann mit einem Lächeln an die Königin gewandt, als wolle er ihr seinen Stolz über ein gelungenes Geschäft kundtun. Joannas Mut war auf eine harte Probe gestellt worden. Ihre einzige Verteidigung hatte darin bestanden, die Gefühle auszuschalten und sich in ein Schneckenhaus zurückzuziehen. Aber als sie so völlig unerwartet Rylan entdeckt hatte, hatte ihr Herz vor Freude einen Satz gemacht. Er ist gekommen, um mich zu holen, dachte sie mit großer Erleichterung.

Aber dann ergriff ein weitaus weniger angenehmer Gedanke von ihr Besitz. Wenn er sich hierher, in das Lager seines erklärten Feindes, begab, konnte es nur einen Grund dafür geben. Er war gekommen, um das zu retten, was von seinem vereitelten Plan noch zu retten war. Sie hatte seine Absicht, sie mit einem Freiherren zu verheiraten, der seiner Sache freundlich gesonnen war, durchkreuzt. Ob er etwa die Hoffnung hegte, sie noch einmal entführen zu können? Und das unter den Augen des Königs?

Trotz ihrer Anstrengungen, einen gelassenen Eindruck zu machen, fühlte Joanna, wie Verzweiflung in ihr aufstieg. Sie schluckte schwer und unterdrückte die Tränen, die ihr in die Augen stiegen. Aber sie konnte nicht umhin, einen Blick zurück über ihre Schulter zu werfen. Rylans kräftige Silhouette war nur unschwer auszumachen. Seine enorme Größe, sein langes, schwarzes Haar und sein durchdringender Blick hielten ihre Augen gefangen. Aber mehr als alles andere war in diesem Augenblick trotz der scheinbaren Niederlage seine Aura der Macht unübersehbar.

Sie starrte ihn hilflos an, bis sie ein kräftiges Zwicken an ihrem Arm aus ihren Gedanken riß.

»Ihr seid neu hier, also werde ich Euch Euren Fehler noch einmal vergeben«, murmelte der König in ihr Ohr. »Ich schlage vor, daß Ihr in der Zukunft alle Männer, bis auf solche, auf die ich Euch ausdrücklich aufmerksam mache, ignoriert.«

Sein erboster Blick bohrte sich in ihre weitaufgerissenen Augen. Dann tätschelte er ihren Arm und lächelte mild. »Es wäre übrigens wünschenswert, wenn Ihr Sir Rylan Kempe Eure Aufmerksamkeit schenken würdet. Obwohl Eure Abneigung gegen einen Mann, der Euch auf so grausame Weise entführt hat, nur verständlich ist, so ist sein größter Fehler doch der, daß sein kleiner Plan versagt hat. Die Idee war brillant, doch in der Durchführung hat er kläglich versagt. Also verurteilt ihn nicht zu scharf, meine Liebe. Und jetzt —« Er verstummte, als sie bei der Königin angelangt waren und richtete das Wort an seine Frau. »Wir sind bereit zu speisen. Ich habe Lord Blaecston an unsere Tafel bitten lassen. Und Lady Joanna wird uns ebenfalls Gesellschaft leisten.«

Isabel lächelte ihren Mann an und entließ mit einer nachlässigen Geste eine ihrer Hofdamen, damit sie dem Kammerherrn Anweisungen für die Sitzordnung geben konnte.

Joanna stand allein unter diesen Menschen, die zu viele Hintergedanken hatten, die sie nicht begriff. Lachen klang durch das Zimmer. Überall wurde geredet. Ein Geruch von Minze und Lavendel, der von den Binsen aufstieg, vermischte sich mit dem Duft zahlloser Parfüms und ungewaschener Körper. Myriaden von Kerzen und Fackeln waren entzündet worden. Der Schrei eines Wildvogels erschreckte sie, und ihr beunruhigender Blick fiel auf die Rückenlehne des königlichen Stuhls, auf der der Vogel saß. Man hatte ihm eine Haube über den Kopf gestülpt.

Während sie ihn nachdenklich betrachtete, sah sie plötzlich die Gemeinsamkeiten: auch sie war blind und angekettet, unfähig, sich selbst zu befreien. Sie verschränkte nervös ihre Hände, biß sich auf die Unterlippe und bemühte sich verzweifelt, ihr Zittern unter Kontrolle zu bringen.

Dann zog sie eine der Hofdamen am Arm und deutete zu dem hohen Tisch hinüber, wo sie in Gegenwart des Königs und der Königin speisen sollte. Sie ging ein paar Schritte vorwärts, aber ihr Blick blieb auf den prächtigen Falken gerichtet.

Sie mochte sich wohl in der gleichen mißlichen Lage wie der wertvolle Jagdfalke des Königs befinden, tröstete sie sich, aber sie war nicht die einzige, der es so ging. Auch Sir Rylan Kempe war angekettet wie dieser Vogel und durch das Eingreifen des Königs außerstande, seine Jagd fortzusetzen. Aber auch das änderte nichts an ihrer Situation. Wer auch immer der Jäger war, Oxwich war der Köder.

Und sie war immer noch die Beute.

15

Joanna stand wie die anderen hinter ihrem Stuhl und wartete, daß der König zu seinem Platz schreiten und sich setzen würde. Ihre Hände umklammerten die Lehne, und sie war davon überzeugt, daß ihre Beine nachgegeben hätten, wäre da nicht der kräftige Eichenstuhl gewesen, der ihr Halt gab. Sie starrte blind vor sich hin und weigerte sich, dem Blick eines anderen Gastes zu begegnen — ganz gewiß nicht dem von Lord Blaecston.

Was um Himmels Willen hatte der König vor? Er und Rylan waren ganz offensichtlich politische Gegner. Hatte sie jemals Zweifel an Rylans Worten gehabt, so wurden sie nun durch das selbstgefällige Verhalten des Königs bestätigt. Diese Geste, Rylan an seinen Tisch zu bitten, war nichts weiter, als eine Gelegenheit, Schadenfreude zu zeigen. Joanna empfand dies als überflüssig und ausgesprochen unpassend für einen König. Und doch betraf Johns Verhalten auch sie. Es war unübersehbar, daß er in ihrer Anwesenheit eine Gelegenheit sah, sich über Rylan lustig machen zu können.

Aber warum ließ Rylan sich darauf ein? Warum war er an den Hof gekommen und ließ es zu, daß er in aller Öffentlichkeit beleidigt wurde? Obwohl sich ein Teil von ihr wünschte, daß ihn seine Schuldgefühle und die Scham über sein scheußliches Verhalten ihr gegenüber hierhergetrieben hatten, rückte sie schnell wieder von einer solch dummen Vermutung ab. Wahrscheinlich mochte er einfach immer noch nicht glauben, daß ihm seine Beute so einfach durch die Finger geschlüpft war.

»Der König wünscht, daß Ihr Euch neben die Königin setzt«, murmelte der Kammerherr höflich. Joanna begab sich gehorsam zu dem Stuhl, den er ihr zuwies und wäre beinahe gestolpert, als sie Rylan erblickte. Er wartete hinter dem Stuhl, der gleich neben dem des Königs stand.

Trotz aller Gründe, die sie hatte, um ihn zu verachten, verspürte Joanna in diesem Augenblick doch ein dunkles und schmerzhaftes Verlangen nach ihm.

Sein Gesicht war verschlossen und bar jeder Emotion, nicht aber seine Augen. Er betrachtete sie mit dunklem, funkelnden Blick. Joanna schluckte, atmete einmal tief durch und hob mutig ihr Kinn. Aber sie war nicht imstande, auch nur ein Wort herauszubringen. Ihr Mund war trocken, und ihr Kopf wie leergefegt. Ihre Blicke trafen sich und ruhten für einen Augenblick ineinander. Dann machte er einen kleinen Schritt zur Seite und räusperte sich.

»Ich wußte, daß Euch das Leben bei Hofe bekommen würde«, murmelte er, während seine Augen noch einmal über ihre elegante Erscheinung glitten. »Aber ich hätte nicht gedacht, daß es Euch *so* gut bekommt.«

Diese arrogante Bemerkung, getarnt als Kompliment, ließ Joanna sofort wütend werden. »Ihr ›wußtet‹! Ihr ›habt gedacht‹! Es ist mehr als offensichtlich, daß Ihr überhaupt nichts über mich wißt!« zischte sie aufgebracht. Sie wäre am liebsten auf ihn zugestürmt, um ihre Wut und Verwirrung über ihm zu entladen, aber das Erscheinen der Königin an ihrer Seite verhinderte einen weiteren Ausbruch.

»Aber, aber, Lady Joanna. Dies ist nicht der richtige Ort, um Euren Gefühlen Lord Blaecston gegenüber Luft zu machen. Solch eine Unterhaltung sollte besser in einer privateren Umgebung stattfinden.«

Joanna bemühte sich, ihre bitteren Worte hinunterzuschlucken, ohne zu bemerken, daß der sanfte Tadel der Königin bis in die erste Tischreihe zu hören war. Dann trat auch der König zwischen sie und Rylan und wandte sich mit einem breiten Lächeln an Isabel.

»Geht nicht zu hart mit ihr ins Gericht, liebste Gattin. Es ist nur natürlich, daß sie solch eine Abneigung gegen den Mann empfindet, der sie auf so grausame Weise entführen wollte.« Er warf Rylan einen gespielt nachsichtigen Blick zu. »Stünde Lord Blaecston bei meinen Freiherren nicht in einem solch hohen Ansehen, wäre ich versucht, für diese unehrenhafte Tat eine harte Strafe zu verhängen.«

Er hob eine Hand, um jeglicher Unterbrechung von Rylan vorzugreifen. »Aber so wie die Dinge liegen, ist ja kein wirklicher Schaden entstanden — meine eigenen Männer haben Lady Joanna im letzten Augenblick gerettet. Ich denke also, eine Entschuldigung von Lord Blaecston wird ausreichen.« Er lächelte ein weiteres Mal, wobei er sich nur allzu bewußt war, daß jedes Ohr im Saal auf seine Worte lauschte. »Was sagt Ihr dazu, meine liebe Joanna? Seid Ihr bereit, seine Entschuldigung gnädig zu akzeptieren, wie es einer Dame geziemt?«

Joanna starrte den König ungläubig an. War das wirklich alles, was er von seinem abtrünnigen Lord fordern wollte — eine Entschuldigung? Ihr Blick wanderte über Rylans Gesicht, das einen unversöhnlichen Ausdruck trug und selbst angesichts dieser öffentlichen Bloßstellung hart und bedrohlich wirkte. Aber was sie dort sah war keine Reue. Weit gefehlt. Konnte er wirklich so dumm sein?

Aber vielleicht war es ja gar keine Dummheit. Möglicherweise war er mächtiger als sie vermutete. Schließlich hatten die Männer des Königs gezögert, ihn zu töten, obwohl es doch so einfach gewesen wäre. Und nun verhängte der König bis auf eine öffentliche Entschuldigung sogar keine Strafe für ihn.

Ihre Augen verengten sich nachdenklich, als sie den Mann betrachtete, der ihre Jungfräulichkeit gestohlen hatte.

Mächtig mochte er sein und sogar imstande, Könige einzuschüchtern. Aber er konnte ihr nicht mehr wehtun. Und nun würde sie in den Genuß kommen, mitanzusehen, wie er sich wand und krümmte.

Sie hob ihr Kinn und warf König John ein leichtes Lächeln zu. »Wenn er mir seine Entschuldigung — seine aufrichtige Entschuldigung — ausspricht«, stimmte sie schnell zu, »werde ich diese akzeptieren.«

Rylan starrte sie an. »Gnädig akzeptieren?« fragte er mit einem zynischen Lächeln auf den Lippen.

Sie mußte ihre Zähne zusammenbeißen, um eine wütende Entgegnung zurückzuhalten. »Gnädig akzeptieren«, wiederholte sie, obwohl ihr funkelnder Blick etwas ganz anderes besagte.

Die Augen des Königs wanderten von Rylan zu Joanna und wieder zurück. »Wie schön. Alle sind sich einig. Harmonie ist doch so viel angenehmer als Zwietracht.« Sein Lächeln vertiefte sich und seine Augen blitzten triumphierend. Aber Joanna wurde bewußt, daß dies mehr war als der bloße Triumph über einen Freiherren. Sie sah den Haß in den Augen des Königs. Ein Schauer lief ihr den Rücken hinunter. Eine plötzliche Gewißheit sagte ihr, daß der König dieses Katz- und Maus-Spiel kaum wirklich mit einer simplen Entschuldigung beenden würde.

»Nun, Blaecston«, bohrte der König. »Werdet Ihr Eure Entschuldigung vorbringen oder nicht?«

Als Rylan den König kalt anstarrte, war Joanna sicher, daß er John eher erwürgen würde, als seiner Forderung nachzukommen. Aber im nächsten Augenblick richtete er auch schon seinen Blick auf sie.

Er trat auf sie zu, griff nach ihren Händen und nahm sie zwischen seine warmen Handflächen.

»Lady Joanna«, begann er ruhig, ohne daß seine Augen auch nur ein einziges Mal von ihrem Gesicht wichen. »Ich bedauere zutiefst die Umstände unserer vorherigen

Begegnung. Wenn ich die Macht hätte, alles ungeschehen zu machen, würde ich dies gewiß tun.«

Joannas Pulsschlag hatte sich bei der Berührung durch seine Hände mehr als verdoppelt. Zuerst hatte sie ihre Hände wegziehen wollen, aber mit seinem durchdringenden Blick hatte er sie dazu gebracht, daß sie sich nicht von der Stelle rühren konnte. Schlimmer noch, seine rauhe Stimme hatte tief in ihrem Inneren ein unwillkommenes Verlangen ausgelöst.

Sprach er wirklich die Wahrheit? fragte sie sich. Wünschte er sich wirklich, daß sie sich unter anderen Umständen kennengelernt hätten? Meinte er, was er sagte — und all das, was er nicht sagte, was aber in seinem Blick zu lesen war?

»Ich … Ihr …« Joanna stolperte über ihre Worte. »Vielen Dank, Ryl — Lord Blaecston«, brachte sie schließlich heraus. Dann zog er ihre Hände, die sie immer noch unnatürlich fest umklammert hielt, auseinander. Er beugte sich in einer überaus korrekten und höflichen Zurschaustellung guter Manieren nach vorne, um ihre Knöchel zu küssen. Aber während seine Lippen über die Rückseite einer ihrer Hände glitten, fühlte sie, wie seine Finger in einem warmen Kreis über die Handflächen strichen. Dann stahl sich seine Zunge hervor und glitt über den Kamm ihrer Knöchel. Joanna stockte vor Entsetzen der Atem.

»Mylady«, murmelte er, für alle Augen mit der größten Ehrerbietung und richtete sich auf. Lediglich die brennende Hitze seiner Augen verriet seine wahren Gefühle.

»My-mylord«, brachte sie stammelnd hervor.

Als Rylan ihre Hände losließ und zurücktrat, lächelte der König, zufrieden, daß der andere sich seinem Willen gebeugt hatte. Im Saal erhob sich Getuschel. Jeder wußte über Rylans Ablehnung gegenüber dem König Bescheid. Nun waren sie Zeugen gewesen, wie ihr König ihn zur Strecke gebracht hatte. Johns zufriedener Gesichtsausdruck zeigte deutlich, wie sehr er diesen Augenblick genoß.

Nur eine Zuschauerin schien mit der kleinen Szene überhaupt nicht zufrieden zu sein. Königin Isabels aufmerksamer Blick wanderte zwischen John und Rylan hin und her, und sie tippte sich mit einem ihrer Finger gegen die geschürzten Lippen. Sie sagte jedoch nichts. Statt dessen bewegte sie sich anmutig auf ihren Stuhl zu und wartete darauf, daß John Platz nahm. Während des folgenden Gescharres von Stühlen und Bänken funkelten ihre Augen vor Erwartung.

Rylan verzehrte das Mahl mit unglaublicher Beherrschung. Frühlingslamm in Soße auf einer Scheibe feingekörnten Weißbrots war eines seiner Lieblingsgerichte, und er bewunderte die Talente des königlichen Kochs. Dennoch war seine Freude über das Essen gedämpft. König John versagte sich nichts. Weder das feinste Essen, noch Getränke noch Juwelen oder kostbare Kleider und Pelze. Seine Steuern trieben die Bevölkerung in Not und Armut und doch lebte er, als wäre sein Vermögen unerschöpflich.

Aber Rylan wußte, daß es in Wahrheit nicht die Exzesse des Königs waren, die ihm die Lust am Essen nahmen. Nicht heute. Sein Appetit hatte ihn verlassen, weil Lady Joanna Preston ihm so nah war und er doch nicht mit ihr reden, sie nicht berühren konnte.

Bei dem Gedanken daran, sie zu berühren, versteifte sich sein ganzer Körper.

Er unterdrückte einen Fluch, griff nach seinem Weinkelch und schüttete schnell den feinen Rotwein die Kehle hinab.

»Mundet Euch der Wein?« erkundigte sich John mit schmeichelnder Stimme. Er spießte ein gut durchgebratenes Stück Lammfleisch auf und führte es zum Mund, bevor er sich zu Rylan umwandte.

»Er ist gut«, murmelte Rylan.

»Ich habe ihn von Lord Fulton. Statt seine Ritterdienste zu erhöhen, akzeptierte ich vier Kisten seines feinsten Weines.« Er lachte, als er Rylans steinernen Gesichtsausdruck sah. »Wie ich sehe, mißbilligt Ihr dies. Vielleicht werdet Ihr nicht mehr derart die Stirn runzeln, wenn Ihr hört, daß Sir Harold von Gimsby mich mit zwei Wagenladungen französischer Stoffe bedacht hat. Ballen über Ballen von feinstem Samt und feinster Seide. Er wünscht die Erlaubnis zu erhalten, seine Burg am Flusse Wye zu vergrößern, und buhlt auf diese Weise um mein Wohlwollen.« Er spießte ein weiteres Stück Lammbraten auf. »Obwohl ich mich in der Angelegenheit seiner Burg noch nicht entschieden habe, habe ich mich doch bereits entschlossen, Lady Joanna mehrere Ballen Stoff zum Geschenk zu machen.«

Als er die plötzliche Anspannung in Rylans Haltung bemerkte, vertiefte sich Johns selbstgefälliges Lächeln. »Sie wird ein feines Kleid für ihre Hochzeit benötigen. Vielleicht smaragdgrün.« Er blickte an Isabel vorbei zu Joanna hinüber, die kaum etwas aß. »Bei solch wunderschönen grünen Augen wird ein Kleid aus grüner Seide sicherlich sehr schmeicheln. Natürlich kommt eine solche Schönheit am besten nackt ausgestreckt auf einem Bettlaken zur Geltung.« Er lachte heiser und griff nach seinem Weinkelch. »Zweifellos wird sich bald eine Vielzahl unserer geilen jungen Lords um sie scharen, in der Hoffnung, sie schon bald just in dieser Aufmachung bewundern zu dürfen.«

Joanna keuchte laut auf, und Rylan mußte seine ganze Willenskraft zusammennehmen, um Johns vulgärer Rede nicht durch einen Fausthieb in dessen Gesicht ein Ende zu setzen. Isabel dagegen befleißigte sich keiner solchen Zurückhaltung.

»Eure Geschmacklosigkeiten sind besser für die Ställe

geeignet«, zischte sie, aber nur so laut, daß sie von denen, die unterhalb des Podiums saßen, nicht gehört werden konnte.

John entschuldigte sich nicht, aber er besaß genug Anstand, sein Lachen hinter einem Hustenanfall zu verbergen. Als Isabel sicher war, daß er sich benehmen würde, wandte sie ihren Blick Rylan zu.

»Nun, Lord Blaecston, Ihr seid also wieder einmal dem Zorn des Königs entkommen. Welch glücklicher Umstand für Euch, daß er es vorzieht, Euch zu übervorteilen, statt Euch in den Turm werfen zu lassen.«

»Ja, ein wahrlich glücklicher Umstand.« Rylan nahm einen Bissen Lammfleisch zu sich.

»Ich muß schon sagen«, fuhr die Königin fort, »daß es viel angenehmer ist, in solch friedlicher Harmonie zusammenzusitzen, als in den Tumulten der letzten Monate — nein, Jahre — der Unzufriedenheit. Eine Unzufriedenheit, die Ihr, wie ich hinzufügen darf, schürt.«

»Ich bin lediglich bestrebt, einen dauerhaften Wohlstand — und Frieden — für England zu sichern.«

Isabels Augen glitten mit dem Blick einer Frau über ihn hinweg, die auch das kleinste Detail wahrnimmt. Wäre da nicht ihr Mann gewesen, der zwischen ihnen saß, so hätte Rylan angesichts des abwägenden Blicks aus ihren Augen vermutet, daß sie über ein heimliches Treffen mit ihm nachdachte. Aber ihre nächsten Worte zerstörten diese Vermutung schnell wieder.

»Ich hätte eher angenommen, daß Ihr Euch zuerst und vordringlich mit dem Gedeihen von Blaecston und Euren anderen Gütern befassen würdet. Wie es im Augenblick scheint, seid Ihr ohne Frau und damit ohne Erben.« Ihre feingezupften Wimpern wölbten sich fragend in die Höhe. Auch John wartete gespannt auf Rylans Reaktion.

Wären die Umstände andere gewesen, hätte Rylan nur zu gerne sein vorteilhaftes Arrangement enthüllt, das er erst kürzlich mit Sir Egbert Crosley in bezug auf dessen Tochter, Marilyn getroffen hatte. Aber Joannas Anwesenheit zwang ihn, seine Zunge im Zaum zu halten.

»Ich versichere Euch, daß ich die Situation in Kürze bedenken werde.«

»Wir sind ausgesprochen interessiert an jeglichen Unterhandlungen, die von Eurer Seite aus geführt werden«, warf John ein. »Natürlich gibt es gewisse Jungfrauen, die für Euch keinesfalls in Frage kommen.« Bei dieser Bemerkung blickte er ganz bewußt zu Joanna hinüber und warf Rylan anschließend ein affektiertes Lächeln zu.

Rylan schaute den König mit einem ausdruckslosen Gesicht an. Dem forschenden Blick der Königin begegnete er mit einem schwachen Lächeln. Aber dann wanderten seine Augen zu Joanna hinüber, und es war um seine mühselig bewahrte Fassung geschehen. Sie sah ihn ebenfalls an, aber ihre Gefühle waren viel schwieriger zu entziffern als die von John und Isabel.

Der König haßte alle, die gegen ihn waren. Sein Wunsch war es, Rylan bloßzustellen und ihm damit seinen Einfluß auf die Freiherren zu nehmen. Die Königin, die längst nicht so rachsüchtig war wie ihr Mann, wußte dennoch sehr wohl, daß jeder mächtige Lord eine Gefahr für die Krone bedeutete. Unter ihrer schönen, lächelnden Schale war sie ausgesprochen verschlagen.

Aber Joanna ... Joanna blieb ihm ein Rätsel.

Sie wandte ihren Blick nicht von ihm ab. Erst ein Einwurf des Beichtvaters ihrer Majestät der Königin, des Bischofs von Ely, beendete das schweigende Kräftemessen ihrer Blicke.

»Eine Trauung am Hof. Das wäre einmal eine nette Abwechslung, nicht wahr?« Sein rundes Gesicht und der kahl werdende Schädel leuchteten mit vitaler Röte, und er musterte alle seine Gäste am Hochtisch mit schnell hin und her jagenden Augen. »Erinnert Ihr Euch noch an die

Lustbarkeit, Mylady, als Fitzpatrick sich zur Weihnachtszeit vermählte? Und an die Festivitäten zur Ernte, als Lady Helen mit dem Lord aus dem Norden, Sir Kendrick, getraut wurde? Ach, das waren Zeiten. Welch Köstlichkeiten gereicht wurden! Und die Spiele und der Sport! Und der Wein, der floß!« Er unterbrach seinen begeisterten Vortrag, griff nach einem Kelch und nahm einen tiefen Schluck. »Ja, eine Hochzeit wäre in der Tat eine schöne Abwechslung. Sollte es Lady Joannas sein? Oder vielleicht die von Lord Blaecston? Oder besser noch, zwei Hochzeiten. Eine Doppelhochzeit!« jauchzte er vergnügt.

»Weder Lord Blaecston noch Lady Joanna haben bisher einen Ehevertrag unterzeichnet«, bemerkte der König trocken. Er hob sein Glas an die Lippen, nippte daran und schaute nachdenklich in die Runde, als sei ihm gerade ein Gedanke gekommen. »Wann Lord Blaecston einen solchen Vertrag unterzeichnet und mit wem, liegt in seiner eigenen Hand, aber Lady Joannas Zukunft ist mir anvertraut. Was sagt Ihr, Isabel, sollen wir unsere Gedanken doch schneller als beabsichtigt dem Wohlergehen unseres Mündels widmen und unserem Aufenthalt in Ely eine Festivität hinzufügen?«

Rylans Augen wanderten schnell zu Joanna hinüber. Sie hatte wiederum ihren Blick ihm zugewandt. Ohne Zweifel fürchtete sie sich, aber er war sicher, daß ihre Ängste nicht größer als seine eigenen sein konnten. Für einen kurzen Moment war er davon überzeugt, daß er ihre Gedanken erraten konnte. Dann wandte sie ihren Blick ab und schaute auf ihre Hände. Aber dieser eine Augenblick hatte ausgereicht, um ihm ein für allemal den Weg zu weisen, den er gehen mußte. Er war zornerfüllt nach Ely geritten, ohne einen wirklichen Plan gefaßt zu haben. Er wußte nur, daß er Joanna irgendwie davor bewahren wollte, vom König für dessen Zwecke mißbraucht zu werden. Wie er sein Ziel erreichen sollte, war ihm noch nicht ganz klar, aber sein Schuldgefühl und die letzten Überbleibsel seiner Ehre verlangten, daß er es versuchte.

Nun allerdings sah er die Lösung deutlich vor sich und er empfand eine unendliche Erleichterung. Er konnte überhaupt nicht begreifen, warum er sie nicht schon viel früher erkannt hatte. Er wurde beinahe wütend, als ihm bewußt wurde, daß es lediglich die verzweifelte Bitte nach Hilfe, den er für den Bruchteil einer Sekunde in Joannas Augen gesehen hatte, gewesen war, der ihn zu dieser Erkenntnis gebracht hatte.

Er mußte sie selbst heiraten.

Mit zitternder Hand griff er zu seinem Weinglas. Er würde sie heiraten und damit den gemeinen Pranken eines jeden der vom König mit Wohlwollen angesehenen Lords entreißen. Dieser Haufen, vulgär und selbstsüchtig, hatte eine solch reine Seele wie Joanna nicht verdient.

Die Unterhaltung um ihn herum ging weiter, aber er nahm sie kaum mehr wahr. Er war zu sehr von der verwegenen Entscheidung, die er getroffen hatte, erfüllt. Er war bereits Lady Marilyn verpflichtet. Ihr Vater würde seine Sinnesänderung nicht so leicht hinnehmen, und Rylan hatte nicht vor, Lord Egbert oder seine Tochter zu beleidigen. Gott sei Dank war die ganze Sache noch nicht offiziell verkündet worden. Dann war da noch das Problem, die Einwilligung des Königs zu erlangen. Joanna war nun ein Mündel des Hofes und Rylan die letzte Person, mit der John die Erbin von Oxwich vermählen wollte. Aber nichts davon war im Augenblick wirklich von Bedeutung.

Rylan nahm einen tiefen Schluck aus seinem Weinglas und drehte dann den Kopf, um Joanna zu betrachten. Meine Joanna, dachte er, während er von einem heftigen, besitzergreifenden Gefühl erfüllt wurde.

Obwohl diese Entscheidung seine politischen Pläne enorm veränderte, weigerte er sich, im Augenblick näher darüber nachzudenken. Er würde einen anderen Weg finden, um die Opposition der Freiherren gegen die Politik des Königs zu stärken. Und er würde eine Möglichkeit finden, Sir Egbert zu beschwichtigen. Aber wichtiger als alles andere: er würde den König auf irgendeine Weise zwingen, ihm die Erlaubnis zur Ehe mit Lady Joanna zu geben.

Aber was, wenn Joanna gar nicht gewillt war, ihn zu heiraten?

In diesem Augenblick hob sie ihren gesenkten Kopf und ihre Blicke trafen sich. Noch einmal sah er die Furcht und das stumme Flehen in ihren Augen. Obwohl es ihn eine unmenschliche Anstrengung kostete, blieb er ruhig sitzen, ohne sich etwas von dem Aufruhr, der in seinem Inneren tobte, anmerken zu lassen. Nur der Griff um sein Weinglas verstärkte sich. Am liebsten aber wäre er aufgesprungen, hätte sie an seine Seite gezogen und jeden abgewehrt, der sich ihnen in den Weg stellte.

Er nahm einen weiteren Schluck und leistete einen stillen Schwur — einen Schwur auf den Grundstein von Blaecston Castle. Er würde Lady Joanna zu seiner Frau machen.

Sie und keine andere.

16

Obwohl ein pochender Schmerz in ihrem Kopf hämmerte, und sich ihr Magen gegen das Essen sträubte, hatte Joanna sich allergrößte Mühe gegeben, etwas hinunterzuzwängen und dabei freundlich zu lächeln. Wie kam es nur, daß alles, was sie anfing, plötzlich falsch zu laufen schien?

Sie schritt langsam die Stufen vom Podium hinab und tat es Marilyn und den anderen Hofdamen gleich, die dem König und der Königin folgten. Die beiden durchquerten mit gemessenen Schritten den überfüllten Empfangssaal des Bischofs. Es war schon schlimm genug, bei Hofe sein zu müssen, wenn man sich doch nichts sehnlicher wünschte, als wieder im Kloster zu leben. Aber viel schlimmer noch war, daß ihr niemand zuhören wollte. Die Königin hatte ihre Bitte, nach St. Theresa zurückkehren zu dürfen, rundheraus abgelehnt und ihr versichert, sie habe lediglich Heimweh, das bald vergehen würde. Der König hatte ihre Hand getätschelt und sie mit einem abschätzenden Blick gemustert, als wolle er ihren Wert festlegen. Auch er hatte ihr nicht zugehört. Statt dessen hatte er ihr geraten, mit der Königin zu sprechen. Ganz offenbar erwartete er von ihr, daß sie die Einwände seines neuen Mündels schnell zum Schweigen brachte.

Denn Joanna hatte gehofft, im Bischof einen Verbündeten zu finden. Schließlich war er ein Kirchenmann und würde ihren Wunsch, das Ewige Gelübde abzulegen, sicherlich verstehen. Zudem schien er der Vertraute der Königin zu sein.

Aber dann war Rylan aufgetaucht, und in ihrem Schock waren alle Pläne vergessen.

Joanna konzentrierte sich auf die Schleppe von Isabels mit Marderfell umsäumtem Kleid und versagte es sich, auch nur kurz nach Rylan Ausschau zu halten.

Aber auch ohne ihn zu sehen, wußte sie, daß er nicht weit entfernt war — und daß er sie beobachtete.

Ihr Magen krampfte sich zusammen, aber dieses Mal hatte es nichts mit dem Essen zu tun. Die Gewißheit, daß Rylan Kempe sie anstarrte, ließ ihren Körper erschauern, und das entsetzte sie, denn trotz all der Gründe, ihn zu hassen und ihm zu mißtrauen, konnte sie die Gedanken an dieses eine intime Zusammensein mit ihm nicht mehr aus dem Kopf bekommen.

Wie konnte ihr ein Mann nur eine so alles verzehrende Lust bereiten und doch der Grund all ihrer Unzufriedenheit sein? Schlimmer noch, wie konnte sie — die doch genau wußte, wie hart und unbarmherzig er war — sich dennoch nach seinen Berührungen sehnen? Es war wunderlich und doch wahr.

Joanna war tief in ihre Gedanken versunken. So bemerkte sie erst, daß das königliche Paar stehengeblieben war, als sie beinahe auf eines der königlichen Gewänder getreten wäre.

»Vorsicht«, flüsterte Marylin, die Joanna gerade noch rechtzeitig aufhielt.

»Meinen Dank.« Joanna warf dem König und der Königin einen schuldbewußten Blick zu und schluckte schwer, als sie Johns grübelnden Blick auf sich ruhen fühlte.

»Man spiele Musik«, ordnete er mit einer schnellen Bewegung seiner beringten Hand an. Sofort eilte Sir George, der stets präsente Schatten seiner Majestät, davon, um den Befehl seines Lehnsherrn auszuführen.

»Laßt uns ein wenig Unterhaltung genießen«, fuhr König John fort. »Spiele? Nein.« Seine Augen ruhten weiterhin auf Joanna. »Keine Spiele, aber Tanz. Ja.« Er lächelte

Isabel zu, als wäre er außerordentlich zufrieden mit sich selbst. »Musik und Tanz sind genau das Richtige.«

Die Musiker, die von Sir George gerufen worden waren, eilten herbei, und innerhalb weniger Sekunden ertönten Streicher und Hörner in gemessener Harmonie. Die Lords und Edelfrauen, Bedienstete und Kirchenleute traten zurück und hinterließen einen offenen Raum in der Mitte des riesigen Saals. Auch Joanna trat zurück, war aber darauf bedacht, sich nicht allzuweit von Marilyn zu entfernen.

Tanz, dachte sie mit unbestreitbarer Neugierde. Sie hatte noch niemals zuvor Menschen tanzen sehen.

»Der König liebt den Tanz«, flüsterte Marilyn ihr zu. »Er ist sehr stolz auf seine Fertigkeiten.« Dann fügte sie kichernd hinzu: »Selbst der Bischof nimmt daran teil.«

Im selben Moment ergriff die Königin die Hand des Bischofs und trat mit ihm in die Mitte des Saals. Der König tippte mit der Fingerspitze nachdenklich gegen sein Kinn, während seine scharfen Augen durch den Saal huschten. Als sein Blick auf ihr verharrte, versuchte Joanna, weiter in die Menge zurückzuweichen, aber ihre Bemühungen waren umsonst.

»Ach, ja. Unser hübsches Mündel. Kommt her, meine Liebe. Laßt uns Eure Anmut bei einem musikalischen Schritt bewundern. Nein, nein. Kein Grund, sich solch unangemessener Zurückhaltung zu bedienen«, fügte er hinzu, als sie noch weiter zurückwich.

Trotz Joannas offensichtlichem Sträuben schoben sie zahllose Hände nach vorne, bis sie vor dem ganzen Hof stand.

Sie ergriff die ausgestreckte Hand des Königs und vollführte einen Knicks, von dem sie wußte, daß es sich so gehörte. Aber als sie ihr Gesicht zu John erhob, war ihre Unschlüssigkeit noch größer als vorher.

»Ich kenne keine Tänze, Eure Majestät. Im Kloster haben wir nicht ...« Sie verstummte, als sie seine gerunzelte Stirn bemerkte.

»Dann werdet Ihr sie jetzt erlernen. Kommt schon«, fuhr er in einem freundlicheren Ton fort. »Es ist gar nicht so schwer.«

Er legte ihre Hand auf seine eigene und zog Joanna an seine Seite. Sofort entstand eine Bewegung unter den Zuschauern, und als die Musik lauter anschwoll, stellten sich zahllose Paare hinter den beiden königlichen Paaren auf. Joanna blickte sich verzweifelt um und sah, daß die anderen Hofdamen sich ebenfalls unter die Tanzenden mischten. Selbst die zurückhaltende Marilyn war von einem großen Mann mit einem roten Bart auf die Tanzfläche gezogen worden. Aber Joanna lenkte ihre Aufmerksamkeit schon bald wieder auf ihren königlichen Partner und trotz mehrerer falscher Anfänge bemühte sie sich, seiner Führung zu folgen.

Drei Schritte vor, verweilen und knicksen. Noch zwei weitere Male vollführten sie den gleichen Schritt. Drehen und beugen und zur Seite. Hände ergreifen und von vorn.

Joanna mußte zugeben, daß sich der König gewandt bewegte, und sie wiederum hatte kaum Schwierigkeiten, sich den höfischen Tanzschritten anzupassen. Aber als sie beinahe am Ende des Saales angekommen waren, blickte sie hilfesuchend zu ihm auf.

An diesem Punkt hatte sie auf irgendeine Weise einen Drehschritt vollführt und fand sich nun, ohne genau zu wissen wie es passiert war, mit dem Bischof als Tanzpartner wieder, während John und Isabel zwischen den beiden auseinander getretenen Reihen der anderen Paare entlangschritten.

»My-mylord«, stammelte sie, als der stark schwitzende Bischof ihre Hand mit seiner fleischigen Pranke ergriff.

»Lady Joanna«, erwiderte dieser und nickte ihr kurz zu.

»Und los geht es. Schaut fröhlich drein, denn der nächste Durchgang in diese Richtung wird Euch gehören.«

Joanna fand schnell die Bedeutung dieser Worte heraus. Die lange Reihe der Tänzer folgte den gleichen Tanzschritten durch den Saal zurück, aber dieses Mal fand sie sich nach der Drehung am Ende in den Armen des Mannes wieder, der sich hinter ihr befunden hatte und marschierte zwischen den geteilten Paaren hindurch. Als sie schließlich am Ende wieder ihre Plätze einnahmen, hatte sie die Schritte verstanden. *Le Beau Troc* war ein Tanz mit wechselnden Partnern. Der König hatte mit ihr begonnen, war dann aber zur Königin gewechselt. So mußte sich nur jeder aufmerksame Tänzer an einer bestimmten Stelle der Reihe plazieren, um mit der Partnerin seiner Wahl zu enden. Besonders dann, wenn sich die lange Reihe der Tänzer in drei kürzere aufteilte.

Als Joanna John und Isabel beobachtete, die sich zulächelten, spürte sie eine unerwartete Eifersucht in sich aufsteigen. Mit welchen Verleumdungen König John auch überhäuft werden mochte, niemand konnte verleugnen, daß er seine schöne, junge Frau anbetete. Die Ehe war vielleicht gar keine so schlechte Sache, mußte sie sich traurig eingestehen, wenn ein Gatte so für seine Frau empfand.

Als Joanna und ihr gegenwärtiger Partner, ein großer, schlanker, junger Lord, das Ende der Reihe erreicht hatten, wurde sie rasch herumgewirbelt.

Mittlerweile wußte sie, was nun folgte. Sie hob ihre langen Röcke mit einer Hand, drehte sich und streckte ihre andere Hand aus, um die ihres neuen Partners zu umfassen.

Zu ihrer allergrößten Verwirrung handelte es sich dabei um Rylan Kempes Hand, die die ihre sofort umschloß. Einen Augenblick zögerte sie, aber sein Griff lockerte sich nicht, und mit nur einem kleinen falschen Schritt gingen sie zwischen den Reihen hindurch. Als sie am Ende angekommen waren, drehten sie sich einander zu. Er verbeugte sich, aber sie tat nur wenig mehr als kurz mit dem Kopf zu nicken, denn ihre durcheinanderwirbelnden Emotionen machten es ihr schwer, die Formen der Höflichkeit im Detail zu befolgen.

Aber Rylan ignorierte ihre offensichtlichen Qualen und ergriff ein weiteres Mal ihre Hand für den Tanz.

»Ihr seht heute ausgesprochen schön aus«, murmelte er leise.

Auf solche Worte war Joanna nicht vorbereitet, und sie blieb einen Augenblick sprachlos. Mehr als alles andere hätte sie sich gewünscht, überlegen zu wirken und ihre Ablehnung hinter einem eisigen Verhalten verbergen zu können, aber ihr Zorn wurde durch so viele andere Emotionen verdeckt, daß es ihr nicht gelang, ihre Gefühle zu verbergen.

»Ich spiegele lediglich das wider, wozu man mich hier gemacht hat: ein preisgekröntes Haustier, das dem zufällt, der bereit ist, den allerhöchsten Preis dafür zu zahlen.«

Sie knicksten gemeinsam, aber seine Augen wichen keinen Moment von ihrem Gesicht. »Das werde ich nicht zulassen.«

Joanna hob ihr Kinn und versuchte den Klumpen, der sich in ihrem Hals gebildet hatte, hinunterzuschlucken. Wie konnte er es jetzt wagen so zu tun, als wolle er ihr helfen, wo er doch der Verursacher all ihres Unglücks war! »Es scheint ein wenig zu spät, selbst für Eure erneute Einmischung.«

Er lächelte und ließ seinen Daumen über ihre Knöchel gleiten. »Es ist nicht zu spät, Joanna. Ihr müßt mir nur vertrauen.«

»Euch vertrauen!« rief sie und senkte dann schnell ihre Stimme. »Euch vertrauen, der sich als ebenso vertrauenswürdig erwiesen hat, wie die Schlange im Paradies? Ihr habt mich entführt, meine Wünsche ignoriert, mein Leben ruiniert ...«

Sie brach ab, als er sie zu einem weiteren Knicks hinunterriß, der so tief ausfiel, daß sie auf den Saum ihres Kleides trat. Er zog sie schnell wieder nach oben, aber sein Griff blieb fest um ihren Arm.

»Vielleicht solltet Ihr Euren geschwächten Knöchel ausruhen«, sagte er mit einem bedeutungsvollen Blick. Dann senkte er seine Stimme, so daß nur sie ihn noch hören konnte. »Sonst wird Euer indiskretes Geplappere noch Eure Reputation ruinieren.«

»Die Eure, meint Ihr wohl!« Aber als Joanna die neugierigen Blicke der Paare in ihrer Umgebung bemerkte, mußte sie zugeben, wie gefährlich es war, in dieser Gesellschaft mit ihm zu diskutieren. Außerdem, sagte sie sich, als er sie mit recht fester Hand zu einem Alkoven führte, hatte sie kein rechtes Interesse am Tanz. Weder mit ihm noch mit irgendwelchen von Johns Höflingen.

Nachdem sie sich ihre rechtschaffene Wut wieder ins Gedächtnis zurückgerufen hatte, riß Joanna ihre Hand aus seinem allzu intimen Griff. »Vielen Dank für den Tanz, Lord Blaecston. Ich denke, ich werde mich nun zu den anderen Hofdamen der Königin gesellen.«

»Sie tanzen alle«, bemerkte er, während er ihr entschlossen in den Weg trat. »Welch günstige Gelegenheit, um uns zu unterhalten, wo uns zudem bei all diesem Lärm niemand belauschen kann.«

»Es gibt zwischen uns nichts zu besprechen. Unsere Verbindung ist beendet.« Um ihren Worten Nachdruck zu verschaffen, wandte sie sich ab, um sich zu entfernen.

»Ich glaube, unsere Verbindung hat gerade erst begonnen, mein Liebling.«

Diese wenigen Worte, die er in einem so leisen, vertraulichen Tonfall gesprochen hatte, ließen sie verharren.

Mein Liebling. Für einen Augenblick wurde sie von Erinnerungen an die anderen Male überwältigt, als er ihr Zärtlichkeiten ins Ohr geflüstert hatte, und eine besänftigende Wärme breitete sich in ihr aus. Der Zorn verschwand aus ihrem Gesicht, und ihre Augen begegneten sich.

»Ich … ich bin nicht Euer Liebling«, flüsterte sie mit einer Stimme, die nicht wenig zitterte.

Ein Schatten fiel über sein Gesicht, und er entgegnete zunächst nichts. Doch als er schließlich sprach, hatte seine Stimme einen bitteren Unterton. »Ihr seid aber meine Geliebte gewesen.« Dann seufzte er und schien sich einiger tief verborgener Emotionen zu entledigen. »Ich möchte Euch aus dieser verwickelten Situation heraushelfen, Joanna. Ich werde es nicht zulassen, daß Ihr gegen Euren Willen verheiratet werdet.«

Hätte er nicht gerade ihre gemeinsamen Momente der Leidenschaft erwähnt, wäre Joanna schnell mit einer passenden Antwort bei der Hand gewesen, um ihn wegen seiner abrupten Kehrtwendung in bezug auf ihre Heirat zu verhöhnen. Aber die Erinnerungen an die Dinge, die sie zusammen getan hatten, war zu überwältigend, und das ungebetene Zittern, das ihren Körper überfiel, verwirrte sie so sehr, daß sie nicht mehr zusammenhängend denken konnte. Noch einmal versuchte sie, ihrer intimen Unterhaltung zu entkommen, aber dieses Mal war nicht der Zorn ihr Antrieb. Die Wahrheit sah so aus, daß sie ihn fürchtete. Er schien irgendeine unheimliche Macht über sie zu besitzen, einen Einfluß, den sie weder erklären noch kontrollieren konnte. Aber diese Macht war unbestreitbar vorhanden, und er war sich dessen zweifellos ebenso bewußt wie sie.

»Lauft nicht weg, Joanna.« Er ergriff ihren Arm und ließ seine Hand dann nach unten gleiten, bis er ihre Hand hielt. »Ich möchte Euch helfen.« Er zwang sie, ihn anzublicken. »Ich bin der einzige, der Euch überhaupt noch helfen kann.«

Joanna schaute von ihm weg und ließ ihren Blick über die Menge aus Tänzern, Musikern und Zuschauern hinweggleiten.

»Niemand kann mir helfen«, entgegnete sie sehr leise. Sie verstand plötzlich die verzweifelte Entscheidung ihrer Mutter, die diese in ihrer Hoffnungslosigkeit getroffen hatte, und ein Gefühl der Liebe für sie überkam sie. Aber genau so schnell wurde ihr klar, daß sie nicht wie ihre Mutter war. Sie wäre niemals imstande, eine solch feige Entscheidung zu treffen.

Andererseits jedoch den ewigen nächtlichen Übergriffen eines Mannes ausgesetzt zu sein, den man verachtete ...

Joanna schüttelte sich und richtete ihren Blick erneut auf Rylan. Ich verachte ihn, sagte sie sich. Aber dennoch hatte sie die Intimität, die sie geteilt hatten, nicht verachtet. Im Gegenteil.

Er trat einen Schritt auf sie zu, als spüre er ihre zunehmende Verwirrung. »Ich kann Euch helfen«, wiederholte er. Seine Augen waren so dunkel wie die Nacht und zwangen sie, ihm zuzuhören.

Joanna biß sich auf die Lippe, unsicher, was sie denken und wem sie Glauben schenken sollte. Aber bevor er fortgefahren oder sie auch nur ein Wort erwidern konnte, war die Musik zu Ende, und sie wurden von einer Reihe von Leuten umringt. Der erste, der ihre Unterhaltung unterbrach, war der Vertraute des Königs, Sir George.

»Es wird nicht funktionieren«, sagte der Mann, mit einem überheblichen Lächeln an Rylan gewandt. »Dieses Mal habt Ihr die Beute verloren, Blaecston. Am besten gesteht Ihr es mit Anstand ein.«

Rylan ließ Joannas Hand los, aber sein Gesicht blieb angesichts der Stichelei des anderen Mannes ausdruckslos.

Dann spazierten John und Isabel, die beide ein wenig atemlos vom Tanzen waren, auf sie zu.

»Es will ganz so scheinen, als habe unser Mündel Lord Blaecston seine zahlreichen Übergriffe ganz und gar vergeben, nicht wahr, Isabel? Sie scheinen sich doch recht angeregt zu unterhalten. Was meint Ihr, Joanna?« fuhr der König, offenbar ausgesprochen gut gelaunt, fort. »Versucht Blaecston, Euch mit der Aufrichtigkeit seiner Entschuldigung zu beeindrucken? Oder plant er gerade wieder ein neues Unheil?«

Mehrere Damen kicherten hinter erhobener Hand, und der König und seine treu ergebenen Freiherren ergötzten sich daran, wie Johns größter Gegner zur Zielscheibe des Spottes gemacht wurde. Aber Joanna fand dies alles überhaupt nicht amüsant, denn wenn schon Rylan gegenwärtig der Gnade des Königs ausgeliefert war, dann war sie es um so mehr. Sie hatte nicht einmal die Gelegenheit gehabt, John ihren Fall vorzutragen. Aber nun wartete er auf ihre Antwort, und sie wußte, daß sie dies zu ihrem Vorteil nutzen mußte.

»Ich vertraue darauf, daß Lord Blaecston so aufrichtig wie jeder andere Mann ist. Was mich betrifft, so setze ich meine Hoffnungen in unseren himmlischen Vater und vertraue darauf, daß er mich wieder nach St. Theresa und dem gottgefälligen Leben, das ich gewählt habe, zurücksendet.«

Es war ganz offensichtlich nicht die Antwort, die John erwartet hatte, und er runzelte erbost die Stirn. Alle Augen richteten sich auf ihn. Aber es war Isabel, die als erste sprach.

»Ihr habt fünf Jahre damit verbracht, Euch auf dieses gottgefällige Leben vorzubereiten, aber am Hof weilt Ihr erst einen Tag. Ich hoffe doch, liebste Lady Joanna, daß Ihr uns ein wenig mehr Zeit zugestehen werdet, bevor Ihr wieder davon sprecht, das Ewige Gelübde abzulegen.«

Ihr Lächeln und ihr freundlicher Tonfall milderten den Tadel, aber Joanna entdeckte ein Funkeln in den dunklen Augen der Königin.

Isabel fuhr fort. »Wenn Ihr erst einmal einige der Verehrer kennengelernt habt, die bereits ungeduldig darauf harren, Euch vorgestellt zu werden, werdet Ihr zweifellos begierig sein, Eure ursprünglichen Pläne aufzugeben. Ihr wart erst zwölf, als Ihr Eure Wahl getroffen habt. Nun seid Ihr älter — und weiser«, fügte sie mit einem bedeutungsvollen Blick hinzu.

Joanna hatte eine Antwort bei der Hand. Gewiß war sie keine zwölf Jahre mehr. Sie war alt genug und wußte, daß eine Heirat für die meisten Frauen kein vorteilhaftes Arrangement war — und sie hatte keine Scheu, ihre Meinung kundzutun. Aber ein heftiges Kneifen an der Rückseite ihres Oberarms verhinderte, daß sie die Worte laut aussprach. Sie zuckte zusammen, und als sie sich umdrehte, blickte sie in Marilyns ernstes, beschwörendes Gesicht. Joanna wurde sofort bewußt, daß sie sich auf diese Weise keinen Gefallen tun würde. Sich vor solch einem begierig lauschendem Publikum mit dem königlichen Paar zu streiten, war schlimmer als nutzlos. Es würde die beiden nur noch stärker gegen ihren Wunsch, ins Kloster zurückzukehren, einnehmen. Sie würde nur dann Erfolg haben, wenn sie sich ungestört mit ihnen unterhalten könnte, um sie von ihren Beweggründen zu überzeugen.

Sie seufzte leise und setzte die geduldige Miene auf, die sie in all den Jahren im Kloster erworben hatte.

»Ja, Mylady«, murmelte sie dann mit einem gehorsamen Nicken.

Die Königin lächelte, zufrieden mit Joannas Erwiderung.

Der König dagegen war noch nicht zu Wort gekommen. »Das religiöse Leben ist für den einen besser geschaffen als für den anderen, würdet Ihr mir da nicht zustimmen, Ferendi?« sagte er.

»Oh, sicher, sicher«, erwiderte der rotwangige Bischof schnell. »Wir alle erfüllen Gott gegenüber unsere Pflicht, aber er ruft uns auf verschiedene Weise.« Er nickte mit dem Kopf und tippte seine Fingerspitzen vor dem Bauch auf eine Weise zusammen, daß jeder wußte, nun würde ein längerer Diskurs folgen.

»Unser König herrscht über seine Untertanen nach Gottes Willen. Solche, die berufen sind, das gottesfürchtige Leben der Kirche zu führen, kümmern sich um diese Untertanen. Junge, gesunde Edelfrauen dagegen haben den göttlichen Auftrag, der besagt, hinzugehen und sich zu mehren. Ja«, fuhr er unter dem zufriedenen Lächeln des Königs fort, »Eure Pflicht Gott gegenüber, Lady Joanna, liegt ganz offensichtlich darin. Ich habe keinen Zweifel, daß unser himmlischer Vater unserem König dabei helfen wird, den besten Ehemann für Euch ausfindig zu machen.«

»Und auch für Lady Marilyn«, fügte John umgehend hinzu.

»Unser Vater lenkt all unsere Entscheidungen«, verkündete der fromme Mann. Dann blickte er anzüglich zu Rylan hinüber. »Auch wenn einige es wagen, das Gesetz göttlichen Rechts anzuzweifeln, so wissen doch diejenigen unter uns, die eine engere Verbindung zu unserem Gott haben, daß bloße menschliche Entscheidungen — die nun einmal auf unserer schwachen, eigennützigen Natur gründen — niemals über den Willen Gottes triumphieren dürfen.«

Zustimmendes Gemurmel ertönte, und jene, die an der Robe des Königs hingen, nickten eifrig. Joanna hielt den Bischof insgeheim für einen aufgeblasenen Dummkopf, und der König war wahrscheinlich so selbstsüchtig und habgierig, wie ihn der Klatsch beschrieb, aber sie vergrub ihren Unmut hinter einer demütigen Miene und hielt ihre Augen bescheiden zu Boden gerichtet.

Es war die Königin, die den Tenor der Unterhaltung änderte. »Seid nicht durch Lady Joannas aufrichtige Äußerungen über ihre Gefühle betroffen, mein König. Ich werde es mir zur Pflicht machen, ihr den Übergang in ihr neues Leben zu erleichtern. Zweifellos empfindet sie den Hof im Augenblick ein wenig überwältigend. Sollten wir jetzt nicht einen Spaziergang durch den Garten machen?« Ihre Augen funkelten, als sie sich im Kreise der Damen und Höflinge umschaute. »Ah, Sir Guy. Wollt Ihr uns begleiten?« Sie tätschelte die Hand ihres Gatten und schenkte ihm ein zärtliches Lächeln. »Würdet Ihr uns bitte entschuldigen, Mylord?«

Joanna blieb nichts anderes übrig, als der Königin und einigen ihrer Hofdamen zu folgen. Sie blickte nur einmal zurück und bemerkte Rylans glühenden Blick, aber sie war sich nicht sicher, ob es Wut oder Enttäuschung war, die sie darin las.

Oder vielleicht Verlangen?

Diese absurde Vermutung wies sie schnell wieder von sich, denn sie wußte, daß er nur nach einer Sache verlangte: sein Spiel mit dem König zu gewinnen. Jegliches Verlangen, das er ihr gegenüber empfand, war nur ein Teil dieses Spiels. Und doch konnte sie das ungebetene Flattern tief unten in ihrem Bauch nicht verhehlen, das in ihr aufstieg und ein warmes Beben durch ihren Körper sandte. Sie runzelte die Stirn und versuchte, sich von solch ungehörigen Gefühlen freizumachen. Sie bemerkte nicht, daß sich jemand zu ihr gesellt hatte, während die Gruppe um die Königin den Saal verließ. Erst als sich eine große, männliche Hand um ihren Ellbogen legte, schreckte sie zusammen.

»Oh!« keuchte Joanna erschreckt und ein Schauer lief ihr über den Rücken. Aber als sie aufblickte, war das lächelnde Gesicht, in das sie schaute, nicht das, welches sie erhofft hatte.

»Mir ist bewußt, daß wir uns noch nicht offiziell vorgestellt worden sind, Lady Joanna. Trotzdem hoffe ich, daß Ihr mir meine Dreistigkeit vergeben werdet, denn ich habe schon so viel von Euch gehört, daß ich das Gefühl habe, als seien wir bereits miteinander bekannt. Erlaubt mir, mich vorzustellen.« Es gelang dem Mann, eine kurze Verbeugung zu vollführen, ohne, daß er seine Schritte verlangsamte. Dann wandte er ihr sein hübsches Gesicht mit einem breiten Lächeln zu. »Ich bin Sir Guy Bosworth. Von Barnstaple in Devon. Glaubt mir, wenn ich sage, daß der Hof vor Eurer Ankunft noch niemals in solcher Pracht erstrahlt ist.«

Joanna nahm seine atemlose Rede mit einer Mischung aus Verärgerung und Amüsiertheit zur Kenntnis, wobei ihr keine der Emotionen zur Enthüllung angemessen erschien. Nach einem kurzen Blick auf Sir Guys vornehme Erscheinung richtete sie ihre Augen auf den wogenden Saum von Königin Isabels himmelblauem, mit Frettchenfellen besetzten Seidenmantel.

»Eine solche Meinung würde wohl von der Königin und ihren Hofdamen schlecht aufgenommen werden«, kommentierte sie säuerlich.

Ihre Worte hatten den gewünschten Effekt, denn er blickte argwöhnisch hinter der Königin her und senkte seine Stimme. »Ich wollte damit lediglich zum Ausdruck bringen, wie erfreut ich bin, eine solch schöne Jungfrau in unserer Mitte zu wissen.«

Joanna entgegnete nichts darauf, in der Hoffnung, ihn damit abzuschrecken, aber leider empfand er ihr Schweigen scheinbar als Ermutigung.

»Ich werde mir alle Mühe geben, Eure Zeit bei Hofe so angenehm wie nur möglich zu gestalten. Wenn Ihr erst einmal mit jedem bekannt geworden seid und gelernt habt, zurechtzukommen, werdet Ihr Euch fragen, wie Ihr die Langeweile Eures bisherigen Lebens überhaupt ertragen konntet.« Er strahlte sie an, was seine hohe Stirn, die kräftigen Wangenknochen und seine gleichmäßigen Zähne überaus vorteilhaft zur Geltung brachte. »Solch eine liebliche Gestalt, wie Ihr es seid, sollte sich nicht hinter Klostermauern verstecken.«

Ein weiteres Mal mußte sich Joanna zusammenreißen, um ihren Ärger zu unterdrücken. Dachte er denn wirklich, daß sie mit Worten zu beeindrucken sei, die ihrem Gesicht schmeichelten, während sie ihre tiefsten Wünsche vollkommen mißachteten? Aber obwohl sie ihre zornige Entgegnung für sich behielt, brachte ihr vernichtender Blick ihre Gefühle nur allzu deutlich zum Ausdruck. Oder zumindest hätte er das tun sollen. Aber Sir Guys Aufmerksamkeit war auf ein Stück verdrehter Borte am Ärmel seiner stattlichen Tunika gerichtet. Anschließend richtete er die Brosche, die seinen kurzen Umhang zusammenhielt, bevor er ihr ein selbstzufriedenes Lächeln zuwarf.

»Am Morgen werden wir zu einer Falkenjagd aufbrechen. Ihr werdet natürlich auch daran teilnehmen. Besitzt Ihr einen Falken? Aber nein, Ihr seid, wie man mir sagte, bar jeden Gepäcks hier angekommen. Dann solltet Ihr mit mir reiten, denn mein Vogel ist eine wahrlich anbetungswürdige Kreatur. Wenn Ihr möchtet, dürft Ihr ihn sogar streicheln.«

Den ganzen Weg über durch die Gärten der Abtei überschüttete er sie mit seinem Geschwätz. Falken, Pferde, die Jagd — er hielt die Konversation aufrecht, ohne, daß sie auch nur den geringsten Beitrag leisten mußte. Erst, als die Königin in einem reizenden, von einer Mauer umgebenden Garten Halt machte, verstummte sein Geschnatter.

Isabel blickte über ihr Gefolge. »Liebster Guy, wäret Ihr

und Sir Robert wohl so gut, die Tore aufzustellen? Wir wollen uns an einem kleinen *jeu du mail* erfreuen.« Dann ließ sie ihren Blick über ihre Hofdamen hinweggleiten. »Bildet Paare, meine hübschen, kleinen Schmetterlinge. Matilda mit Henry. Adele mit Roger.«

Joanna trat instinktiv auf Marilyn zu. Ganz gewiß hatte sie nicht die Absicht, ein Paar mit Sir Guy oder einem der anderen Hofnarren, wie sie König Johns Kreis der Freiherren bereits betitelt hatte, zu bilden.

»Marilyn und Robert . . .« begann die Königin erneut. Aber sie wurde durch einen jungen Pagen unterbrochen, der eine hastige Verbeugung vollführte und etwas in Lady Matildas Ohr flüsterte. Sie gab die Nachricht unverzüglich an die Königin weiter.

Ein leichtes Stirnrunzeln verdüsterte Königin Isabels schönes Gesicht, aber schon eine Sekunde später war es wieder verschwunden. Ihr Blick fiel erneut auf Marilyn.

»Marilyn, mein Kind, wir haben die Nachricht erhalten, daß Euer Vater gerade eingetroffen ist. Er bittet darum, Euch sehen zu dürfen und erwartet Euch im Privatgemach von Bischof Ferendi. Ihr mögt Euch entfernen, um ihn zu begrüßen.« Sie vollführte eine anmutige Bewegung mit dem Kopf und bedeutete Marilyn, daß der Page auf sie warte, um sie zu begleiten. »Übersendet Eurem Vater meine herzlichsten Grüße. Ich erwarte schon bald, die Neuigkeiten zu erfahren, die er Euch überbringt.«

Marilyn erwiderte nichts, vollführte lediglich einen Knicks und neigte dabei kurz zustimmend den Kopf. Marilyns Augen schienen in der Menge nach einem bestimmten Gesicht Ausschau zu halten, aber bevor Joanna herausbekommen konnte, um welches es sich handelte, wandte sich das Mädchen auch schon mit bleichem Gesicht und furchterfüllten Augen ab.

Warum nur war sie so ängstlich angesichts der Ankunft ihres Vaters? fragte sich Joanna kurz. Aber genau so schnell fand sie auch schon die Antwort. Marilyn hatte davon gesprochen, daß ihr Vater einen Ehevertrag für sie aushandele. Möglicherweise bedeutete sein Kommen, daß die Arrangements getroffen waren.

Ein verständnisvoller Schauer lief Joannes Rücken hinunter. Die arme Marilyn. Und doch wußte sie, daß sie selbst in einer ebenso unangenehmen Lage war, wie ihre neue Freundin. Und es gab niemanden, der ihr beistand.

Sofort fielen ihr wieder Rylans beruhigende Worte ein. Ich werde das nicht zulassen, hatte er voller Zuversicht gesagt. Und doch war ihr zu ihrer großen Enttäuschung klar, daß *seine* Hilfe ihr im Grunde überhaupt keine Hilfe war. Nein, in dieser Sache stand sie ganz allein da. Ihre einzige Chance bestand darin, den König davon zu überzeugen, sie aus ihrem Erbe zu entlassen.

»Nun, wo waren wir?« Die sanfte und doch befehlende Stimme der Königin unterbrach Joannas düstere Gedanken. »Oh, ja. Die Paarungen für das *jeu de mail*. Joanna, habt Ihr schon Sir Evan kennengelernt? Er ist recht gut bei Spielen und immer ein äußerst charmanter Begleiter. Ihr zwei werdet gut miteinander auskommen, da bin ich sicher.«

Zu Joannas Überraschung handelte es sich um denselben Mann, mit dem Marilyn getanzt hatte. »Ihr seid zu großzügig, wenn es um meine Reputation geht, meine Königin«, bedankte er sich. Er verbeugte sich höflich vor Isabel, doch sein Lächeln machte einen gezwungenen Eindruck. Dann richtete er seinen Blick auf Joanna, und sie spürte seine Neugierde. »Lady Joanna«, sagte er und verbeugte sich schwungvoll. »Erlaubt, daß ich mich vorstelle. Evan Thorndyke, Lord Manning, zu Euren Diensten.«

Joanna war darauf vorbereitet, daß sie diesen neuen Verehrer genauso abstoßend empfinden würde wie Sir Guy, aber als er sich wieder aufrichtete, spiegelte sich in seinem Gesicht lediglich ein freundliches Interesse wider, nichts weiter. Er nutzte die Situation nicht aus, um ihre Hand zu küssen, drückte sie auch nicht oder versuchte, sie länger als nötig in seinem Griff zu halten. Statt dessen trat er einen kleinen Schritt zurück und blickte ihr gerade in die Augen.

»Ohne Zweifel werdet Ihr den Hof — und alle, die sich hier versammelt haben — als einen seltsamen Haufen empfinden. Falls ich Euer Unbehagen in irgendeiner Weise erleichtern kann, würde ich dies gerne tun. Habt Ihr schon einmal *jeu du mail* gespielt?«

Joanna atmete erleichtert auf. Sir Evan schien tatsächlich ein angenehmer Mann zu sein. Er grinste sie nicht anzüglich an, betrachtete sie nicht mit einem lüsternen Blick. Kein Wunder, daß Marilyn sich bei ihm wohl zu fühlen schien. Obwohl sie ihm nur ein zögerndes Lächeln schenkte, so fühlte Joanna aus irgendeinem Grund, daß Sir Evan ein Mann war, den sie mögen könnte. »Nein, ich habe es noch nie gespielt.«

Während des Spiels zeigte es sich, daß Joannas Intuition sie nicht getäuscht hatte. Sir Evan war ein äußerst angenehmer Mann, der gerne lachte — über sich selbst genau so, wie über andere Leute. Er belehrte Joanna über den Gebrauch des Schlagholzes und der Bälle, und während das Spiel voranschritt, stellte sie fest, daß sich ihre schlechte Laune besserte.

»Oh, ein guter Schuß. Ein guter Schuß!« lobte Sir Evan, als Joannas rot gestreifter Ball einen purpurfarbenen von einem der Tore wegstieß. Joanna lächelte ihm zu, aber ihr triumphierender Gesichtsausdruck erstarb schnell. Der purpurfarbene Ball gehörte Isabel, und die Königin blickte verärgert drein.

Hätte sie den Schuß ungeschehen machen können, so hätte Joanna dies getan. Das letzte, was sie wollte war, Isabels Zorn heraufzubeschwören. Im Gegenteil. Aber sie hatte sich wie eine Närrin verhalten, war ganz in dem Spiel aufgegangen und hatte dabei vollständig vergessen, daß es ihre Absicht war, das Wohlwollen der Königin zu erlangen.

Sir Evan führte seinen Schuß aus, der ein wenig zu lang geriet. Beim nächsten Spiel wurde Joannas Ball von Lady Matildas blaugesteiftem weitergeschoben, aber damit verbesserte sich ihre Position nur noch. Dann schlugen die Königin und ihr Partner ihre Bälle.

Als Joanna erneut an der Reihe war und sie mit ihrem langen Schlagholz auf den Ball zutrat, runzelte sie vor Besorgnis die Stirn. Ein wohlgezielter Schuß würde sie direkt vor den Endstab bringen, und Sir Evan könnte anschließend ihren Ball zum Sieg anschlagen. Aber das schien nicht sehr weise zu sein. Ihre Hände zitterten leicht, als sie mit ihrem Schlagholz zielte, aber als sie ausholte, zögerte sie keinen Augenblick. Der Ball lief geradeaus, über den kurz geschnittenen Rasen hinweg direkt auf sein Ziel zu. Als Joannas Ball gegen den purpurfarbenen Ball der Königin prallte, erhob sich ein aufgeregtes Gemurmel. Sie bemühte sich, einen enttäuschten Eindruck zu machen, als ihr eigener Ball zur Seite torkelte, während Isabels näher auf das letzte Tor zurollte.

Dann war Sir Evan an der Reihe. Er schritt nachdenklich auf seinen rotgestreiften Ball zu und hockte sich hin, um die verschiedenen Winkel abzuschätzen. Als er sich erhob, blickte er zu Joanna hinüber. Für einen Moment trafen sich ihre Blicke und Joanna hatte das sichere Gefühl, er wisse, daß ihr Schuß mit Absicht in diese Richtung gegangen war. Aber er hatte immer noch die Chance, den Sieg der Königin zu vereiteln. Er konnte ihren Ball wegschlagen oder zumindest den Weg zum Endstab blokkieren. Er besaß die Fertigkeit, beides zu vollbringen, und hatte keinen besonderen Grund, sich diese Gelegenheit entgehen zu lassen.

Als er sich schließlich über den Ball stellte, hielt Joanna den Atem an und begann zu beten, daß er mit seinem Schuß nicht den Zorn der Königin auf sie lenken möge. Das Schlagholz traf den Ball und er rollte geradewegs auf den Endstab zu.

Ganz offensichtlich beabsichtigte er, den Ball der Königin zu blockieren. Aber als sich der Ball dem Stab näherte, beschrieb er einen kleinen Bogen und blieb schließlich in einer harmlosen Position liegen.

Gedämpfter Beifall erklang auf Seiten der Anhänger der Königin und Isabel selbst klopfte Sir Evan tadelnd auf den Arm. »Wollt Ihr Euren schlechten Schuß nun etwa als Galanterie tarnen, Lord Manning?« Sie lachte. »Das solltet Ihr besser nicht, denn ich werde es nicht erlauben.«

Alle Augen richteten sich nun auf den nächsten Schlag — alle außer Joannas. Hatte er seinen Schuß mit Absicht so geführt?

Als ahne er ihre Frage, gesellte sich Sir Evan an Joannas Seite. »Vielleicht werden wir ein anderes Mal gewinnen«, sagte er mit einem beiläufigen Schulterzucken.

Sie blickte in seine ernsten Augen hinauf. »Ihr habt das mit Absicht getan. Ihr hättet diesen Ball ins Ziel bringen können.«

Er lächelte, aber sie konnte den seltsamen Ausdruck in seinen Augen nicht übersehen. »Ich habe nichts anderes getan als Ihr.«

Joanna blickte schuldbewußt zur Seite. »Es ist nur ein Spiel.«

»Ja. Nur ein Spiel«, stimmte er nach einer kleinen Pause zu. »Es ist besser, zu verlieren, wenn es um nichts weiter geht, als einen kurzen Augenblick des Triumphs. Besonders, wenn es einen größeren Sieg zu gewährleisten vermag.«

Joanna hatte keine Gelegenheit mehr, ihn über diese

seltsame Bemerkung zu befragen, denn ein lautes Geschrei ertönte aus den Reihen der Zuschauer, als der Ball der Königin den Endstab traf.

Sir Evan schritt davon, um Isabel zu beglückwünschen. Sir Guy dagegen hatte keine Schwierigkeiten, sich neben sie zu schieben, und als die Königin und ihr Gefolge sich auf den langsamen Rückweg zum Empfangssaal des Bischofs machten, sah sich Joanna einer endlosen Tirade ausgesetzt, die sich mit jedem Schuß und jeder Strategie des Spiels beschäftigte.

Sie war beinahe soweit, ihn wütend anzufahren, als sie Sir Evan vor sich sah. Er blickte einen Augenblick von seiner Unterhaltung mit Lady Adele auf und blinzelte Joanna zu. Es war ein freundschaftliches, verschwörerisches Blinzeln und Joanna vergaß Sir Guys Gegenwart vollkommen.

Was hatte er mit diesem Blinzeln bezweckt?

Joanna fuhr fort, auf Sir Evans hübschen roten Kopf zu blicken, nachdem dieser sich wieder seiner Unterhaltung mit der ersten Hofdame der Königin zugewandt hatte. Was hatte er nur damit bezweckt?

Er hatte keine Absicht, ihr den Hof zu machen. Aber er führte etwas im Schilde.

Obwohl sie keine Vorstellung hatte, um was es sich handeln könnte, war Joanna sich dennoch sicher, daß sich hinter Sir Evan Thorndykes liebenswürdigem Auftreten noch ganz andere Züge verbargen.

17

Marilyn lag vollständig bekleidet auf ihrem Bett. Ihr Gesicht war blaß und ihre Augen trocken, aber Joanna wußte sofort, daß sie geweint hatte. Sie schloß leise die Tür und vergaß angesichts von Marilyns Kummer ihre eigenen Sorgen.

»Was ist los, Marilyn?« Habt Ihr Euch mit Eurem Vater getroffen? Hat er schlechte Nachrichten gebracht?« Joanna setzte sich neben das Mädchen auf das Bett und nahm seine kalte Hand in ihre eigene.

Marilyn schluckte schwer. »Ich benehme mich ausgesprochen töricht«, flüsterte sie schließlich. »Es ist im Grunde das, was ich erwartet habe. Und doch ... und doch ...« Sie verstummte erneut und kämpfte gegen das Schluchzen an, das in ihrer Kehle aufstieg.

Joanna verspürte großes Mitleid mit Marilyn, aber gleichzeitig lief ihr auch ein ängstlicher Schauer über den Rücken. Sie und Marilyn saßen beide in derselben, hoffnungslosen Falle. Es konnte nicht mehr lange dauern, dann würde auch sie mit dem gleichen Schicksal konfrontiert werden.

»Hat Euer Vater nun einen Ehemann für Euch ausgesucht?«

Marylin nickte. Tränen standen in ihren Augen, als sie zu Joanna aufblickte. »Der Vertrag ist aufgesetzt und unterzeichnet, und obwohl ich eigentlich froh sein sollte, denn der Mann ist zumindest nicht alt und häßlich —« Die Stimme versagte ihr, und sie wandte sich ab und begann zu weinen.

Joanna brach das Herz, als sie Marilyn so traurig sah. Gab es denn keine Möglichkeit, ihr zu helfen, diese

Heirat, die ihr so offensichtlich zuwider war, zu umgehen?

»Vielleicht wird es ja gar nicht so schrecklich«, begann sie.

Marilyn schüttelte den Kopf. »Ich fürchte mich vor ihm! Er blickt so finster drein ... ist so zornig.«

»Euer Vater?«

»Nein. Nein. Lord Blaecston!« rief das verzweifelte Mädchen. »Mein Vater sagt, er sei ein mächtiger Mann, und daß ich als seine Frau eine der mächtigsten Edelfrauen des Landes sein werde, aber ...«

Joanna hörte den Rest nicht mehr. Marilyn sollte die Frau von Lord Blaecston werden? Rylan Kempe hatte ihr das Eheversprechen gegeben?

Der Schock dieser Enthüllung ließ ihr beinahe die Sinne schwinden, und sie starrte ungläubig auf das weinende Mädchen auf dem Bett. Das konnte doch einfach nicht wahr sein!

Und doch war es ganz offensichtlich so.

Eine schwarze Leere breitete sich in ihrem Herzen aus. All die anderen Male in ihrem Leben, in denen sie sich im Stich gelassen gefühlt hatte, schienen im Vergleich zu diesem überwältigenden Gefühl des Verlustes, das sie nun überfiel, zurückzutreten. Warum mußte es von allen Männern Englands ausgerechnet Rylan sein?

Tränen traten ihr in die Augen, aber sie wischte sie schnell fort. Es wäre mehr als töricht, um ihn zu weinen, mahnte sie sich. Es hatte nichts zu bedeuten, wenn er heiratete. Sie schluckte ihre Tränen hinunter und zwang sich, vernünftig zu sein. Sie mußte sich um Marylin kümmern. Die süße, schüchterne Marilyn, die gezwungen werden sollte, diesen selbstsüchtigen, hartherzigen Schurken zu heiraten! Das Mädchen war kaum mehr als ein Kind, dachte Joanna mit zunehmender Entrüstung. Und doch würde es sich dem gleichen körperlichen

Übergriff ausgesetzt sehen, den sie von ihm erduldet hatte.

Dieser Gedanke ließ Joanna zusammenfahren. Rylan und Marilyn. Sie atmete einmal heftig ein und versuchte, sich zu beruhigen, denn eine Emotion, die dem Gefühl der Eifersucht nahekam, überfiel sie urplötzlich.

Aber es war keine Eifersucht. Da war sie sich sicher. Der Mann mochte eine gewisse gewinnende Art haben — und er mochte imstande sein, eine Frau zu küssen und zu streicheln, bis sie wie von Sinnen war — aber trotzdem blieb er ein Lump. Lord Schwarzherz, das war er, und er war einer solch unschuldigen Seele wie Marilyn nicht würdig.

Sie blickte auf das unglückliche Mädchen hinab und strich ihr tröstend über das Haar. Marilyn sollte mit einem sehr viel verdienstvolleren Mann verheiratet werden. Sie brauchte einen wohlerzogenen Mann. Jemand, der galant und charmant war, freundlich und ausgeglichen. Jemand wie . . . wie . . .

Johanna lächelte, wenn auch etwas traurig, als ihr der Name eines Mannes einfiel. Marilyn brauchte jemanden wie Evan Thorndyke. Er war jung, besaß ein angenehmes Äußeres und war ausgesprochen freundlich. Er war kein Wüstling und schien keine politischen Ambitionen zu haben.

Allerdings war da dieses Blinzeln gewesen.

Joanna runzelte die Stirn. Dann verbannte sie entschlossen die Gedanken an Evan Thorndyke und an Rylan Kempe — wie überhaupt an alle Männer — aus ihrem Kopf. Marilyn galt im Augenblick ihre größte Sorge.

»Kommt schon, Marilyn«, begann sie erneut mit fester Stimme. »Weinen hilft hier nichts. Was wir nun brauchen, sind ein klare Köpfe, wenn wir Euren Vater in dieser Sache von seiner Entscheidung abbringen wollen.«

Marilyns Weinen ließ etwas nach, als sie diese Worte

vernahm, und nachdem sie sich mit ihren Fäusten über die Augen gewischt hatte, rollte sie sich auf den Rücken und starrte zu Joanna hoch. »Was … was meint Ihr damit, ihn von seiner Entscheidung abzubringen?« erkundigte sie sich stockend.

Als Joanna in Marilyns junges und unschuldiges Gesicht hinabstarrte, fühlte sie sich plötzlich alt und viel zu erfahren, was die Vorgänge in der Welt betraf. »Es ist sehr hart, wenn man sich auf niemanden verlassen kann, außer auf sich selbst«, begann sie und wählte ihre Worte sorgfältig aus, während sie ihre Gedanken sammelte. »Bischof Ferendi glaubt, daß eine junge Edelfrau ihre Pflicht Gott gegenüber erfüllt, wenn sie heiratet und die Frucht dieser Verbindung gebärt — und das mag auch für manche zutreffen. Aber ich denke, daß es nicht für alle gilt. Gewiß nicht für mich. Aber selbst wenn ich im Unrecht sein sollte, so steht es niemandem zu, für mich zu bestimmen, wer mein Ehemann sein soll. Und genausowenig steht es einem Ehemann zu, seine Frau schlecht zu behandeln. Ganz gewiß hat sich unser Herr Jesus Christus gut um die Frauen seiner Zeit gekümmert.«

Sie nahm einen tiefen Atemzug, während sie diesen neuen Gedanken betrachtete. Er war ihr schon seit einiger Zeit im Kopf herumgegangen, aber sie hatte ihn noch nie in Worte gekleidet.

»Ich fühle mich durchaus fähig, mir meinen Ehemann selbst auszusuchen — wenn ich denn überhaupt einen möchte. Genau wie Ihr selbst auch dazu fähig seid. Die Entscheidung wird uns nur deshalb aus der Hand genommen, weil Besitz daran gebunden ist.« Sie senkte ihre Stimme zu einem vertraulichen Flüstern. »Ich bin bereit, auf mein Erbe zu verzichten, um einer unguten Eheschließung zu entgehen. Vielleicht solltet Ihr das gleiche tun.«

Marilyn setzte sich auf und lehnte sich gegen das Brett

am Kopfende ihres Bettes. Auf ihrem Gesicht spiegelte sich Erstaunen über Joannas Worte wider. »Mein Vater würde das niemals zulassen.« Sie wischte sich eine Träne vom Kinn. »Nein, niemals. Genausowenig wie Euch der König so einfach erlauben wird, Eure Pflicht zu vernachlässigen.«

»Vielleicht. Vielleicht auch nicht. Ich werde aber trotzdem versuchen, ihn davon zu überzeugen. Schließlich hätte er dann ja, was er eigentlich begehrt: Oxwich würde in die Hände eines seiner Anhänger fallen.«

Marilyn schüttelte den Kopf. Ihre Stimme gewann an Überzeugungskraft, und sie sprach nun, als sei *sie* die erfahrene Frau, und Joanna das naive Kind. »Ihr kennt den König nicht, Joanna. Er begehrt immer das am meisten, was ihm verwehrt wird. Wenn Ihr ihm den Gehorsam verweigert, dann wird er ihn nur um so mehr fordern.«

»Er kann mich nicht zwingen, jene Worte zu sprechen. Ich werde das Ehegelübde nicht ablegen!«

»Lady Clara, die Witwe von Lord Moreland hat dies auch versucht. Als der König verlangte, daß sie Sir Cuthbert heiraten solle, weigerte sie sich. König John ließ ihr ihre Kinder wegnehmen, und sie wurde den ganzen Winter über ohne ein Feuer, das sie gewärmt hätte, in ihrem eigenen Verlies gefangen gehalten. An Mariä Verkündigung, als sie sich immer noch weigerte, ließ er ihr auch die Nahrung vorenthalten. Am Fest des Heiligen St. Markus wurde sie dann schließlich mit diesem scheußlichen alten Mann getraut, der bereits vier Ehefrauen unter die Erde gebracht hat.« Marilyn blickte Joanna fest an. »Das Gerücht besagt, daß er sie trotz ihres geschwächten Zustandes direkt geschwängert haben soll.«

Joanna fuhr bei diesem Beweis der Grausamkeit des Königs entsetzt zurück. Wie konnte jemand nur so gefühllos sein? Aber sie durfte sich davon nicht beeinflussen lassen. Obwohl sie es nicht gerne tun würde, konnte sie immer noch ihre Entjungferung anführen. Das würde den König sicherlich zum Nachdenken bringen. Aber diese Information wollte sie zunächst noch für sich behalten, bis sie keinen anderen Ausweg mehr sah.

Sie begegnete Marilyns resigniertem Blick. »Wie es auch sein mag, ich sehe nicht, wie sich meine Situation bei dem Versuch, den König zu beeinflussen, noch verschlimmern könnte. Er mag meine Wünsche ignorieren, wie Ihr mir prophezeit, oder auch nicht. Wenn ich vorsichtig bin und meinen Fall geschickt vortrage — wenn ich meine Worte und den Zeitpunkt sorgfältig wähle — wer kann dann schon sagen, wie er entscheiden wird?« Joanna hob ihr Kinn und faltete die Hände in ihrem Schoß. »Ich weiß nur eines ganz bestimmt: ich kann nicht tatenlos dasitzen, während andere über mein Leben entscheiden.«

Joanna klammerte sich die ganze Nacht an ihre tapferen Worte, aber es fiel ihr nicht leicht. Zu ihrem Kummer bereitete ihr nicht ihre eigene drohende Vermählung mit einem Freiherren des Königs den meisten Verdruß, sondern Marilyns beunruhigende Neuigkeiten über ihre Verlobung.

Rylan Kempe sollte Marilyn heiraten. Das war nicht fair! Sie versetzte dem weichen Federbett einen Knuff, rollte sich auf den Rücken und versuchte, sich zu beruhigen.

In der Dunkelheit war die Zimmerdecke über ihr nicht zu erkennen. Außer dem leisen Atmen, das von Marilyns Bett hinüberdrang, war es still. Sie war ganz allein mit ihren Gedanken, die ihr ausgesprochenes Unbehagen bereiteten.

Was für eine Närrin sie doch war, so betrübt zu sein! Statt dessen sollte sie die arme Marilyn bedauern, die mit dem hartherzigen Lord Blaecston den Bund fürs Leben schließen mußte. Und doch fühlte sie nur Zorn. Zorn und Eifersucht.

Warum hatte er nicht um ihre Hand angehalten? Wenn Oxwich wirklich so wertvoll für seine politischen Ziele war, warum hatte er dann nicht den Wunsch, sie zu heiraten?

Dann schwor sie sich sogleich, daß sie einer Ehe mit einem solchen Schurken niemals zustimmen würde. Sie hatte nicht die Absicht, überhaupt irgendeinen Mann zu heiraten, denn sie waren alle gleich: selbstsüchtig, habgierig und gefühllos.

Als sie miteinander geschlafen hatten, war er allerdings nicht so gewesen.

Diese unwillkommene Erinnerung sandte einen heißen Schauer durch ihren Körper. Als sie sich an seine heftigen Küsse und zärtlichen Liebkosungen erinnerte, schien sich ein Knoten in ihrem Magen zu öffnen. In dieser kurzen Zeit hatte es manchmal den Anschein gehabt, als ob er sie anbete, so aufmerksam war er um ihre eigene Lust bemüht gewesen.

Enttäuschung überwältigte sie, und sie rollte sich auf der Seite zusammen und zog die Bettdecke über den Kopf. Sie war so durcheinander, daß sie kaum klar denken konnte, und als sei dies noch nicht schlimm genug, mußte auch noch ihr Körper sie verraten. Bei der kleinsten Erinnerung an die Vertraulichkeiten, die sie auf der Isle Sacré geteilt hatten, wurden ihre Brustwarzen steif, und ihr Geschlecht fühlte sich feucht und warm an.

Sie preßte ihre Lider zusammen und zwang sich, daran zu denken, wie hassenswert er gewesen war. Wie hartnäckig.

Er hatte sie über seine Schulter geworfen, als sei sie nicht mehr als ein Sack Rüben. Hohn und gemeine Drohungen waren aus seinem Mund gekommen. Aber während sie sich in ihrem Bett unruhig hin und her wälzte, waren es gerade die heißen Berührungen seiner Hände und seine gemurmelten Zärtlichkeiten, die sie nicht losließen. Mitternacht brachte ihr keine Träume voller Grauen, sondern voller Leidenschaften.

Am Morgen war sie mürrisch und erschöpft. Auch Marilyn machte nicht den Eindruck, als habe ihr der Schlaf Erholung gebracht — sie war ausgesprochen blaß. Schweigend hielten sie ihre Morgentoilette und kleideten sich an.

Erst dann wandte sich Marilyn an sie.

»Ich bitte Euch, nichts über die Dinge zu enthüllen, über die wir am gestrigen Abend gesprochen haben«, begann sie. »Besonders nicht über meinen Ehevertrag.«

Joanna blickte sie verwirrt an. »Dann soll es ein Geheimnis zwischen uns sein. Das wird es aber nicht für immer bleiben.«

»Nein. Aber mein Vater und ... und Lord Blaecston werden den passenden Moment aussuchen, um ihre Übereinkunft bekannt zu geben.«

Joanna schwieg für einen Moment. »*Ihre* Übereinkunft, nicht die Eure.«

Marilyn warf Joanna einen flehentlichen Blick zu. »Was kann ich schon dagegen tun? Ich habe in der Nacht gebetet, aber ich werde die Entscheidung meines Vaters akzeptieren.«

»Hat er sich wenigstens Eure Meinung in bezug auf die Ehe und Männer angehört?«

Marilyn biß sich auf die Lippe und schüttelte den Kopf. »Die Verträge sind bereits aufgesetzt. Außerdem steht es mir nicht zu, mich einzumischen.«

»Wenn nicht Ihr, wer dann?« rief Joanna aus. »Ganz sicher gibt es doch andere Männer, die für Euren Vater akzeptabel und Euch selbst nicht so zuwider wären. Selbst hier am Hof gibt es einige.«

»Der König würde mich am liebsten mit Sir Robert von Short vermählen, aber mein Vater mag ihn nicht. Er sei der Jagd zu sehr zugetan, sagt er.«

»Was ist mit den anderen, die wir getroffen haben? Was mit Sir Guy ... Sir Guy von ...«

»Sir Guy Bosworth von Barnstaple.« Marilyn mußte lachen. »Er ist ein Dummkopf, macht sich mehr Gedanken um seine Pelzumhänge und Juwelenbroschen als um Ernten und Verteidigungsanlagen. Ich könnte unsere eigenen Ländereien besser verwalten als er.«

Joanna mußte ihr mit einem widerwilligen Lächeln zugestehen, daß sie in diesem Punkt recht hatte. »In Ordnung. Was ist dann mit Sir Henry? Oder Sir Robert? Oder — jetzt weiß ich. Was ist mit Sir Evan Thorndyke?« Joanna wußte sofort, daß sie eine empfindliche Stelle getroffen hatte, denn Marilyn schoß das Blut in die bleichen Wangen, und ihre Augen begannen zu funkeln. »Ich ... ich kenne ihn ja kaum, weiß kaum etwas über ihn.«

»Aber Ihr wißt noch weniger über Rylan Kempe — außer, natürlich, daß er hartherzig und übellaunig ist«, fügte Joanna sarkastisch hinzu. Dann seufzte sie. »Es kann doch nicht schaden, Euren Vater in dieser Sache zu befragen, nicht wahr? Sir Evan scheint ein netter Kerl zu sein. Er steht hoch in der Gunst der Königin.«

»Ich fürchte, das wird meinen Vater nicht allzu sehr beeinflussen.«

»Es ist gewiß, daß er den König und die Königin verärgert, wenn er sich mit Sir Rylan zusammenschließt«, sagte Joanna nachdenklich. Dann wurde ihr Blick stechend. »Euer Vater ist kein Anhänger des Königs, nicht wahr? Nein, natürlich nicht«, beantwortete sie sich die Frage selbst. »Denn er gedenkt, sein einziges Kind mit dem erklärten Feind des Königs zu verheiraten. Sagt mir, Marilyn, wie kommt es, daß Ihr dem Gefolge der Königin angehört?«

Die junge Frau seufzte und setzte sich dann müde auf das Bett. »Wenn es um Fragen des Besitzes geht, dann vertraut sich mein Vater mir nicht an. Aber ich bin mir bewußt, daß die Königin mich hier behält, um meinen Vater in Hinblick auf die Entscheidung über meinen zukünftigen Gatten zu beeinflussen.«

Sie versuchte zu lächeln, aber es geriet eher zu einer Grimasse.

»Als ich meinen Vater bat, nach Lawton Castle zurückkehren zu dürfen, riet er mir dringend, das beste aus meiner Situation zu machen, freundlich zu lächeln, wann immer mir der König oder die Königin jemanden vorstellen, aber mit niemandem einen zu vertrauten Umgang zu pflegen. Er gebot mir, mich absolut von jedem Mann fernzuhalten, der danach trachtet, durch meine Hand an das Familienvermögen zu gelangen.«

Joanna nahm dies mit einem leichten Stirnrunzeln auf. »Wann wird er Eure Verlobung bekanntgeben?«

»Erst, wenn wir alle den königlichen Hof verlassen haben.«

Joanna dachte nach. Sie lief dabei unruhig in dem kleinen Raum auf und ab. Dann wandte sie sich zu Marilyn um. »Besteht die Möglichkeit, daß Euch der König die Erlaubnis verweigert, den Hof zu verlassen — das heißt, wenn er von dieser Verlobung erfahren sollte?«

Marilyns Augen weiteten sich, als ihr die Bedeutung dieser Worte klar wurde. »Er könnte doch nicht ... Oh, aber natürlich könnte er. Und das *würde* er auch.«

Joanna nahm neben Marylin Platz, die nun sichtlich vor Angst zitterte. »Wenn ihr die Heirat mit Rylan Kempe fürchtet, dann ist dies ein Weg, sie zu vermeiden«, sagte sie drängend. »Aber natürlich gibt es keine Gewähr, daß die Wahl des Königs besser sein wird.« Dann erinnerte sie sich an den Namen, der ein Strahlen in Marilyns Augen gezaubert hatte, und eine plötzliche Entschlossenheit erfaßte sie. Weder sie noch Marilyn — noch irgendeine andere vermögende Frau — sollte an den höchstbietenden Mann verschachert werden. Sie hatte ein Leuchten in ihren klaren, grünen Augen, als sie Marylins Hand tätschelte.

»Erzählt mir alles, was Ihr über diesen Evan Thorndyke wißt.«

Joanna erkannte Egbert Crosley, Lord Lawton, sofort. Er war ein schwergewichtiger Mann, der einen gesunden, jovialen Eindruck machte. Ein leichtes Stirnrunzeln verdüsterte jedoch seine Braue. Er stand auf einer Seite des bischöflichen Empfangssaals und unterhielt sich mit Sir Guy und zwei anderen jungen Edelmännern.

Zweifellos versuchte früher oder später jeder unverheiratet Bursche am Hof, sich Lord Lawton zu nähern, da eine Verbindung mit seiner Tochter äußerst lobenswert war. Sie Egbert hatte ganz offenkundig kein Interesse an der Unterhaltung, denn seine Augen wanderten aufmerksam über den Raum hinweg. Als Marilyn hinter Joanna den Saal betrat, ließ er seinen Blick lange Zeit auf seiner Tochter ruhen.

Ein anderes Augenpaar beobachtete ebenfalls Marilyns zögerliches Eintreten, und Joanna entging diese Tatsache keineswegs.

Thorndyke unterhielt sich zwanglos mit Lady Matilda und schien dem Kommen und Gehen, das um das königliche Paar stattfand, überhaupt keine Aufmerksamkeit zu schenken. Aber sein Blick wanderte immer wieder zu Marilyn, und Joanna spürte eine keimende Hoffnung in sich aufsteigen. Empfand Evan möglicherweise bereits eine Schwäche für Marilyn? Es wäre durchaus möglich. Sie besaßen beide ein sanftes Gemüt, waren freundlich und nicht für die verschlagenen Machenschaften des Hofes bestimmt. Joanna beschloß, das seltsame Blinzeln, das Evan ihr nach dem Spiel zugeworfen hatte, nicht mitzurechnen. Es war nur eine freundschaftliche Geste gewesen, nichts weiter. Aber aus der Art und Weise, wie er

Marilyn nun betrachtete, ließ sich ganz klar schließen, daß er sie bereits favorisierte.

Zum ersten Mal seit ihrer Ankunft am Hof fühlte sich Joanna ein wenig optimistisch, und sie zog Marilyn am Ärmel. »Stellt mich doch bitte Eurem Vater vor, ja?«

Marilyn zögerte, als sie das kleine Lächeln sah, das Joannas Mund umspielte. »Ihr werdet doch Stillschweigen bewahren, nicht wahr? Als ich Euch gestern abend etwas anvertraute, geschah es unter dem Siegel der Verschwiegenheit.«

»Ich werde Euer kleines Geheimnis nicht preisgeben, Marilyn. Auch wenn ich nicht verstehen kann, wie Ihr bei einer Sache mitwirken könnt, die so sehr Euren eigenen Wünschen entgegenläuft. Aber dennoch versichere ich Euch, daß ich mich mit Eurem Vater lediglich über ganz unverfängliche Dinge unterhalten werde.«

Marilyn machte keinen überzeugten Eindruck, führte Joanna dann aber mit einem widerwilligen Seufzer zu ihm hin. Unterwegs knicksten sie vor dem König und der Königin und begrüßten Bischof Ferendi. Ansonsten vermieden sie es, mit irgendjemand zu reden. Sir Egbert schien sehr erleichtert zu sein, von seiner Unterhaltung mit dem wichtigtuerischen Sir Guy und den anderen beiden Lords erlöst zu werden.

»Guten Morgen, Tochter«, platzte er heraus und wandte dem katzbuckelnden Trio den Rücken zu.

»Vater.« Marilyn gab ihm einen leichten Kuß auf die Wange und trat dann an Joannas Seite zurück. »Ihr hattet noch keine Gelegenheit, meine Freundin, Lady Joanna Preston von Oxwich kennenzulernen.«

»Vom Kloster St. Theresa«, verbesserte sie Joanna, aber in einem milden Tonfall, denn ihr war gerade eine Idee gekommen.

»Oh, ja. Aslins Tochter.« Er warf ihr einen abschätzenden Blick zu. Nicht im geringsten lüstern, sondern eher, als wäge er den Wert ab, den ihr ihre Erscheinung zu dem ohnehin bereits verlockenden Erbe einbrachte. Joanna kämpfte gegen ihre aufsteigende Wut an. War denn Vermögen alles, was ein Mann sah, wenn er eine unverheiratete Frau erblickte? Arpens und Meßketten, Schafe und Wasserrechte, Burgen und politische Überzeugungen? Hatte sie denn überhaupt keinen Wert um ihrer selbst Willen?

Sie wich seinem abschätzenden Blick aus, nur um sogleich in ein anderes, noch eindringlicher dreinblickendes Augenpaar zu schauen. Rylan Kempe stand in demselben Alkoven, in dem er am Abend vorher mit ihr gesprochen hatte. Er unterhielt sich mit einem geschmackvoll gekleideten Mann, der ihr Tags zuvor vorgestellt worden war, dessen Namen sie aber vergessen hatte. Trotz seines Gesprächspartners starrte ihr Rylan allerdings geradewegs ins Gesicht.

Joanna wandte ihre Aufmerksamkeit beunruhigt wieder Sir Egbert zu.

»Wie traurig, daß er diesem verteufelten Fieber zum Opfer fiel«, sagte dieser gerade. »Wir selbst haben in Hurley nicht weniger als hundert Leute verloren, und beinahe zweimal so viel in Aldbourne. In Selsey und Shoreham haben uns nur die starken Seewinde gerettet. Sie haben die Krankheit wohl einfach davongeblasen.« Er nickte verständig mit dem Kopf, als sei es nur seiner eigenen, weisen Planung zu verdanken, daß die Menschen in den Dörfern am Meer nicht von dem schrecklichen Fieber dahingerafft worden waren. »Aye, es tut mir leid für Euch, mein Kind, obwohl ich nicht behaupten kann, daß ich Euren Vater gut gekannt habe.«

»Ich hatte ihn schon einige Jahre nicht mehr gesehen, Mylord.« Und im übrigen war er weder ein guter Vater noch ein guter Ehemann, fügte sie stillschweigend hinzu. Aber sie preßte die Lippen zusammen und blickte verstohlen zu Rylan hinüber. Da war noch einer, der weder Ehemann noch Vater werden sollte. Und doch beabsichtigte Sir Egbert ihn genau zu dem zu machen — und dabei seine eigene Tochter zu opfern.

Sie beobachtete, wie Marilyn Rylan einen nervösen Blick zuwarf und dieser seine Aufmerksamkeit schnell wieder seinem Gegenüber zuwandte. Joanna hielt Ausschau nach Evan Thorndyke. Statt Marilyn anzublicken, starrte dieser allerdings zu Rylan hinüber. Und dabei runzelte er die Stirn. Wußte er etwa auch Bescheid? Mit frisch gestärkter Entschlossenheit richtete Joanna ihren funkelnden Blick erneut auf Sir Egbert.

»Ich habe lange Zeit im Kloster von St. Theresa verbracht, müßt Ihr wissen«, begann sie und bemühte sich, ihrer Stimme einen demütigenden Ton zu geben. »Es war mein Wunsch, das Ewige Gelübde abzulegen, und mein Vater hatte diesem Wunsch stattgegeben. Aber dann wurde ich auf höchst brutale Weise aus meinem Kloster entführt und bemühe mich nun verzweifelt, dorthin zurückzukehren.«

»Der König übt lediglich sein Recht aus, eine ordentliche Entscheidung über Euren Besitz zu treffen«, erwiderte er mit einem warnenden Blick. Dann schaute er kurz zu Rylan Kempe hinüber, und seine Worte verloren ein wenig an Schärfe. »Das Verständnis für Politik entzieht sich einer Frau.«

Joanna warf ihm einen bitteren Blick zu. »Aber es will mir ganz so scheinen, als sei ich gezwungen, mehr über Politik zu lernen, als ich wünsche, denn es war nicht der König, der mich aus St. Theresa entführte. Nein, es war der schlimmste Schurke aller Schurken, Sir Rylan Kempe. Ihr seid doch zweifellos mit dem hinterhältigen Lord Blaecston bekannt, nicht wahr?«

Der Ausdruck auf Sir Egberts Gesicht war ausgesprochen komisch, aber Joanna wagte nicht, zu lachen. Seine ohnehin rosigen Wangen färbten sich rot, seine Augen weiteten sich in einer Mischung aus Ungläubigkeit und Wut, und seine Wangen begannen zu zittern. Joanna fühlte, daß Marylin sie heftig am Ärmel zog, aber sie tat, als bemerke sie es nicht.

»Ich hoffe nur, daß er kein besonders guter Freund von Euch ist«, fuhr sie fort, »denn ich kann Euch versichern, dieser Mann besitzt weder Manieren, noch Anstand, noch Ehrgefühl. Nur der Zufall rettete mich, denn wir trafen auf einige Männer der königlichen Wache.«

Als Sir Egbert Joanna weiterhin entgeistert anstarrte, ergriff Marilyn das Wort. »Sagt doch so etwas nicht, Joanna. Lord Blaecston würde doch bestimmt niemals eine Dame entehren.«

Joanna blickte ihre Freundin an, die die Geschichte bereits kannte — wie die meisten Angehörigen des Hofes. Aber Marilyns bestürzter Gesichtsausdruck bestätigte Joannas Hoffnung: Marilyn gab inzwischen ihr bestes, um Joanna dabei zu unterstützen, ihre unwillkommene Verlobung abzuwenden.

Sir Egberts aufgeregter Blick wanderte von Joanna zu seiner scheinbar bestürzten Tochter und wieder zurück zu Joanna. Wie sie gehofft hatte, kämpfte seine Ritterlichkeit Edelfrauen gegenüber mit seiner Absicht, die politischen Bemühungen von Rylan Kempe zu unterstützen.

»Lord Blaecston ist ein wichtiger Mann«, sagte er mit beschwichtigender Stimme. »Es gibt vieles, was Ihr über diese Dinge nicht wissen könnt.«

Joanna hob trotzig ihr Kinn. »Ich möchte bezweifeln, daß mein Vater eine solch schändliche Tat, wie sie seiner Tochter angetan worden ist, unerwidert gelassen hätte. Würdet Ihr etwa ein solches Verhalten *Eurer* Tochter gegenüber dulden?«

Wieder mußte Joanna ein Lachen unterdrücken, denn Sir Egbert schien beinahe der Schlag zu treffen.

»Aber ... aber ... aber das ist ja genau der Punkt, versteht Ihr. Wäre Euer Vater noch am Leben, dann hätte Lord Blaecston keinen Grund gehabt, Euch zu entführen ...«

»Ihr billigt also eine solch schändliche Tat?« erkundigte sich Joanna mit weit aufgerissenen, unschuldig dreinblikkenden Augen.

»Vater!« rief Marilyn und steigerte Lord Egberts Verwirrung damit nur noch.

»Nein, nein. Das habe ich nicht gesagt! Es ist nur so, daß Frauen solche Dinge oft nicht begreifen können.«

»Ich begreife sehr wohl, daß ich schreckliche Furcht vor Lord Blaecston und seiner grausigen Verbrecherbande hatte«, schleuderte ihm Joanna entgegen. »Ich bete nur, daß Marilyn eine solch abscheuliche Behandlung nie über sich ergehen lassen muß!«

Zu Joannas völliger Überraschung — und insgeheimem Entzücken — brach Marilyn in Tränen aus. Bevor Joanna oder Egbert reagieren konnten, floh sie aus dem Raum. Mehrere Köpfe wandten sich nach ihr um, als sie vorüberlief, aber sie kümmerte sich nicht darum. Joanna warf Sir Egbert einen wütenden Blick zu und machte sich dann auf den Weg, um ihrer Freundin zu folgen. Aber als sie sah, daß sich Evan Thorndyke an einer Gruppe von Edelleuten vorüberdrückte, um Marilyn ebenfalls unauffällig zu folgen, änderte Joanna prompt die Richtung.

Niemand wäre im Augenblick besser imstande, Marilyn in ihrem Kummer zu trösten und damit Joannas Plan zu unterstützen. Sie hatte alles getan, was in ihrer Macht stand. Nun war es am besten, sich für eine Weile ruhig zu verhalten.

18

Als Isabel und ihre Hofdamen sich in ihre Gemächer zurückzogen, blieb die Abwesenheit von Marilyn nicht unbemerkt. Joanna saß still über ihre Stickerei gebeugt und dachte an ihre Freundin, während sie an einem besonders komplizierten Bordenmuster arbeitete, das einen Schleier zierte, den die Königin zu einem prächtigen Kleid tragen würde, das wiederum Lady Adele zur Zeit bestickte. Einige andere Hofdamen hatten erst vor kurzem die Arbeit an einem großen Wandteppich begonnen, der den König in verschiedenen siegreichen Momenten seiner Regentschaft zeigen sollte. Wie immer wurde leise geplaudert, wurden Tratsch und Ratschläge ausgetauscht. Joanna schenkte den Gesprächen keine große Aufmerksamkeit, da sie zu sehr mit ihren eigenen Gedanken beschäftigt war. Aber als Marilyns Name fiel, spitzte sie die Ohren.

»Sie war in Tränen aufgelöst«, sagte Adele und bemühte sich stirnrunzelnd, einen Knoten im Garn zu entwirren.

»Sie sprach mit ihrem Vater, bevor sie hinauslief. Und mit Joanna.«

Mehrere Köpfe wandten sich zu Joanna um.

»Worum ging es in der Unterhaltung?«

»Lag es daran, was ihr Vater sagte?«

»Nun, Joanna.« Königin Isabels gebieterische Stimme durchschnitt das Geplauder. Sie saß ein wenig abseits von den anderen und streichelte eine große, weiße Katze, die es sich auf ihrem Schoß bequem gemacht hatte. »Ihr seid mit unserer süßen, unschuldigen Marilyn zusammen gewesen. Ihr Vater muß etwas ausgesprochen Beunruhigendes gesagt haben, daß sie auf so überstürzte Weise den Saal verließ. Kommt her und erzählt uns, warum sie so außer sich war.«

Joannas Augen eilten von der Königin zur Katze und wieder zurück zu Isabel. Sie konnte gerade noch ein Schütteln unterdrücken — ob es nun aus Widerwillen gegen die Königin oder gegen die Katze geschah, war ihr nicht klar — und zerbrach sich den Kopf auf der Suche nach einer unverfänglichen Antwort. Wie gerne wäre sie einfach mit der Wahrheit herausgeplatzt! Wenn die Königin von Marilyns Verlobung mit Rylan Kempe erführe, würde sie alles unternehmen, um diese Verbindung zu verhindern. Aber Joanna hatte versprochen, Marilyns Geheimnis zu bewahren, und sie wußte, daß sie ihr Wort nicht brechen würde.

»Marilyn hat gestern nacht nicht gut geschlafen, Mylady«, begann Joanna vorsichtig. »Als ich ihrem Vater dann die genauen Umstände schilderte, die mich an den Hof geführt haben — denn er wußte noch nicht, daß mich der arrogante Lord Blaecston aus dem Kloster entführt hatte — nun, da erregte sie sich darüber, daß er nicht verstehen mochte, wie sich eine Frau unter solch bedrückenden Umständen fühlt.«

Isabels Blick wollte nicht von ihr weichen, und sie schien ihre Antwort ganz offensichtlich anzuzweifeln, daher beeilte sich Joanna, fortzufahren. »Evan Thorndyke folgte ihr später aus dem Saal. Zweifellos wird es ihm gelungen sein, sie zu trösten. Wenn Ihr keine Einwände habt, will ich sie suchen gehen und mich davon versichern, daß sie sich von der Aufregung erholt hat.«

»Evan Thorndyke?« sagte die Königin nachdenklich, während Joanna ihre Stickerei beiseite legte und aufstand. Einige der anderen Frauen warfen sich wissende Blicke zu. »Wie lange ist Evan nun schon verwitwet?« fragte Isabel in den Raum hinein.

»Es müssen schon mehr als drei Jahre sein«, erwiderte jemand.

»Und er hat nur ein Kind?«

»Ja, Mylady. Einen kleinen Sohn.«

Ein kleines Lächeln umspielte Isabels volle Lippen und sie entließ Joanna munter winkend. »Ja, seht nur nach Marilyn. Männer können ja so unbedacht sein, besonders Väter. Mein eigener Vater hätte mich am liebsten mit diesem Trottel Hugh der Braune verheiratet. Seht nach Marilyn und bringt sie zurück, sobald sich ihre Laune gebessert hat.«

Joannas eigene Laune war so gut, daß sie beinahe den schattigen Säulengang, der zu den Schlafgemächern der Damen führte, entlanggehüpft wäre. Ihr eiliger Plan war so erfolgreich, wie sie es sich in ihren kühnsten Träumen nie erhofft hätte! Sir Egbert waren, wie sie hoffte, Zweifel an Rylan Kempes Qualitäten als Schwiegersohn gekommen. Evan war erfüllt von Marilyns Not. Aber das beste von allem war, daß die Saat, die sie in Isabels Kopf über Evan und Marilyn gesät hatte, dabei war, aufzugeben!

Sie bog in einen niedrigen, gewölbten Eingang, durchschritt geistesabwesend eine leere Halle und stieg eine schmale Steintreppe hinauf. Natürlich war nichts sicher. Sir Egbert hatte sich noch nicht von Rylan losgesagt und selbst wenn er es schon getan hätte, so würde Rylan eine solche Änderung seiner Pläne sicherlich nicht einfach so hinnehmen. Rylan Kempe war selbstsüchtig und entschlossen. In Fragen des Besitzes und der Macht war er ebenso zielstrebig wie König John, und zudem weitaus geschickter.

Als sie den Gang erreichte, der zu ihrem Zimmer führte, war sie immer noch tief in Gedanken versunken. Aber eine plötzliche Bewegung in einem düsteren Türbogen und eine feste Hand auf ihrem Oberarm ließen sie abrupt stehenbleiben.

»Ihr!« Joanna gab sich Mühe, Abscheu in ihren Blick zu legen, was ihr ausgesprochen schwer fiel, denn ihr Herz überschlug sich. So viele Emotionen wurden in ihrer Brust lebendig, daß sie kaum atmen konnte. Sie war ängstlich. Sie war erregt. Sie war völlig verwirrt.

»Ja, ich, meine kleine Taube. Oder habt Ihr etwa einen anderen Verehrer erwartet?«

Joanna blickte in sein Gesicht, das im Schatten lag, und war sich der Hitze seiner Hand bewußt, die durch ihr Kleid hindurchzudringen schien. Seine Augen waren dunkel und funkelten. Sein Kiefer war angespannt, und er schien unerklärlicherweise wütend auf sie zu sein. Konnte er denn schon jetzt wissen, was sie vorhatte?

»Ich . . . ich habe niemanden erwartet. Und selbst wenn«, fügte sie hinzu, während sie ihre Fassung wiedererlangte, »ginge Euch das überhaupt nichts an.«

Seine Augen wurden schmal, und sein Blick strich über sie hinweg. Dann seufzte er. »Treibt es nicht zu weit, Joanna. Ich warne Euch, treibt es nicht zu weit. Ich habe Euch gebeten, mir zu vertrauen, daß ich die Dinge wieder ins Lot bringen werde. Aber etwas sagt mir, daß Ihr bereits begonnen habt, Euch in Sachen einzumischen, von denen Ihr keine Ahnung habt.«

»Und ich habe Euch entgegnet, daß ich Euch nur insoweit traue, als Ihr die Dinge in einer Weise richten werdet, die für Euch die beste ist, ohne Rücksicht auf meine Wünsche und mein Wohlergehen.«

Zu ihrer Überraschung lächelte er über ihre Worte, und sein fester Griff lockerte sich. Mit einer heftigen Bewegung löste sie sich von ihm, aber sie befand sich immer noch mit dem Rücken zur Tür, und er stand zwischen ihr und dem Fluchtweg.

»Joanna, so schwer es Euch auch fallen mag, dies zu glauben, ich habe wirklich nur Euer Wohlergehen im Sinn.«

»Und was ist mit meinen Wünschen? Ich möchte nach St. Theresa zurückkehren, aber das werdet Ihr niemals zulassen, nicht wahr?«

Er starrte lange auf sie hinab und hob dann unerwartet die Hand, um ihr eine lockige Strähne aus dem Gesicht zu streichen. »Das ist niemals mehr möglich, Joanna, obwohl Ihr es Euch nicht eingestehen wollt. Aber ich verspreche Euch, daß Ihr schon bald froh sein werdet, Euer Gelübde nicht abgelegt zu haben. Wartet.« Er legte einen Finger auf ihre Lippen, bevor sie etwas entgegnen konnte. »Es gibt Dinge, die ich Euch nicht sagen kann. Zumindest jetzt noch nicht. Aber wenn Ihr nur geduldig sein wollt —«

»Und Euch vertraue?« unterbrach ihn Joanna. Sie hatte ihrer Stimme einen vernichtenden Tonfall geben wollen, aber die Berührung seiner Finger, die über ihre empfindsamen Lippen strichen, hatte die Schärfe aus ihren Worten genommen. Statt dessen spürte sie nun eine beunruhigende Wärme, die sich in ihrem Bauch ausbreitete.

»Ja, vertraut mir«, murmelte er heiser.

Joanna fühlte seinen Atem an ihrer Wange, und seine Hand, die über ihr Haar glitt und ihren Nacken umfaßte. Das Mitternachtsblau seiner Augen schien von tief innen zu leuchten. Dann beugte er sein Gesicht hinab und seine Lippen berührten die ihren. Und alles andere verschwand.

Sein Mund war warm und entschlossen, doch sein Kuß sanft und wenig mehr als ein fragendes Tasten auf ihren Lippen. Ein Rest von Vernunft sagte ihr, daß sie den Kuß beenden mußte, bevor er ihn weiter hinauszögerte. Aber eine mächtigere Stimme forderte sie auf, zurückzuküssen. Küß ihn und genieße die himmlischen Empfindungen, die er in dir erweckt. Dann trat er so nahe an sie heran, daß sich ihre Brüste gegen ihn preßten.

Sofort spürte Joanna, wie sie von einer heißen Welle erfaßt wurde, und es verschlug ihr den Atem, wie schnell ihr Körper auf den seinen reagierte. Rylan vertiefte seinen Kuß und ließ seine Zunge über ihre leicht geöffneten Lippen gleiten. Dieses Mal entschlüpfte Joanna ein leises, verlangendes Stöhnen, denn das seidige Streicheln seiner Zunge auf der Innenseite ihrer Lippen bereitete ihr eine Lust, die beinahe unerträglich war.

»Ihr müßt aufhören«, brachte sie schließlich flüsternd hervor.

Aber statt dessen suchte Rylan ihre Zunge mit seiner eigenen und zog sie in einen erotischen Tanz, der ihre Münder ebenso wie ihre Körper verschmelzen ließ.

Joanna fühlte den verlangenden Druck seiner harten, männlichen Form gegen ihre Beine. Brust, Lenden, Beine — sie umarmten sich. Ihre Arme schlangen sich um seine Schultern. Ihre Finger vergruben sich in seinem dichten, schulterlangen Haar. Als eins seiner Knie zwischen ihre Oberschenkel glitt, preßte sie sich verlangend an ihn und fühlte die feuchte Hitze, die so plötzlich in ihr aufgestiegen war.

»Zum Teufel nochmal, ihr seid wie Feuer in meinem Blut«, murmelte er mit erstickter Stimme, während er sie auf die Wange, das Ohr und schließlich auf den Hals küßte. Eine seiner Hände wanderte an ihrer Seite entlang und umfing ihr Hinterteil. Dann preßte er sie heftig an sich, bis sie ebenso brannte wie er.

»Rylan«, flüsterte sie, als sie ihren Kopf gegen die schwere Tür zurücklehnte. Seine hungrigen Lippen gruben einen heißen Pfad an ihrer Kehle entlang des Schlüsselbeins, wo ihm ihr Mieder den weiteren Zugang zu ihrer Haut versagte. Aber er fuhr trotzdem fort, preßte seine Küsse auf das Leinenkleid und versank in den Wölbungen ihrer Brüste.

»Ihr gehört mir, Joanna. Keinem anderen«, murmelte er.

Bisher war Joanna durch seine überwältigende Nähe zu verwirrt gewesen, um klar denken zu können. Aber seine Worte, mit denen er sie für sich in Anspruch nahm, für sich allein, brachten ihr ein unwillkommenes Maß an Klarheit zurück — und ein beträchtliches Maß an Zorn, als sie sich an seine Verlobung erinnerte.

»Euch?« fauchte sie. Sie drehte ihr Gesicht weg, als er ein weiteres Mal versuchte, ihre Lippen zu küssen.

»Ja, mir, Joanna. Wie die Dinge hier auch erscheinen mögen, daran dürft Ihr nie zweifeln.« Er umfaßte ihr Gesicht und zwang sie, zu ihm aufzublicken. Als er die Wut in ihren Augen sah, zögerte er jedoch verwirrt.

»Wie kann ich Euch gehören, wenn Ihr bereits Anspruch auf eine andere erhoben habt?«

Kaum waren die Worte ihrem Mund entschlüpft, bedauerte sie Joanna auch schon. Zum einen klangen sie für ihren Geschmack viel zu sehr nach einem eifersüchtigen, zänkischen Weib. Zum anderen hatte sie das Versprechen gebrochen, das sie Marilyn gegeben hatte. Aber als sich seine Brauen zu einem Stirnrunzeln zusammenzogen, wurde ihr klar, daß sie auch noch den einen Vorteil verloren hatte, der ihr geblieben war. Ohne den Vorteil der Verschwiegenheit würde es ihr wohl kaum gelingen, gegen seine Verlobung mit Marilyn zu intrigieren.

»Was, bei allem was Euch heilig ist, hat dies zu bedeuten?« begann er erzürnt. »Was wißt Ihr von diesen Dingen?«

»Ich weiß, daß der König sich Euch bei jeder Gelegenheit in den Weg stellen wird, sowohl was mich als auch was Marilyn betrifft.« Sie funkelte ihn herausfordernd an, gewillt, ihn dazu zu bewegen, seine Verlobung mit Marylin einzugestehen. Aber zu ihrer Enttäuschung ignorierte er das Thema vollkommen.

»König John wird Euch niemandem anders zur Frau geben als mir.«

Joanna schüttelte den Kopf und lachte laut, wenn auch ohne eine Spur von echter Heiterkeit. »Oh, Ihr seid wirklich ein Narr. Er haßt Euch. Und ich ...«

»Und Ihr tut dies — egal was Ihr lieber glauben möchtet — ganz offensichtlich nicht«, beendete er den Satz für sie.

Von all seinen arroganten Aussprüchen war dies wohl der schlimmste gewesen. »Ihr seid der ... der ... der widerlichste, ekelhafteste Schuft ...«

»Den Ihr je geküßt habt?« unterbrach er ihre Tirade. »Kommt schon Joanna. Nach all dem, was zwischen uns vorgefallen ist, könnt Ihr Euch langsam von Eurer gespielten Entrüstung trennen.« Er beugte sich vor, stützte seine Handflächen links und rechts von ihren Schultern gegen die Tür und blickte sie spöttisch an. »Laßt uns zu unserer vorherigen Beschäftigung zurückkehren. Ich ziehe es vor, Euch zu küssen, statt mich mit Euch zu streiten.«

»Aber ich nicht!» Sie legte ihre Hände gegen seine Brust und versuchte, ihn wegzuschieben, aber ohne Erfolg.

»Was für eine niederträchtige, kleine Lügnerin Ihr doch seid«, murmelte er, als er versuchte, ihre Lippen zu küssen. »Ihr solltet langsam damit beginnen, die Wahrheit zu sagen. Und aufhören, Euch in Dinge einzumischen, die Euch nichts angehen.«

Joanna nahm entmutigt eine Hand von seiner Brust, legte sie ihm auf den Mund und blickte ihn wütend an. »Warum? Damit Ihr das arme Mädchen ruinieren könnt, wie Ihr mich ruiniert habt?«

»Ähem.«

Joanna zuckte zusammen, als sie hörte, daß sich jemand räusperte. Rylan richtete sich erschrocken auf und besaß die Geistesgegenwart, ihr Gesicht zu verbergen, indem er ihren Kopf in einer rauhen, erdrückenden Umarmung gegen seine Schultern preßte.

»Ich wäre Euch dankbar, wenn Ihr weitergehen würdet«, herrschte er den Eindringling auf dem Gang an.

»Dies ist nicht der richtige Ort für ein Rendezous, mein Freund.«

Ebenso schnell, wie Rylan Joanna gegen seine Brust gezogen hatte, ließ er sie nun wieder los. »Bei Gott, Evan!« knurrte er, als er sich zu dem Mann umdrehte. »Der Zeitpunkt für ein Treffen ist verteufelt schlecht gewählt.«

»Das kommt ganz darauf an, wie man es betrachtet«, raunzte Evan zurück. »Ich frage mich, ob Lady Joanna deine Meinung teilt. Ich tue es ganz gewiß nicht.«

»Was hat *dich* denn so aufgebracht?« fragte Rylan verwirrt.

»Es ist schlimm genug, daß sie dich fürchtet. Aber mußte du nun ausgerechnet mit der einzigen Jungfrau herumtändeln, die sie als ihre Freundin erachtet?«

»Was?« rief Rylan verwirrt. Aber Joanna begriff sofort.

»Herumtändeln!« rief sie erbost. »Gott bewahre mich vor allen Holzköpfen dieser Erde! Ich habe nicht herumgetändelt. Die Wahrheit ist, daß er mir aufgelauert und mich angesprochen hat, als ich auf dem Weg war, Marilyn zu Hilfe zu eilen!«

Sie riß ihre Hand aus Rylans losem Griff und warf ihm einen vernichtenden Blick zu.

Ebenso schnell, wie Evan sie beschuldigt hatte, kam er ihr nun zu Hilfe. »Mein Gott, was ist nur mit dir los, Rylan? Du warst tollkühn genug, Lady Joanna zu entführen. Und doppelt tollkühn, sie hierher zu verfolgen. Wirst du sie nun in Rufweite deiner eigenen Verlobten auch noch verführen? Ganz abgesehen von der Tatsache, daß wir uns hier in einer Abtei befinden, und sie das Mündel des Königs ist!«

Er bedeutete Joanna, an seine Seite zu treten, aber Rylan packte sie mit stählernem Griff am Arm.

»Es gibt einige Dinge, die ich dir noch nicht erzählt habe, Evan.«

»Wie aufschlußreich das doch ist. Wie es scheint, habt

Ihr verschiedene Geheimnisse vor verschiedenen Leuten«, bemerkte Joanna sarkastisch. »Evan wußte offenbar von Eurer Verlobung. Ich habe erst gestern davon erfahren.«

»Ich wollte, Ihr hättet es nie erfahren«, murmelte Rylan. Aber er nahm seinen Blick nicht von Evan. »Meine Pläne haben sich geändert. Aber dies hier ist nicht der Ort, um darüber zu reden.« Er deutete mit einem Kopfnicken zu Joanna hinüber.

Evans anfängliche Wut schien ein wenig nachzulassen, und die heiße Farbe in seinem Gesicht verblaßte. Er bedachte Rylan mit einem neugierigen Blick und wandte dann seine Aufmerksamkeit Joanna zu.

»Ihr solltet vielleicht jetzt zu Marylin gehen. Sie ist ruhiger, aber immer noch ein wenig verstört nach dem Ausbruch vor ihrem Vater und dem ganzen königlichen Hof.«

Joanna war mehr als erleichtert, Rylans Gegenwart und seinem Zorn zu entkommen, aber er war noch nicht ganz fertig mit ihr.

»Ihr werdet Eure Zunge im Zaum halten, was mich und Lady Marilyn angeht. Das Thema Verlobung ist für Euch tabu, gleichgültig, wer es anschneidet. Ist das klar, Joanna?«

»Klar ist lediglich, daß der gepriesene Lord Blaecston drohen und toben mag«, begann sie mit einem selbstgefälligen Lächeln auf den Lippen, »ich aber am Ende das tun werde, was ich für richtig halte ...«

Er riß sie so schnell herum, daß sie beinahe gefallen wäre. »Zwingt mich nicht, zu handeln, Joanna, denn Ihr seid die einzige, die dabei leiden wird.« Dann schob er sie an Evan vorbei in den Gang hinaus. »Geht zu Marilyn. Aber ich warne Euch, ihr nichts zu sagen.«

Trotz ihrer tapferen Worte war Joanna nur allzu froh, verschwinden zu können. Rylans Drohung hatte sie mehr erschüttert, als sie zugeben wollte. Sie wußte instinktiv, daß er sie nicht körperlich angreifen würde. Und doch war die Warnung in seiner Stimme unüberhörbar gewesen. Er meinte, was er sagte.

Aber was *konnte* er wohl tun, falls sie etwas sagen sollte, um diesen neuen Plan, den er sich offenbar ausgedacht hatte, zu durchkreuzen? fragte sie sich, als sie ihren hastigen Schritt verlangsamte und sich bemühte, ihren rasenden Puls zu beruhigen. Auch Marilyns Zukunft hing davon ab. Evan war der richtige Mann für Marilyn, nicht Rylan.

Rylan war ... Rylan war ...

Joanna preßte ihre Handfläche gegen den Bauch. Sie versuchte, das Zittern in ihrem Inneren zu beruhigen und den verräterischen Gedanken zu verjagen. Aber wie sehr sie sich auch bemühte, so konnte sie doch nicht verleugnen, daß Rylan der richtige Mann für sie war.

Es ergab keinen Sinn. Es ging gegen alles, woran sie glaubte und was sie sich für ihre Zukunft wünschte. Und doch lag es klar auf der Hand. Seine Berührung, sein Kuß, seine bloße Gegenwart entfachte etwas tief in ihrem Inneren, von dem sie nie gewußt hatte, daß es existiert. Es war verdorben und sündhaft. Aber es war vorhanden.

Mit einem unglücklichen Seufzer ließ sie sich gegen die kalte Steinwand sinken. In was für ein schreckliches Durcheinander war sie da nur hineingeraten! Rylan wollte sich wegen der enormen politschen Vorteile, die ihre Erbschaft mit sich brachte, mit Marilyn vermählen. Hätte er den Wunsch gehabt, Joanna zu heiraten, um ihre Güter in Yorkshire zu erlangen, hätte er dies schon ganz zu Anfang kundgetan. Aber er wollte sie nicht zur Frau. Er wollte sie nur als seine *fille de joie.*

Es würde sie nicht im geringsten überraschen, wenn er sie nur deshalb vor einer Heirat mit einem der Anhänger des Königs retten wollte, um selbst einfacher an sie heranzukommen! Vielleicht sah sein neuer Plan ja vor, sie auf Oxwich unterzubringen, um sie dort, wann es ihm gefiel, besuchen zu können und in den Genuß der gleichen Vergnügungen zu gelangen, die sie auf der Isle Sacré miteinander geteilt hatten.

Schlimm war nur, daß ich all dies weiß und mich dennoch nach ihm sehne, stellte sie fest. Ihr Körper erschauerte, als sie sich an die Leidenschaft erinnerte, die sie dort erfüllt hatte.

Joanna atmete einmal tief durch. Rylan Kempe war ein selbstsüchtiger Schurke, der nur an seine eigenen Belange dachte. Aber soweit es sie betraf, konnte er mit seinen Anliegen zum Teufel gehen, entschied sie. Es gab keinen Grund, warum seine hochtrabenden politischen Ambitionen Marilyn und Evan unglücklich machen sollten. Ihr eigener Plan, die beiden zusammenzubringen, funktionierte wunderbar, und sie würde nicht zulassen, daß er ruiniert wurde.

Nein, nicht Rylan Kempe, sondern Evan würde Marilyn heiraten. Und auch wenn sich Rylan niemals ihr selbst zuwenden sollte, so hatte sie nicht vor, sich von ihrem Plan abbringen zu lassen. Sie mußte lediglich eine Möglichkeit finden, Rylans Verlobung mit Marilyn zu lösen.

»Allmächtiger Gott, ich glaube, du bist von allen guten Geistern verlassen!« brach es aus Evan heraus, als er und Rylan allein und sicher waren. Evan war ungeduldig neben Rylan hergeschritten, während sie über den bevölkerten Hof am Brunnen vorbeigegangen waren, und seine Wut auf den Freund hatte sich immer weiter gesteigert, als sie schließlich den Gemüsegarten durchquerten, um schließlich das Ufer des Ouse zu erreichen. Sie standen nun ein Stück oberhalb von der Mühle der Abtei. Hier sah er nun keine Veranlassung mehr, seine Worte noch länger zurückzuhalten.

»Du bist mit der einen verlobt, lechzt aber nach der anderen. Lady Joanna ist weder eine lustige Witwe noch irgendein loses Frauenzimmer, mit dem du dich vergnügen kannst! Sie ist ein behütetes Mädchen, eine Edelfrau, die du beschützen solltest, statt zu versuchen, sie zu ruinieren!« Dann wurde sein Gesicht noch roter, als ihm plötzlich ein schrecklicher Gedanke zu kommen schien. »Du hast doch wohl nicht vor, John abzuhalten, eine Heirat für sie zu arrangieren, indem du ihren Ruf ruinierst!?«

»Zum Teufel nochmal, Evan! Hast du wirklich so wenig Vertrauen zu mir?« Rylan griff nach einem hohen Schilfrohr und riß es an der Wurzel aus.

»Wenn ein Mann von einer Frau besessen ist, denkt er nicht mit seinem Kopf!«

Rylans Zorn kühlte sich ein wenig ab, als er dies vernahm, denn die Stimme seines Freundes hatte einen sehr ernsten Klang. »Die Fehler, die ich bei Joanna Preston begangen habe, gehören der Vergangenheit an. Ich habe die Absicht, sie in der einzigen ehrenhaften Weise zu beheben, die mir bleibt.« Er grinste den immer noch verwirrten Evan ein wenig unbeholfen an. »Ich werde sie heiraten.«

Die Gefühle, die sich auf Evans Gesicht widerspiegelten, vertieften Rylans Grinsen nur noch. Evan war zunächst sichtlich schockiert, dann ganz offensichtlich erleichtert. Doch zuletzt kehrten Entsetzen und Wut in seine Züge zurück. »Du bist mit Lady Marilyn verlobt, beabsichtigst aber, Lady Joanna zu ehelichen? Was ist mit deinem Vertrag, den du mit Egbert abgeschlossen hast? Was mit den Einwänden des Königs? Was mit Lady Marilyns Ruf?«

Rylan warf das ausgerissene Schilfrohr mit einem verzweifelten Seufzer fort und strich sich mit der Hand das Haar aus dem Gesicht. »Es ist eine verwickelte Situation, das muß ich zugeben, aber keine aussichtslose.«

»Aye, warum setzen wir uns nicht zu einem fröhlichen Plausch mit John und Egbert zusammen? Ein bißchen Wein wird schon alles richten!«

Rylan lachte über den Sarkasmus seines Freundes, und er erlangte seine Fassung zurück. »Ich gebe zu, daß es nicht einfach sein wird. Egbert wird außer sich sein, und ich möchte auf alle Fälle vermeiden, ihn mir zum Feind zu machen.«

»Befürchtest du, er könnte in Johns Lager überwechseln?« erkundigte sich Evan. Nachdem er seinen Gefühlen Luft gemacht hatte und sich das Gespräch nun politischen Fragen zuwandte, wurde er schnell wieder ruhig.

»Da kann man nie sicher sein. Auf der anderen Seite hat er allen bisherigen Vorschlägen König Johns in bezug auf einen Schwiegersohn widerstanden. Aber seine Launen sind nicht immer berechenbar, und in einem Wutanfall mag er schon Johns Druck nachgeben. Verdammt, ich wünschte nur, wir könnten Marilyn vom Hof und von der Macht, die John über sie — und damit über Egbert — hat, wegbekommen. Welch ein Jammer, daß er sie dem Einfluß des Königs aussetzte.«

»Egbert hat nur zugestimmt, um John zu besänftigen und sich etwas Zeit zu erkaufen«, erwiderte Evan. »Und er war der Meinung, daß seine Tochter etwas über das Leben bei Hofe und das königliche Paar lernen sollte. Schließlich hat sie die meiste Zeit ihres Lebens in der Abgeschiedenheit von Lawton Castle verbracht. Ihre riesigen Besitztümer machen sie jedoch zur begehrtesten Erbin Englands. Sie muß lernen, sich in hoher Gesellschaft zu bewegen.«

Rylan mußte lachen. »Die begehrteste Erbin Englands. Und sie hätte beinahe mir gehört.«

»Sie könnte dir immer noch gehören«, erwiderte Evan vorsichtig.

Rylan lächelte wehmütig. »Ich hätte nie gedacht, daß ich dies einmal sagen würde, viel weniger noch, daß ich daran glauben würde, aber es gibt einige Dinge, die wertvoller sind als alle Besitztümer Marilyns.«

Evan klopfte ihm mit einem verständnisvollen Glucksen auf die Schulter. »Einige Dinge? Doch nicht etwa eine Erbin aus Yorkshire?«

Nun war es an Rylan, ernst zu werden. »Ich würde sie sogar ohne Oxwich nehmen«, gestand er mit ungewöhnlicher Offenheit. »Aber zuerst muß ich einen Weg finden, um Sir Egbert zu besänftigen und Lady Marilyns Ehre retten.«

Evans Gesicht verzog sich zu einem Lächeln. »Vielleicht können wir einen anderen Bräutigam für sie auftreiben. Einer, der sowohl für ihren Vater als auch für sie akzeptabel ist.«

»Das ist nun schon das zweite Mal, daß du darauf anspielst, wie unglücklich Egberts Tochter über die Verbindung mit mir ist. Vorher sprachst du bereits davon, daß sie mich fürchte.«

»Aye, das tut sie. Sie ist sehr jung. Und ziemlich schüchtern.«

»Du machst dir auffällig große Sorgen um das Mädchen, Evan. Du behauptest, ihr Temperament zu kennen. Du weißt über ihre Ängste Bescheid. Und ganz offensichtlich kamst du vorhin geradewegs von ihr. Du hast es vermutlich auf dich genommen, sie zu beruhigen?« Als er das gerötete Gesicht seines Freundes bemerkte, wurde Rylan klar, was in ihm vor sich ging und er mußte unwillkürlich lachen. »Warum hast du mir nicht schon längst davon erzählt?«

Evan trat unruhig von einem Bein auf das andere und starrte wie gebannt auf das schlammige Ufer des Flusses. »Es war sinnlos. Du warst bereits mit ihr verlobt. Ich sah ein, daß es eine weise Verbindung war und eine, die König John sicherlich peinigen würde.«

»Genau so, wie es eine Verbindung zwischen dir und Marilyn tun würde. Deine und ihre Ländereien würden eine formidable Front gegen den König darstellen.« Rylan lachte, als er den hoffnungsvollen Ausdruck sah, der sich langsam auf dem Gesicht seines Freundes ausbreitete. »Natürlich würde es das Ende deiner lustigen Tage hier bei Hofe bedeuten. Und deine Opposition gegen die törichte Herrschaft des Königs könnte nicht länger verborgen bleiben.«

»Ich ärgere mich jeden Tag darüber. Marilyn zu heiraten und diese Verkleidung endlich abzuwerfen, wäre ein größerer Segen, als ich mir jemals erhofft hatte.«

»Nun, die Bräutigame sind sich einig. Nun müssen wir uns an den Vater und an den König wenden.«

»Was ist mit Lady Joannas Zustimmung? Ich weiß, daß Marilyn keine Einwände haben wird, aber Lady Joanna hat ganz offensichtlich einen eigensinnigen Kopf. Als sie uns verließ, machte sie nicht den Eindruck, als sei sie dir sehr zugetan«, fügte Evan mit einem unterdrückten Lächeln hinzu.

Rylans Blick verdüsterte sich nachdenklich, als er an Joanna dachte. Ganz gewiß hätte sie Einwände. Sie würde ihm eine Predigt darüber halten, wie sehr sie sich wünsche, das Ewige Gelübde abzulegen — als ob solch einer leidenschaftlichen Frau erlaubt sein sollte, sich hinter Klostermauern zu vergraben! Aber er kannte gewisse Wege, ihre Einwände zum Verstummen zu bringen. Es würde nicht allzu lange dauern, sie zu überzeugen.

»Überlaß Joanna nur mir«, erwiderte er mit einem entschlossenen Glitzern in den Augen. »Überlaß die feurige Joanna Preston nur mir.«

19

Als sie ihr Zimmer betrat, machte Joanna einen überaus gefaßten Eindruck. Sie war wild entschlossen, es nicht zuzulassen, daß Rylan Kempe und seine sündhaften Küsse sie von ihrem Weg abhielten. Als sie die Tür hinter sich schloß und sich zu Marilyn umwandte, stellte sie erstaunt fest, welch glücklichen Ausdruck das Gesicht ihrer Freundin trug.

»Er ist wirklich bemerkenswert, nicht wahr? So ganz anders als die anderen Männer am Hof. Gütig. Freundlich.« Marilyn seufzte zufrieden. Aber dann erlosch das Glühen in ihren Augen. »Oh, hätte er doch nur sofort um meine Hand angehalten. Mein Vater hätte sein Werben sicherlich begrüßt. Aber nun kann er nichts sagen. Oh, Joanna, warum nur hat Evan nicht früher gesprochen?«

»Weil er Rylan Kempes Freund ist und von dem Ehevertrag schon lange vor Euch wußte«, antwortete Joanna und ließ sich auf ihr Bett fallen. Sie wußte, daß ihr Tonfall unnötig barsch war, aber sie konnte es nicht ändern. Als sie Marilyns träumerischen Augen gesehen hatte, war sie von einem übermächtigen Neid erfaßt worden. Warum hatte sie nicht wie Marilyn jemanden — einen Mann, der sie ebenso sehr liebte, wie sie ihn?

Aber Evan Thorndyke war nun einmal eine Ausnahme, ganz anders, als die anderen arroganten Männer, die sie bisher kennengelernt hatte. Zuerst ihr Vater. Dann König John und der herzlose Lord Blaecston. Wenn sie sich doch nur zu Evan hingezogen fühlen würde. Warum mußte sie eine Schwäche für einen Mann wie Rylan Kempe haben? Sie rollte sich mit einem Seufzer auf den Rükken.

»Vergebt mir meine schlechte Laune, Marilyn. Der Grund liegt darin, daß ich gerade mit Eurem Verlobten gesprochen habe.«

»Lord Blaecston?« Marilyn wurde blaß und setzte sich auf einen mit Leder bespannten Stuhl.

»Eben den. Als ich ging, führte er mit Evan ein ziemlich hitziges Gespräch.«

»Über ... über mich?«

Joanna nickte langsam. Ihr war plötzlich eine hinterhältige Idee gekommen.

Es wäre wirklich böse, Marilyn ganz bewußt auf falsche Gedanken zu bringen, sagte sie sich. Aber wenn sie dadurch ihr ersehntes Ziel erreicht, wäre Marilyn am Ende wirklich glücklich. Und sollte es nicht funktionieren, dann ... dann wäre kein echter Schaden entstanden. Sie setzte sich entschlossen auf.

»Evan war böse auf Rylan.«

»Ich hätte nie mit ihm über die Verlobung reden sollen. Oh, aber Ihr sagtet doch, daß er darüber bereits Bescheid wußte. Deshalb hat er sich nie ernsthaft um mich bemüht.« Marilyns Gesicht verdüsterte sich verwirrt. »Aber wenn er doch schon alles wußte, warum ist er denn jetzt erst so ärgerlich auf Lord Blaecston?«

Joanna lächelte Marilyn an — ein herzliches Lächeln, dem dennoch eine gewisse Wehmut anhaftete. »Er ist ärgerlich, weil Ihr unglücklich seid. Er ist Euch hierher gefolgt, um Euch zu trösten —« Sie verstummte einen Moment und warf Marilyn einen bewußt abschätzenden Blick zu.

»Wie genau hat er Euch eigentlich getröstet?« erkundigte sie sich mit hochgezogenen Brauen.

Das Blut, das Marilyn in die Wangen schoß, sagte mehr als ihre gestammelten Worte. »Er ... half, daß meine Tränen versiegten. Ich ... mein ... mein Gesicht war feucht. Wir ... wir haben uns eine Weile unterhalten ...«

»Nur unterhalten? Sonst nichts?« unterbrach Joanna und bemühte sich, ein ernstes Gesicht zu machen.

»Wir ... er ... das heißt, ich ... ja, ich habe es zugelassen, daß er seinen Arm um mich legt. Ich weiß, das hätte ich nicht tun sollen. Aber ... nun, ja ...«

»Dann hat er Euch geküßt?« fragte Joanna mit sanfter Stimme. Marilyn biß sich auf die Lippe und schaute Joanna mit großen Augen an. Sie schluckte und nickte langsam.

Dieses Mal konnte Joanna ein Lächeln nicht unterdrücken. »Und war es ein schöner Kuß?«

Marilyn nickte wieder. »Er war süß und sehr ... sehr aufregend«, gab sie zu. »Evan war so sanft und liebevoll. Ich fühlte mich wie im Himmel, Joanna. Wirklich wie im Himmel. Ich wäre vor Glück beinahe in Ohnmacht gefallen.«

Oh, ja, dachte Joanna, wie gut ich dieses Gefühl kenne. Und sie erinnerte sich an die schwülen, alles andere verdrängenden Empfindungen, die Rylan so mühelos in ihr weckte. Aber sie riß sich zusammen, um ihren verschlagenen Plan in die Tat umzusetzen. »Ihr mögt Euch wie im Himmel gefühlt haben, Marilyn, aber Ihr seid mit einem anderen verlobt. In den Augen der Kirche verlangt das, das ihr getan habt, nach Buße. Um die Gefühle für einen Mann, der nicht für Euch bestimmt ist, überwinden zu können, müßt Ihr um Vergebung beten.«

Marilyns niedergeschlagener Gesichtsausdruck ließ Joannas Entschluß beinahe ins Wanken geraten. Es lag ihr fern, mißbilligend auf Marilyn hinabzublicken, aber um Marilyns Verlobung mit Rylan zu brechen, mußte sie jede Gelegenheit nutzen, die sich ihr bot.

»Vielleicht sollten wir in die Kapelle gehen, um zu beten. Nein.« Sie schwieg einen Augenblick, um die Wirkung ihrer Worte zu erhöhen. »Nein, ich denke, die Kathedrale wäre besser geeignet.«

Auf dem langen Weg über das Anwesen der Abtei bis zur Kathedrale sprach Marilyn kein einziges Wort. Joanna blickte sich vorsichtig um, in der Hoffnung, den Mann zu entdecken, der am besten dafür geeignet war, ihren Plan voranzubringen. Zu ihrer größten Erleichterung strömten die Benediktinermönche nach Beendigung des Gottesdienstes gerade aus der Kathedrale heraus. Bischof Ferendi und sein Gefolge hielten sich immer noch in der Apsis auf, als die beiden Frauen das kaum beleuchtete Hauptschiff der Kathedrale betraten.

»Dürfte ich um ein Wort bitten, mein Bischof«, rief Joanna, als sie auf den wohlgenährten Kirchenmann zueilte. »Wenn Ihr erlaubt«, fügte sie mit gebeugtem Kopf hinzu, als er sich nach ihr umdrehte.

»Ah, unsere kleine Nonne«, spottete er mit gönnerhafter Stimme. »Ich habe mich schon gefragt, wann Ihr mich aufsuchen würdet. Seid Ihr bereit, Eure Sünden zu gestehen, meine Liebe? Bereit, Eure anmaßenden Worte und Euer respektloses Verhalten zu büßen?«

Es kostete Joanna ihre ganze Willenskraft, mit dem Kopf zu nicken. Es war ihr Wunsch, daß der Bischof nicht ihre eigene Beichte, sondern die von Marilyn hörte. Sie war sicher, daß der prahlerische alte Wichtigtuer direkt zum königlichen Paar laufen würde, sollte Marilyns Beichte den Namen des Mannes enthüllen, mit dem sie ihr Vater zu verheiraten gedachte. Aber was sie selbst betraf, so beabsichtigte Joanna keineswegs, Bischof Ferendi ihre vielen Sünden zu beichten. Vor allem nicht jene, die mit Rylan Kempe in Verbindung standen. Bei einem gottesfürchtigeren Priester hätte sie es vielleicht getan, aber selbst dann könnte sie wohl kaum beichten und um Vergebung bitten, wenn sie nicht vollkommen sicher war, ob sie ihre Sünden auch wirklich bereute! In ihrer Verzweiflung blickte sie zu Marilyn hinüber.

»Vielleicht sollte Marilyn zuerst beichten. Ich . . . ich

muß mich erst noch sammeln.« Sie lächelte grimmig. »Dafür habt Ihr doch gewiß Verständnis.«

»Das habe ich gewiß, mein Kind. Ganz gewiß. Nun gut. Dann Ihr zuerst, Lady Marilyn.« Er bedeutete den Mönchen, die noch auf ihn warteten, vorauszugehen und hastete dann wichtigtuerisch zu dem mit einem roten Vorhang versehenen Beichtstuhl, der sich in einer Seitenwand des dicken Steingemäuers fand.

Marilyn warf Joanna einen letzten, bekümmerten Blick zu, bevor sie hinter den Damastvorhängen der Büßerkammer verschwand.

Als Marilyn den Beichtstuhl wieder verließ, war sie blaß und augenscheinlich verstört. Sie schaute nicht zu Joanna hinüber, sondern ging direkt zu einer Nische, wo sich ein Schrein für St. Etheldreda befand, fiel auf ihre Knie und begann, mit gesenktem Kopf ihre auferlegte Buße zu beten.

Joanna näherte sich widerstrebend dem Beichtstuhl. Ihr wurde bewußt, daß sie weniger Zeit für ihre Gebete aufgewendet hatte, als sie es für gewöhnlich tat, seitdem sie St. Theresa verlassen hatte. Gewiß sollte sie das, was auch immer der Bischof von ihr verlangen würde, nicht ablehnen. Aber sie lehnte es ab. Selbst jetzt schon, als sie auf dem harten Steinboden hinter dem Vorhang kniete, ärgerte sie sich über den aufgeblasenen Narren auf der anderen Seite der durchlöcherten Trennwand, der über sie richten würde. Obwohl sie sich mahnte, daß es Gott war, der seinen Richterspruch über sie fällte — und Bischof Ferendi nur ein Handlanger des himmlischen Vaters — mußte sie sich doch über die Art von Diener wundern, die er sich hier ausgesucht hatte. Gewiß war Schwester Edithe besser dafür geschaffen, das Wort des Herrn zu verkünden, als dieser eingebildete, wichtigtuerische Narr.

»Segnet mich, Vater, denn ich habe gesündigt«, begann

sie die Litanei, die sie nur allzu gut kannte. Sie sei undankbar, teilte sie ihm mit. Und ungeduldig. Hitzig und viel zu eigenwillig.

All dies waren Unzulänglichkeiten, unter denen sie schon ein Leben lang litt, und Joanna vermutete, daß sie sich bis an ihr Lebensende nicht von ihnen würde befreien können. Aber Bischof Ferendi schien sich kaum dafür zu interessieren, während er durch den restlichen Teil der Beichte hetzte. Sie erzählte ihm nichts über ihre jüngsten Schwächen — ihre lüsternen Gedanken, die sie so häufig überfielen, die sündhaften Empfindungen, die sie zu leugnen versuchte und doch heimlich genoß. Statt dessen gelobte sie in einem stillen Gebet, sich zu bessern und die zweifache Buße zu tun, die er ihr auferlegen würde. Und die ganze Zeit über fragte sie sich, was Marilyn ihm erzählt haben mochte.

Als Joanna mit ihrer Buße fertig war, lag die Kathedrale verlassen da. Ihre Knie schmerzten, und sie zitterte in der Kühle, die von der kalten Steinmauer ausstrahlte. Bischof Ferendi war verschwunden, und nur Joanna und Marilyn hielten sich noch in der düsteren Stille der riesigen Kathedrale auf. Marilyn war immer noch mit ihren Gebeten beschäftigt. Joanna bemühte sich, ihre Ungeduld so gut es eben ging zu zügeln, und wartete nervös darauf, daß ihre Freundin endlich fertig wurde.

»Der Bischof hat Euch sehr lange bei Euren Gebeten gehalten«, bemerkte sie beiläufig, als sie sich endlich gemeinsam auf den Weg zu dem niedrigen Turm machten, der die Königin und ihre Hofdamen beherbergte.

»Ich hatte viel zu beichten, wie Ihr sehr wohl wißt«, murmelte Marilyn mit matter Stimme. Sie schritten voran, ohne ein weiteres Wort zu wechseln, obwohl Joanna die Frage auf der Zunge brannte, was Marilyn dem Bischof gesagt hatte.

Als sie das Zimmer der Hofdamen betraten, blickten

die anderen Frauen neugierig zu Marilyn hinüber, aber als sie kaum auf ihre Fragen reagierte, verloren sie schon bald das Interesse. Isabel war nicht da. Es dauerte jedoch nicht lange, bis sie kam. Mit einer gebieterischen Handbewegung bezeichnete sie all ihren Damen, den Raum zu verlassen. Während sich die Frauen beeilten, ihrem Befehl nachzukommen, fiel ihr harter Blick auf Marilyn, und Joanna wußte sofort, daß ihr Plan funktioniert hatte.

»Dürfte ich ein Wort mit Euch wechseln, Lady Marilyn?« Obwohl als Frage formuliert, deutete der Ton in Isabels Stimme darauf hin, daß es sich um einen Befehl handelte. »Alle anderen mögen ihren eigenen Interessen nachgehen. Ich werde keine von Euch mehr benötigen, bis die Glocken zum Abendessen läuten.«

Joanna war zwar gezwungen, das Zimmer zu verlassen, aber sie entfernte sich nicht allzu weit. Ein Teil von ihr war entzückt, daß ihre kleine Intrige so reibungslos funktionierte. Der Bischof war ganz sicher ein rückgratloser Schurke, daß er mit der Beichte eines seiner Schäfchen schnurstracks zum König und zur Königin gelaufen war. Joanna bedauerte beinahe, daß sie ihn so gut durchschaut hatte, denn nun mußte sie sich über die möglichen Folgen Gedanken machen. Was wäre, wenn der König Marilyn als Geisel festhielte? Oder wenn er sie zwingen würde, nicht Evan, sondern einen anderen, wirklich abstoßenden Kerl zu heiraten? Einen, der sogar noch weniger akzeptabel als Rylan Kempe war? Zumindest war dieser attraktiv und gesund, und Marilyn würde bei ihm keine körperlichen Mißhandlungen erfahren.

Aber Marilyn fürchtete sich vor Rylan und verabscheute diese Verbindung. Ganz sicher war dies alles hier zu ihrem besten. Aber andererseits gab es so viele Ungewißheiten, wobei die schlimmste die unberechenbare Natur des Königs darstellte.

Joanna schwankte zwischen ihren Hoffnungen und Ängsten hin und her. Die Minuten verstrichen und wurden zu Stunden. Als die Spannung schließlich unerträglich wurde, beschloß sie, da ihr nichts anderes zu tun blieb, Evan Thorndyke aufzusuchen. Er war ruhig und besonnen und wußte vielleicht bereits etwas. Im übrigen betraf ihn die Angelegenheit ebenso.

Joanna fand Evan auf einem Stück Mauer sitzend, von wo aus er einen Blick auf das einzige, noch nicht trocken gelegte Stück Marschland in der Umgebung der Abtei hatte. Er war so in Gedanken versunken, daß er erst aufsah, als ein Kiesel unter ihren Schuhen ein knirschendes Geräusch verursachte.

»Lady Joanna?« Sein Gesicht nahm einen besorgten Ausdruck an, als er sich erhob. »Was führt Euch hierher?«

Als sie in seine beunruhigten Augen blickte, wußte Joanna, daß sie das Richtige getan hatte. »Einige Dinge gehen vor sich, von denen Ihr erfahren solltet«, begann sie ohne Umschweife. »Es will mir ganz so scheinen, als ob die Königin von Marilyns Verlobung wüßte. In diesem Augenblick befragt sie sie. Ich habe keine Ahnung, was der König im Sinn hat, aber ich bin sicher, daß er die Heirat nicht erlauben wird.«

Evans Blick verschärfte sich sofort. Aber die Neuigkeit schien ihn nicht in allzu große Unruhe zu versetzen, und Joanna faßte Mut. »Damit ist das Unvermeidliche lediglich etwas verfrüht eingetreten, aber ich frage mich, wie sie davon erfahren konnten«, fügte er mit einem mißtrauischen Blick auf sie hinzu.

»Aus meinem Mund erfuhr niemand von dem Geheimnis«, verteidigte sie sich hitzig. »Aber darum geht es auch gar nicht. Ich fürchte die Reaktion des Königs auf die Neuigkeit. Ihr kennt Euch bei Hofe aus. Was denkt Ihr, wird nun geschehen?«

»Sie wird König Johns Gefangene bleiben«, erwiderte er

rundheraus. Aber als er ihren bekümmerten Gesichtsausdruck sah, fügte er hinzu: »Sie wird freundlich behandelt werden. Fürchtet nicht um ihre Sicherheit. Ihr Vater wird jedoch nicht in der Lage sein, sie vom Hof wegzuholen.«

»Wird er — der König — sie zwingen, einen anderen zu heiraten?« erkundigte sie sich und ließ ihn dabei nicht aus den Augen.

»Zweifellos«, entgegnete er, ohne auch nur das kleinste Anzeichen von Wut oder Besorgnis.

Joanna starrte ihn verwirrt an. »Aber warum seid Ihr nicht — das heißt, ich dachte ...« Sie verstummte und warf ihm einen erbosten Blick zu. »Ihr *wünscht* sie doch zu heiraten, oder etwa nicht?«

Evan brach in schallendes Gelächter aus. »Ja. Um die Wahrheit zu sagen — und das natürlich nur unter uns — wünsche ich Lady Marilyn auf jeden Fall zu heiraten. Aber ich muß gestehen, daß ich Eure Besorgnis in dieser Sache nicht ganz verstehen kann. Es geht das Gerücht, daß Ihr Euch gegen die Absicht des Königs sträubt, einen politisch angemessenen Ehemann für *Euch* zu finden. Warum also macht Ihr Euch Gedanken über Marilyns Heirat? Rylan sagte mir, Ihr habet keinerlei Interesse an Politik, warum also ...«

»Rylan!« schnappte Joanna zurück. »Rylan sagt dies, Rylan sagt das und alle müssen springen, nicht wahr? Wenn es Rylan Kempe nicht geben würde, wären weder Marilyn noch ich in einer solch verzweifelten Lage. Beide sind wir wegen seiner selbstsüchtigen Pläne der Gnade des Königs ausgeliefert!«

Als sie seine schockierte Miene sah, senkte Joanna sofort ihre Stimme und blickte sich dann vorsichtig um, ob irgendjemand ihre schroffen Worte vernommen hatte. Als sie wieder zu Evan hinübersah, trug sein Gesicht einen seltsamen Ausdruck.

»Es liegt wohl etwas Wahrheit in dem, was Ihr sagt, Milady, aber mir scheint, es verbirgt sich noch mehr dahinter, was Ihr aber ungesagt laßt.« Er stand mit einem Grinsen und bot ihr seinen Arm. »Kommt, laßt uns gehen und uns unter die Leute mischen, um zu sehen, ob wir etwas herausbekommen können. Während Ihr dann Marilyn aufsucht, werde ich mich bemühen, ihren Vater ausfindig zu machen. Ein Sturm braut sich zusammen und wird bald ausbrechen.«

Evans ruhige Zuversicht half Joanna sehr dabei, ihre innere Unruhe zu dämpfen. Wenn er, der sich wünschte, Marilyn zu heiraten, nicht allzu bestürzt über die Situation war, dann würde bestimmt alles gut ausgehen. Allerdings bereitete ihr Rylan Kempes Beteiligung an der ganzen häßlichen Affäre immer noch Kopfzerbrechen. Evan wußte über Dinge Bescheid, von denen sie keine Ahnung hatte, und sie betrafen Rylan. Die beiden Männer waren gute Bekannte, vielleicht sogar Freunde. Und doch schien Evan keine Probleme damit zu haben, Rylan in der Sache mit Marilyn Crosley einen Strich durch seine Pläne zu machen. Obwohl Joanna keinen Augenblick zögerte, Evan hinsichtlich Marilyns Heirat zu vertrauen, so war sie sich, was seine Verbündeten betraf, nicht ganz so sicher.

Was für ein unaufrichtiger, verwirrender Ort der königliche Hof doch ist, sagte sie sich nicht zum ersten Mal. Alle lächelten und waren höflich und versteckten ihre wahren Gesichter voreinander. Aber der hinterhältigste aller Spieler war Rylan Kempe, Lord Blaecston. Arrogant. Kalkulierend. Ein Mann, der nur an seinen eigenen Vorteil dachte.

Und der der zärtlichste aller Liebhaber war.

Ein warmes, unwillkommenes Gefühl breitete sich bei diesem verräterischen Gedanken in ihr aus. Obwohl sie versuchte, die Erinnerung beiseite zu drängen, so spürte sie doch erneut den Druck seiner Lippen, und wie sich sein Körper gegen sie gepreßt hatte.

Oh, das war einfach nicht fair, protestierte sie im stillen. Warum konnte sie nur diese quälenden Gedanken an ihn nicht loswerden? Und dann, als habe sie ihn durch eben diese Gedanken selbst herbeigeschworen, entdeckte sie Rylan.

Sie und Evan hatten gerade den von Mauern umsäumten Garten betreten, in dem sie *jeu du mail* gespielt hatten. Eine Reihe von Leuten stand in kleineren Grüppchen zusammen. Der König, die Königin und der Bischof waren allerdings nirgendwo zu entdecken.

Ebensowenig Marilyn. Aber es war Rylan, der Joannas Aufmerksamkeit auf sich lenkte. Er zog gerade den überraschten Egbert Crosley, der sich mit zwei anderen Männern unterhalten hatte, mit sich fort. Zweifellos waren die beiden in der Vergangenheit übereingekommen, sich in der Öffentlichkeit nicht gemeinsam zu zeigen, vermutete sie. Aber nun, da Marilyn sich in den königlichen Klauen befand, war Rylan ganz offenbar gezwungen, seine Strategie neu zu überdenken.

Rylan und Sir Egbert schritten einen Kiesweg entlang, der sie von den anderen wegführte. Evan ließ Joannas Arm los und schob sie auf eine Gruppe von Hofdamen zu, die in der Nähe standen. Er hatte vor, sich Rylan und Sir Egbert anzuschließen und sie hier zurückzulassen. Aber Joanna wollte davon nichts wissen.

»Ich habe nicht die Absicht, müßig herumzustehen, während drei Männer über die Zukunft der armen Marilyn bestimmen«, sagte sie, nachdem sie ihn eingeholt hatte und neben ihm herlief.

»Ihr habt keine Möglichkeiten, etwas zu tun, Lady Joanna. Außerdem gebe ich Euch mein Wort, es nicht zuzulassen, daß Marilyn in irgendeiner Weise ausgenutzt wird.«

»Oh, Sir Evan. Ich glaube Euch, daß Ihr nur lautere Absichten habt. Aber bei den beiden anderen bin ich mir da nicht so sicher.«

Als sie zu den beiden Männern aufschlossen, warf Rylan Joanna einen durchdringenden Blick zu und schaute dann finster zu Evan hinüber. Als er sprach, merkte man ihm seine Wut allerdings nicht an. »Ihr habt eine eigenartige Angewohnheit, Euch in Dinge einzumischen, die Euch nichts angehen, Joanna. Ich wäre dir sehr dankbar, Evan, wenn du Lady Joanna zu den anderen Frauen zurückbegleiten würdest.«

»Ich werde nicht gehen«, erwiderte Joanna. »Sir Egbert, ich würde gerne ein Wort mit Ihnen wechseln. Unter vier Augen«, fügte sie mit einem selbstgefälligen Lächeln in Rylans Richtung hinzu.

Egbert blickte verwirrt zwischen Rylan und ihr hin und her. »Falls Ihr Eure Anschuldigungen gegen Sir Rylan zu wiederholen gedenkt, so ist dies unnötig. Ich habe mir Eure Beschwerden in bezug auf sein Benehmen wohl gemerkt und gedenke, ihn deshalb ins Gebet zu nehmen. Ich werde es nicht zulassen, daß mein Schwiegersohn meine einzige Tochter mißhandelt.«

»Mißhandelt!« rief Rylan.

»Schwiegersohn?« flüsterte Joanna entmutigt. Hatte er denn immer noch die Absicht, Marilyn mit Rylan zu vermählen?

Es war Evan, der die Dinge schließlich in die Hand nahm. »Sir Egbert, ich glaube, daß die Verlobung Eurer Tochter mit Rylan noch einmal besprochen werden sollte. Einige wesentlichen Dinge sind geschehen und machen es erforderlich, den Ehevertrag zu überdenken.«

»Was in Gottes Namen geht hier vor sich?« polterte Sir Egbert.

»Der König hat sie in seiner Gewalt und weiß von Eurem Vertrag mit Rylan.«

Egbert starrte Rylan sprachlos an. »Aber ... aber wie konnte das geschehen? Wir haben doch mit niemandem ...« Er schüttelte den Kopf und starrte Evan und

Joanna an. »Ihr wußtet davon«, begann er in einem anschuldigenden Tonfall.

»Evan war über alles informiert. Er ist mein Mann bei Hofe, von dem ich Euch erzählt habe. Aber was Lady Joanna betrifft ...« Rylans durchdringender Blick richtete sich auf sie, und Joanna konnte nicht verhindern, daß ihr die Röte ins Gesicht schoß.

»Ich habe es niemandem gesagt«, schwor sie. »Marilyn hat mich gebeten, ihr Geheimnis für mich zu behalten, und das habe ich getan.« Ihr Blick wanderte zu Egbert hinüber, der nicht annähernd so wütend und bedrohlich wirkte wie Rylan. »Wenn Ihr sie nur in dieser Sache um ihre Meinung befragt hättet, Ihr nicht einen Mann ausgewählt hättet, der ihr solche Angst einjagt, dann wäre all dies nicht geschehen.«

»Was? Aber sie ist nur ...«

»Eine Frau? Ja, das ist sie. Und eine sehr wichtige Frau, wie mir scheint.«

»Wir alle sind uns Eurer Absichten zu diesem Thema bewußt«, mischte sich Rylan zynisch ein. »Aber es bleibt immer noch die Frage, wie der König von diesem Ehevertrag erfahren konnte.«

Joanna warf ihm einen vernichtenden Blick zu, denn ihre Wut hatte ihren Mut erneut bestärkt. »Ich vermute, daß es Bischof Ferendi war. Er hat heute morgen unsere Beichte abgenommen. Vielleicht hat Marilyn — als pflichtbewußte Tochter, die sie nun einmal ist — um Vergebung für die rebellischen Gefühle, die sie in ihrem Inneren verborgen trägt, gebeten. Sollte sie ihre Verlobung erwähnt haben ...«

»Dann muß dieser aufgeblasene Mistkerl direkt zum König gerannt sein«, fiel ihr Rylan ins Wort.

Eine kurze Stille trat ein, und in der Entfernung konnten sie das Gesumme der Unterhaltungen im Garten hören.

»Wir müssen über all das sorgfältig nachdenken«, sagte Evan. »Der König wird sie nicht so ohne weiteres gehen lassen.«

»Vielleicht verfährt er auf die gleiche Weise mit ihr, wie er es mit Morelands Witwe, Lady Clara, getan hat«, sagte Sir Egbert ängstlich. »Meine Marilyn ist doch nichts weiter als ein junges, unschuldiges Mädchen.«

»Zu schade, daß Ihr Euch nicht vorher Gedanken um ihre Gefühle gemacht habt«, warf Joanna ein.

Obwohl es grausam war, ihn nun zu beschuldigen, wollte sie doch sicher sein, daß er, wenn Marilyn wieder zu ihm zurückkehrte, nicht seine Meinung ändern würde.

»Ich habe einen Plan«, bemerkte Rylan, der Joanna ganz offensichtlich bewußt ignorierte.

Sofort wandten ihm die drei anderen ihre Aufmerksamkeit zu. Lediglich Joannas Gesicht trug einen skeptischen Ausdruck.

»Ihr habt doch *immer* einen Plan«, höhnte sie. »Aber er kommt durchweg nur Euch zugute und geht auf Kosten aller anderen, die daran beteiligt sind.«

»Und Ihr mischt Euch immer in Dinge ein, die Euch nichts angehen.« Er trat erbost einen Schritt auf sie zu, aber sie ließ nicht locker.

»Marilyn ist meine Freundin, und daher ist mir ihre Zukunft wichtig. Ich würde alles tun, um ihre Heirat mit Euch zu verhindern!«

Joanna bedauerte ihre verwegenen Worte sofort. Aber zu ihrer Überraschung reagierte Rylan nicht zornig. Erst schien er überrascht zu sein. Dann amüsiert. Schließlich begann er zu ihrer Bestürzung, zu grinsen.

»Eure Absicht ist es also, sie aus meinen Fängen zu retten?«

Joannas Augen verengten sich mißtrauisch, und sie blickte sich hilfesuchend zu Evan um. Aber dieser beobachtete ihre verbale Auseinandersetzung äußerst interessiert und war ganz offensichtlich nicht gewillt, Partei zu ergreifen.

Als sie ihm nicht antwortete, fuhr Rylan fort: »Ich frage mich, ob Ihr möglicherweise so weit gegangen sein könntet, sie zu einer Beichte zu überreden.«

Eine seiner Augenbrauen hob sich in die Höhe, und seine Lippen verzogen sich zu einem spöttischen Lächeln.

»Also, das ... das ist ja lächerlich. Ihr ... Ihr sucht lediglich nach einem Sündenbock, damit Eure eigene Schuld nicht allzu deutlich zutage tritt. Vergeßt nicht«, sagte sie und wandte sich an Sir Egbert. »Er war es, der mich entführte und so brutal behandelte. Ihr wollt doch Eure Marilyn nicht in die Hände eines derart herzlosen Mannes geben!«

Auch Rylan wandte sich an Sir Egbert. Er ergriff seinen Arm und führte den arg gebeutelten Mann auf den Weg zurück. Auf diese Weise schloß er Joanna endgültig von dem weiteren Gespräch aus. »Vielleicht gibt es eine Möglichkeit, dieses ganze Dilemma zur Zufriedenheit aller zu lösen.«

Er blickte über seine Schulter zu Joanna zurück, die ihn mit einem erbosten Blick anstarrte und warf ihr ein selbstzufriedenes Lächeln zu. »Bring Joanna zu ihrer Unterkunft, Evan. Und dann komm so schnell wie möglich wieder zu uns zurück.«

Joanna wollte auf die beiden zugehen, aber Evan hielt sie am Arm fest. »Ihr habt alles getan, was Ihr tun konntet, Joanna. Am besten überlaßt Ihr uns jetzt alles Weitere.«

Sie befreite sich mit einem wütenden Ruck aus seinem Griff und blickte Rylan finster nach. »Dieses Mal sollt Ihr nicht bekommen, was Ihr wollt, Lord Schwarzherz. Dieses Mal nicht!«

Rylan verharrte einen Moment und drehte sich mit spöttischen Augen zu Joanna um. »Ihr könntet Euch nicht mehr täuschen, meine kleine Taube. Ich habe vor, alles zu bekommen, was ich will. Alles.« Dann wandte er sich um und schritt davon.

20

In König Johns Gesichtsausdruck spiegelte sich sowohl Groll als auch Triumph, befand Rylan, als er den Raum betrat. Isabels Blick war vorsichtiger, aber auch ihr gelang es nicht vollkommen, ihr schadenfrohes Lächeln zu unterdrücken.

Im Gegensatz dazu wirkte Bischof Ferendis Stimmung recht gedämpft. Schämte sich der alte Bock etwa, weil er die vertrauliche Beichte eines unschuldigen Mädchens zu politischen Zwecken an den König und die Königin weitergegeben hatte? Rylan konnte sich dies kaum vorstellen, aber der Bischof machte zweifellos einen ausgesprochen unbehaglichen Eindruck.

Zu Rylans Erleichterung schien Sir Egbert äußerst gefaßt. Rylan hatte Angst gehabt, daß der Mann nicht imstande sein würde, seine Rolle in ihrer Intrige zu spielen, aber dies erwies sich nun als unbegründet. Nur die geballten Fäuste und die weißen Knöchel verrieten, was in seinem Inneren vor sich ging.

Rylan bemühte sich, ausdruckslos dreinzuschauen, als er auf die wartende Gruppe zutrat. John saß hinter einem Tisch auf einem hochlehnigen Stuhl, der zu seiner Bequemlichkeit mit einem dunklen Teppich gepolstert worden war. Sein Lieblingsfalke hockte mit bedecktem Kopf und ohne einen Ton von sich zu geben auf der linken Seite der Rückenlehne. Isabel saß neben John und hielt einen Stickrahmen in der Hand. Aber ihr Interesse für die Stickerei war momentan verständlicherweise nicht ausgesprochen groß. Hinter ihr stand der Bischof und machte den Eindruck, als wäre er viel lieber irgendwo anders.

Der Raum war mit zwei langen Reihen von Kerzen und

mehreren Fackeln hell erleuchtet, und Rylan konnte deutlich das aufgerollte Pergament sehen, das vor John auf dem Tisch lag. Sein Ehevertrag. Er hatte nicht erwartet, daß Egbert ihn dem König zur Durchsicht überlassen würde. Man mußte seinem Gesicht wohl für einen Augenblick etwas angemerkt haben, als er das Pergament erblickte, denn Johns Lächeln vertiefte sich.

»Ohne Zweifel kennt Ihr den Grund dieses Treffens, Sir Rylan, und da dies der Fall ist, werde ich mich nicht lange mit Vorreden aufhalten. Dieser Vertrag ist von diesem Moment an null und nichtig.« Er hob den Pergamentbogen in die Höhe und zerriß ihn mit einem heftigen Ruck.

Rylans Augen funkelten. Wie sehr er es genoß, John wieder einmal zu überlisten! »Die Zerstörung eines schriftlichen Zeugnisses meiner Übereinkunft mit Sir Egbert kann nicht den Schwur brechen, den sich zwei ehrenhafte Männer gegeben haben.«

»Zwei ehrenhafte Männer!« rief der König. »Es kann kaum ehrenhaft sein, den Willen des Königs zu umgehen. Hätte ich nicht die wenigen loyalen Vasallen, mit denen ich mich umgebe, dann würde Geschmeiß Eures Schlages sehr schnell mein ganzes Königreich zerstören! Aber dieses Mal mache ich Euch einen Strich durch die Rechnung, Lord Blaecston, denn ich werde nicht zulassen, daß diese Heirat stattfindet.« Mit einer einzigen Handbewegung wischte er den zerrissenen Vertrag vom Tisch und ließ so die Teile zu Boden flattern.

»Das könnt Ihr nicht tun. Ihr könnt die Hochzeit nicht verhindern«, entgegnete ihm Rylan und zwang sich, düster dreinzublicken.

»Solange, wie ich Eure Braut von Euch — und ihrem Vater — fernhalte«, erwiderte er und warf Sir Egbert einen wütenden Blick zu, »kann ich das sehr wohl tun. Lady Marilyn bleibt in meinem Gewahrsam, bis sich ihr Vater und ich auf einen neuen Bräutigam für sie einigen können. Und das wird nicht sehr viel Zeit in Anspruch nehmen«, triumphierte er.

Rylan gab sich alle Mühe, wie vom Donner gerührt auszusehen.

Er wandte sich Sir Egbert zu. »Aber was ist mit unserer Abmachung?«

Der ältere Mann zuckte scheinbar resigniert die Schultern. »Euer Antrag ist hoffnungslos, Kempe. Ich werde es nicht zulassen, daß meine Tochter auf diese Weise festgehalten wird. Außerdem hat die Königin einen äußerst akzeptablen jungen Mann an Eurer Statt genannt, und er hat sich bereits einverstanden erklärt. Nun ist es nur noch an Marilyn, der Sache zuzustimmen.«

»Ihre Meinung ist von keinerlei Wert«, wandte der König schnippisch ein.

Egbert richtete sich ein wenig gerader auf und blickte seinen König an. »Nein, Mylord. In diesem Punkt muß ich fest bleiben. Es war mein Fehler, sie nicht von Beginn an um ihre Meinung zu fragen. Hätte ich dies getan, wären die ganzen Ungelegenheiten wohl zu vermeiden gewesen.« Er blickte Rylan scharf an. »Sie lehnt es ab, Euch zu heiraten, Sir. Dies ist der Grund, warum die ganze Angelegenheit die Aufmerksamkeit des Königs erregte. Ich möchte den gleichen Fehler nicht noch einmal begehen. Sie muß der Sache zustimmen«, beharrte er und wandte sich erneut dem König zu. »Erst dann werde ich die Verträge unterzeichnen.«

Der König wollte etwas einwenden, aber Isabel schnitt ihm das Wort ab. »Damit sind wir vollkommen einverstanden, Lord Lawton. Eure Tochter ist Lord Manning zugetan. Daher dürften in dieser Hinsicht keinerlei Schwierigkeiten zu erwarten sein.«

»Die Hochzeit wird am Hof gehalten«, sagte John mit Nachdruck. »In dieser Woche noch.«

»Dagegen habe ich nichts einzuwenden ...«

»Aber ich«, fiel Rylan Sir Egbert ins Wort. Er starrte den älteren Mann an. »Ihr macht mich zu Eurem Feind, wenn Ihr unsere Abmachung nicht in Ehren haltet. Und ich warne Euch, Egbert, ich werde Euch diese Schmach, die Ihr mir da zufügt, nicht vergessen.«

Eine gespannte Stille trat ein, während Rylan auf Egberts Antwort wartete.

»Mir sind die Hände gebunden, Mann! Was soll ich denn tun?«

Statt einer Antwort wandte sich Rylan an John. »Ihr werdet aus dieser gemeinen Räuberei gegen mich keinen Nutzen schlagen, wenn ich meine Streitmacht gegen Sir Egbert und das unglückliche Manning wende. Denn merkt Euch meine Worte gut, wenn ich Sir Egbert den Krieg erkläre, wird es keine Ernten und damit auch keine Steuern geben, um Eure königliche Schatzkammer aufzufüllen. Wenn ich jedem Landgut in seinen ausgedehnten Besitztümern den Krieg erklären muß, soll es so sein. Ich werde mir meine Pläne auf diese Weise nicht durchkreuzen lassen!«

John schien über Rylans donnernd vorgetragene Worte erschrocken, und selbst Isabel runzelte die Stirn, denn sie wußte nur zu gut, daß Ländereien, die in einen privaten Krieg untereinander verwickelt waren, unvermeidlicherweise nichts dazu beitrugen, die königliche Schatzkammer zu füllen.

Der König starrte Rylan düster an. »Vielleicht wäre es besser, Euch hier und jetzt ergreifen zu lassen und ein Lösegeld für Eure Freilassung zu verlangen!«

Rylan lachte verächtlich. »Um damit zu riskieren, daß sich Eure Freiherren in Yorkshire *en masse* von Euch abwenden? Das glaube ich nicht.«

»Yorkshire, Yorkshire!« schrie Sir Egbert augenscheinlich frustriert. »Verdammt, Kempe! Wenn Ihr König in Eurem verdammten Yorkshire sein wollt, dann sei es so!« Er wandte sich von ihm ab, trat auf John zu und stützte sich mit beiden Händen auf den Tisch. »Wenn er Yorkshire schon in dem Maße in den Händen hält, dann gebt ihm doch auch den Rest. Laßt ihn dieses andere Mädchen heiraten, statt meiner Marilyn. Gebt ihm diese Lady Joanna und Oxwich Castle statt meiner Tochter im Austausch für sein Versprechen, Frieden zu halten!«

»Was sagt Ihr da, Mann? Seid ihr verrückt geworden?« John erhob sich abrupt von seinem Stuhl und lief unruhig auf und ab. »Soweit soll es nie kommen.«

»Was auch immer, es ist nicht genug«, warf Rylan ein. Er bemerkte den überraschten Ausdruck auf Sir Egberts Gesicht, kümmerte sich aber nicht weiter darum. Eins wußte er ganz gewiß: der König wäre erst dann beschwichtigt, wenn er seinen erklärten Feind in eine Ecke gedrängt hatte. »Ein solch armseliger Besitz ist wohl kaum ein fairer Tausch für die riesigen Ländereien, die mit Lady Marilyns Hand verbunden sind.«

»Aber er will sie Euch nicht herausgeben«, rief Egbert. »Und ich werde es nicht zulassen, daß sie hier als Gefangene gehalten wird! Entweder stimmt Ihr zu, das andere Mädchen im Austausch für meine Tochter zu heiraten, oder ich werde genau das tun, was *Ihr* mir androht. Ich werde *Euch* den Krieg erklären und allen, die behaupten, Eure Freunde zu sein. Ihr werdet den Tag noch bereuen, an dem Ihr Euch entschlossen habt, Egbert Crosley zu Eurem Feind zu machen!«

König John starrte Egbert völlig verwirrt an. Ganz offenbar war er über Sir Egberts Kriegsdrohung ebenso sehr entsetzt wie über die von Rylan. Als Isabel aufstand und schweigend zu ihrem Gatten hinüberging, folgte Rylan mit den Augen jedem ihrer Schritte. Mit ihr stand und fiel diese ganze Scharade, das war ihm klar. Sie hatte die Macht, ihren unentschlossenen Ehemann in jede Richtung zu lenken, die ihr beliebte.

»Es tut uns nicht gut, zu schreien«, begann sie mit einem warnenden Blick auf ihren Ehemann. »Solch wesentliche Entscheidungen, die Besitz und Ländereien betreffen, sollten nicht begleitet von Drohungen getroffen werden. Das können wir später einmal sehr bereuen.«

»Ich werde nicht derjenige sein, der seine Drohung bereut«, murmelte Rylan mit einem grimmigen Blick auf Egbert.

»Im Grunde ist Sir Egberts Vorschlag durchaus lohnend, Lord Blaecston.« Sie bedachte ihn mit einem Lächeln, während sie Johns Arm drückte, um ihn ruhig zu halten. »Verständlicherweise seid Ihr verärgert, da Eure Pläne zunichte gemacht wurden. Hättet Ihr Erfolg gehabt, wäret Ihr nun selbst Herr über ein beträchtliches Reich. Die Aussicht auf solch gewaltige Macht ist natürlich verführerisch. Aber Ihr seid klug genug um einzusehen, daß wir es einem uns so schlecht gesonnenen Lord wie Ihr es seid nicht erlauben können, eine solche Macht auszuüben.« Sie lächelte den drei mürrisch dreinblickenden Männern zu und schritt zu ihrem Stuhl zurück.

»Wenn Ihr erst einmal die Möglichkeit hattet, Eure Gemüter ein wenig zu beruhigen, dann werdet Ihr unsere Position mit Sicherheit verstehen. Außerdem werdet Ihr einsehen, daß ein Krieg mit Sir Egbert Euch ebenso viel Schaden zufügen wird wie ihm. Keiner wird davon profitieren, und keiner als Sieger daraus hervorgehen. Marilyn wird mit einem anderen verheiratet sein, und so bleibt für Euch nichts mehr zu gewinnen. Und dazu werdet Ihr gewiß noch die Loyalität einiger Eurer Freiherren verlieren, wenn Ihr Euch auf einen solch schleppend langen Privatkrieg einlaßt.«

Rylan starrte auf Isabels gelassene Züge. Welch eine außergewöhnliche Frau, dachte er bewundernd. Sie war klug genug, um eine Situation zu analysieren und behielt selbst unter Druck einen kühlen Kopf, um ohne zögern oder ein Anzeichen von Bestürzung ihre Meinung durchzusetzen. Der König hatte ausgesprochenes Glück, daß zu diesem wunderschönen Gesicht, in das er sich verliebt hatte, auch noch ein solch scharfsinniger Verstand gehörte.

Für einen Moment dachte er an Joanna, und daß auch sie einen scharfen — wenn auch verschlagenen — Verstand hinter einem sehr ansprechenden Äußeren verbarg. Aber die Gedanken an Joanna brachten ihn in die Gegenwart zurück. Wenn er sie gewinnen wollte, mußte er seine Worte sorgfältig wählen.

»Ihr habt einen wichtigen Punkt außer acht gelassen, Mylady, und das ist die Frage der Ehre. Ich bekämpfe Egbert, um mich an einem Mann zu rächen, der in dieser Sache hinter mir stehen sollte. Wir hatten eine Vereinbarung, aber er hat sich ihr auf eine Weise entzogen, die nur eines Feiglings würdig ist!«

»Niemand nennt mich Feigling!« Egbert machte einen wütenden Schritt nach vorne. Hätte sich nicht die Königin zwischen die beiden Männer gestellt, wären sie gezwungen gewesen, ernsthaft gegeneinander zu kämpfen. Isabel schob sie mit ihren Händen auseinander und blickte sie, ebenso wie ihren Mann, mit funkelnden Augen an.

»Das reicht!« rief sie erbost. »Es sollte nicht mir zufallen, auf diese Weise zwischen zwei Männer treten zu müssen! Bringt sie auseinander, Gatte!«

John sprang auf und räusperte sich. »Tretet zurück oder ich lasse die Wachen rufen«, kläffte er pflichtbewußt. Rylan vernahm den devoten Ton in seiner Stimme und wußte, daß John jeder Entscheidung zustimmen würde, die die Königin vorschlug.

Egbert ließ Rylan nicht aus den Augen, als die beiden Männer sich voneinander entfernten. Er ließ sich dem königlichen Paar gegenüber nicht anmerken, was wirklich in ihm vorging. Auch Rylan bemühte sich, eine düstere

Miene aufzusetzen, als er streitlustig die Arme vor seiner breiten Brust verschränkte.

»Sehr schön«, sagte Isabel. »Also, es gibt wenig Raum für Debatten. Marilyn wird Euch *nicht* heiraten, Lord Blaecston, diese Tatsache solltet Ihr akzeptieren. Ein Privatkrieg zwischen Euch kommt keinem zugute und schädigt alle Beteiligten ...«

»Ich werde diese Beleidigung nicht so einfach hinnehmen«, unterbrach sie Rylan.

Sie bedachte ihn mit einem wütenden Blick. »Dann sagt mir doch, Sir Rylan, was es kosten würde, Euren verletzten Stolz in dieser Angelegenheit wieder zu besänftigen.«

»Seinen Kopf auf einer Holzstange.«

»Ich bin nicht in Stimmung für Euren kleinmütigen Zorn!« schnappte Isabel zurück.

»Ich sage doch, laßt ihn in Ketten legen«, warf John verdrießlich ein.

»Seid still, John«, erwiderte die Königin, ohne ihn auch nur eines Blickes zu würdigen. »Nun, Blaecston? Ich warte?«

Rylan warf ihr einen langen, kalten Blick zu und schaute finster zu Egbert hinüber. Schließlich seufzte er und schürzte seine Lippen. »Ich werde meine Einwilligung geben, Lady Joanna zu heiraten. Aber ihre Ländereien müssen zudem in den nächsten drei Jahren von Steuern befreit bleiben.«

»Was!« John sprang mit einem Jaulen auf. »Ich werde niemals zustimmen, bei einem solchen ...«

»Ein Jahr«, erwiderte Isabel, die John vollkommen ignorierte. »Nur ein Jahr. Und Ihr werdet einen feierlichen Eid schwören, weder Sir Egbert noch Sir Evan in irgendeiner Weise zu behindern. Das bedeutet, keine auf rätselhafte Weise abgebrannten Felder. Keine fauligen Wasserflüsse. *Nichts* in der Art. Stimmt Ihr dem zu?«

Rylan mußte all seine Willenskraft zusammennehmen, um nicht in schallendes Gelächter auszubrechen. Vorsichtshalber verbeugte er sich tief vor der Königin, um sein Gesicht mit dieser ehrerbietigen Geste zu verbergen. »Dem stimme ich zu.«

»Gut. Ich werde nach den Schreibern senden, um hier und jetzt die Verträge aufsetzen zu lassen. Da wir uns nicht mehr sehr lange in Ely aufhalten werden, möchte ich beide Hochzeiten so bald wie möglich vollzogen wissen.«

»Dürfte ich meine Tochter sehen?« erkundigte sich Sir Egbert. In seiner Stimme klang Erleichterung mit.

»Aber gewiß«, erwiderte Isabel. »Was ist mit Euch, Sir Rylan? Möchtet Ihr Eure Braut sprechen, sobald die Verträge unterzeichnet sind? Oder soll ich unserem Mündel selbst die Einzelheiten unserer Abmachung eröffnen?«

Während der kritischen Minuten ihrer Auseinandersetzung hatte sich Rylan jederzeit sicher gefühlt und war überzeugt gewesen, daß er die Situation im Griff hatte. Er hatte Egbert angewiesen, den verzweifelten und beleidigten Vater zu spielen, während er selbst in die Rolle des wütenden und bloßgestellten Freiers geschlüpft war. Ihr kleines Schauspiel war emotionsgeladen und beinahe gewalttätig verlaufen und hatte besser funktioniert als erwartet. Aber nun, da er sich mit der harmlosen Frage der Königin konfrontiert sah, ob sie Joanna über den Ausgang der Unterredung informieren solle, war er ratlos.

Er strich sich mit einer Hand das Haar zurück, seufzte einmal und blickte Isabel dann offen ins Gesicht. »Würdet Ihr es vorziehen, wenn sie Ihr zänkisches Naturell an Euch statt an mir ausläßt?«

Isabel lachte, und ihr Ärger schien sich vollends in Luft aufzulösen. Das war bei John anders.

»Ihr hättet sie ins Kloster zurückschicken und Oxwich einem verdienteren Lord übergeben sollen«, stieß er hervor und starrte Isabel vorwurfsvoll an. Aber die Königin ließ sich durch seine schlechte Laune nicht im geringsten beeindrucken.

»Ich werde mit ihr reden, Lord Blaecston, nachdem ich mich um meinen Mann gekümmert habe. Ich werde John allerdings in kürzerer Zeit wieder in gute Laune versetzt haben, als Ihr benötigt, um Joanna für Euch einzunehmen.«

Die Nachmittagsstunden erstreckten sich in den Abend und Joanna wartete immer noch. Den ganzen Tag über waren Spekulationen und Gerüchte am Hof umgegangen, aber selbst jetzt, da die lange sommerliche Abenddämmerung den Himmel verfärbte, gab es noch keine eindeutigen Neuigkeiten.

Die Königin hatte sich ganz offensichtlich schon vor einer Stunde in die königlichen Gemächer zurückgezogen. Bischof Ferendi schien auf dem Weg zu seinem klösterlichen Landgut zu sein, um sich, wie er es einmal jährlich tat, zur Ader zu lassen. Ob Marilyn immer noch vor ihrem Vater versteckt gehalten wurde, wußte Joanna nicht. Weder Sir Egbert noch Evan waren in den letzten Stunden gesehen worden, und was Sir Rylan betraf —

Joanna verlangsamte ihr ruheloses Auf- und Ablaufen und runzelte die Stirn. In diesem Augenblick wäre ihr sogar *seine* Gegenwart willkommen, wenn sie dadurch nur erfahren würde, was vor sich ging.

Bei dem Gedanken an ihn verhielt sie vollends ihren Schritt und starrte mit einem schweren Seufzer in den lavendelfarbenen Himmel hinauf. Wie verwirrend doch alles war, dachte sie. Wie beunruhigend und durcheinander.

Ein scharfes Klopfen an der Tür ließ sie zusammenfahren. Innerhalb kürzester Zeit hatte sie, erfüllt von Hoffnung und Furcht, den Raum durchquert, aber zu ihrer

Enttäuschung war es nur Lady Adele in der Begleitung von Sir George Gaines, die sie im Gang wartend vorfand.

»Die Königin wünscht Euch zu sehen, Lady Joanna. In ihren Privatgemächern«, eröffnete ihr Lady Adele mit ernster Stimme.

»Mich?« Joanna brachte kaum dieses eine Wort hervor, so entsetzt war sie über die unerwartete Aufforderung.

Sir George warf ihr einen blasierten Blick zu. »Beeilt Euch. Ihr dürft die Königin nicht warten lassen.«

Joannas Herz pochte mit einer unerklärlichen Furcht, als sie dem Paar zu den königlichen Gemächern folgte. Keiner der beiden sprach ein weiteres Wort mit ihr, aber sie warfen ihr abschätzende Blicke zu. Joanna brannte darauf, sie zu fragen, aber sie war sich sicher, daß keiner von beiden ihr irgendetwas mitteilen würde, selbst wenn sie tatsächlich über das informiert sein sollten, was vor sich ging. Statt dessen eilte sie ihnen nach und bemühte sich, möglichst unauffällig die Handflächen an ihrem Kleid zu trocknen.

Die Königin erwartete sie in einem Vorzimmer. Sie trug ein weites Kleid und ihr Haar hing in zwei langen, geflochtenen Zöpfen bis über ihre Taille hinunter. Sir George betrat den Raum gar nicht erst, und Lady Adele verabschiedete sich auf eine Handbewegung der Königin hin sofort. Erst als die Tür geschlossen war, bedeutete Isabel Joanna, sich ihr zu nähern.

»Kommt, meine Liebe. Setzt Euch. Dies wird keine allzu lange Zeit in Anspruch nehmen.« Sie beobachtete Joanna mit ihrem durchdringenden Blick, aber ihr Gesichtsausdruck war freundlich. Nachdem Joanna auf einer mit einem kleinen Teppich bedeckten Holzbank Platz genommen hatte, seufzte Isabel.

»Ich weiß, daß Ihr Einwände erheben werdet, aber ich warne Euch, es wird Euch nichts helfen. Dies ist ein beschwerlicher Tag gewesen, und ich werde keinen Wutanfall oder Tränen dulden.« Dann lächelte sie und strafte ihre ernsten Worte lügen. »Ihr werdet heiraten, Joanna. Alle Vereinbarungen sind bereits getroffen und alle Parteien haben zugestimmt.«

»Was? Aber das kann doch nicht ...«

»Oh, doch, es kann und es ist bereits geschehen. Ich weiß, daß Ihr mit unserer Wahl nicht sehr glücklich sein werdet, aber Ihr müßt Euch bemühen, das beste daraus zu machen.«

»Nein!« rief Joanna laut und sprang von ihrem Sitz auf. Es war ihr egal, ob sie die Königin verärgerte oder nicht. Keine Strafe hätte heftiger ausfallen können als die, die sie ihr hiermit antat. »Ich kann niemanden heiraten! Alles, was ich möchte — alles, was ich mir je gewünscht habe, ist ...«

»Was *Ihr* wollt, spielt keine Rolle!« Isabel stand steif auf und funkelte Joanna wütend an. »Es ist alles zum Wohle Englands!«

Joanna mochte nicht glauben, was ihr da widerfuhr. Genau dies hatte sie die ganze Zeit über befürchtet. Und eigentlich hatte sie sich auch keine wirklichen Hoffnungen auf einen anderen Ausgang ihres Dilemmas gemacht. Aber das erleichterte ihr den Schock keineswegs. Die Königin hatte den Mann noch nicht benannt. Das spielte jedoch für Joanna keine Rolle. Ein Mann war so schlimm wie der andere. Außer Rylan —

Dieser Gedanke ließ sie nicht mehr los. Und doch wußte sie, daß er der Letzte wäre, den das Königspaar benennen würde. Außerdem würde er niemals zustimmen. Selbst wenn er mit Marilyn seinen politischen Preis verlöre, würde er *sie* bestimmt nicht wollen. Er würde sie für all dies verantwortlich machen, wenn erst einmal die Wahrheit über ihre Beteiligung an diesem ganzen Durcheinander ans Licht kam. Und außerdem würde sie selbst einer Ehe mit ihm nie zustimmen, sagte sie sich tapfer.

Der Gedanke an Rylan erfüllte aber zumindest einen Zweck, denn nun erinnerte sie sich an die einzige Verteidigung, die ihr noch geblieben war, an das eine Geheimnis, das sie bis jetzt so sorgsam gehütet hatte.

Sie schluckte schwer und zwang sich, ihrer Stimme einen festen Klang zu geben. »Ich glaube nicht, daß der Mann, den Ihr mir zu geben gedenkt, das Geschäft als lohnend erachtet, wenn er herausfindet, daß ... daß ich ... daß ich nicht unberührt bin.«

Ihr tapferes Geständnis wurde mit absolutem Schweigen aufgenommen. Die Augen der Königin wurden schmal und ihr durchdringender Blick wanderte von Kopf bis Fuß über Joanna hinweg, als könne sie auf diese Weise herausfinden, ob sie die Wahrheit sprach. Sie schüttelte ungläubig den Kopf, aber während sie sie weiter anstarrte, spürte Joanna, wie sich ihre Ungläubigkeit in Erheiterung verwandelte. Mit dieser Reaktion hatte Joanna überhaupt nicht gerechnet. Statt in Zorn auszubrechen, begann die Königin laut zu lachen.

»Oh, das ist einfach zu gut! Keine Jungfrau?« Sie schüttelte sich vor Lachen, fiel in den Stuhl zurück und hielt sich die Seite. Als sie Joannas verwirrten Gesichtsausdruck sah, bemühte sie sich, ihre Fassung wieder zu erringen. »Dies ändert absolut nichts, meine Liebe. Ihr sollt ihn trotzdem ehelichen. Aber, oh, ich würde zu gerne sein Gesicht sehen, wenn er die Wahrheit erfahren muß!«

Als Joanna die Bedeutung der königlichen Worte klar wurde, fiel ihr Gesicht in sich zusammen. »Aber Ihr könnt doch nicht wirklich glauben, daß er — er wird doch sicherlich nicht wollen, daß ...« Sie verstummte, als sie das Lächeln auf Isabels Gesicht sah.

Die Königin beugte sich nach vorne. »Sagt mir, Kind, wer war der Mann? Jemand im Kloster? Oder, nein — könnte es sein, daß Euer Vater Euch nach St. Theresa geschickt hat, als er erfuhr, was Ihr getan hattet?«

Joanna umklammerte ihre Hände vor dem Bauch. Der Magen schien sich ihr umzudrehen und sie starrte mit gehetztem Blick um sich. »Das kann doch einfach nicht wahr sein. Nicht ich. Das kann doch einfach nicht ...«

Sie drehte sich abrupt um und rannte auf die Tür zu. Obwohl Isabel ihr zurief, stehenzubleiben und Adele und Sir George draußen alarmiert aufblickten, als sie so hastig davoneilte, lief Joanna immer weiter. Dort zu bleiben war undenkbar!

Sie umklammerte mit einer Hand ihren Rock, und obwohl ihr durchaus bewußt war, daß ihre Flucht nichts ausrichten würde, rannte sie weiter. Sie war in ihre eigene Falle gegangen, einem Verbündeten des Königs und der Königin versprochen — einem Verbündeten, der ihnen nicht so nahestehen konnte, daß sie es nicht als amüsant empfanden, wenn der Mann feststellen mußte, daß seine Frau keine Jungfrau mehr war!

Das ist alles Rylan Kempes Schuld, sagte sie sich verzweifelt, als sie an einem Paar vorbeihetzte, das ihr entsetzt nachstarrte. Alles Rylans Schuld.

21

Joanna nahm auf ihrer Flucht ihre Umgebung gar nicht wahr. Als sei der Teufel persönlich hinter ihr her, rannte sie die Treppe hinunter, am Empfangssaal des Bischofs und dem Speiseraum vorbei und schließlich in den von einer Mauer umgebenen Garten hinaus. Weder sah noch scherte sie sich um die Leute, die ihr nachstarrten. Sie wußte nur, daß sie allein sein wollte, um zu weinen. Und nachzudenken. Und um zu beten.

Beten. Das war es, was sie brauchte. Auf diese Weise würde es ihr gelingen, ein gewisses Maß an Ausgeglichenheit zu finden und auch Trost und Stärke.

Sie durchquerte den Garten, lief durch ein Tor und dann einen verschlängelten Pfad entlang, den sie noch nie zuvor betreten hatte. Er führte in einen weiteren Garten, in dem Wildkräuter wuchsen, und der den Mönchen als Meditationsort diente. Obwohl ihr die hohen Klippen und die starken Winde von Flamborough Head lieber gewesen wären, hätte sie sich in diesem Augenblick mit jeder verborgen liegenden Lichtung zufriedengegeben.

Als sie eine kleine Gruppe von Birken erreichte — die sie an den Garten von St. Theresa erinnerten — hielt sie an. Die Seiten schmerzten von ihrer überstürzten Flucht und sie lehnte sich erschöpft gegen eine dicke Birke und rang nach Luft. Lieber Gott, lieber Gott. Was sollte sie nur tun?

Verzweifelt warf sie sich auf die Knie, ohne sich um ihr Kleid zu sorgen. Herabgefallene Herbstblätter bildeten ein weiches Lager, und der laute Ruf eines Nachtvogels erklang, aber Joanna bemerkte all dies nicht. Sie war nur von einem Gedanken besessen. Sie sollte einen Fremden heiraten. Das durfte doch einfach nicht wahr sein und doch … Ein Schauer lief ihr über den Rücken, als sie sich an ihre Mutter erinnerte, wie sie weinend in ihrem Bett lag.

Das durfte doch einfach nicht ihr widerfahren. Und doch war es so.

Dann kamen die Tränen. Heiß und heftig liefen sie ihr in Strömen die Wangen hinunter und tropften auf ihr Mieder. Noch niemals zuvor hatte sie sich derartig hilflos gefühlt.

Lange Zeit verharrte sie auf diese Weise — auf den Knien, den Kopf gebeugt und ihre Hände fest ineinander verschränkt. Immer und immer wieder ging ihr nur die eine Bitte, das eine Gebet durch den Kopf.

Rette mich. Bitte, rette mich.

Als sie eine Hand auf ihrer Schulter fühlte, dachte Joanna für einen Moment wirklich, daß es sich um die Hand Gottes handelte. Die Hand war warm und schwer und auf eine seltsame, unerklärliche Weise beruhigend. Aber dann kehrte ihre Vernunft zurück und sie zuckte instinktiv vor der unbekannten Berührung zurück. Sie sprang auf die Füße, und als sie sich umdrehte, erblicke sie Rylan.

Ein Gefühl der Freude durchströmte sie. Er war gekommen! Jetzt würde alles gut. Aber genauso schnell fiel ihr ein, daß er nicht gekommen war, um ihr zu helfen. Und selbst wenn er gewollt hätte — aber warum sollte er? — war es nun zu spät.

In dem nachlassenden Licht des Abends lag sein Gesicht im Schatten. Aber Joanna mußte sein Gesicht erst gar nicht sehen, um zu wissen, daß er am Rande der Verzweiflung war. Seine kühle Selbstsicherheit, die er noch am Nachmittag zur Schau getragen hatte, war nun einer tiefen Unsicherheit gewichen.

Wahrscheinlich hatte ihm der König inzwischen mitgeteilt, daß eine Hochzeit zwischen ihm und Lady Marilyn außer Frage stand. Damit hatte er sowohl Marilyns Besitztümer als auch die Kontrolle über Oxwich verloren. Aber dennoch war er zumindest der Schmied seines eigenen Schicksals, etwas, das sie von sich nicht behaupten konnte. Sie sammelte den Rest ihres Stolzes zusammen und beschloß, ihn ihre Verzweiflung nicht spüren zu lassen.

»Gibt es Neuigkeiten von Marilyn?« erkundigte sie sich mit kühler Stimme. »Hält der König sie immer noch als Gefangene fest?«

»Das war Eure Absicht, nicht wahr? Ihr habt sie zu Ferendi geschickt, weil Ihr wußtet, daß er jedes Geheimnis, das sie in ihrer Beichte enthüllen würde, sofort dem König mitgeteilt hätte. Ihr habt Euer Versprechen, das Ihr Marylin gabt, gehalten und dennoch Euer Ziel erreicht.«

Er sprach mit leiser Stimme und stand ruhig und unbeweglich da. Aber dennoch ließ sich Joanna durch sein kontrolliertes Auftreten nicht täuschen. Hinter seinem angespannten Gesicht verbarg sich eine starke Emotion. Es war nur eine Frage der Zeit, wann sie an die Oberfläche dringen würde.

Sie trat einen Schritt zurück. Eine Auseinandersetzung mit Rylan war das letzte, was sie jetzt gebrauchen konnte. Aber er machte dafür einen Schritt auf sie zu. »Ich schulde Euch eine Entschuldigung, wie es scheint«, fuhr er fort.

»Was?«

Ein leichtes Lächeln umspielte seine Lippen. »Ich habe Euch unterschätzt, Joanna. Von Anfang an habe ich Eure — Eure Entschlossenheit unterschätzt. Eure Intelligenz. Und auch die Stärke Eurer Gefühle.«

Ihre Augen blickten ihn mißtrauisch an. »Was ist geschehen? Was ist passiert, daß Ihr nun vor mir steht und mir solche absurden Dinge sagt?«

»Absurd?« Er lächelte wieder, und sie erblickte das weiße Leuchten seiner Zähne in dem dunklen Gesicht. »Ich habe Euch gerade ein nettes Kompliment gemacht, meine kleine Taube. Ihr solltet mir wirklich freundlich dafür danken.«

Joanna schüttelte langsam den Kopf. Was für ein Spiel trieb er nun mit ihr? »Wenn Ihr mich wirklich für intelligent hieltet, wäret Ihr nicht so bemüht, mich mit dem Nonsens, den Ihr da von Euch gebt, zu besänftigen.«

Er schwieg einen Moment. »Da mögt Ihr recht haben. Vielleicht sollte ich es gerade heraus sagen. Nun gut, so sei es. Der König hat Evan Thorndyke Marilyns Hand versprochen. Alle Parteien haben zugestimmt und die Papiere sind bereits unterzeichnet.«

»Dank sei dem Herrn«, murmelte Joanna. Zumindest würde damit diesen beiden die Möglichkeit zuteil, zusammen glücklich zu werden. Und Marilyn mußte Rylan nicht heiraten. Bei dem Gedanken an die aufgelöste Verlobung mit Rylan kehrte Joannas Mißtrauen wieder zurück.

»*Alle* Parteien waren einverstanden? Was ist mit Euch? Ich kann mir nicht vorstellen, daß Ihr ebenfalls zugestimmt habt.«

»Dann irrt Ihr Euch. Ich habe durchaus zugestimmt, obwohl der König sich nicht darüber im Klaren ist ...« Er verstummte. »Es wäre wohl besser, wenn wir die Angelegenheit später besprechen würden. Wenn wir den Hof erst einmal verlassen haben, werde ich Euch alles erklären.«

»Den Hof verlassen? Was meint Ihr damit?« Ein Hoffnungsschimmer begann in ihr zu keimen. »Werdet Ihr mich zum Kloster zurückbringen?«

Er blickte sie an und schaute dann weg. Schließlich verschränkte er seine Hände auf dem Rücken und verlagerte sein Gewicht auf das andere Bein. »Wenn Ihr wünscht, einen Besuch im Kloster zu machen, werde ich Euch gerne dorthin bringen, Joanna.«

»Einen Besuch? Aber ...« Sie schluckte schwer und bemühte sich zu verstehen, was vor sich ging.

»Wir werden nach der Hochzeit sofort von hier abreisen.«

Joanna starrte ihn völlig verwirrt an. »Aber wie das? Die Königin hat mir gerade eröffnet, daß ich heiraten muß, wie also kann ich dann zum Kloster reisen?«

Ein seltsamer Ausdruck erschien auf Rylans Gesicht.

»Verdammt, Ihr wißt also noch nicht, wen Ihr heiraten sollt? Sir George teilte mir mit, daß man Euch unterrichtet habe.« Er atmete heftig aus und blickte sie dann durchdringend an.

»Ich werde Euer Ehemann sein, Joanna. Ihr sollt mich zum Manne nehmen.«

Sie starrte ihn lange Zeit mit vor Schreck geöffnetem Mund an. Erst mit einiger Mühe gelang es ihr, den Mund zu schließen und sich soweit zusammenzureißen, daß sie in der Lage war, zu antworten. »Ihr? Ihr sollt mein Mann werden?«

Während ihres langen Schweigens hatten sich tiefe Runzeln auf seiner Stirn gebildet. Nun betrachtete er sie mit einem streitlustigen Blick. »Ja, ich. Wir werden heiraten, sobald die nötigen Vorkehrungen getroffen sind. Dann werden wir von diesem gottverlassenen Ort abreisen und nach Blaecston reiten.«

Joanna hörte alles, was er sagte, sogar seine blasphemischen Worte. Und dennoch konnte sie es nicht begreifen. Aber viel schlimmer noch: ihre erste Reaktion war nicht, sich einer solch unglücklichen Verbindung zu widersetzen. Statt dessen vollführte ihr Herz einen Sprung und begann wild zu schlagen. Sie beide sollten heiraten? Sie und Rylan?

Dann erblickte sie seine gerunzelte Stirn, und eine

dunkle Wolke schien sich über sie zu senken. Er hatte Marilyn heiraten wollen, aber das hatte sie ihm verdorben. Also hatte er sich mit einer weniger reichen Erbin zufrieden gegeben. Und nun wäre zumindest sein kostbares Yorkshire vor dem König sicher. Ihr war, als hätte man ihr das Herz aus dem Leibe gerissen und ein dumpfer Schmerz begann sich in ihrer Brust auszubreiten.

»Eure ... Eure Neuigkeit kommt ... kommt etwas überraschend.« Sie atmete tief ein, war aber immer noch nicht in der Lage, seinem Blick zu begegnen. Selbst ihre Stimme, der sie einen scharfen Tonfall geben wollte, kam zögerlich und leise. »Vergebt mir, wenn ich einen Moment benötige, um alles zu begreifen.«

»Ja, natürlich. Ich, hm ... Wie ich schon sagte, ich dachte, man habe Euch bereits unterrichtet. Sonst hätte ich es Euch nicht auf so unzulängliche Weise mitgeteilt.« Er trat einen weiteren Schritt auf sie zu und Joanna hob ihr gebeugtes Gesicht. »Es ist alles zum Besten, Joanna. Wartet nur ab.«

»Zum Besten?« Ihre Augen füllten sich mit unwillkommenen Tränen. »Für Euch vielleicht. Der König hat verhindert, daß Ihr Euch Marilyns riesige Besitztümer aneignet, daher greift ihr nun zur zweitbesten Wahl. Oxwich wird eine nette Ergänzung für Euer kleines Reich in Yorkshire sein, nicht wahr? Ich bin nur erstaunt, daß der König dem zugestimmt hat«, sagte sie mit bitterer Stimme.

»Es spielt keine Rolle *warum* er zugestimmt hat, wichtig ist nur, *daß* er es getan hat.«

Sie wischte sich ihre Tränen ab und hob ihr Kinn. »Und warum habt *Ihr* zugestimmt? Warum habt Ihr nicht versucht, mich mit demselben Lakai zu verheiraten, den Ihr ursprünglich für mich vorgesehen hattet? Ganz sicher gibt es Jungfrauen, die über kostbarere Besitztümer verfügen als ich.«

Joanna war zu aufgeregt, um den geduldigen Ausdruck auf Rylans Gesicht zu bemerken. Als er seine Hände auf ihre Arme legte und sie zu sich heranzog, versuchte sie, sich ihm zu entziehen. »Nein. Wagt es ja nicht, mich anzurühren!«

»Joanna, Ihr steigert Euch da ganz umsonst in etwas hinein, das nicht stimmt. Ich möchte Euch heiraten. Es ist eine Entscheidung, die ich aus freien Stücken traf ...«

»Aber *ich* nicht!« rief sie. »Ich habe *meine* Entscheidung nicht aus freien Stücken getroffen. Ihr und der König habt entschieden und seid Euch einig geworden, und ich muß nun schauen, wie ich damit zurechtkomme.«

»Wir haben auch für Lady Marilyn entschieden und sie hat keine Einwände.«

»Aber sie wird ja auch geliebt! Sie liebt Evan und er liebt sie. Oh, aber das könnt Ihr einfach nicht verstehen!« Sie wand sich heftiger in seinem Griff, aber er hielt sie nur um so fester.

»Zum Teufel nochmal! Wenn es das ist, was Ihr wollt — Liebe — dann kann ich Euch damit sehr leicht dienen.« Er drückte sie an seine Brust und zog ihren Kopf mit der Hand zurück, die er in ihrem Haar vergraben hatte.

Sie wußte, daß er sie küssen wollte, und wiederum verspürte sie diese Hitze tief in ihrem Bauch, die sich in ihrem Körper ausbreitete. Aber das Verlangen, das sie empfand, führte dazu, daß sie sich noch heftiger gegen ihn wehrte.

»Nein! Das ist es nicht, was ich ...« Der Rest ging verloren, als sich sein Mund um ihre Lippen schloß.

Joanna kämpfte gegen das Gefühl reiner körperlicher Lust an, das sie überfiel. Sie kämpfte mit ihrem Körper und ihrem Verstand dagegen an, aber schließlich war es ihr Herz, das sie verriet. Sie versuchte, sich gegen seine rauhen Liebkosungen zu wappnen, und erinnerte sich daran, daß er auch jetzt lediglich versuchte, sie zu beeinflussen. Aber es war hoffnungslos. Er verlangte eine Antwort von ihr und er erhielt sie. Seine Zunge strich drängend über ihre Lippen und sie gewährte ihr Einlaß. Als sich seine Hand aus ihrem Haar löste und an ihrem Rükken hinunterglitt, preßte sie sich mit einem schamlosen Verlangen an ihn, außerstande, das plötzlich aufflammende Feuer in ihren Venen zu verleugnen. Ihre Hände fanden seine Schultern und umfaßten seinen Nacken. Sie stellte sich sogar auf die Zehenspitzen, um seiner besitzergreifenden Umarmung und seinem versengenden Kuß zu begegnen.

Rylans Kuß entflammte sie. Süß und heiß tauchte er tief in sie hinein und entzündete ihre schlummernde Leidenschaft, die lediglich auf seine Rückkehr gewartet hatte, aufs neue.

Rylans Arme schlangen sich um sie. Eine Hand legte sich auf ihr Hinterteil und preßte sie heftig gegen den pulsierenden Beweis seines Begehrens.

»Gott, ich möchte Euch in dieser Minute zu jener Insel tragen!» murmelte er, während seine Lippen über ihre Wange zu ihrem Ohr wanderten.

Joanna erzitterte vor Verlangen. Sie hatte sich so sehr bemüht, diese unglaublich lasterhaften Dinge zu vergessen, die sie an jenem heiligen Ort getan hatten. Aber seine Worte machten die Erinnerung daran wieder lebendig.

Dann umfaßte er mit seiner Hand ihre Brust und Joanna erkannte, daß seine Berührungen ebenso köstlich waren, wie sie sie in Erinnerung hatte. Wieder fühlte sie diesen unerklärlichen Strom, der sich durch ihren Körper ergoß. Mit seinem Daumen rieb er über die steife Spitze ihrer Brustwarze hinweg und Joanna fürchtete, in Ohnmacht zu fallen.

»Rylan ...« flüsterte sie, als ihre Stirn gegen seine Schulter sank. »Ihr dürft nicht ... ich muß ... Oh!«

Sie stöhnte auf, als sich einer seiner Oberschenkel zwischen ihre Beine schob und sich gegen die heiße Quelle ihrer peinigenden Gefühle preßte. Zur selben Zeit bewegte sich seine Hand und umfaßte ihr Hinterteil tiefer, bis sie sich in seinem Griff wand.

»Ich möchte Euch jetzt besitzen, meine kleine Taube. Meine Braut. Meine Frau.« Sein Atem kam keuchend. »Ich möchte Euch jetzt und alle Zeit besitzen.«

Joanna konnte kaum atmen, so sehr verzehrte sie sich nach ihm. Der Wind seufzte über ihnen in den Baumwipfeln. Die Blätter unter ihren Füßen raschelten. Ein einsamer Nachtvogel rief sein Klagelied in den Wald. Aber sie war sich nur Rylans bewußt und der Empfindungen, die er in ihr entfachte.

Sie preßte ihr Gesicht gegen seinen Hals, küßte ihn dort und liebkoste die Stelle, wo die glatte Haut rauh wurde und er sich den Bart weggekratzt hatte. Sie schluckte schwer, küßte seinen hüpfenden Adamsapfel und lächelte, als er daraufhin noch einmal auf und nieder hüpfte. Ebenso wie er die Macht besaß, sie mit Leidenschaft zu erfüllen, besaß auch sie die Fähigkeit, ihn zu erregen.

Dann schob sich seine Hand unter ihren Rock, wanderte an ihrem Oberschenkel entlang zu dem feuchten Scheitelpunkt, wo all ihr Verlangen sich zu konzentrieren schien.

»Aye, verdammt, Frau, wie sehr ich Euch brauche ...«

Einer seiner Finger glitt über diese erhitzte Spalte hinweg und sie schrie unwillkürlich auf. Er rieb an den schlüpfrigen Falten entlang und sie sank in seine Umarmung. Dann drang er mit dem Finger tief in sie ein und sie stöhnte auf.

»Rylan — Oh!«

»Mein süßes, süßes Mädchen«, keuchte er in ihr Ohr, während er immer und immer wieder mit dem Finger in sie eindrang. Joanna befürchtete, das Bewußtsein zu verlieren, da er ihr eine solch unerträgliche Lust bereitete. Ohne sich dessen bewußt zu sein, bewegte sie sich im Rhythmus seiner Hand, hob sich seiner Berührung entgegen, besinnungslos durch das Verlangen, das er in ihr weckte.

»Rylan«, murmelte sie keuchend und klammerte sich an ihn. »Ich brauche ...«

»Ich weiß, was Ihr braucht, meine leidenschaftliche kleine Taube. Und Ihr sollt es bekommen. Genau wie ich endlich bekommen werde, was ich brauche.« Sein Finger glitt aus ihr heraus und strich über den empfindsamen Punkt hinweg, der unter ihren Härchen verborgen lag.

»Es hat mich viel gekostet, Euch zu bekommen«, murmelte er und biß in ihr Ohrläppchen. »Aber ich werde hundertfach dafür entgolten.«

Joanna verstand seine Worte nicht, nahm sie nicht einmal wahr. Sie war diesem alles verzehrenden Gefühl viel zu nahe, das er schon einmal in ihr erweckt hatte. So nahe. Aber dann verharrte seine Hand und er stöhnte auf.

»Mylord?«

»Verdammt«, brummte er, während er hastig seine Hand wegzog und ihren Rock hinabgleiten ließ.

»Mylord?« rief dieselbe Stimme, nicht weit von ihnen entfernt.

»Ich bin hier Kell, aber ich fordere dich auf, dich von mir fernzuhalten, denn sonst —« Er verstummte und stieß einen gemeinen Fluch aus.

»Es ist die Königin. Sie läßt durch Sir George ausrichten, daß der Ehevertrag auf Eure Unterschrift warte. Aber ich dachte mir, daß Ihr es nicht so gerne gesehen hättet, wenn er Euch hierher gefolgt wäre.«

Rylan seufzte. Er schloß seine Augen und schien für einen langen Moment um seine Fassung zu ringen. Endlich öffnete er sie wieder und warf Joanna ein gezwungenes Lächeln zu.

»Wir werden uns so schnell es geht von diesem verdammten Ort verabschieden, mein Liebling.«

Joanna war zurückgestolpert und lehnte sich gegen eine der riesigen Birken. Sie bemühte sich verzweifelt, sich zu sammeln und die vielen, einander widersprechenden Emotionen, die in ihrem Inneren tobten, zu ordnen.

»Ich ... ich muß ins Kloster zurückgehen. Ich kann nicht heiraten. Ich will es nicht.«

»Ihr hattet niemals diese Wahl, Joanna. Niemals. Könnt Ihr nicht damit zufrieden sein, daß ich Euer Mann werde?«

»Aber das ... das kann einfach nicht wahr sein!«

Rylan strich sich erhitzt mit der Hand durchs Haar. »Ihr wäret sonst mit einem anderen vermählt worden. Besser ich, als der Mann, den John für Euch ausgesucht hätte.«

Sie schüttelte den Kopf. »Auch diesen hätte ich nicht geheiratet.«

»Man hätte Euch dazu gezwungen.«

»Nein. Nicht, als sie erfuhren, daß ich nicht unberührt bin ...« Sie verstummte, als sie sich daran erinnerte, wie wenig Erfolg ihr dieses Eingeständnis bei Isabel gebracht hatte.

»Was?« Rylan schritt auf sie zu und packte sie am Arm. »Bei Gott, Frau, wißt Ihr denn nicht, wie verletztlich Euch das macht? Ihr wäret das Opfer eines jeden lüsternen Narren geworden ...« Er verstummte, als er Kells ungeduldigen Ruf hörte. Er zog sie erneut in seine Arme, gab ihr einen besitzergreifenden Kuß und erstickte damit ihre Gegenwehr, bevor sie recht begonnen hatte. Erst als ihr Körper sich hingebungsvoll an den seinen schmiegte, ließ er von ihr ab und atmete tief durch.

»Laßt uns jetzt gehen und unsere Pflicht als loyale Untertanen des Königs tun.« Er legte einen Arm um ihre Taille und führte sie aus dem kleinen Wäldchen zum Pfad zurück. Sie sah Kell, der bereits davonschritt. Rylan zögerte einen Moment und drehte sich noch einmal zu Joanna um. »Bald wird die Zeit kommen, da wir nur noch uns gegenseitig verpflichtet sind, und ich verspreche Euch, mein Liebling, daß Ihr darüber sehr froh sein werdet.«

Joanna versuchte, sich aus seinem Griff zu lösen. Zu viele gegensätzliche Gefühle stiegen erneut in ihr auf. »Ich möchte Euch nicht heiraten. Weder Euch noch einen anderen Mann!«

Rylans Antwort war ein tiefes, verführerisches Lachen. »Ihr werdet Eure Worte noch einmal bereuen. Der Tag wird kommen — die Nacht — wenn Ihr Euch jedem meiner Wünsche beugen und um meine Aufmerksamkeit betteln werdet. Ja, Ihr werdet um meine Aufmerksamkeit betteln. Und ich werde Sie Euch freudig schenken.«

22

Wie hatten sich die Dinge nur auf eine solch unglaubliche Weise entwickeln können? Joanna biß sich auf die Lippe und richtete ihren Blick auf die trockene Naht in der Steinmauer vor ihr, während zwei Dienstmädchen sie ankleideten. Wie kam es, daß die ungewünschte Tochter eines recht unbedeutenden Freiherren an einen der mächtigsten Männer des Königreiches verschachert worden war? Das letzte, was sie eigentlich tun wollte, war heiraten!

Aber das entsprach nicht vollkommen der Wahrheit, wehrte sich eine beruhigende Stimme. Eine Heirat mit Rylan ... Joanna schüttelte den Kopf, außerstande, ihre aufgewühlten Gedanken zu ordnen. Er war herzlos und selbstsüchtig. Und dennoch sollte er ihr Ehemann werden. Ihn interessierte lediglich ihr Besitz, nicht aber sie selbst. Und dennoch würde er geloben, sie zu lieben und zu ehren. Und was würde sie geloben?

Sie beugte ihren Kopf nach vorne, als sie den leichten Händedruck des Dienstmädchens spürte. Ein silbergewobenes Haarnetz wurde über ihren Kopf gezogen und mit zwei Schnüren unter dem Kinn befestigt. Aber während die Frau kunstvoll einige Locken um Stirn und Wangen drapierte und den Rest des Haares unter einem langen Umhang verborgen im Nacken arrangierte, zerbrach sich Joanna über diese Frage den Kopf.

Was würde sie geloben?

Gehorsam, natürlich. Und Treue. Zu lieben, zu ehren und zu gehorchen. Die Ironie brachte sie beinahe zum Lachen. Beinahe. Liebe gehörte nicht zu den Gefühlen, die zwischen ihr und Rylan existierten — wenn sie überhaupt existierte. Aber dann erinnerte sie sich an Marilyns fröhliche Erwartung ihrer eigenen Hochzeit mit Evan, und sie wußte, daß Liebe in einigen seltenen Fällen doch möglich war. Aber sicherlich nicht in ihrer eigenen, erzwungenen Ehe.

Und was die Ehre betraf — wie konnte sie einen Mann ehren, der politischen Gewinn ohne Rücksicht auf Menschen erstrebte? Er war unredlich in seinen Methoden und rücksichtslos, wenn es um die Verfolgung seiner Ziele ging.

Auch der Gehorsam war wenig zutreffend, wenn sie ehrlich war. Es kam ihr unvermeidlich vor, daß sie sich gegen alles sträuben würde, was er vorschlug, denn er schien die Eigenschaft zu besitzen, die schlimmsten Seiten ihres Charakters an die Oberfläche zu bringen.

Auf die Bitte der Mädchen hin vollführte sie eine langsame Pirouette. Die weiten Röcke ihres Unterkleides und der Tunika flatterten gefällig um ihre Knöchel herum, und die rosé- und weinfarbene Seide legte sich in anmutigen Falten über das feine Spitzenunterkleid.

Zu ihrer Wut über den Grund für seine Ehe mit ihr — ein Motiv, das auf alle Edelmänner bei der Suche nach einer Ehefrau zutraf — kam noch die Angst vor der absoluten Macht hinzu, die er nun über sie haben würde. Bald schon durfte er über sie verfügen — nicht nur über ihren Besitz, sondern auch über ihren Körper. Sie mußte dort leben, wo er befahl, den Haushalt nach seinen Wünschen führen und ihre weiblichen Pflichten erfüllen —

Joanna schloß kurz ihre Augen und preßte ihre Fingerspitzen dagegen.

»Geht es Euch nicht gut, Mylady?«

Joanna richtete sich mit einem Seufzer auf und wandte sich dem besorgten Mädchen zu. »Doch . . . doch, mir geht es gut.«

»Es kommt häufig vor, daß eine Jungfrau ihre Hochzeit

fürchtet«, versicherte eine Frau mit einem tröstenden Lächeln.

Das andere Dienstmädchen nickte eifrig mit dem Kopf, während sie einen gesteppten Gürtel um Joannas Taille schlang. »Zuerst wird es natürlich eine Prüfung sein. Aber Ihr habt Glück. Ihr bekommt einen starken, jungen Kerl, mit dem Ihr das Bett teilt, keinen mürrischen, alten Mann. Er wird Euch sicherlich kräftige Kinder schenken.«

Kinder.

Joanna stockte der Atem, als sie das Wort vernahm. Ein energisches Klopfen ertönte an der Tür, und Joanna folgte den beiden Knappen, die gekommen waren, um sie abzuholen. Aber als sie den Weg zur Kathedrale der Abtei zurücklegten, nahm Joanna von ihrer Umgebung überhaupt nichts wahr.

Kinder. Aus irgendeinem Grund hatte sie diese Möglichkeit nie mehr bedacht.

Es war eine logische Schlußfolgerung, daß Kinder das natürliche Ergebnis einer Ehe — des ehelichen Bettes — waren, und doch war ihr der Gedanke, Rylan ein Kind zu gebären, noch nicht gekommen.

Nun, da sie gezwungen war, sich mit diesem Thema auseinanderzusetzen, nahm ihre Verwirrung um das Zehnfache zu. Als die beiden Knappen sie vor den versammelten Edelleuten an die Seite von Isabels Stuhl brachten, zitterte sie wie trockene Heide auf den windumtosten Klippen von Flamborough Head. Ihre Hände waren so kalt wie Eis, und sie wußte, daß ihr Gesicht eine ungesunde, blasse Farbe hatte. Obwohl sie sich bemühte, ihre schreckliche Angst abzuschütteln, gelang es ihr nicht. Sie würde Rylan unvermeidlicherweise ein Kind gebären. Ob sie wohl eine bessere Mutter sein würde, als ihre eigene es gewesen war? Wäre sie imstande, ihr Kind vor den unvernünftigen Forderungen seines Vaters zu schützen? Oder würde sie versagen, wie ihre Mutter es getan hatte?

Nein, da war Joanna sich sicher. Sie würde ihr Kind niemals im Stich lassen. Niemals. Das war immerhin ein schwacher Trost. Sie blickte sich mit neuerwachter Panik um, aber das einzige freundliche Gesicht, in das sie sah, war das der Königin. Trotz ihrer Flucht am Tage zuvor beobachtete Isabel Joanna aufmerksam und schien sogar Verständnis für die Bestürzung zu haben, die sich auf deren Gesicht spiegelte.

Aber Joanna wollte das Verständnis der Königin nicht. Sie wollte aus dieser Heirat mit Rylan Kempe entlassen werden. Aber sie wußte, daß die Königin nie nachgeben würde, und eine plötzlich aufsteigende Wut über die Ungerechtigkeit ihrer Situation half ihr, ihre Fassung wiederzuerlangen.

Vom östlichen Flügel des Querschiffes her näherte sich Marilyn und ihr Vater. Marilyn strahlte förmlich vor Glück und beantwortete Joannas verstörten Blick mit einem Lächeln, das so fröhlich war, daß Joanna einfach zurücklächeln mußte. Zumindest durften Marilyn und Evan zusammen sein. Das war ihr ein kleiner Trost.

Dann lenkte ein Gemurmel am Haupteingang der Kathedrale ihre Aufmerksamkeit ab. Dort an der Tür standen die beiden Männer, die solch unterschiedliche Gefühle in den beiden jungen Frauen erweckten.

Evan stand mit hocherhobenem Haupt da und strahlte über das ganze Gesicht. Sein rostbraunes Haar war zurückgekämmt, und er war in eine Robe aus braunem und goldenem Damast gekleidet, die mit Goldborten besetzt und mit einer großen Brosche geschmückt war. Um die Hüften hatte er einen goldfarbenen Gürtel geschlungen. Aber trotz seiner eleganten Erscheinung war es der Mann neben ihr, der Joannas Blicke auf sich zog.

Neben Evans opulenter Tracht mutete Rylans Erscheinung beinahe schmucklos an. Sein Haar war frisch gewaschen und wurde im Nacken von einem schwarzen Band zusammengehalten. Seine Tunika war in einem dunklen Grau gehalten und einfach im Schnitt, aber aus bestem Leinen gefertigt. Doch Joanna wurde sich ein weiteres Mal bewußt, daß er ein Mann war, der es nicht nötig hatte, seine Autorität durch entsprechende Kleidung zu betonen. Seine Persönlichkeit allein reichte aus. Die Art, wie er dastand, wie er die Menschen anschaute, machten deutlich, daß es sich hier um einen Mann handelte, den man besser nicht herausforderte. Ein Mann, um den man besser einen vorsichtigen Bogen machte.

Als wollte er ihre Gedanken unterstreichen, betrat König John die Kathedrale unmittelbar hinter den Bräutigamen, gefolgt von drei Priestern. Er trug seine feinste Robe — purpurfarben mit Hermelin besetzt und mit silberner und goldener Borte verziert. Die Hände waren mit Juwelen geschmückt, seine Krone saß gerade und aufrecht auf seinem Kopf. Er war mit dem Feinsten bekleidet, frisiert und parfümiert, aber neben Sir Rylan machte er dennoch einen unbedeutenden Eindruck. Er zwang sich zu einem Lächeln, aber in seinen Augen spiegelte sich sein Unmut wider, und das Resultat war ein grämlicher Ausdruck, der einer königlichen Haltung schlecht bekam.

Der König wollte diese Hochzeit ebenso wenig wie sie, sagte sich Joanna. Wie hatte es Rylan nur angestellt, einen König zu einem Bund zu überreden, den er ganz offensichtlich nicht guthieß?

Es blieb ihr keine Zeit, dies herauszufinden. Isabel stand auf und bedeutete Marilyn, zu ihr zu kommen. Sie flüsterte ihr freundlich etwas zu, dann beugte das Mädchen seinen Kopf, um den Kuß der Königin auf ihre Stirn zu empfangen. Als Isabel sich Joanna zuwandte, trug ihr Gesicht einen wachsamen Ausdruck.

»Mir ist bewußt, daß Euch bei dieser Hochzeit eine große Furcht begleitet«, begann sie, nachdem Joanna sich ihr genähert hatte. Ihre Stimme war so leise, daß niemand sonst sie vernehmen konnte. »Sir Rylan hat Euch in der Vergangenheit grausam behandelt und mag dies vielleicht auch in Zukunft tun. Aber faßt Euch ein Herz, meine Liebe.« Sie blickte forschend in Joannas blasses Gesicht, ehe sie fortfuhr. »In mir habt Ihr eine Verbündete. Wenn Ihr mich gut über die Aktivitäten Eures Mannes unterrichtet, werdet Ihr belohnt werden.«

»Belohnt?« Joanna starrte Isabel an. Wollte die Königin etwa, daß sie Rylan bespitzelte?

Isabel lächelte, als Joannas Gesichtsausdruck ihr deutlich machte, daß sie die Bedeutung ihrer Worte verstanden hatte. »Sollte er jemals wegen verräterischer Absichten beschuldigt werden, kann ich Euch versichern, daß Euch und Euren Erben nichts vorgeworfen werden wird. Und Ihr werdet Eure rechtmäßigen Besitztümer nicht verlieren«, fügte sie mit einem vertrauensvollen Kopfnicken hinzu.

Sie schien keine Antwort darauf zu erwarten. Sie neigte anmutig ihr Haupt, küßte auch Joanna auf die Stirn und setzte sich wieder. Aber Joanna ging dieser seltsame neue Aspekt nicht mehr aus dem Kopf. War es die Absicht von John und Isabel gewesen, einen Spion in Rylans Lager zu schleusen, als sie dieser Ehe zustimmten? Sie blickte zu Rylan hinüber. Er und Evan folgten dem König durch das Hauptschiff und stellten sich dann neben ihren Bräuten auf, während der König zu seinem Platz neben der Königin hinüberschritt. Die drei Priester traten, gefolgt von einem leichten Weihrauchduft, auf den Altar zu. Ein Chor von Mönchen begann einen beklemmenden Gesang und die versammelten Gäste verstummten.

Joanna war allerdings nicht imstande, sich auf die Messe zu konzentrieren. Sie war sich Rylans Nähe bewußt und spürte, daß er sie von der Seite anschaute. Aber sie weigerte sich, seinem Blick zu begegnen. Sie war ohnehin schon verwirrt genug.

Sie neigte ihren Kopf tiefer und schloß ihre Augen zu einem Gebet. Sie wäre nie dazu fähig, für die Königin zu spionieren. Aber wer wußte, wie ihre Zukunft unter Rylans Herrschaft aussehen würde? Es blieb ihr nur, Gott um die Gnade zu bitten, ihre Zukunft zu lenken.

Lateinische Worte wurden gesprochen, ohne, daß sie sich ihrer richtig bewußt wurde. Die Predigt war kurz — eine Schrift des heiligen Paulus über die Sündhaftigkeit der Frau und die Verantwortung des Mannes, sein Eheweib zu züchtigen. Als ob diese fehlleitenden Worte des Apostels mehr zählten, als die gütigen Belehrungen des Erlösers, dachte Joanna. Ihre Wut auf das Schicksal aller Frauen überdeckten jegliche Gewissensbisse hinsichtlich ihrer blasphemischen Gedanken. Als es an der Zeit war, die Eheversprechen zu leisten, hatte sie sich in einen regelrechten Zorn hineingesteigert.

Evan leistete sein Versprechen und Marilyn das ihre. Dann tauschten sie die Ringe und einen züchtigen Kuß. Als sie an der Reihe waren, wandte sich Rylan Joanna zu.

Vielleicht war es das wütende Funkeln ihrer Augen, das ihn beunruhigte, denn statt eine ihrer Hände zu ergreifen und sie leicht in seiner offenen Hand zu halten, nahm er beide und hielt sie mit festem Griff umklammert.

»Ich nehme Euch, Joanna Preston, Jungfrau von Oxwich, zu meinem rechtmäßig angetrauten Weibe. Um Euch zu lieben und zu ehren, in guten wie in schlechten Zeiten. In Krankheit und Gesundheit. Ob reich oder arm. Von diesem Moment, bis daß der Tod uns scheidet. Dies gelobe ich auf ewig.«

Dann war Joanna an der Reihe. Sie hatte sich keine Worte zurechtgelegt. In ihrer Wut und ihrem Schmerz wäre sie am liebsten auf ihn losgegangen — auf sie alle.

Als spüre er all ihre Empfindungen, drückte ihr Rylan die Hand.

Joanna hob die Augen um ihn anzublicken, und öffnete den Mund. Aber die Worte wollten ihr nicht über die Lippen kommen. Rylans Augen waren niemals blauer gewesen. Sein Blick niemals zwingender. Obwohl er ihre Hände mit einem festen Griff umfangen hielt, tat er ihr nicht weh, nur um sie zu bewegen, die Worte zu sagen. Statt dessen schien er ihr etwas zu versichern. Sprich die Worte, schien sein brennender Blick zu bekennen, und mein Wohlwollen wird dir sicher sein.

Sie schluckte und begann mit einer flüsternden Stimme, die nur Rylan und der vordere Priester hören konnten.

»... in Krankheit und Gesundheit. In Reichtum und Armut —« Sie verstummte, unfähig, ihm Gehorsam bei Tisch und im Bett zu leisten. Der Priester räusperte sich nachdrücklich und sie fuhr fort: »Von diesem Tage, bis daß der Tod uns scheidet.«

Rylan lächelte und entspannte sich, und Joanna wurde klar, wie unsicher er gewesen war. Hastig wurde der Ring hervorgeholt und ihr über den Finger geschoben.

»Mit diesem Ring nehme ich Euch zu meiner Frau«, sprach er mit heiserer Stimme. Dann beugte er sich vor und küßte sie.

Joanna berührte seine Lippen nur kurz und zog sich dann schnell zurück. Und doch konnte sie den Kuß nicht unbedingt als züchtig bezeichnen. Das Durcheinander ihrer Sinne bei der Berührung seiner Lippen schien dem Züngeln einer Flamme gleichzukommen.

Sie knieten nieder für den Segen des Priesters und erhoben sich dann noch einmal, um die Schlußworte und die Abschlußhymne der Mönche zu hören. Aber Rylan hielt die ganze Zeit über ihre Hand fest. Einmal versuchte sie, sich aus seinem beunruhigenden Griff zu befreien, aber er ließ es nicht zu. Sein Gesicht machte allerdings einen unerwartet entspannten Eindruck, als er auf sie hinabblickte.

»Ihr macht mich heute sehr glücklich«, murmelte er so leise, daß nur sie es hören konnte. »Ich werde mich bemühen, das gleiche für Euch zu tun.«

Diese wenigen Worte blieben Joanna besser im Gedächtnis als sein Eheversprechen. Während der ganzen unvermeidlichen Feierlichkeiten mit ihrem Festschmaus, den Reden und verschiedenen Vergnügungen wollten sie ihr nicht mehr aus dem Kopf gehen. Ich werde mich bemühen, das gleiche für Euch zu tun. Lag es wirklich in seiner Absicht, zu versuchen, eine gute Ehe zu führen?

Vor dem Hochtisch zeigte eine Gruppe von Jongleuren ihre Künste, warf Dolche und glühende Eisen in unglaublich großer Zahl und Schnelligkeit. Ein kleiner Junge jonglierte mit Äpfeln. Ein noch kleineres Mädchen mit Eiern. Akrobaten hechteten über einen Teppich hinweg und sprangen in scheinbar wahlloser Art und Weise übereinander. Aber es gelang ihnen immer wieder, aufrecht oder im Griff der richtigen Person zu landen. Wäre Joanna nicht so sehr mit ihrer eigenen Situation beschäftigt gewesen, hätte sie diese lebhafte Vorstellung ausgesprochen genossen.

Aber Rylan saß an ihrer Seite und Isabel auf der anderen, was Joanna als höchst unangenehm empfand. Der König bediente sich ständig aus dem großzügig fließenden Weinvorrat des Bischofs, bis ihm die Krone schief auf dem Kopf saß.

»John. Achtet zumindest auf Eure Würde«, flüsterte die Königin ihm wütend zu.

Er schob mit der einen Hand die Krone gerade und griff mit der anderen nach seinem juwelenbesetzten Weinkelch.

»Wo bleibt die Würde, wenn man von einem wie dem

da zu etwas genötigt wird?« Er warf Rylan einen haßerfüllten Blick zu.

Genötigt? Joanna warf Rylan ebenfalls einen Blick zu. Aber bevor sie überhaupt beginnen konnte, zu spekulieren, schob der König seinen verzierten Kelch zur Seite und beugte sich, beide Ellbogen auf den Tisch gestützt, nach vorne. Er schüttelte die beruhigende Hand der Königin ab.

»Ein weniger gerecht gesinnter König als ich es bin, hätte Euch schon vor langer Zeit für Euer unzumutbares Verhalten hängen lassen. Mein kriegerischer Bruder Richard hätte Euch ganz sicher wegen Eurer anmaßenden Haltung mit seiner mächtigen Lanze aufgespießt. Aber ich bin geduldig gewesen, wie es einem vortrefflichen König zukommt, und habe darauf gewartet, daß alle meine fehlgeleiteten Kinder ihr entzweiendes Gezanke beenden und sich hinter mich stellen würden. Hinter ihren König. Ihren einen, wahren Lehnsherren.«

Er nahm einen weiteren großen Schluck aus seinem Becher. Dann wandte er seinen blinzelnden Blick Joanna zu.

»Trotz des Königtums, das so schwer auf mir lastet, bin ich doch immer noch ein Mann. Von der Hand Gottes berührt, das sicherlich. Aber immer noch ein Mann.« Dann grinste er sie an, ein breites, affektiertes Grinsen, das Joanna an ein Wiesel erinnerte. »Und ich gebe zu, daß ich gelegentlich Spaß am Unglück eines anderen Mannes finde. Ihr und Eure Braut seid wirklich ein schönes Paar, Kempe. Der Neid vieler Männer wird Euch heute Nacht begleiten, wenn ihr zwischen die Schenkel des liebreizenden Weibsbildes klettert, das Ihr geheiratet habt.« Er rülpste und lachte dann.

Joanna runzelte die Stirn und blickte hilfesuchend zu Isabel hinüber. In der Vergangenheit hatte die Königin solch ungeziemliches Gerede ihres Gatten nicht geduldet. Aber heute schien sie nichts dagegen einzuwenden zu haben.

»Das liebreizende Weibsbild.« John kicherte erneut. »Ja. Viele Männer werden Euch beneiden. Aber mindestens einer von ihnen ist Euch zuvor gekommen, wie es scheint.«

Joannas Augen weiteten sich vor Überraschung, als sie seine rohen Worte vernahm. Sie warf Isabel, die dem König offenbar diese Information hatte zukommen lassen, einen vorwurfsvollen Blick zu. Aber die Königin schaute mit einem selbstgefälligen Lächeln zu Rylan hinüber. Für einen Moment herrschte Stille. Der König und die Königin erwarteten offenbar, sich an Rylans Demütigung weiden zu können. Joanna hielt den Atem an und fragte sich, was Rylan wohl tun würde. Natürlich war John nur ein Teil der Wahrheit bekannt, denn der Name des Mannes, der sie kompromittiert hatte, war ja von ihr nie erwähnt worden. Und doch konnte Rylan über diese Enthüllung seines Gegners nicht glücklich sein.

Rylans Antwort fiel allerdings anders aus, als irgendjemand erwartet hatte. Erst wandte er sich Joanna zu und lächelte sie beruhigend an. Dann ergriff er ihre Hand und führte sie an seine Lippen. Er küßte den goldenen Ring, der nun ihren Finger schmückte und preßte einen wärmeren, länger anhaltenen Kuß auf ihre Handfläche, bevor er seine Hand über die ihre legte. Dann erst antwortete er dem König.

»Wie mir scheint, seid Ihr hinter unser Geheimnis gekommen. Aber ich würde es nicht zulassen, meine liebliche Frau wegen meiner eigenen, ungestümen Natur leiden zu sehen. Sie heizt meine Leidenschaft in einem wahrhaft unheiligen Maße an«, gestand er mit einem breiten, munteren Grinsen. »Obgleich ich sie auf höchst hinterhältige Weise entführte, war ich es doch am Ende, der ein Gefangener war — ein Gefangener meiner Gefühle. Aber dies ist eine Falle, in die ich nur allzu gern getreten bin, und gegen die ich mich nie wehren werde.«

Nachdem er diese erstaunliche kleine Rede gehalten hatte, stand er auf und zog die sprachlose Joanna mit sich. »Genug gefeiert. Ich habe länger ausgehalten, als ein sterblicher Mann ertragen kann. Was sagst du Evan? Sollen wir uns von dieser hübschen Gesellschaft verabschieden und uns unseren ›liebreizenden Weibsbildern‹ so widmen, wie sie es verdient haben?«

Zustimmendes Gebrüll von der Menge, die unten an den Tischen saß, erhob sich. Joanna lief rot an, als ihr klar wurde, daß Rylans Worte durch den ganzen Saal gedrungen waren. Zinnbecher sausten auf lange Holztische nieder und Hunderte von Händen klopften mit den Messern. Unter fröhlichem Geschrei und Ratschlägen, die von allen Seiten auf das Paar herabprasselten, zog Rylan Joanna durch die Menge nach draußen.

Joanna wandte sich nur einmal um und erblickte einen verdutzt dreinschauenden König. Auch Isabel schien überrascht. Sir Egbert grinste erfreut, ebenso wie Evan.

War dies etwa arrangiert worden? fragte sie sich fassungslos. Hatte Rylan etwa geplant, sie zu heiraten? Wie sehr sich Joanna dies doch wünschte. Wie sehr sie diesen Gedanken dem schrecklichen Zweifel vorziehen würde, den sie nun empfand. Aber während Rylan sie durch das Vorzimmer und schließlich in einen kleinen, gepflasterten Hof hinauszog, hatte sie keine Zeit, nachzudenken. Pferde warteten auf sie, ebenso eine kleine Gruppe bewaffneter Männer, die von Kell angeführt wurden.

»Auf geht's«, rief Rylan mit einem ausgelassenen Lachen. Er hob Joanna auf sein eigenes, kräftiges Streitroß und stieg dann hinter ihr in den Sattel. »Begrüßt Eure neue Herrin, Freunde. Lady Joanna von Blaecston.«

Über das nervöse Gescharre der Pferde hinweg stellten sich die Männer nacheinander höflich vor. Joanna war durch die Ereignisse zu sehr verwirrt und nur imstande, mit dem Kopf zu nicken und jedem einige freundliche Worte zuzumurmeln. Dann machte sich die kleine Gruppe auf den Weg zum offenen Tor der Abtei. Dort trafen sie auf Evan und Marilyn. Es war unschwer zu erkennen, wie glücklich die beiden waren.

»Eine gute Reise, mein Freund«, sagte Evan. »Auch ich werde nicht viel länger hier verweilen.« Er blickte auf die strahlende Frau an seiner Seite hinunter. »Wir werden zuerst nach Manning reisen und dann alle ihre Familiengüter besuchen. Dürfen wir bei Euch vorsprechen, wenn wir Chipping Way erreichen?«

»Aber natürlich, mit Vergnügen. Wir würden uns sehr freuen.«

»Schön. Dann werden wir uns also schon bald wiedersehen. Inzwischen solltest du die Zeit mit deiner entzückenden Braut verbringen. Viel Glück Euch beiden.« Er blickte zu Joanna hinüber und fügte hinzu: »Dies ist eine gute Verbindung. Sie wird allen, die zu Euch aufschauen, Frieden und Wohlstand bringen.«

Marilyn hob ihre Hand und legte sie auf Joannas Knie. »Ihr werdet sehr glücklich sein. Wie wir alle.«

Joanna starrte in Marilyns strahlende Augen und wünschte sich verzweifelt, daß es so sein möge. Aber als Rylan dem Pferd die Absätze in die Seiten stieß und sie davonritten, war sie nicht mehr so überzeugt davon. Marilyn war verliebt und sah die ganze Welt in einem rosigen Licht. Aber was Rylan für sie empfand, das war nicht Liebe, und auch ihre verworrenen Gefühle für ihn ließen diese Bezeichnung nicht zu.

Aber als er sie an sich preßte, schlug ihr Herz sofort schneller.

Es war jetzt in Ordnung, diese Leidenschaft für ihn zu empfinden, versuchte sie sich einzureden. Er war nun ihr Ehemann. Was sie für ihn fühlte, war keine Sünde mehr.

Aber es war auch keine bloße Lust mehr, gestand sie sich ein, als sie die staubige Straße entlanggaloppierten, die von der Abtei weg durch die Stadt führte. Irgendwann im Verlaufe des Zwischenspiels im Birkenhain, dem Gespräch über Kinder und der Formulierung ihrer Eheversprechen hatten sich ihre Gefühle verändert.

Nein, nicht verändert, sondern gefestigt. Trotz ihres Zorns darüber, daß sie wie ein Besitz weitergereicht worden war, hatte sie den Mann geheiratet, für den ihr Herz schlug. Leider hatte sie das Pech, daß er bei seiner Wahl nicht der Stimme seines Herzens gefolgt war, sondern diese aus reinem politischen Nutzen getroffen hatte.

23

Sie waren noch nicht allzu weit von Ely entfernt und ritten auf der alten römischen Straße Richtung Norden, als ein weiteres Dutzend Reiter zu ihnen stieß. Ihr Gatte schien ihre Abreise vom Hof bis ins kleinste Detail geplant zu haben, stellte Joanna fest, denn dies waren bewaffnete Männer aus Blaecston, die für den Ritt nach Yorkshire gut gerüstet waren. Erst als Rylan auf diese Weise mit ihrer Sicherheit zufrieden war, erlaubte er Joanna, abzusteigen und von nun an auf einem gutmütigen Zelter zu reiten, den seine Leute für sie mitgebracht hatten.

Später hielten sie auf einer Lichtung des dichten Buchenwaldes. Rylan stieg von seinem Roß und ging zu Joanna hinüber. »Sitzt Ihr gut auf Eurem Pferd? Ich hätte es vorgezogen, wenn Ihr bequemer geritten wäret, in einem Wagen oder auf einem Pferdesitz, aber es ist Eile geboten.«

»Sind wir in Gefahr?« erkundigte sie sich, erstaunt über all seine Vorkehrungen.

»Die Möglichkeit besteht immer. Aber habt keine Furcht. Unser König ist rasend vor Wut, und seine Laune wird sich nicht bessern, wenn herauskommt, wem Evans Loyalität gehört. Aber es ist recht unwahrscheinlich, daß er eine so gut bewaffnete Gruppe, wie wir es sind, angreift.«

»Evans Loyalität?« Joanna blickte ihn noch verwirrter an als vorher.

Rylan lachte laut auf. »Evan ist kein Anhänger des Königs, Joanna. Er und ich sind schon lange Verbündete. Der König und die Königin glauben, daß sie meine Pläne durch die Hochzeit zwischen Evan und Marilyn durchkreuzt haben. Sie sind der Ansicht, daß sich alle deren Besitztümer nun auf ihrer Seite befinden. Aber sie werden nicht mehr sehr lange unter diesem Irrglauben leiden.«

»Wollt Ihr damit sagen, daß Evan sie lediglich geheiratet hat, um an ihren Besitz zu gelangen?« rief Joanna bestürzt aus. Sie hatte angenommen, daß Evan aufrichtig in Marilyn verliebt sei!

Rylan erahnte ihre Gedanken. »Evan hätte Marilyn mit oder ohne ihre großen Besitztümer geheiratet. Der Frau galt sein Interesse, nicht ihrem Erbe. Aber er ist nicht abgeneigt, seine neue Macht zur Besserung unseres schönen Landes einzusetzen. Es ist ein glücklicher Umstand, daß beide mit dieser Verbindung zufrieden sind.«

»Aber Ihr . . . Ihr solltet sie doch eigentlich heiraten. Und ich . . .«

»Und Ihr habt dafür gesorgt, daß der König und die Königin davon erfuhren.« Er warf ihr einen strengen Blick zu. »Ich kann es nicht dulden, daß meine Frau sich in wichtige Staatsaffären einmischt, Joanna. Ihr müßt mir versprechen, solche Unternehmungen für immer zu beenden.«

»Aber Ihr hättet sie geheiratet«, beharrte Joanna. »Wenn ich mich nicht eingemischt hätte, wäret Ihr nun mit ihr verheiratet.«

Rylan fuhr sich mit der Hand durchs Haar. »Das habe ich einmal beabsichtigt, ja. Aber nachdem wir . . . nachdem Ihr und ich ... Verdammt«, fluchte er. Dann begegnete er ihrem verletzten Blick mit Augen, die vor Leidenschaft funkelten. »Ich habe die Frau geheiratet, die ich wollte. Wäre es Lady Marilyn gewesen, so hätte unser schwacher König eine Heirat nie verhindern können. Aber ich wollte Euch.« Seine Stimme senkte sich zu einem heiseren Flüstern. »Verdammt, ich will Euch, in diesem Augenblick.«

Er legte seine Hand auf ihr Knie. Die Wärme seiner Handfläche ließ Joanna erzittern. Unter ihr bewegte sich das Pferd, als sei es sich der Unruhe seiner Reiterin bewußt. Rylan beruhigte das Tier und hielt mit fester Hand die Zügel, aber sein brennender Blick wich keine Sekunde von Joannas Gesicht.

Sie schaute zur Seite und bemühte sich, ihre Enttäuschung hinunterzuschlucken. Er wollte sie. Ja, das war klar und es war auch schon immer so gewesen. Aber sie auf diese Art und Weise zu wollen, war nicht genug. Nicht für sie. Nicht mehr.

Sie atmete einmal tief durch und blickte in seine dunklen Augen hinab. Was war sie doch für eine Närrin. Wie konnte sie liebevolle Worte von ihm erwarten, wenn alles, was er fühlte, nur pure Lust war? Ein bitteres Lächeln stahl sich auf ihre Lippen. »Werden auch wir das Glück haben, und wie Evan und Marilyn diese Verbindung zur beiderseitigen Befriedigung empfinden?«

Er blickte zu ihr auf und ließ seine Hand langsam an ihrem Oberschenkel hinaufgleiten. »Wenn dies Gottes Wille ist.« Dann wurde er sich bewußt, daß seine Männer sie beobachteten. Er räusperte sich, »Wir reiten nach Dunley Abbey«, teilte er ihr in einem heiteren Tonfall mit. »Auch wenn wir erst nach Einbruch der Dunkelheit dort ankommen. Am Morgen werden wir früh aufstehen und wieder lange Zeit im Sattel sitzen. Aber so sollte es uns gelingen, morgen Abend bereits in Oxwich zu sein.«

»Oxwich!« Diese erstaunliche Neuigkeit drängte Joannas durcheinandergeratene Gefühle der Sehnsucht und der Enttäuschung in den Hintergrund. Sie waren auf dem Weg nach Oxwich? »Ich dachte, Ihr sagtet . . . Ich dachte, Euer Wunsch sei es, nach Blaecston zurückzukehren. Warum reiten wir nun nach Oxwich?«

»Ich möchte mich versichern, ob es gegen meine Feinde gut geschützt ist. Der Seneschall muß mir Lehenstreue schwören, und ich werde einige meiner Männer zur Verstärkung der Wachen zurücklassen.«

»Aber ...» Joanna verstummte, außerstande, die plötzliche Panik, die sie überfiel, in Worte zu kleiden. »Ich möchte nicht dorthin. Ihr könnt ohne mich gehen. Laßt mich auf Blaecston zurück.«

Rylan blickte sie erstaunt an. »Ihr seid nun die Herrin dort. Es sind Eure Leute und sie haben durch das Fieber sehr gelitten. Ihr habt keinen Grund, irgendjemand oder irgendetwas zu fürchten. Ich werde bei Euch sein und —«

»Ich will aber nicht dorthin!«

Einige der Männer blickten auf, als sie ihre schrille Stimme vernahmen und schauten dann schnell wieder fort. Rylan senkte seine Stimme.

»Wir werden nach Oxwich reiten, Joanna. Ich habe Euch bereits einmal über Euer Leben dort befragt, aber damals habt Ihr Euch geweigert, mir eine Antwort zu geben. Ihr habt mir nicht genug Vertrauen entgegengebracht. Werdet Ihr mir nun erklären, warum Ihr einen solchen Widerwillen gegen diesen Ort habt?« Als sie hartnäckig schwieg, runzelte er die Stirn. »Nun gut, vielleicht werde ich selbst die Wahrheit herausfinden, sobald wir angekommen sind.«

Mit einem Schrei ohnmächtiger Wut riß Joanna an den Zügeln und das erschrockene Pferd stieg auf seine Hinterbeine. Hätte Rylan nicht den Kopf des Tieres ergriffen und es beruhigt, wäre Joanna wohl aus dem flachen Sattel gerutscht. Aber sie war viel zu aufgeregt, um sich darüber Gedanken zu machen.

Er würde sie nach Oxwich bringen, wo er doch genau wußte, wie sehr sie diesen Ort haßte. Besaß er denn gar keine Gefühle? Kein Herz?

Sie wandte ihr Gesicht von seinem forschenden Blick ab und blieb zitternd sitzen, während die Männer um sie herum verlegen dreinblickten. Rylan riß ihr mit einem lauten Fluch die Zügel aus der Hand und reichte sie einem seiner Männer. Dann stieg er auf sein eigenes Roß und signalisierte ihnen, daß sie weiterreiten würden.

Nachdem sie auf der Straße waren, bildeten die Männer eine Formation. Zwei Kundschafter ritten voraus, während andere Joannas Pferd flankierten und der Rest hinter ihnen herritt. Rylan und Kell ritten vor Joanna, und sie starrte wütend auf den breiten Rücken ihres Mannes. Falls er ihre Feindseligkeit spürte, so ließ er sich nichts davon anmerken, denn er drehte sich nicht einmal zu ihr um. Sie mußte sich damit zufrieden geben, ihn zum Teufel zu wünschen.

Und doch wurde sie trotz ihrer Wut von einer kalten, betäubenden Furcht ergriffen. Er brachte sie nach Oxwich — die verhaßte Quelle all ihrer Alpträume. Während sie weiterritten wurde sie mehr und mehr von einem Haß erfüllt, der sich ebensosehr auf Oxwich wie auch auf Rylan erstreckte. Sie war hin und her gerissen zwischen der Furcht vor ihrer Ankunft dort und der Furcht, sich schon bald wieder mit Rylan Kempe abgeben zu müssen.

Sie verbrachten die Nacht in Dunley Abbey, einer kleinen Abtei, die von der Herstellung von Käse und Honig lebte. Die Mönche dort waren dankbar für die großzügige Bezahlung, die sie von ihren Gästen erhielten, aber obwohl Rylans Münzen den Reisenden die besten verfügbaren Unterkünfte einbrachten, waren sie dennoch bescheiden. Außerdem wurden dort Männer und Frauen strikt getrennt untergebracht, da das Ehegelübde für diese Mönche keine Bedeutung besaß.

Vor Sonnenaufgang waren sie bereits wieder unterwegs. Joannas Beine hätten beinahe nachgegeben, als sie auf ihr Pferd zuschritt. Wie kam es nur, daß es für ihre Muskeln eine solche Strapaze darstellte, im Sattel zu sitzen? Als habe er ihre Schwäche geahnt, erschien Rylan an ihrer Seite.

»Würdet Ihr es vorziehen, mit mir zu reiten?« erkundigte er sich und legte einen starken Arm um ihre Taille.

Joanna stählte sich gegen den besorgten Ton in seiner Stimme. Wie einfach war es doch für ihn, ihrem erschöpften und schmerzenden Körper Aufmerksamkeit zu schenken. Was aber war mit ihrem wunden Herzen? Warum kümmerte es ihn nicht, daß sie es haßte — und sich davor fürchtete — nach Oxwich zurückzukehren?

»Ich kann allein reiten«, erwiderte sie. Selbst wenn es sie umgebracht hätte, wäre sie allein geritten. Gerade am heutigen Tag brachte sie es nicht über sich, seine Berührungen zu ertragen.

Aber das entsprach nicht ganz der Wahrheit, gestand sie sich ein, als sie vorsichtig in den Sattel stieg. Was sie nicht ertragen konnte, war die besänftigende Wirkung, die seine Berührungen auf sie ausübten. Sie wollte sich ihren Zorn erhalten, wollte darin schwelgen. Säße sie dagegen sicher in seiner festen Umarmung, würde sie nur allzu leicht nachgeben und sich fügen. Und das mußte sie auf jeden Fall vermeiden.

Während sie in der nebligen Morgendämmerung dahinritten, die Formation die gleiche wie am Tag vorher, seufzte Joanna erschöpft auf. Was sie tat, war falsch. Sie sollte sich nicht auf diese Weise an ihre Wut klammern. Die Kirche gebot, zu vergeben und vergessen, Frieden und Harmonie mit ihrem Mann zu suchen und sich seinem Willen zu fügen, solange er nicht gegen die Gesetze Gottes verstieß. Doch obwohl sie sich ein Leben lang der Lehre der Kirche gebeugt hatte, war sie jetzt nicht imstande, dabei Trost zu finden und ihre Angst zu überwinden. Oxwich lag nur noch einen Tagesritt weit entfernt und jeder Schritt brachte sie näher. Im düsteren Licht des erwachenden Tages sah sie alles noch einmal vor sich. Ihr dunkles Versteck unter dem Bett. Das hämmernde Geräusch. Das Weinen.

Joanna rieb über die dünne weiße Narbe an ihrem Handgelenk, ohne sich dessen bewußt zu sein. Sie verstand heute so viel mehr als damals. Sie kannte die Bedeutung der rhythmischen Bewegung. Die Bedeutung der Verzweiflung ihrer Mutter. Aber da war noch mehr gewesen. Ihr Vater hatte den Namen eines anderen Mannes genannt, eines Mannes, der getötet worden war.

Sie schüttelte verwirrt den Kopf. Hatte ihre Mutter wegen des brutalen Verhaltens ihres Vaters geweint oder um den Tod dieses anderen Mannes? Vielleicht wegen beidem. Sie runzelte die Stirn. Oh, warum wollte es nur nicht gelingen, all dies zu vergessen, stöhnte sie und rieb sich ihre pochenden Schläfen. Es war schon so lange her. Vieles davon sah sie so deutlich vor sich, als wäre es erst gestern geschehen, und anderes wieder lag in einem Nebel, den sie nicht durchdringen konnte.

Den ganzen Tag über war es düster. Der Himmel blieb bewölkt und die niedrig hängenden Wolken türmten sich bedrohlich auf. Bis zum Mittag hing der Nebel über dem Land und wurde schließlich durch einen feinen, deprimierenden Regen ersetzt, der zum Nachmittag hin zunahm. Joanna trug zwar ein *chape à pluie,* aber trotzdem, sie fühlte sich elend. Die Innenseiten ihrer Schenkel waren wundgerieben, alle Muskeln taten ihr weh und ihre Kopfschmerzen hatten sich verschlimmert. Als sich schließlich die Dunkelheit über das Land legte, und sie sich Oxwich näherten und damit dem Ende ihrer Reise, war sie beinahe glücklich. Alles war besser, als auf diesem Pferd weiterreiten zu müssen!

Aber als sie die düsteren Umrisse der Burg erblickte, vergaß sie ihre körperlichen Beschwerden. Die Schutzwälle und der Weg zum eisernen Tor waren schwach erleuchtet. Eine Gestalt bewegte sich — oder spielten ihr ihre Augen nur einen Streich? — und für einen Augenblick hatte sie das Gefühl, ihr Vater erwarte sie. Obwohl sie wußte, daß das nicht möglich war, begann ihr Herz dennoch laut zu pochen. Ihr Mund wurde trocken vor Angst. Sie wäre am liebsten zurückgeblieben, aber die Gruppe von Reitern, die ihr folgte, machte dies unmöglich. Erst als sie am Ende der Holzbrücke über den trokkenen Burggraben langsamer wurden und ein Stück vor dem geschlossenen Tor zum Stehen kamen, war sie in der Lage, ihren Kopf von der Furcht, die sie ergriffen hatte, zu befreien.

Es ist nichts weiter als ein Haufen alter Steine, sagte sie sich. Oxwich Castle bestand lediglich aus aufeinandergeschichteten Steinen auf einem Hügel.

»Kommt vor, Joanna. Wir werden gemeinsam hineinreiten.« Rylans Stimme und die Berührung seiner Finger auf ihrem Arm ließen sie aufschrecken. »Faßt Euch ein Herz«, sagte er, als er die Zügel aus ihrer Hand nahm. »Wir werden schon bald in unseren Betten liegen und uns von diesen Strapazen erholen.«

Joanna war nicht imstande, zu antworten. Die körperliche Erschöpfung und die emotionale Begegnung mit dem Heim ihrer grausamen Kindheit führten dazu, daß sie wie betäubt war.

»Öffnet das Tor und gewährt Eurem neuen Herrn und seiner Dame Einlaß«, rief Kell mit gebieterischer Stimme. »Sir Rylan Kempe, Lord Blaecston, und seine Frau, Lady Joanna von Oxwich.«

Joanna vernahm aufgeregte Stimmen auf der anderen Seite des Tores.

»Reitet Lady Joanna mit Euch?« ertönte die Stimme eines alten Mannes.

»Das tut sie.« Rylan ritt ein Stück vor, ins Licht mehrerer Fackeln hinein, die in das eiserne Tor gesteckt worden waren. Als er und Joanna bis auf Armeslänge an das Tor herangeritten waren, zog er ihre und seine Kapuze zurück.

»Sie ist es«, rief die Stimme einer Frau. »Sie hat das Haar ihrer Mutter.«

»Aber sie ist doch eine Nonne«, sagte die Stimme des alten Mannes zweifelnd.

»Sie wäre beinahe eine Nonne geworden«, berichtigte Rylan. »Unsere Heirat erfolgte, bevor sie das Ewige Gelübde ablegte. Aber wie Ihr sicherlich sehen könnt, ist sie nun vollkommen erschöpft. Wir sind von unserer Hochzeitstafel beim König direkt hierhergeritten. Öffnet das Tor und bereitet uns einen angemessenen Empfang.«

Innerhalb weniger Augenblicke begann sich das Tor quietschend zu öffnen. Die wenigen Zweifel, die sich erhoben hatten, waren anscheinend durch ihren Anblick behoben. Ähnelte sie wirklich ihrer Mutter, wie diese Frau gesagt hatte? So sehr sie sich auch bemühte, es wollte Joanna nicht gelingen, sich an das Gesicht ihrer Mutter zu erinnern. Bei dem Gedanken an sie hatte sie lediglich das Bild eines Schwans vor Augen. Eines ruhigen und unnahbaren Schwans.

Im großen Empfangssaal begrüßte sie der Seneschall, Sir Harris Ponder. Als sie sein schmales Gesicht und sein lichtes, graues Haar erblickte, erinnerte sich Joanna wieder an den alten Junggesellen. Ein oder zwei weitere Gesichter kamen ihr ebenfalls bekannt vor, aber alle anderen waren ihr fremd.

»Willkommen, Mylord, Mylady«, sagte Sir Harris und verbeugte sich. »Wenn wir von Eurer Ankunft gewußt hätten, dann hätten wir Vorbereitungen getroffen, um Euch . . .«

»Kein Grund, sich Gedanken zu machen, Ponder«, unterbrach Rylan den Mann mit einem Lächeln auf dem Gesicht. »Wir erwarten kein Festmahl. Brot, Käse und Ale sollen genügen. Es bleibt morgen genug Zeit, um den Besitz zu besichtigen und unsere Leute kennenzulernen.

Sorgt dafür, daß die Dienstboten Unterkünfte für all meine Männer vorbereiten.«

Die Dienstboten, die schläfrig den Saal betraten, um zu sehen, was die Ursache für all die Aufregung am späten Abend war, warteten erst gar nicht den Befehl von Sir Harris ab, sondern machten sich schnell ans Werk. Das gebieterische Auftreten ihres neuen Herrn und seine selbstbewußt vorgetragenen Anweisungen reichten aus, um Krüge gefüllt mit Ale und Teller voller Käse, Broten und kaltem Braten auf den Tisch zu zaubern. Ebenso schnell wurden sie mit Teppichen und Decken versorgt. Als Rylan und Joanna ihr Mahl beendet hatten, waren Vorkehrungen für alle getroffen worden, und die Männer hatten sich auf den Weg zu ihren Nachtlagern gemacht.

»Führt uns in das Schlafgemach des Lords«, befahl Rylan, nachdem er seinen Krug geleert hatte.

»Ja, Mylord. Es ist frisch gereinigt und erwartet Euch. Wir haben die ganze Burg gründlich mit Ätzkalk geputzt. Ihr habt keinen Grund, Angst vor dem Fieber zu haben. Wir haben die Geister vergiftet, die es über uns brachten und haben jeden Raum segnen lassen.« Der alte Mann nickte ernsthaft mit dem Kopf.

Rylan wandte sich Joanna zu, um sie zum Schlafgemach zu führen, aber Joanna schaute den Seneschall mit erschöpftem Blick an. »Habt Ihr wirklich *alle* bösen Geister vertrieben?« erkundigte sie sich mit bitterer Stimme. »Weder Ätzkalk noch die Segenssprüche von einhundert Priestern sind imstande, diesen Ort von all seinem Bösen zu befreien —« Ihre Stimme versagte, und sie schluchzte auf. Der alte Mann blickte sie alarmiert an, als fürchte er, daß sich tatsächlich noch irgendwo in den Gängen von Oxwich ein böser Geist aufhalte. Aber Rylan blickte tiefer, und Joanna wußte es. Ihre Ängste näherten sich immer mehr der Oberfläche und er wartete darauf, daß sie vollends aufsteigen würden.

Mit einem verzweifelten Schrei wirbelte sie herum und rannte auf die steile Treppe zu, die am Ende des Saals nach oben führte. Rylan wollte sie ins Schlafgemach ihrer Eltern führen, aber das konnte sie nicht ertragen. In blinder Panik flüchtete sie an den einzigen Ort, der ihr auf Oxwich immer Trost gespendet hatte. Auf der Hälfte der Treppe bog sie ab und betrat das Wandzimmer, das in die massiven Steinwände hineingeschlagen war und einmal ihr gehört hatte.

Die Decke war niedrig, und der Raum klein und düster, kaum mehr als eine Nische. Aber auf dem Boden war ein Teppich ausgebreitet, und ein Fellüberwurf lag gefaltet in einer Ecke. Wie sie es schon hundertmal — nein, tausendmal — zuvor getan hatte, zog Joanne die Füße unter ihr Kleid und warf sich das Fell über, so daß sogar ihr Kopf bedeckt war. Dann verharrte sie bewegungslos und schweigend, kämpfte gegen ihre Tränen an und zählte ihre Atemzüge, wie sie es als Kind immer getan hatte.

Es dauerte nicht lange, bis Fußtritte auf der Treppe erklangen. Alle anderen Geräusche waren, außer einem gelegentlichen Ruf irgendwo außerhalb des Saales, verklungen. Die Schritte waren langsam — erschöpft — und verharrten vor ihrem kleinen Raum. Bevor sie ein Wort gesagt hatte, wußte Joanna, daß es Rylan war.

Als er dann sprach, geschah es nicht, um sie zu schelten oder ihr zu befehlen, hinauszukommen.

»Ich möchte unser gemeinsames Leben nicht mit einer Furcht beginnen, die zwischen uns steht«, begann er mit ruhiger Stimme. »Ihr kennt mich inzwischen gut genug, um zu wissen, daß wir zumindest im Ehebett Harmonie finden. Ich werde es nicht zulassen, daß Ihr nun vor mir flieht.«

Joanna bemühte sich, nicht in Tränen auszubrechen, während sie seinen geduldigen Worten lauschte. »Es ist nicht —« Sie verstummte und schluckte das Schluchzen hinunter, daß sie beinahe ersticken ließ. »Ich kann nicht ... nicht hier ...«

»Natürlich nicht hier. Dieses Loch ist viel zu klein.« Er griff mit einer Hand nach ihr und legte sie auf ihre Hüfte. »Laßt uns nach oben ins Schlafgemach gehen.«

»Nein!« Joanna wich vor seiner Berührung zurück. Sie ignorierte die Schmerzen in ihren Beinen und schob sich zurück, bis sie die kühle Außenmauer an ihrem Rücken spürte. Das schwache Licht, das vom Saal heraufdrang, erleuchtete den Eingang, und sie erkannte deutlich Rylans Silhouette.

»Joanna, seid vernünftig«, murmelte er, ohne sich von der Stelle zu rühren. »Wir sind Mann und Frau, vor Gottes Augen und vor denen der Menschen miteinander verbunden. Ihr könnt nicht erwarten, mich davon abzuhalten —«

Joanna schüttelte heftig den Kopf. »Nicht dort oben. Ich werde diesen Raum nicht betreten!«

In der nachfolgenden Stille war nur ihr aufgeregtes Atmen zu hören.

Er seufzte und beugte sich nach vorne. Dann fielen polternd seine Stiefel auf die Treppe. Er trat in den winzigen Raum, zog seine Tunika und sein Hemd über den Kopf und legte seinen Gürtel ab. Dann trat er, nur mit einer Hose bekleidet, und ohne ein Wort zu verlieren, auf den Teppich zu und legte sich hin. Als sie sich nicht rührte, rollte er sich auf die Seite, stützte sich den Kopf auf einen Arm und starrte sie an.

»Warum habt Ihr eine solche Furcht vor diesem Ort?«

Joanna wurde von einem Frösteln erfaßt. »Ich ... ich habe keine Furcht.« Sie schluckte und versuchte, ruhiger zu atmen. »Ich fürchte ihn nicht. Aber ich hasse ihn.«

Er schien darüber nachzudenken. »Dann sagt mir warum.«

Ohne Vorwarnung begann sie zu weinen. Sie schlug

die Hände vor ihr gesenktes Gesicht und weinte, zusammengekauert in ihrer Ecke.

Rylan rutschte sofort an ihre Seite, zog sie in die Arme und preßte sie an seine Brust. Joanna ließ sich in seine Umarmung sinken und war dankbar für den Trost, den sie dort fand. Und doch führte sein besorgtes Verhalten dazu, daß ihre Tränen noch reichlicher flossen. Der ganze Schmerz ihrer Kindheit schien in diesem Augenblick zurückzukehren. All ihre Ängste, einsam und verlassen zurückzubleiben, kehrten jetzt zurück. Die Distanziertheit ihres Vaters. Der Tod ihrer Mutter. Dann die drei Jahre, in denen sie inmitten dieser kalten und verhaßten Mauern gelebt hatte.

Ihr Körper wurde von schrecklichen Krämpfen geschüttelt, als die Ängste, die sie so lange Zeit unterdrückt hatte, endlich an die Oberfläche drangen. Sie weinte heiße, salzige Tränen an Rylans nackter Brust, bis sie keine mehr übrig hatte. Und selbst dann wurde sie noch von Schluchzen geschüttelt.

Aber er ließ sie nicht los, zog sie auf seinen Schoß, bettete sie in seine Arme. Sein stiller Trost umfing sie, während der Sturm der Emotionen in ihrem Inneren tobte, aber sie war sich dessen kaum bewußt. Es war nicht die besänftigende Liebkosung seiner Hand, die sie fühlte, sondern die beruhigende Berührung eines Menschen, der sich um sie sorgte.

Es war nicht sein starker, verläßlicher Herzschlag, den sie spürte, sondern die Erinnerung an das Leben — an andere Leben, die mit ihrem eigenen verbunden waren. Er war da, er lebte und atmete, hielt sie fest, als wolle er sie nie wieder loslassen, und sie gab sich willig dem Versprechen einer gemeinsamen Zukunft hin, das er ihr zu geben schien.

Als sie schließlich ruhige atmete, nahm er eine Hand von ihrer Schulter, um ihr Gesicht zu umfangen. Seine harte, schwielige Hand war zärtlich, als er ihren Kopf gegen seine Brust drückte.

»Es tut mir leid, Joanna«, murmelte er in ihr Haar hinein. »Es tut mir leid, daß ich Euch hierhergebracht habe. Ich wußte nicht — nein«, er verstummte für einen Moment. »Das ist nicht wahr, ich wußte es, aber ich wollte einfach nicht glauben, wie sehr Ihr diesen Ort haßt. Wir werden am Morgen abreisen.«

Er rückte ein Stück von ihr weg und legte seine Hand unter ihr Kinn, um ihren Kopf zu heben.

In der Dunkelheit konnte Joanna nur wenig erkennen, aber ein Blick in seine Augen sagte ihr, daß er es ernst meinte.

Sie nickte und legte ihren Kopf wieder gegen seine warme Brust. Sie wollte nicht denken oder fühlen, sondern einfach nur sein. Sie wollte hier in seiner Umarmung liegen und einfach nur mit ihm zusammensein.

Sie mußte eingeschlummert sein, denn als Rylan sich bewegte, fuhr sie auf.

»Schhh«, murmelte er, als er sie auf den Teppich bettete. In der Dunkelheit ertastete er die Bänder ihres Kleides und löste sie. Dann schob er ihr Kleid in die Höhe und zog es ihr über den Kopf, so daß sie nur noch in ihrem Unterkleid dalag. Um besser an die Schuhe zu gelangen, bewegte er eines ihrer Beine. Joanna stöhnte vor Schmerz auf.

»Ihr seid wund vom Reiten, nicht wahr? Also ist es nicht nur das Herz, das Euch schmerzt.«

Er zog ihr vorsichtig die Schuhe aus und dann auch ihre Strümpfe. Seine Hände waren warm und sanft und doch konnte sich Joanna nicht von der unerklärlichen Spannung befreien, die sie ergriffen hatte. Von den Zehenspitzen durch ihre schmerzenden Beine hinauf bis irgendwo in die Tiefen ihres Bauches hinein durchströmte sie plötzlich eine wohltuende Wärme.

Als seine Hände über ihre Waden wanderten und ihre verspannten Muskeln massierten, verdoppelte sich ihr Herzschlag. Je weiter er sich mit seinen starken Fingern zu ihren Knien hinaufarbeitete, wurde ihre Atmung immer flacher. Dann schlüpfte seine Hand unter ihr Kleid, strich über die langen Muskeln ihrer Oberschenkel hinweg und sie vergaß vollkommen, zu atmen.

»Entspannt Euch«, flüsterte er, als er die wunden Stellen auf der Innenseite ihrer Schenkel erreicht hatte. »Atmet langsam und versucht, Euch zu entspannen.«

Joanna nickte. Sie konnte nicht sprechen. Aber ein leises, zufriedenes Stöhnen entfloh ihren Lippen.

»Hier?« Er konzentrierte sich mit beiden Händen auf einen Schenkel, knetete und strich und preßte ihre verspannten Muskeln, bis sie entspannt waren, ohne auch nur einmal zu fest zu drücken. Dann wandte er sich dem anderen Bein zu und widmete sich ihm mit der gleichen Aufmerksamkeit.

Wäre es ein anderes Paar Hände gewesen, die ihr solch tröstliche Erleichterung brachten, so hätte sich Joanna mit Freuden dem beruhigenden Rhythmus hingegeben und wäre sanft eingeschlummert. Aber so war an Schlaf nicht zu denken, denn es handelte sich um Rylans Hände, und während sie ihr Erleichterung brachten, erweckten sie doch auch ein beunruhigendes Gefühl.

Sie wurde von einer unwiderstehlichen Sehnsucht erfaßt, und wünschte sich, er möge niemals aufhören. Sie bewegte sich unruhig und seine Hände wanderten höher. Aber als sie erwartungsvoll den Atem anhielt, hörte er auf. Seine Hände ruhten auf der weichen Fülle ihrer Oberschenkel. Sie vernahm seinen heftigen Atem. Es war nicht mehr kalt inmitten dieser Steinwände. Seine Gegenwart hatte den Raum erwärmt, bis sie vor Verlangen dahinschmolz.

Nun war es an Rylan, zu stöhnen und sich abzuwenden.

Mit dieser einen Bewegung zerstörte er Joannas ohnehin zerbrechliche Fassung. All ihre Gefühle der Einsamkeit und der Ablehnung brachen über sie herein und sie fühlte, wie ihr wieder die Tränen in die Augen stiegen. Sie rollte sich auf die Seite, drehte ihm den Rücken zu, aber jeder Muskel in ihren Schenkeln und im Rücken protestierte. »Oh ...« Sie stöhnte vor Schmerz auf.

»Ihr müßt Euch langsamer bewegen«, stieß er hervor, als sei er über sie verärgert. Aber das veranlaßte sie nur, sich noch enger zusammenzurollen, wobei sie unwillkürlich erneut aufstöhnte.

»Zum Teufel nochmal«, murmelte er. Dann fühlte sie, wie sich sein warmer Körper gegen ihren Rücken preßte.

»Nein!« rief sie und versuchte, ihm den Ellbogen in den Magen zu stoßen.

»Doch, verdammt! Nun liegt schon still.«

Mit einer Steinmauer vor ihr und seinem kräftigen Körper hinter ihr blieb Joanna gar keine andere Wahl. Einer seiner Arme legte sich um ihre Taille und er zog sie an sich. Einige Zeit blieben sie so liegen. Dann fühlte sie, wie seine Lippen über ihr Haar strichen und bis zu ihrem Nacken hinabglitten, und sie konnte ihre gespielte Gleichgültigkeit nicht länger aufrechterhalten. Sie sehnte sich danach, in seinen Armen zu liegen, warum sollte sie etwas anderes vorgeben?

»Dies ist nicht die Art und Weise, wie ich mir meine Hochzeitsnacht vorgestellt habe«, flüsterte er.

»Letzte Nacht war unsere Hochzeitsnacht«, erinnerte sie ihn.

»Wie es scheint, lastet ein Fluch auf mir«, brummte er. »Erst diese unnachgiebigen Mönche und nun ...« Er beendete seinen Satz nicht.

Joanna schluckte. »Und nun eine weinende Ehefrau«, ergänzte sie.

Sie hörte, wie er leise in sich hineinkicherte. »Nein.

Und nun ist meine Frau zu wund vom Reiten, um mir den Ritt zu gewähren, den ich vor allen Dingen begehre.«

Er preßte sich gegen ihr Hinterteil, um ihr das mächtige Verlangen zu beweisen, das er verspürte.

Joanna schmiegte sich instinktiv an ihn, und verspürte prompt einen weiteren, messerscharfen Schmerz in ihrem Rücken. »Zum Teufel nochmal!« fluchte sie leise, aber mit Überzeugung.

Dieses Mal lachte Rylan laut heraus. »Zumindest werden wir zusammen leiden, meine süße, kleine Taube. Meine leidenschaftliche Braut.« Seine Stimme wurde heiser und seine Hand strich über ihre Seite und blieb auf ihrer Hüfte liegen. »Unsere Zeit wird kommen, Joanna. Unser Hunger wird gestillt werden.« Seine Hand glitt weiter an ihrem Bein hinunter, bis er über die nackte Haut ihres Schenkels hinwegstrich. Dann riß er sie, als habe er sich verbrannt, fort. »Schlaft jetzt«, sagte er mit angespannter Stimme. »Morgen werdet Ihr Euch besser fühlen. Und ich, so Gott will, auch.«

24

Rylan war fort, als Joanna erwachte. Eine Weile blieb sie unter dem Fellüberwurf liegen und starrte auf die vertraute Steindecke über ihr. Sie hatte diese Sprünge und Risse fünf Jahre lang nicht gesehen und doch erinnerte sie sich nun, im grauen Morgenlicht, an jeden einzelnen.

Sie streckte vorsichtig ihre schmerzenden Muskeln. Obwohl sie anfangs noch steif waren, entkrampften sie sich langsam, als sie sich bewegte. Dafür hatte sie Rylan zu danken, dachte sie und wunderte sich, wo er wohl war.

Unten aus dem Saal drangen Geräusche nach oben. Tische und Bänke wurden gerückt. Eine Tür schlug zu. Die Stimmen klangen allerdings gedämpft, und Joanna mußte nicht erst darüber nachdenken, warum dies so war. Ein neuer Herr war angekommen. Alle würden sich erst einmal zurückhaltend benehmen, bis sie ihn eingeschätzt hatten. Würde er unnachgiebig sein oder gerecht? Grimmig oder freundlich? Sollten sie ihn fürchten oder lieben?

Joanna dachte über diese letzte Frage nach. Rylans Männer schienen ihren Herrn nicht zu fürchten, obwohl sie ihn respektierten. Wenn er die Leute anlächeln und seinen Charme spielen lassen würde, hätte er sie schon bald auf seiner Seite. War es ihr selbst nicht ebenso ergangen? Nach diesem Eingeständnis richtete Joanna sich stirnrunzelnd auf. Ihr Kleid lag sorgfältig gefaltet neben ihr. Ihre Schuhe standen nebeneinander in der Ecke und ihre Strümpfe lagen darüber. Ein Kamm war für ihren Gebrauch dort hingelegt worden, ebenso wie eine Schüssel voller Wasser. Es gab keinen Grund, länger liegen zu bleiben.

Während sie sich ankleidete wurde ihr bewußt, daß Rylan sie in der Tat auf seine Seite gezogen hatte. Obwohl er sich einer für seinen Stand typischen arroganten Verhaltensweise bediente, so besaß er doch auch ein erstaunliches Maß an Güte und Freundlichkeit. Er hatte sich letzte Nacht ihr gegenüber freundlich und mitfühlend verhalten. Er hatte sie in seinen Armen gehalten und getröstet, sich sowohl um ihr gepeinigtes Herz als auch um ihren schmerzenden Körper gekümmert. Aber viel überraschender war, daß er seine Leidenschaft gezügelt hatte. Selbst wäre dies anders gewesen, hätte ihm deshalb wohl kaum jemand einen Vorwurf gemacht.

Joanna schnürte die Bänder ihres Kleides in der Taille fest und ignorierte den leichten Schmerz in ihren immer noch steifen Muskeln. Letzte Nacht hätte sie ihn in ihren Armen willkommen geheißen, aber er hatte sich abgewandt, auch wenn dies, wie sie wußte, aus Rücksicht auf sie geschehen war. Die ganze Nacht über hatte er sie an sich gepreßt und sie hatte in der Sicherheit seiner Umarmung tief und fest geschlafen. Oh ja, er hatte sie wirklich ganz und gar auf seine Seite gezogen. Sie fürchtete sich nicht vor ihrem Mann. Aber war das, was sie fühlte, Liebe? Natürlich begehrte sie ihn und er sie. Aber sie mußte sich eingestehen, daß sie noch mehr für ihn empfand. Sie hatte bei ihm Trost gesucht und er hatte sich ihr sofort voller Mitgefühl zugewandt. Aber was wäre, wenn sie bei ihm Liebe suchte? Würde er ihr auch die in ebensolch selbstloser Weise schenken?

Sie strich sich ihr offenes Haar aus dem Gesicht. Dabei fiel ihr Blick zufällig auf die schmale, weiße Narbe an ihrem Handgelenk.

Als wäre ihr erst jetzt bewußt geworden, wo sie war, erstarrte Joanna vor Angst. Nur wenige Schritte die Treppe hinauf befand sich der Raum, wo ihre Mutter gestorben war. Nein, sie war nicht dort gestorben, sondern draußen im trockenen Burggraben, in den sie sich gestürzt hatte. Aber in diesem Raum war sie in den Tod getrieben worden. Und das von einem grausamen Ehemann, der sie mißbrauchte und beschimpfte, weil er nur eine Sache von seiner Frau wollte: einen Sohn.

Joanna schüttelte den Kopf. Sie wollte nichts mehr mit diesem Zimmer zu tun haben. Sie wollte mit ganz Oxwich nichts mehr zu tun haben. Sie schritt mit entschlossenem Schritt die Treppe hinunter. Sie würde frühstükken. Und dann würde sie sich den Dienstboten und den Gefolgsmännern ihres Vaters widmen. Und dann würde sie Oxwich verlassen, um niemals wieder zurückzukehren.

Rylans Stimme übertönte das unterdrückte Gemurmel der anderen. Einige Leute saßen beim Frühstück, andere servierten und räumten ab. Eine kleine Gruppe wartete darauf, mit Rylan sprechen zu dürfen, der an einem großen Tisch unter den drei schmalen Fenstern des Saales saß und die Leute empfing. Er beugte sich gerade nach vorne, um sich etwas auf einem Stück Pergament zu notieren. Dann blickte er auf, als ob er ihren Blick gespürt habe und lächelte sie an.

Alle Köpfe wandten sich ihr zu, um zu sehen, was die Ursache für diesen Ausdruck auf dem Gesicht ihres neuen Herrn war. Sie ließen ihre Blicke auf ihr ruhen. Aber Joanna hatte nur Augen für Rylan. Ihre Blicke verschmolzen miteinander.

Da war etwas in seinem Lächeln, etwas, das sie in einer Weise berührte, wie sie es noch niemals zuvor erlebt hatte. Ihre früheren Gedanken fielen ihr ein und sie fragte sich noch einmal, was sie für ihn empfand. Nun, als sie in sein lächelndes Gesicht blickte, wußte sie es. Es war Liebe, was sie fühlte. Liebe und Vertrauen und eine Sehnsucht nach ihm, die über das bloße körperliche Verlangen hinausging. Irgendwie war es ihm gelungen, diese verschlossene Tür zu ihrem Herzen zu öffnen und hineinzutreten. Sie wußte, daß sie ihn nun niemals wieder von dort würde verbannen können.

Rylan stand auf, als habe er ihre Gedanken erraten, und legte seine Feder auf den Tisch. In der Stille des Saales und unter den Blicken der Leute schritt er auf sie zu, ohne sie auch nur einen Augenblick aus den Augen zu lassen.

»Guten Morgen, meine Liebste«, begrüßte er sie herzlich. »Wenn Ihr bereit seid, werde ich Euch unseren loyalen Leuten vorstellen. Danach können wir gemeinsam das Frühstück einnehmen.«

Überwältigt von dem Tumult ihrer neuen Empfindungen konnte Joanna nichts weiter tun, als Rylan anzustarren.

Wie war es nur möglich, daß sie diese eine, wahre Liebe damals, an diesem ersten Tag ihrer Begegnung im Kloster, nicht erkannt hatte? Wie hatte sie nur all die Anzeichen ignorieren können, die ihr nun so klar waren? Sie neigte verwirrt ihren Kopf.

»Ist das ein ja oder ein nein?« erkundigte er sich so leise, daß nur sie es hören konnte.

»Oh, hm, es ist ... es ist ein ja. Ja, ich bin bereit, mit Ihnen zu reden.« Sie ergriff bereitwillig den Arm, den er ihr darbot und schritt mit ihm langsam von Gruppe zu Gruppe.

Ihre Wangen glühten, und sie spürte die harten Muskeln seines Armes. Er war ihr Mann. Sie war seine Frau.

Und sie liebte ihn.

Aber bisher hatten sie noch keine Nacht als Mann und Frau in ihrem Ehebett verbracht. Obwohl sie sich bemühte, diesen ungehörigen Gedanken aus ihrem Kopf zu vertreiben, gelang ihr dies nicht ganz.

Wie durch einen Nebel begrüßte Joanna erneut den Seneschall, dann den Haushofmeister, den Hofmarschall, den Schatzmeister und die Köche. Außerdem gab es mehrere Dienstmädchen und Küchenhilfen.

»Die Schafhirten und Ziegenhirten, die Melkerin und der Gerber gehen ihrer Arbeit nach. Kell kümmert sich um die Wachen«, erklärte Rylan, nachdem sie ihre Runde durch den Saal beendet hatten. »Da wir heute bereits abreisen, müssen wir die Gespräche mit ihnen auf ein anderes Mal verschieben.« Er warf ihr einen fragenden Blick zu, als hoffe er, daß sie sich erweichen lassen würde.

Tatsächlich hatte Joanna in den letzten Minuten völlig vergessen, wie sehr sie Oxwich haßte. Sie schritt am Arm des Mannes, den sie liebte, und diese Entdeckung bestimmte immer noch ihre Gedanken. Hinzu kam, daß ihr viele der Gesichter vertraut waren. So viele hatten sie angelächelt, und sie hatte ihre Erleichterung gespürt, einen Herrn und eine Herrin zu haben, die sich um ihre Belange kümmerten. Sie waren freundlich und hatten sie herzlich aufgenommen.

Aber nun erinnerte sie sich wieder, und die alte Furcht kam zurück. Sie konnten ihre Ehe erst beginnen, wenn sie diesen verhaßten Ort verlassen hatten. Erst dann war sie in der Lage, ihm vorbehaltlos all ihre Liebe zu geben.

Sie wandte sich ihm zu. »Ihr müßt das Frühstück nicht mit mir gemeinsam einnehmen. Ich weiß, daß Ihr Euch hier um viele Dinge kümmern müßt. Ich werde schon allein zurechtkommen und die Abreise vorbereiten.« Ihre Worte klangen vernünftig und gelassen, aber dann verlor sie doch ein wenig die Fassung. »Bleibt nicht allzu lange«, bat sie ihn und blickte flehentlich in seine dunklen Augen.

Seine Hand legte sich fester um die ihre, aber er ging nicht auf die Ängste ein, die sie nicht länger verbergen konnte. »Einige Leute müssen mir die Lehenstreue schwören, und es gibt mehrere rechtliche Angelegenheiten, die meiner Entscheidung harren. Wenn Ihr Euch um unsere Vorräte kümmert, dann werden wir schon bald nachdem die Sonne ihren Zenit überschritten hat abreisen.«

Joanna tröstete sich mit diesem Versprechen. Aber als der Morgen voranschritt, und sie ihre einzige Aufgabe beendet hatte, fühlte sie sich mehr und mehr von dem Raum dort oben angezogen.

Aber obwohl sie im Saal auf und ab lief und unwillkürlich immer wieder die düstere Treppe hinaufblickte, konnte sie sich nicht überwinden, hinaufzugehen. Als Rylan den Saal verließ — er mußte sich um irgendeine Sache mit einer Milchkuh kümmern, die von einem Nachbarshund verletzt worden war — rang Joanna verzweifelt die Hände.

Würde er denn nie ein Ende finden?!

Plötzlich vernahm sie das durchdringende Miauen einer Katze, und ohne Vorwarnung liefen zwei Tiere in den Saal hinein. Gefolgt von einem aufgeregten Dienstmädchen.

»Oh, ihr teuflischen Kreaturen!« Sie hob drohend ihren Besen, während die Tiere zwischen den Tischen verschwanden. Als sie Joanna erblickte, hätte sie ihn beinahe fallenlassen.

»Oh, Mylady. Es tut mir leid, falls ich Euch gestört haben sollte ...«

»Warte!« rief Joanna ihr zu, bevor sie den Saal wieder verlassen konnte. »Warte. Gibt es ...« Sie deutete in die Richtung, in die die beiden Katzen gerade verschwunden waren. »Gibt es viele Katzen hier?«

Die Frau richtete sich aus ihrer unterwürfigen Haltung auf. »Aye, Mylady. Wir haben keine einzige Ratte oder Maus. Aber nun sind die Katzen eine Plage.«

»Warum gibt es so viele?«

»Oh, das lag an Lady Mertice. Sie hatte sie gerne um

sich. Jeder, der einer Katze etwas zuleide tat, bekam es mit ihr zu tun.«

»Gibt es ...« Joanna zögerte und versuchte den Teufel, der sie ritt, zu vertreiben, aber es gelang ihr nicht. »Gibt es eine alte Katze hier? Grau und weiß. Mit großen, gelben Augen?«

»Nun, es gibt viele graue. Das heißt, die meisten von ihnen sind auf die eine oder andere Weise grau. Aber die einzige, die grau und weiß ist und sehr alt dazu, ist Minnou.«

»Lady Minnou?« flüsterte Joanna.

»Aye — sie ist jetzt alt und launisch, aber vor langer Zeit war sie einmal die Katze der jungen Herrin. Die Köchin sagt, sie habe sie wie ein Baby herumgetragen, ihr Lieder vorgesungen und — oh!« Die Augen des Dienstmädchens wurden kugelrund, als sie sich daran erinnerte, wer Joanna war. »Sie gehörte *Euch,* nicht wahr?«

Joanna anwortete ihr nicht. Sie drehte sich um und starrte die Treppe hinauf.

In der unbehaglichen Stille trat das Dienstmädchen von einem Fuß auf den anderen. »Wenn Ihr nach ihr sucht, so solltet Ihr das dort oben tun, denn da hält sie sich meistens auf.«

Joanna nickte und atmete tief durch. Sie hörte, wie das Mädchen etwas über einen gepflasterten Hof sagte, den es fegen müsse, aber sie scherte sich nicht darum. Wie von einer eisig kalten Hand gezogen trat sie fröstelnd auf die Treppe zu.

Es ist nur ein Zimmer, sagte sie sich. Und nur eine alte Katze. Und doch hätte sie alles lieber getan, als diese Stufen hinaufzusteigen. Aber irgendetwas, das größer war als ihre Angst, trieb sie dazu, weiterzugehen.

Als sie endlich vor der halb geöffneten Tür stand, spähte sie zunächst vorsichtig hinein. Dasselbe Bett stand darin und eine vertraut aussehende Kommode. Aber die Vorhänge um das Bett waren neu und der Teppich ein anderer. Sie konnte nicht den ganzen Raum überblicken, und deshalb nahm sie noch einmal all ihren Mut zusammen, drückte die Tür ganz auf und trat einen Schritt nach vorn.

Da die Sonne sehr hoch stand, drang wenig Licht in den Raum. Aber ein Streifen Sonnenlicht fiel auf den breiten Mauervorsprung unter dem Fenster. Und dort lag die Katze. Sie hatte sich zusammengerollt und auf den ersten Blick sah es so aus, als schlafe sie, aber ihre Augen waren nicht geschlossen. Sie waren direkt auf die Frau im Türrahmen gerichtet.

Unzählige Emotionen stiegen in Joanna auf. Angst preßte ihr die Kehle zu, während sie gleichzeitig von einem überwältigenden Gram erfaßt wurde. Wie ein Strom flossen diese unerträglichen Gefühle durch sie hindurch und füllten ihr Inneres: die Wut über den schrecklichen Verlust, die bittere Einsamkeit und die Angst im Stich gelassen zu werden. Aber am schlimmsten von allem waren die Jahre, in denen sie die Liebe in ihrem Herzen zurückgehalten hatte, wo niemand gewesen war, den sie hätte lieben können — weder Mutter noch Vater. Der Schmerz über diese so lange und tief im Inneren verborgene Sehnsucht, einen anderen Menschen zu lieben und von ihm geliebt zu werden, zwang sie in die Knie.

Die Katze zuckte zusammen, als Joanna auf den Boden sank, aber sie blickte nicht weg. Stille Tränen liefen über Joannas Wangen. Und plötzlich erinnerte sie sich an den alten Reim ihrer Kindheit, mit dem sie ihr Lieblingshaustier immer in den Schlaf gesungen hatte.

»Sei nicht ›A‹ zu affektiert, ›B‹ zu brüsk —« Ihre Stimme versagte, aber sie wischte sich die Tränen ab, ohne die Katze auch nur einen Moment aus den Augen zu lassen. Das Tier erhob sich langsam und machte einen Buckel. Dann sprang es, immer noch argwöhnisch, vom Mauervorsprung herunter und näherte sich Joanna.

»Sei nicht ›A‹ zu affektiert«, begann Joanna noch einmal, die Stimme kaum mehr als ein Flüstern. »›B‹ zu brüsk, ›C‹ zu couragiert —« Sie verstummte, als die Katze vor ihr stehenblieb. Joannas Hände lagen ineinander verschlungen in ihrem Schoß. Sie löste sie und streckte eine Hand vorsichtig aus. Die alte Katze schnupperte daran und dann, als wolle sie ihre Zustimmung geben, drehte sie den Kopf und rieb ihn gegen Joannas Fingerspitzen.

Damit brach auch die letzte Mauer zusammen, die Joanna um ihr Herz errichtet hatte. Neue Tränen schossen ihr in die Augen und sie griff nach ihrer alten Katze und streichelte sie beruhigend. »Lady Minnou, Lady Minnou«, flüsterte sie dann unter Tränen. »Wie hat sie das nur tun können? Wie konnte sie uns einfach allein lassen?«

Joanna war so sehr in ihren Kummer versunken, daß sie zunächst gar nicht bemerkte, daß Rylan das Zimmer betreten hatte. Ihre Hände hielten die schnurrende Katze fest, und sie preßte ihr feuchtes Gesicht in das warme, glänzende Fell. »Oh, Lady Minnou.«

Dann fühlte sie, wie sich Rylans Hände sanft auf ihre Schultern legten und sich seine Lippen auf ihr Haar preßten.

»Weint nicht, Joanna.« Er kniete sich hinter sie, zog sie an seine starke Brust und schloß sie in die Arme, wie sie die alte Katze in ihre eigenen geschlossen hatte. »Ich kann es nicht ertragen, wenn Ihr weint.«

Er drehte sie ein wenig zu sich herum und Lady Minnou schlüpfte aus Joannas Armen. Aber Joanna hatte nun ein anderes Wesen, das ihr Trost spendete, eins, das nicht mit einer unglücklichen Vergangenheit verknüpft war, sondern eine bessere Zukunft versprach.

»Ihr müßt nicht darüber reden, wenn Ihr nicht wollt«, flüsterte Rylan, während er ihr Gesicht mit einer Hand umfing und ihren Kopf gegen sein Herz preßte. »Wir werden abreisen, und Ihr werdet niemals mehr darüber nachdenken müssen —«

Aber ebenso wie ihre Tränen, stürzten jetzt die Worte hervor, und damit auch der Schmerz, der sich so viele Jahre in ihr aufgestaut hatte. »Warum hat sie mich verlassen?« schluchzte sie gegen seine Brust. »Warum mußte er ihr so weh tun?«

Sie fühlte, wie Rylans Arme sich fester um sie schlossen und seine Lippen über ihr Haar strichen. »Es läßt sich heute nicht mehr sagen, was zwischen Euren Eltern vorgefallen ist, mein Herz. Es gehört der Vergangenheit an, und am besten laßt Ihr sie ruhen.«

Joanna rang nach Luft und suchte nach Worten. »Er ... er hat sie vergewaltigt.« Sie schluckte und erschauerte dann, als die Erinnerung wieder übermächtig wurde. »Er wollte ... wollte einen Sohn. Aber er hat nur mich bekommen.«

»Mein Gott«, murmelte er. Dann legte er seine Hand unter ihr Kinn und hob ihr Gesicht in die Höhe. »So etwas habt Ihr niemals von mir zu befürchten, Joanna. Ich begehre Euch, aber nur, wenn Ihr auch willig seid. Und ich werde mich über unsere Töchter ebenso freuen wie über unsere Söhne.« Seine Augen blickten sie an und durchbohrten sie mit der Macht seiner Gefühle. Das gab ihr die Kraft, fortzufahren.

»Er erwähnte den Namen eines anderen Mannes. Ich entsinne mich nicht mehr genau, aber er sagte, daß der Mann tot sei.« Ein Schluchzen stieg in ihrer Kehle auf. »Und dann, nachdem er gegangen war ...« Sie verstummte und ihre Augen wanderten zum Fenster hinüber. »Nachdem er gegangen war, ist sie gesprungen.«

Rylan drehte ihren Kopf vom Fenster weg und zwang sie, ihn anzusehen.

»Ich bin jetzt für Euch da, Joanna. Die Vergangenheit ist ...« Er schüttelte den Kopf und suchte nach Worten.

»Sie ist vorbei. Und die Zukunft gehört uns. Ich verspreche Euch, mein Herz — Ich verspreche Euch — Ich werde alles tun, um Sie für Euch zu einer guten —«

Er verstummte abrupt, als ihre Hände sein Gesicht umfaßten und seinen Kopf hinabzogen. Sie küßte ihn auf den Mund. Sie klammerte sich an ihn und sein Versprechen, suchte seinen Mund mit ihren Lippen und gab ihm ihr Herz.

Joannas Kuß nahm kein Ende. Sie verzehrte sich nach seiner Berührung, aber es war mehr als nur ein körperliches Verlangen. Ihr Herz hungerte nach ihm. Ihre Seele sehnte sich nach ihm.

Es war ein Verlangen, ebenso natürlich, wie ihr Bedürfnis zu atmen. Sie konnte ihre Gefühle nicht länger verbergen.

Sein Mund löste sich von dem ihren, und sie beide rangen nach Luft. »Joanna?« Seine Stimme klang zugleich fragend und verwirrt.

Statt einer Antwort begann sie, seinen Hals zu küssen, und wanderte dann zu der kleinen Mulde unten an seiner Kehle hinab. Sie klammerte sich an den Ausschnitt seiner Tunika, verzweifelt bemüht, ihm so nahe wie möglich zu sein. Ihr brennender Körper sehnte sich ebenso sehr nach seiner Liebe wie ihr gepeinigtes Herz. Ob er jemals imstande sein würde, ihr beides zu geben?

Er schloß sie erneut in seine Arme, und damit hatte sie ihre Antwort. »Ach, mein süßes, trauriges Mädchen. Ich würde alles tun, um ein Lächeln auf Euer Gesicht zu zaubern. Laßt mich Euch schnell von diesem Ort wegbringen.«

»Nein, noch nicht.« Joanna blickte in seine dunkelblauen Augen, in sein Gesicht, das sie lieben gelernt hatte, obwohl sie sich so sehr vor diesem Gefühl gefürchtet hatte. »Werdet Ihr jemals ... Könntet Ihr ... Könntet Ihr mich lieben?«

Er runzelte besorgt die Stirn und zog sie zugleich fester in seine Arme. »Hier? Ich sehne mich verzweifelt danach, Euch zu lieben. Aber ich dachte —«

Joanna schüttelte den Kopf und ihre Augen füllten sich mit Zweifel. Und doch zwang sie sich dazu, weiterzureden. »Werdet Ihr mich jemals in Eurem Herzen lieben können? So, wie ich Euch liebe«, fügte sie mit leiser, zitternder Stimme hinzu.

Seine Augen, in denen sich unzählige Gefühle spiegelten, brannten sich in die ihren. Dann lächelte er und umarmte sie heftig. »Ich dachte, Ihr wüßtet es. Ich —« Er schüttelte den Kopf und lachte. Dann rückte er ein Stück von ihr ab, bis ihre Gesichter auf einer Höhe waren. »Ich habe auf ein wahrhaftiges Königreich verzichtet, um Euch zu bekommen, Joanna. Sagt Euch das nicht ein wenig darüber, wie ich für Euch empfinde?«

Sie starrte ihn durch tränenverhangene Augen an, aber dieses Mal hatte sie die stille Hoffnung, daß es sich um Tränen der Freude handelte. »Ich ... ich würde so gerne die Worte hören.«

Sein Gesicht wurde ernst. Er strich ihr das Haar aus dem Gesicht und wischte mit seinem Daumen eine Träne fort. »Ich liebe Euch, Joanna. Ich brauche Euch. Ich kann ohne Euch nicht mehr leben.« Dann lächelte er. »Werdet Ihr mir die Worte auch noch einmal sagen?«

Joannas Herz klopfte in einem unregelmäßigen Rhythmus, und ihr Mund schien unfähig, auch nur einen einzigen Satz zu sprechen, aber als sie das Strahlen in seinen Augen sah, kamen die Worte von allein.

»Ich liebe Euch«, flüsterte sie, von einem wunderbaren Gefühl erfüllt, das sie in einer Wolke aus Glückseligkeit mit sich in die Höhe trug.

»Und ich liebe Euch«, erwiderte er, während seine Augen über ihr Gesicht glitten. »Ich liebe es, meine Hände mit Eurem Haar zu füllen«, fuhr er fort un tat genau das.

»Ich liebe den goldenen Schimmer in Euren Augen und die Art und Weise, wie Ihr die Stirn runzelt, wenn Ihr mit mir streitet.«

»Aber jetzt streite ich nicht«, sagte sie und zog mit einem Lächeln auf den Lippen an seiner Tunika.

»Nein.«

Die starken Gefühle, die sie füreinander empfanden, schienen die Luft plötzlich zum Vibrieren zu bringen. Joanna war erfüllt von Liebe und zugleich von einem Verlangen, das übermächtig wurde. Rylan empfand ganz offenbar ebenso, denn er erhob sich plötzlich und zog sie mit sich. Mit einer Hand schob er die Tür zu. Dann hob er Joanna hoch.

»Ich kann nicht warten, Joanna. Nicht eine Minute länger.«

Joanna umklammerte seinen Nacken und schmiegte sich an ihn. »Oh, Rylan ...«

Vor dem offenen Fenster zwitscherten die Vögel, aber drinnen, im Schlafgemach war die Welt dort draußen ohne Bedeutung. Joanna wußte nur, daß ihr Mann sie liebte, und daß er nun mit ihr schlafen würde. Gürtel, Kleid, Unterkleid und Strümpfe — all ihre Kleidungsstücke wurden ihr vom Leib gezogen und neben seine Kleidung auf den Boden geworfen. Dann lagen sie nebeneinander auf dem großen Bett. Das Quietschen der Bettseile brachte für einen Augenblick die Erinnerung an böse Worte und an das Weinen einer Frau, sie war aber ebenso schnell verschwunden, wie sie gekommen war. Als Rylan sich auf sie legte und sie seinen heißen Körper spürte, verlor alles andere für sie an Bedeutung, und sie empfand nur noch das Feuer, das er in ihr schürte. Aber dieses Mal war es ein Feuer, das ihre Lenden und ihr Herz gleichermaßen erfaßte.

»Ich liebe Euch, Joanna«, flüsterte er zwischen seinen leidenschaftlichen Küssen. »Ich liebe Eure Augen.« Er küßte sie sanft auf jedes Augenlid. »Eure Haut.« Er preßte eine Reihe von kleinen Küssen auf ihre Wange. »Eure Ohren.« Hier ließ er seine Zunge auf eine überaus erotische Weise über die verschlungenen Kurven ihres Ohres gleiten.

»Und Eure Lippen«, flüsterte er schließlich und erwiderte ihren eigenen, suchenden Kuß.

»Auch ich liebe Eure Lippen«, brachte Joanna schließlich atemlos hervor. »Und auch einige andere Stellen.« Sie ließ ihre Hand über seinen Rücken gleiten. Als sie fühlte, wie er erzitterte, lächelte sie gegen seinen Mund.

»Ich liebe es, wenn Ihr mich berührt«, flüsterte er mit heiserer Stimme, als sie eine Hand sanft über sein Rückgrat gleiten ließ.

Joanna öffnete die Augen und begegnete seinem leidenschaftlichen Blick. »Wo? Wo soll ich Euch berühren? Hier?« Sie strich mit beiden Händen über die kräftigen Muskeln seines Rückens, bis sie die Stelle erreicht hatte, wo seine Taille schmal wurde. Er fuhr mit seinen Lippen heftig über ihren Mund hinweg, preßte seine Zunge tief hinein und strich über ihre Lippen und Zunge hinweg, bis Joanna in Flammen stand. Ihre Finger gruben sich in sein Fleisch und sie rang keuchend nach Luft, als er den Kuß schließlich beendete.

Aber der Erfolg ihres zaghaften Versuchs ermutigte sie. »Oder ist es besser, wenn ich Euch hier berühre?« flüsterte sie, als ihre Handflächen tiefer glitten und über sein muskulöses Hinterteil streichelten.

Er preßte seine Lenden heftig gegen sie. Seine harte Erregung brannte auf der nackten Haut ihres Bauches, als er sich in einem verzweifelten Rhythmus gegen sie drückte.

Unter ihren Händen spürte sie, wie sich seine Muskeln anspannten. Ohne darüber nachzudenken, erwiderte sie seine Bewegung.

»Zum Teufel nochmal«, murmelte er heiser. »Ihr spielt mit dem Feuer, meine schöne, kleine Taube. Und Ihr sollt brennen.« Mit einer plötzlichen Bewegung packte er ihre Hände und zog sie über ihren Kopf. »Nun werden wir sehen, wer wen verbrennt.« Er hielt ihre beiden Handgelenke mit einer Hand fest. Mit der anderen strich er ihr zärtlich das Haar aus dem Gesicht und blickte ihr tief in die Augen.

»Ich möchte mich am liebsten tief in Euer Herz brennen.«

»Aber das habt Ihr doch schon getan.« Frische Tränen schimmerten in ihren klaren, grünen Augen.

»Habe ich das?« Er schüttelte den Kopf, als könne er es nicht glauben. »Aber ich habe doch alles falsch gemacht. Von Anfang an. Ich habe Euch unterschätzt. Euch nicht verstanden.«

Joanna blickte in sein verstörtes Gesicht und fühlte eine unendliche Liebe für ihn. Sie befreite eine Hand und strich zärtlich über seine Wange. »Solange Ihr mich nur liebt, spielt nichts sonst eine Rolle.«

Er drehte seinen Kopf und küßte ihre Handfläche. Dann blickte er sie ernst an. »Ich habe Euch gezwungen, hierher zu kommen, obwohl ich wußte, daß Ihr diesen Ort haßt.«

»Das gehört jetzt der Vergangenheit an. Ich ...« Joanna lauschte der Stimme ihres Herzens, um sicher zu sein. Sie konnte es nach all dieser langen Zeit selbst kaum glauben. »Ich hasse ihn nicht mehr«, sagte sie mit überraschter Stimme. Dann lachte sie. Zum ersten Mal seit vielen Jahren fühlte sie sich vollkommen frei. »Dieser Ort wird wie jeder andere durch die Menschen bestimmt, die darin leben. Wenn meine Liebe hier in Oxwich lebt, dann muß auch ich hier leben.«

Ihr Herz schimmerte klar und deutlich in ihren Augen, als sie zu ihrem geliebten Mann aufblickte. »Wenn Ihr hier seid, Rylan, dann bin auch ich lieber hier, als irgendwo sonst auf dieser Welt.«

Danach wurde nicht mehr gesprochen, und nur die leisen Seufzer und das kurze Stöhnen ihrer leidenschaftlichen Umarmung durchbrachen die Stille. Seine Zunge drang tief in ihrem Mund ein, rauh und besitzergreifend, und seine heftigen Küsse preßten sie auf das Bett zurück.

Joanna genoß diese wilde Leidenschaft zwischen ihnen. Ihre Beine glitten auseinander und erlaubten seinem kräftigen Schenkel, sich gegen sie zu pressen. Sie war unvorstellbar erregt. Versank in ihrem Verlangen.

Als er schließlich seinen Mund von ihren Lippen löste, klammerte sie sich verzweifelt an ihn. Aber er glitt entschlossen an ihrem feuchten, verschwitzten Körper entlang und ließ sein rauhes Körperhaar über ihre weiche, empfindsame Haut streichen und erregte sie dadurch nur noch mehr. Sie ließ seine Arme nicht los und fühlte, wie sich seine Muskeln anspannten, als er sich weiter nach unten schob.

Er verharrte über ihren Brüsten und umfaßte jede Brust mit einer schwieligen Hand, so daß ihre Brustwarzen erregt wurden und sich zu kleinen, harten Knöpfen versteiften. Dann leckte er jede, langsam, quälend. Sie bäumte sich auf, verlangte, daß er sie mit seinen Lippen umfing, aber er lächelte nur, als er dieses Zeichen ihrer Erregung sah. Er blies leicht über jede Brustwarze hinweg und lächelte, als sie sich noch fester zusammenzogen.

»Ihr wäret nie eine Nonne geworden«, murmelte er und begegnete ihrem leidenschaftlichen Blick. »Das wußte ich von Anfang an.« Er beugte sich hinab, um ihre Brustwarzen zu küssen und zog leicht an jeder harten Spitze, bis Joanna erneut vor Verlangen keuchte. »Ich habe doch recht, oder?«

Joanna strich sich mit der Zunge über ihre trockenen

Lippen und hob ihre Hüften, um sich gegen ihn zu schmiegen.

»Antwortet mir, meine süße, kleine Frau. Ich hatte doch recht, nicht wahr?«

Joanna schluckte, kaum fähig, zu denken. »Ja, ja. Oh, Rylan, bitte ...«

»Sagt es, mein Herz. Ich möchte die Worte von Euren Lippen hören.«

»Ihr hattet recht«, erwiderte sie keuchend. Dann ließ sie eine Hand zu seiner flachen, männlichen Brustwarze hinuntergleiten und rieb über die feuchte Haut dort hinweg. Als er heftig nach Luft rang, öffnete sie die Augen. »Ihr habt recht. Ich wäre eine sehr schlechte Nonne geworden.«

Sie stöhnte auf, als er seine Daumen über die Spitzen ihrer Brustwarzen hin und her bewegte. »Ihr hattet recht und Ihr ... und Ihr könnt mich ... jederzeit daran erinnern, wenn Euch danach verlangt ...«

Nun stöhnte auch er auf und bewegte seinen Kopf über die beiden Brüste. Nacheinander küßte und streichelte er sie, sog heftig an ihren Spitzen und ließ dann wieder sanft seine Zunge darüber hinweggleiten.

Joanna schrie auf, beinahe so, als habe sie Schmerzen. Aber es war kein Schmerz, der ihr ganzes Sein erfaßte. Weit davon entfernt. Er sog an ihren Brustwarzen, bis sie feucht waren und hob dann den Kopf, um in ihr Gesicht zu blicken. Joanna kämpfte mit der köstlichsten aller Qualen.

»Ich möchte Euch in mir spüren«, bat sie ihn flüsternd und warf ihren Kopf hin und her. Ihre Beine schlangen sich um seine Taille und sie preßte sich heftig gegen ihn. »Großer Gott, Rylan, jetzt, jetzt!«

»Nicht der Mann soll sich den Wünschen seiner Frau beugen«, erwiderte er durch seinen stoßweise kommenden Atem. »Nein, es ist an mir, zu wünschen und an

Euch, zu gehorchen.« Wieder beugte er seinen Kopf, um ihre brennenden Brüste zu küssen und an den Brustwarzen zu saugen. »Und ich werde mir viel von Euch wünschen, meine kleine Frau. Ahhh, verdammt —« Er verstummte, als er bemerkte, daß er begann, selbst die Kontrolle zu verlieren.

Mit einem lauten Stöhnen glitt er nach unten und preßte wilde Küsse auf ihre Rippen, ihren Nabel und die heiße Haut ihres Bauches. Joannas Hand fuhr unruhig über seine feuchten Schultern hinweg, am Hals entlang und in sein Haar hinein, während sein Mund eine brennende Fährte bis zu dem Dreieck zwischen ihren Beinen hinterließ.

Als er ihre Beine auseinanderzog, stöhnte sie hilflos auf. Sie zitterte vor Verlangen. Dann fanden seine Lippen die süße Quelle all ihrer Qualen und sie verlor beinahe das Bewußtsein.

»Nein, nein.« Sie stöhnte, ängstlich und erwartungsvoll zugleich. Dann grub sie die Fersen ins Bett, als die feinen Bänder, an denen ihre Beherrschung hing, sich zu lösen begannen. »Ohhh, Rylan . . .«

Die blinde Exstase kam in einer gewaltigen Woge. Wie ein schrecklicher, wundervoller Sturm, der über sie hinwegtobte.

Als sich ihr Körper anspannte und sie aufschrie, begann er, sie noch tiefer zu küssen und zögerte die süßen Qualen ihrer Erfüllung noch weiter hinaus.

Als das Zittern schließlich nachließ — sie erschöpft und der Bewußtlosigkeit nahe auf das Laken zurückgesunken war — hockte sich Ryan über sie. Obwohl sie von ihrem Liebesspiel jetzt sehr ermüdet war, öffnete Joanna ihre Augenlider und genoß den prachtvollen Anblick, der sich ihr darbot. Sein kräftiger, muskulöser Körper glänzte bronzefarben und war von einer dünnen Schweißschicht überzogen. Breite Schultern, eine mächtige Brust, die sich zu einer schlanken Taille verengte. Und aus dem dunklen Nest seiner dichten Locken erhob sich stolz seine steife Erregung und zog ihre Aufmerksamkeit auf sich.

Dies war ihr Mann, dachte sie stolz, voller Erwartung. Er hatte sie zur Frau genommen, obwohl ihm eine andere versprochen war. Aber sie war es, die er gewollt hatte. Und erst jetzt durfte sie sich eingestehen, wie sehr sie ihn gewollt hatte. Und immer noch wollte.

Ein Lächeln umspielte Joannas Lippen und sie war von einer Liebe erfüllt, die ihr ganzes Sein zu durchdringen schien. »Komm zu mir, mein Liebling.« Sie öffnete einladend ihre Arme und begegnete seinen leidenschaftlichen Augen mit ihrem eigenen, verlangenden Blick. »Ich liebe dich.«

Aber es war mehr als Liebe, das wußte sie, als er sich auf sie legte. Ihre Hände glitten an seinen Armen hinauf. Ihre Lippen trafen sich zu einem Kuß unaussprechlicher Süße. Bedauern und Hoffnung, Verlangen und Liebe und noch viel mehr lagen in diesem Kuß. Als er in sie eindrang und sie vollkommen mit seiner Liebe und seinem Versprechen erfüllte, zog Joanna ihn an sich, um ihn tiefer und fester zu spüren als jemals zuvor, tief bis in ihr Herz hinein, wo er für immer seinen Platz haben sollte. Er begann sich mit langsamen und doch erregenden Stößen in ihr zu bewegen und brachte sie beide schon bald zu dieser perfekten Harmonie von Körper, Herz und Seele. Joanna paßte sich seinen Bewegungen an und bäumte sich ihm entgegen. Sie zog sein Gesicht erneut zu sich herab, um ihn auf die Lippen zu küssen.

Seine Zunge zog die Konturen ihrer leicht geöffneten Lippen nach. »Es ist etwas unglaublich Erregendes daran, deinen lächelnden Mund zu küssen, mein Herz.«

Ein Lachen sprudelte aus ihr hervor, so rein und voller Glück. Und dann stöhnte sie vor Lust, als er auf besonders erregende Weise erneut in sie eindrang.

»Es ist das Glück, das mich so fröhlich macht«, erwiderte sie atemlos und umkreiste seine Lippen mit ihrer Zungenspitze. »Das Glück und die Liebe.«

»Ich möchte dich glücklich machen, Joanna. Jetzt und allezeit.« Er verhielt sich still, ruhte in ihr.

Joanna wurde von ihren Gefühlen überwältigt, als sie die Aufrichtigkeit in seinen Augen sah. »Das tust du, Rylan, mehr als du weißt.« Sie ließ ihre Hand zu den harten Wölbungen seiner Hinterbacken hinuntergleiten. »Gib mir alles von dir, meine einzige, wahre Liebe. Und ich werde dir ebensoviel zurückgeben.«

Sie dachte an ein Baby — ihr gemeinsames Kind — und freudige Tränen füllten ihre Augen. »Ich werde dir sogar noch mehr als das geben.«

EPILOG

Juni, A.D. 1215

Das Meer war ruhig. Lediglich sanfte, rhythmische Wogen störten die glitzernde Oberfläche. Möwen flogen kreischend über den strahlend blauen Sommerhimmel hinweg. Über allem lag der schwere Geruch von Salz und Meeresvegetation, der einzigartige Duft der Meeresküste im Hochsommer.

Joanna schlüpfte aus ihren Schuhen, bewegte ihre Zehen und zog ihr Kleid so hoch, daß die Sonne warm auf ihre Beine schien. Irgendwo hinter ihr ertönte lautes Kinderlachen, dem ein aufgeregtes Geplapper folgte.

»Mutter! Mutter!«

Joanna lächelte, als sie Adriennes hellen Ruf hörte. Sie waren seit zwei Tagen auf der Isle Sacré, aber ihr jüngstes Kind betrachtete immer noch alles mit großen, kugelrunden Augen. Sogar Graham, der gewöhnlich seine Rolle als großer Bruder mit einer solchen Ernsthaftigkeit spielte, konnte seinen Überschwang nicht verbergen.

»Mutter, wo seid Ihr?« rief er und kicherte dann über etwas, das ihm seine Schwester sagte.

»Hier drüben, Graham. Bei der Eiche.«

Kurze Zeit später waren sie bei ihr und lachten und sprangen aufgeregt um sie herum. Joanna rollte sich auf die Seite, um ihren beiden entzückenden Kindern zuzulächeln.

Graham hatte dunkle Locken und mitternachtsblaue Augen, während Adrienne mit ihrem langen, flachsblonden Haar und ihrer ätherischen Schönheit wie eine kleine Fee aussah. Joanna Augen füllten sich mit Tränen des

Glücks und ihr Herz wollte ihr vor Liebe übergehen. Dann richtete sie sich lachend auf, schimpfte innerlich über ihre sentimentalen Gedanken und setzte sich hin.

»Was habt ihr beiden denn da?«

Adriennes Augen weiteten sich. »Wir haben ein Kätzchen gefunden —«

»Drei Kätzchen«, verbesserte sie Graham wichtigtuerisch. Er zog zwei der winzigen, sich windenden Katzenwelpen aus seinem Hemd, während Adrienne ein drittes unter dem *couvrechef* hervorzog, das sie im Arm hielt.

»Oh, wie niedlich«, rief Joanna. »Bringt sie zu mir und laßt mich einmal sehen. Oh.« Sie nahm eins nach dem anderen in ihre Hand und legte sie in den Schoß. Die drei rollten sich sofort zusammen und schmiegten sich aneinander.

»Dürfen wir sie behalten, Mutter?«

»Ja, dürfen wir? Dürfen wir?« stimmte Adrienne ein.

Joanna streichelte die Tiere sanft und blickte dann in die aufgeregten Gesichter ihrer Kinder. »Wir haben schon genug Katzen auf Blaecston. Und sogar noch mehr auf Oxwich.«

Sie mußte ein Lächeln unterdrücken, als sie ihre enttäuschten Gesichter sah. »Außerdem vermißt sie ihre Mutter bestimmt schon.«

»Ich glaube nicht, daß wir zu viele Katzen zu Hause haben«, erwiderte Graham mit gerunzelter Stirn.

»Ich mag die graue«, sagte Adrienne. Sie streichelte die grau-weiße Katze hinter den Ohren und lachte, als das Tiere spielerisch mit den Tatzen nach ihren Fingern schlug.

Joanna seufzte wehmütig. »Sie erinnert mich an Lady Minnou.«

»Das tut sie. Sie sieht genau so aus«, stimmte ihr Graham zu.

»Wir werden sie kleine Minnou nennen«, schlug

Adrienne vor und legte sich neben ihre Mutter in das sonnenwarme Gras.

»Kommt, legt euch beide hier neben mich. Ich werde euch ein Lied vorsingen, wie ich es immer für Lady Minnou getan habe, als sie noch klein war.«

Die beiden Kinder waren durch die warme Sonne, die sanfte Brise und die leise Stimme ihrer Mutter schon bald eingeschlafen. Auch Joanna hätte sich hinlegen können, aber dazu war sie zu unruhig. Rylan war nun schon drei Wochen fort. Sein Bote hatte ihr vor drei Tagen die Nachricht gebracht, daß König John endlich eine Übereinkunft mit seinen Freiherren unterzeichnet hatte. Magna Charta wurde sie bereits genannt. Der größte Freibrief von allen. Aber die beste Neuigkeit war gewesen, daß Rylan in ein paar Tagen heimkehren würde.

Joanna hatte auf gut Glück einen anderen Boten zurückgeschickt, um Rylan zu bitten, zur Insel zu kommen, um dort mit ihnen zusammenzutreffen. Seit Sonnenaufgang wurde sie das Gefühl nicht mehr los, daß er heute kommen würde.

Joanna blickte auf die friedlich schlafenden Kinder hinab und beschloß ein wenig wehmütig, daß sie die grauweiße Katze doch behalten würden. Dann wurde ihre Aufmerksamkeit zu der gegenüberliegenden Küste gelenkt.

Joannas Herz vollführte einen Sprung, als sie die dunkle Gestalt eines Mannes erblickte, der auf seinem Pferd die Sandbank zur Insel überquerte. Rylan war zurück! Sie sprang auf und eilte zum Strand hinunter.

Wie von den Flügeln des Windes getragen, eilte er über den Sand hinweg auf sie zu, sprang, ehe sein Pferd zum Stehen gekommen war, vor ihr zu Boden und schloß sie in seine Arme.

»Verdammt, wie sehr habe ich Euch vermißt!« murmelte er in ihr Haar hinein. »Es muß ein Jahr her sein.«

Joanna lachte vor Freude und schlang ihre Arme fester um seinen Nacken. »Es waren nur drei Wochen.«

»Ein Jahr«, beharrte er. Dann erstickte er ihr Lachen mit einem Kuß. Als sie sich voneinander lösten, schimmerte in ihren Augen ein vertrautes Verlangen. »Gott, wie sehr habe ich diesen Moment herbeigesehnt.«

»Genau wie ich«, gestand Joanna. »Aber was ist mit König John und der Vereinbarung, die er mit seinen Freiherren getroffen hat?«

Rylan erstickte ihre Worte mit einem weiteren Kuß. »Wir können ein anderes Mal über ihn reden. Sagt mir, habt Ihr mich vermißt? Haben Adrienne und Graham mich vermißt?«

»Ja. Und ja und ja. Sie sind hier, aber sie schlafen gerade.«

Mit einem Arm um ihre Taille gelegt, schritt Rylan mit Joanna zu den Kindern hinüber. Sie lehnte ihren Kopf zufrieden an seine Schulter, als sie gemeinsam auf die Frucht ihrer Liebe herabblickten.

»Sie sind gewachsen«, sagte Rylan, und seine Stimme klang plötzlich tief und heiser.

Joanna nickte, denn sie verstand die Gefühle, die ihn bewegten. Sie wandte sich ihm zu, legte ihre Hände auf seine Wangen und zog seinen Kopf zu sich hinunter.

»Ich liebe Euch«, flüsterte sie und blickte in sein Gesicht. »Ihr werdet niemals wissen, wie glücklich ihr mich gemacht habt.«

Rylan nahm sie fest in die Arme. »Ich weiß es.« Seine dunklen Augen schienen bis tief in ihre Seele hinabzuschauen. »Ich weiß es, meine süße, kleine Taube.«

HEYNE
BÜCHER

REXANNE BECNEL

DER FALKE UND DIE TAUBE

Roman

Deutsche Erstausgabe

WILHELM HEYNE VERLAG
MÜNCHEN

HEYNE ROMANE FÜR »SIE«
Nr. 04/165

Titel der Originalausgabe
A DOVE AT MIDNIGHT
Aus dem Amerikanischen
von Angelika Naujokat

Printed in France 1996
Umschlagillustration: Pino Daeni / Agentur Schlück
Umschlaggestaltung: Atelier Ingrid Schütz, München
Gesamtherstellung: Brodard & Taupin

ISBN 3-453-09417-4